アンネ・フランクの密告者

最新の調査技術が解明する
78年目の真実

The Betrayal of Anne Frank:
A Cold Case Investigation
by Rosemary Sullivan

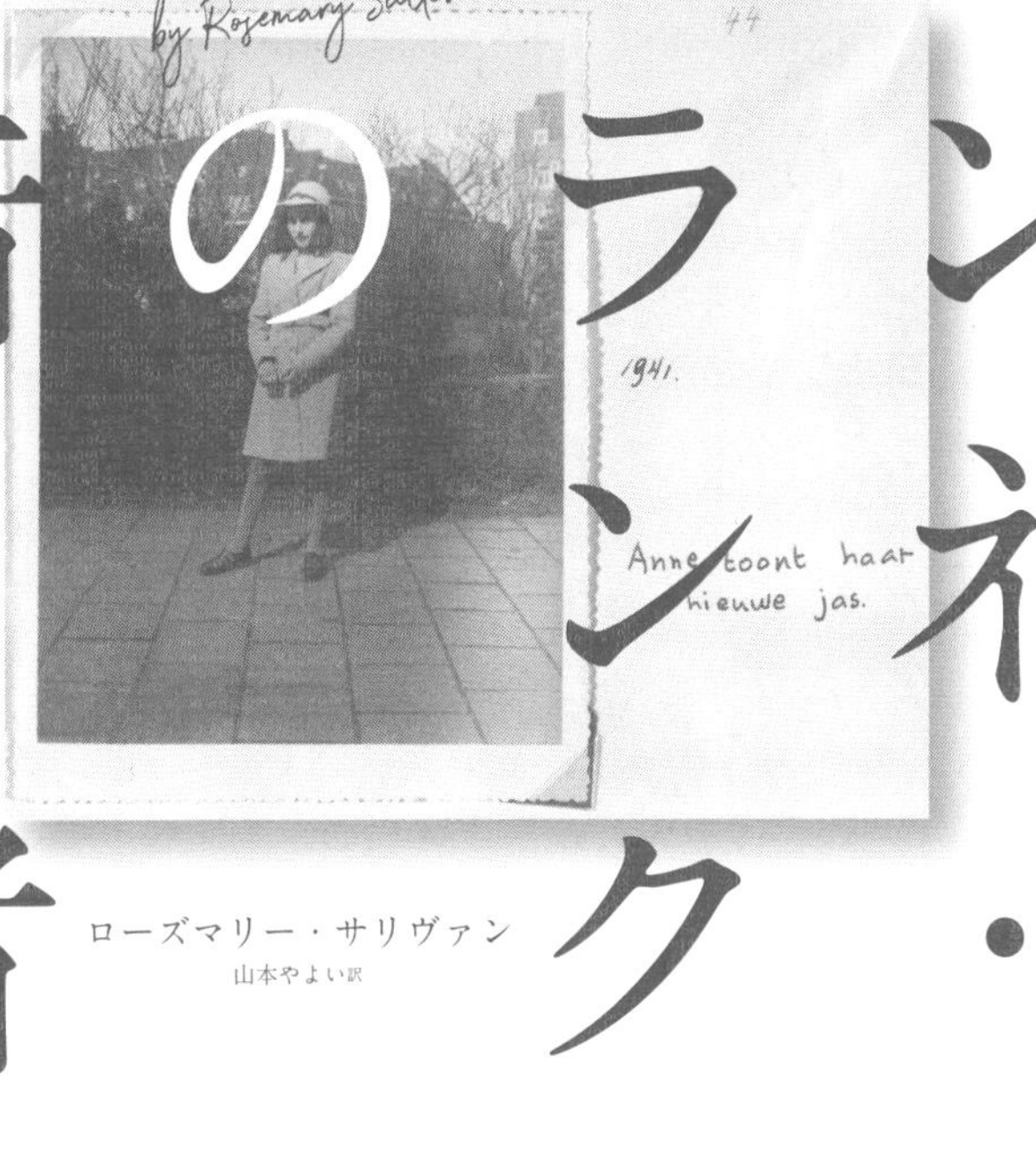
44
1941.
Anne toont haar
nieuwe jas.

ローズマリー・サリヴァン
山本やよい訳

ハーパーコリンズ

THE BETRAYAL OF ANNE FRANK
by Rosemary Sullivan

 This edition is published by arrangement with HarperCollins Publishers LLC, New York, U.S.A.

Published by K.K. HarperCollins Japan, 2022

オットー・フランク（中央）と、隠れて暮らす一家を支援していた人々。（左から右へ）ミープ・ヒース、ヨハンネス・クレイマン、ヴィクトル・クーフレル、ベップ・フォスキュイル。（アムステルダム、提供：〈アンネ・フランク財団〉）

（左）戦前のオットー・フランク。彼のプロイセンふうの自制心を友人たちは微笑ましく思ったものだった。（アムステルダム、1936年5月、提供：〈アンネ・フランク財団〉）（右）ドイツ生まれのエーディトは1925年にオットー・フランクと結婚した。1933年、2人の娘（アンネとマルゴー）を連れてドイツから逃げだすしかなくなった。エーディトはアウシュヴィッツで餓死した。（アムステルダム、1935年5月、提供：〈アンネ・フランク財団〉）

アンネのこの写真は日記のさまざまな版の表紙に使われていて、世界じゅうで何百万人もの生徒がこれを目にし、日記を読んでいる。（アムステルダム、提供：〈アンネ・フランク財団〉）

マルゴー・フランク、アンネより3歳年上で、1942年7月、マルゴーに強制労働キャンプへの出頭命令が来た。（アムステルダム、1942年5月、提供：〈アンネ・フランク財団〉）

フランク一家と友人たちがヤン・ヒースとミープの結婚式に出かけるところ。（アムステルダム、1941年7月、©Granger）

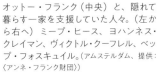

居所がなかなかつかめなかったカール・ヨーゼフ・ジルバーバウアー。《隠れ家》でフランク一家と他の者たちを逮捕し、強制収容所へ送った。やがて、ウィーンで警察官になった。(個人コレクション、Heritage Images/TopFoto)

ペーター・ファン・ペルス。両親、フランク一家、歯科医フリッツ・プフェファーと一緒に《隠れ家》生活に入った。(アムステルダム、1942年、提供:〈アンネ・フランク財団〉)

アンス・ファン・ダイクはV-フラウ(身を隠したユダヤ人を密告していた対独協力者)。戦時中の裏切り行為により処刑された唯一のオランダ人女性。(アムステルダム、1947年、AFH/IISG、社会史国際研究所)

(左) オットー・フランクと同じく、アウグステ・ファン・ペルスと夫もドイツ生まれだが、ナチズムの台頭から逃れるためにアムステルダムに逃げてきた。(右) ヘルマン・ファン・ペルスは妻と息子を連れてフランク一家と共に《隠れ家》生活を始めるまでは、オットーの会社でスパイスの商いを担当していた。(アムステルダム、Fotobureau Actueel、提供:〈アンネ・フランク財団〉)

アムステルダムのユダヤ人評議会、1942年。物議をかもしていた有力者集団。著名なメンバーも何人か含まれている。(着席している左から右に向かって) アーブラハム・アッシャー(1人目)、ダーフィット・コーヘン(左から3人目)、アルノルト・ファン・デン・ベルフ(左から5人目)。(アムステルダムのユダヤ人評議会の集合写真、1942年、©Image Bank　WW2-NIOD-Joh. De Haas)

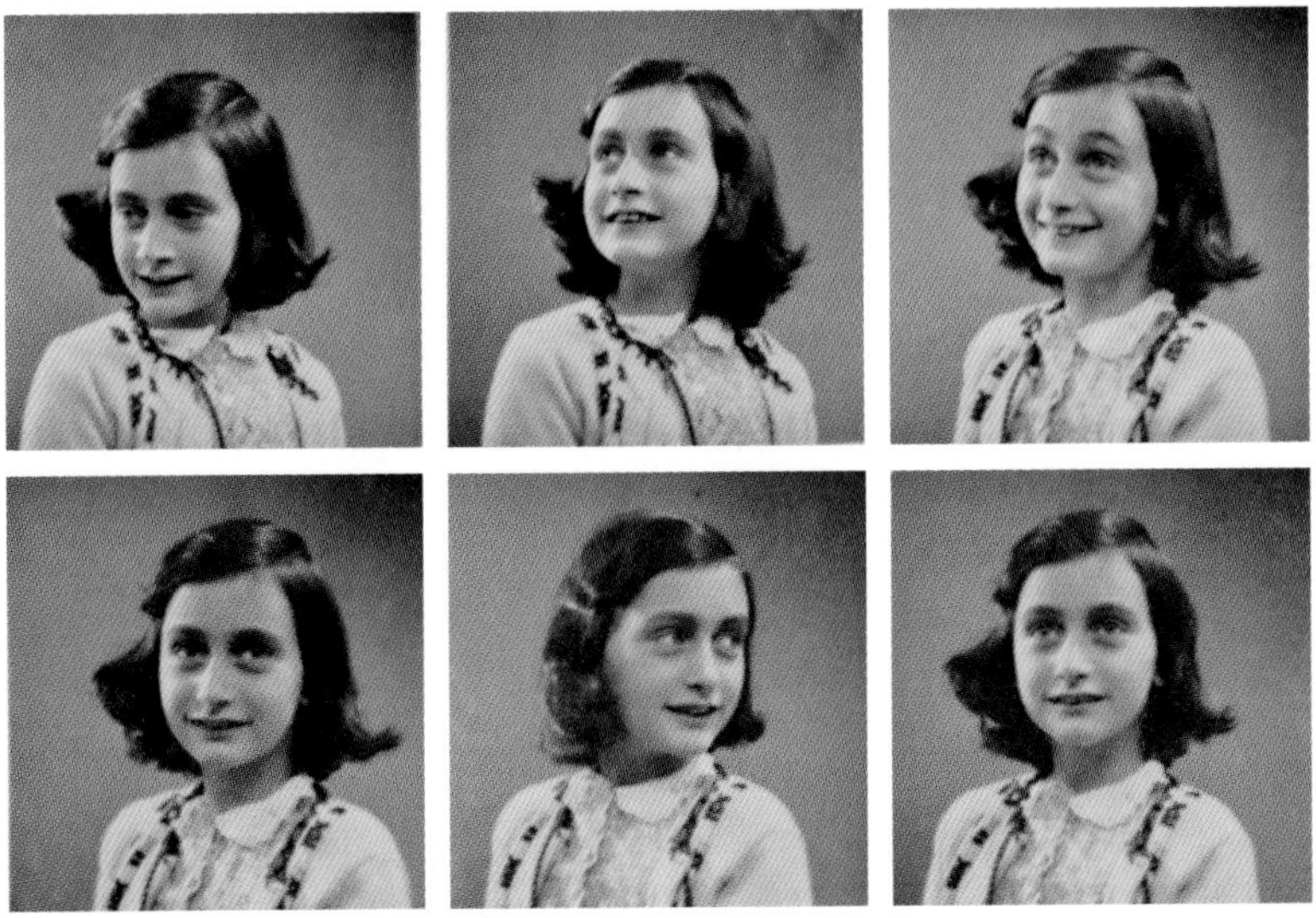

幼いころの楽しそうなアンネの写真数枚。
（アムステルダム、1939年5月、提供：〈アンネ・フランク財団〉）

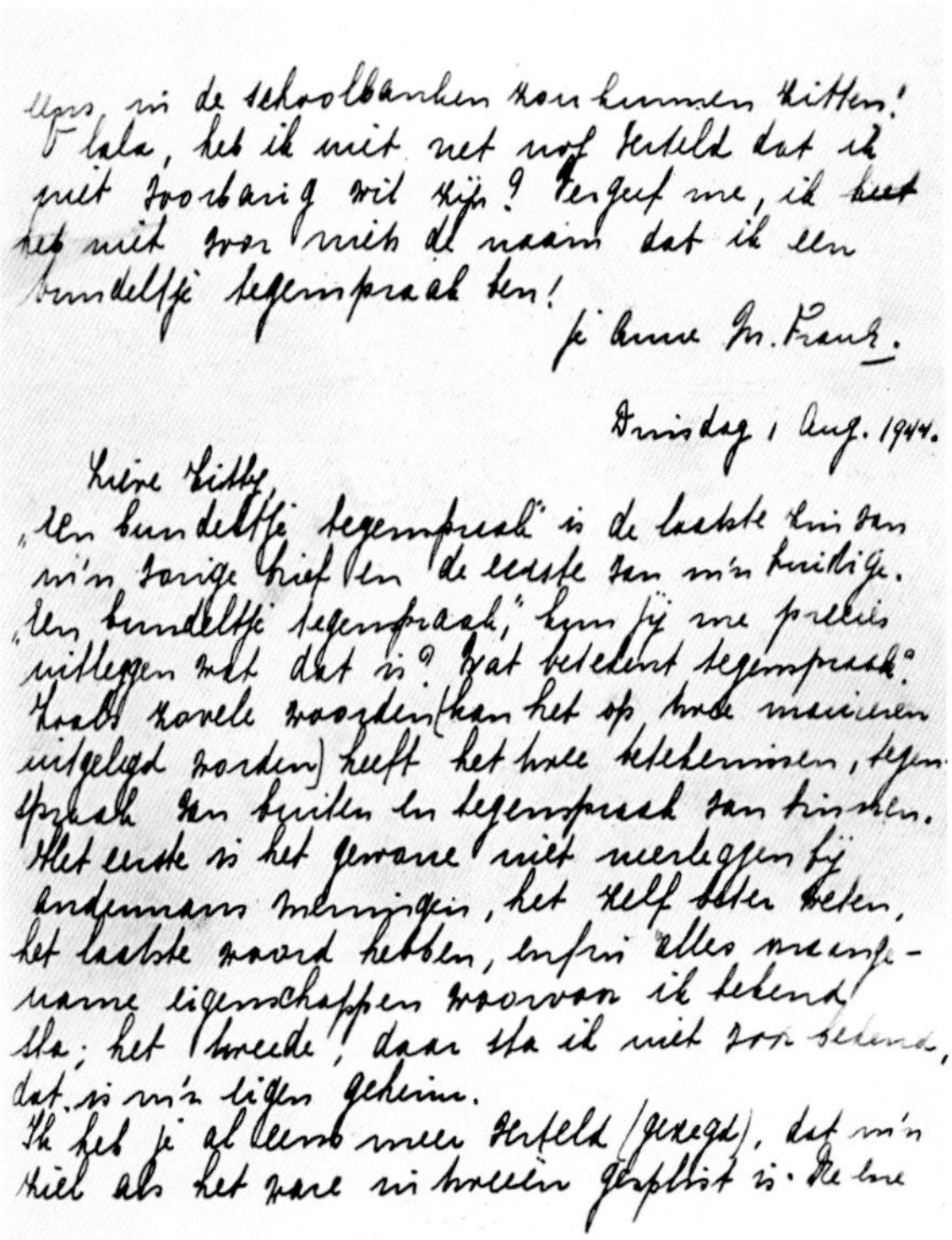

ons, in de schoolbanken zou kunnen zitten!
O lala, heb ik niet net nog verteld dat ik
niet voorbarig wil zijn? Vergeef me, ik heb
het niet voor niets al naam dat ik een
bundeltje tegenspraak ben!
je Anne M. Frank.

Dinsdag 1 Aug. 1944.

Lieve Kitty,
„Een bundeltje tegenspraak" is de laatste zin van
m'n vorige brief en de eerste van m'n huidige.
„Een bundeltje tegenspraak", kun jij me precies
uitleggen wat dat is? Wat betekent tegenspraak?
Zoals zovele woorden (kan het op twee manieren
uitgelegd worden) heeft het twee betekenissen, tegen-
spraak van buiten en tegenspraak van binnen.
Het eerste is het gewone niet neerleggen bij
andermans meningen, het zelf beter weten,
het laatste woord hebben, enfin alles onaange-
name eigenschappen waarvoor ik bekend
sta; het tweede, daar sta ik niet voor bekend,
dat is m'n eigen geheim.
Ik heb je al eens meer verteld (gezegd), dat m'n
ziel als het ware in tweeën gesplitst is. De ene

アンネの日記、最後のページ。一家が逮捕される数日前に書かれたもの。アンネの帰りを待ちながら、ミープが自分のデスクの引出しにしまっておいたものの１枚。（1944年、©Tallandier/Bridgeman Images）

アムステルダム。住宅が密集していることに注目してほしい。青く塗られた部分はオットー・フランクの会社〈オペクタ商会〉があった場所。緑色の部分は《隠れ家》を示している。中庭に目を向けると、アンネの日記に書かれているマロニエの木 が見える。

(©Luchtvaart Museum Aviodrome)

アムステルダムのコールドケース・チームのオフィスにある"恥辱の壁"。〈SD〉のコーナーに並んでいるのは、ナチスの保安機関に協力した警官たちの写真。〈V〉のほうはV-マンとV-ウーマン。すなわち、金をもらってユダヤ人の発見・逮捕を手助けしていた密告者。(提供：ヴィンス・パンコーク)

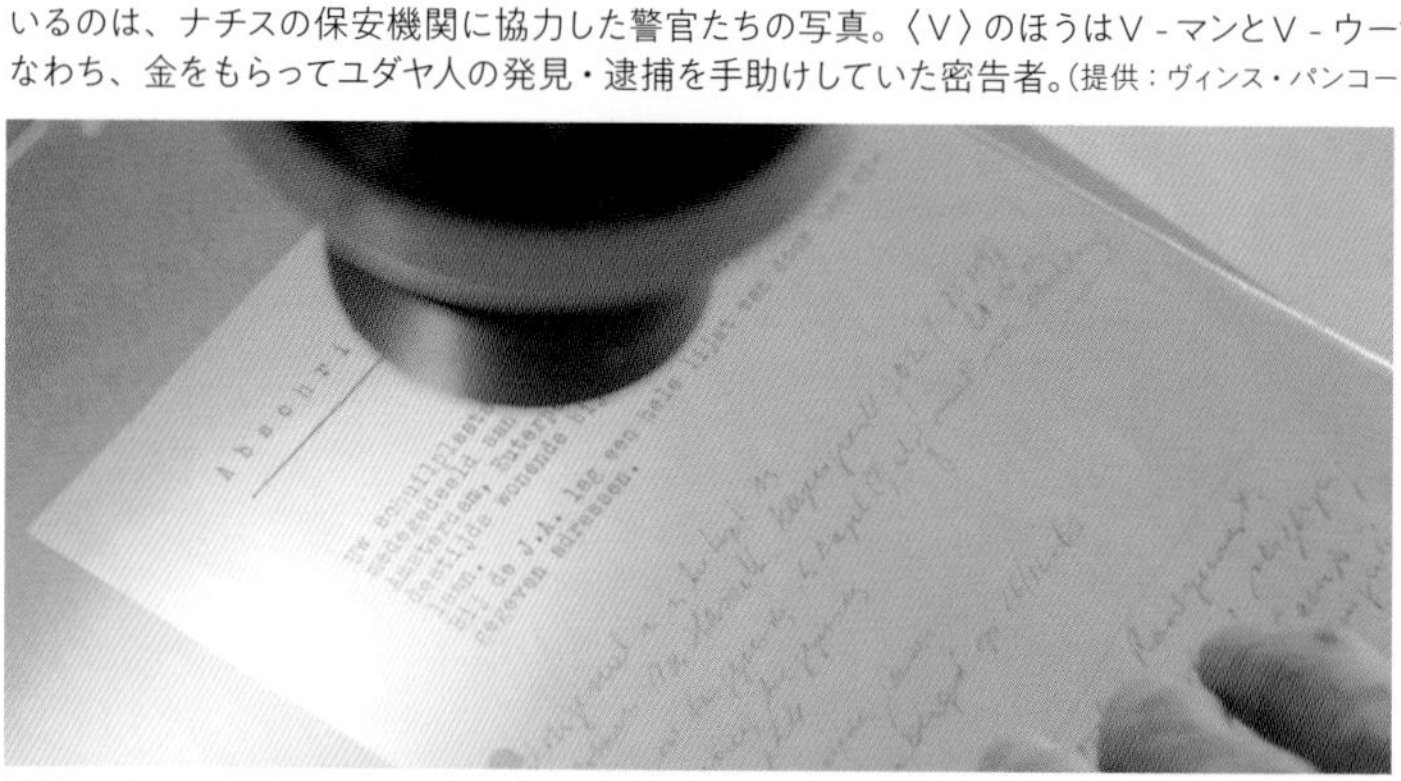

解決の大きな手がかりとなった匿名の手紙。(提供：モニク・クーマンス)

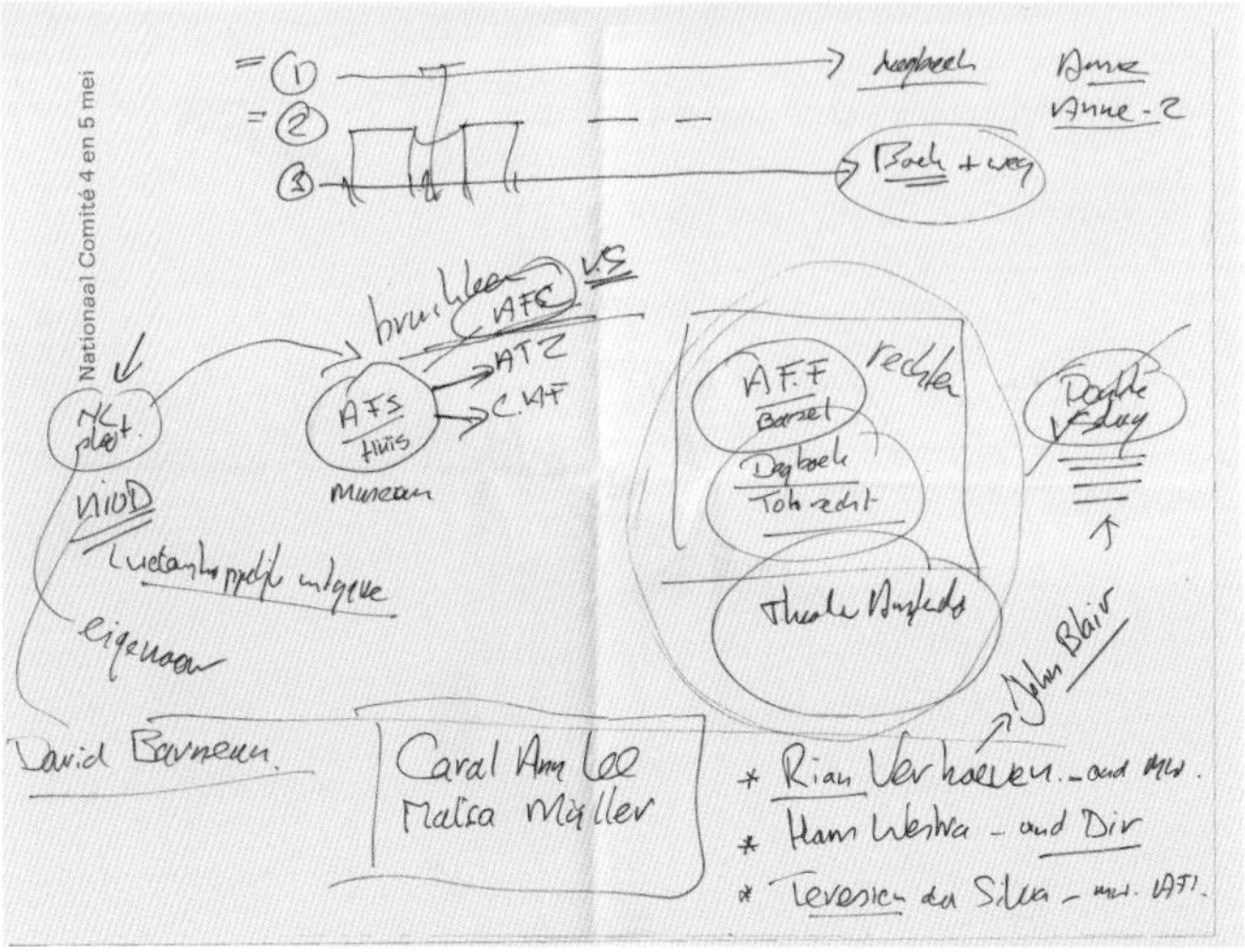

アンネ・フランクをめぐる組織同士の関係がいかに複雑かを示す図式。(提供：Proditione)

コールドケース・チームがデータ会社〈オムニア〉に未処理データを渡し、それをもとにして〈オムニア〉が作った双方向地図。三角形のついた赤丸は、レジスタンス組織が作成したリストから判明した対独協力者の住所を示す。黄色い丸は、アメリカ国立公文書記録管理局(NARA) で見つかったリストから判明したＳＤの情報提供者を示す。

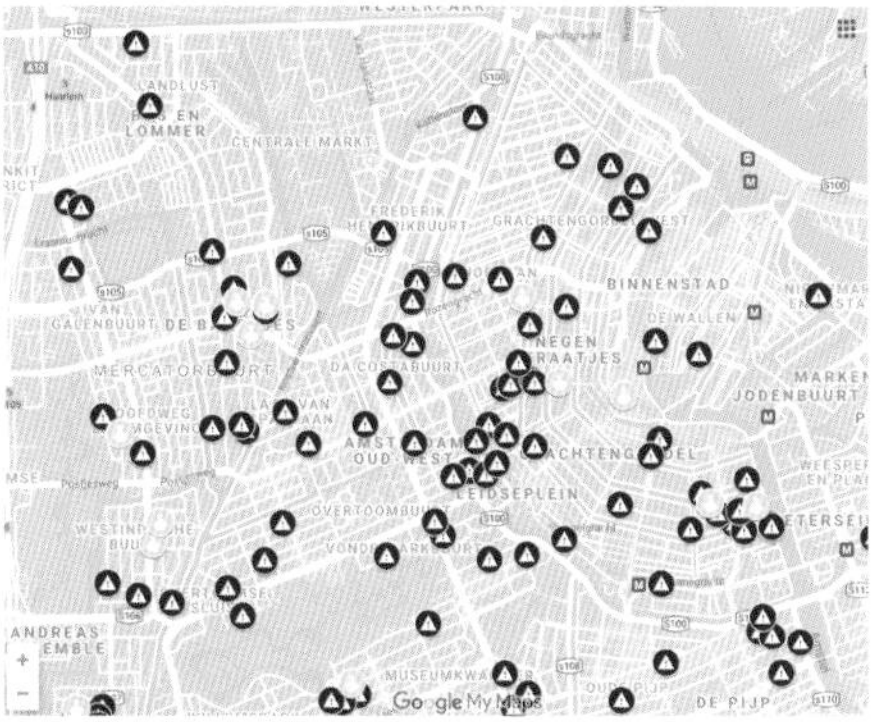

プリンセンフラハト263-267番地、アンネたちが隠れて暮らした場所は現在、博物館と歴史的建造物になっている。(アムステルダム、提供：〈アンネ・フランク財団〉)

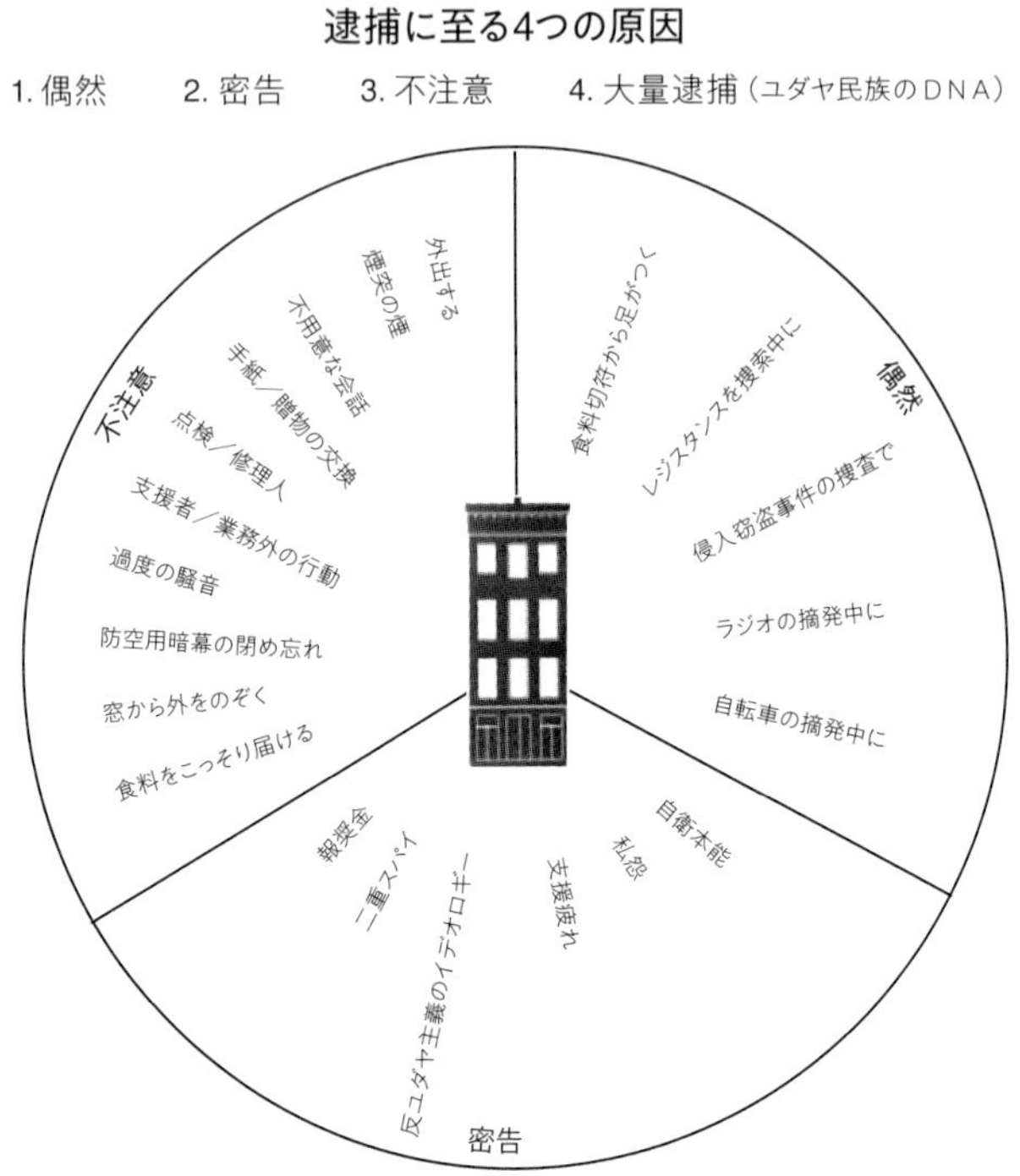

《隠れ家》の摘発の陰にあった動機と副次的動機を絞りこむために、ヴィンス・パンコークが描いた図式。（提供：ヴィンス・パンコーク）

倉庫と《隠れ家》の模型。シャンタル・ファン・ヴェッセルとフレデリク・リュイスによるアンネ・フランクの家のイラスト。www.vizualism.com（アムステルダム、©2010, 2012〈アンネ・フランク財団〉）

リサーチ担当チーフ、ピーテル・ファン・トウィスクがリサーチメンバーのシルセ・デ・ブラウンと一緒に、最新の発見のいくつかを検証。（提供：Proditione）

"恥辱の壁"の写真をさらに2点。詳細なメモがついている。SD将校の写真（左）には"アルゼンチンへ逃亡"、アンス・ファン・ダイクの写真（右）には"処刑"。（提供：Proditione）

（左から右へ）コールドケース・チームのリサーチスタッフ、シルセ・デ・ブラウンとニンケ・フィリウスが何千点にものぼる公文書館の文書を入念に調べている。（提供：Proditione）

伝説の文書鑑定家、ベルンハルト・ハース。チームはドイツのヴィネンデンにある彼の自宅で相談に乗ってもらった。（提供：ベルンハルト・ハース）

（左から右へ）ピーテル・ファン・トウィスク、テイス・バイエンス、ヴィンス・パンコーク。調査がスタートしたばかりのころ。（提供：ヴィンス・パンコーク）

（左から右へ）モニク・クーマンス、ヴィンス・パンコーク、ブレンダン・ルーク。（提供：Proditione）

Geldersche Kade
Kromme Waal
Waals Ei
Waterloo Plein
Oude Kerk
Beurs
Dam
N.Z. Voorburgwal N.Z.
Langen Str.
Heeren Gracht
Keizers Gracht

アンネ・フランクの密告者　最新の調査技術が解明する78年目の真実

目次

第二部　迷宮入り事件の調査

※本文中の（　）は訳注。＊は章末に、＊1などは巻末に注があることを示す。

序文

〈追悼の日〉と自由を奪われた日々の記憶

二〇一九年五月三日金曜日、わたしはスキポール空港に到着し、タクシーでアムステルダム中心部にあるスパイストラートの住所まで行った。オランダ文学財団の女性が迎えに来ていて、今後一カ月わたしが暮らすことになるアパートメントの部屋を見せてくれた。わたしがアムステルダムに来たのは本書を執筆するためで、《隠れ家》に潜んでいたアンネ・フランクたちを一九四四年八月四日に密告したのは誰かという、それまで解明されていなかった謎をめぐる調査が本のテーマであった。

〝アンネ・フランクの物語〟の基本的なアウトラインはほとんどの者が知っている——第二次世界大戦中、ナチスの占領下に置かれたオランダで、ユダヤ人の十代の少女が両親、姉、一家と親しくしていた何人かと共に、二年以上のあいだアムステルダムの屋根裏に隠れて暮らしていた。最後はついに密告されて全員が強制収容所送りとなり、のちに生還できたのはアンネの父親オットー・フランクだけだった。わたしたちがこうしたことを知っているのは、主として、八月のその日にナチスが彼らを連行しにやってきたとき、アンネの貴重な日記が置き去りにされたからだ。

オランダの文化遺産の一部と言ってもいいアンネ・フランクの物語に、オランダの映画プロデューサー、テイス・バイエンスはつねに共鳴してきて、親しいジャーナリスト、ピーテル・ファン・トウィスクを誘って二〇一六年にプロジェクトをスタートさせた。最初はドキュメンタリー映画制作が目的だったが、やがて本の出版も考えるようになった。なかなか弾みがつかなかったものの、二〇一八年の時点では少なくとも二十二人がプロジェクトに直接関わり、さまざまな専門分野のコンサルタントが知識を提供していた。密告者の正体を突き止めるためにスタートした調査だったが、ほどなく調査範囲は広がっていった。コールドケース・チームと名乗るようになったメンバーが望んでいたのは、敵国の占領下に置かれて恐怖のなかで日常生活を送った場合、住民にどんな変化が起きるかを解明することだった。

わたしがアムステルダムに着いた翌日の五月四日は〈追悼の日〉、すなわち、オランダ国民が第二次世界大戦の苛酷な日々に思いを馳せ、大きな犠牲を払って得た勝利を祝う日だった。わたしはテイス・バイエンスに誘われて、彼とその息子ヨアヒムと共に追悼式典の始まりを告げる沈黙のパレードに参加し、アムステルダムの通りを歩くことになった。

最初の人数はたぶん二百人ほどだったと思うが、市内を歩くにつれて参加者が増えていった。オペラハウスの正面でロマ族の楽団の演奏にしばらく耳を傾け、そこからユダヤ人居住区を抜けて、巨大なポルトガル・シナゴーグ、ユダヤ歴史博物館、敷地に追悼碑が並ぶエルミタージュ美術館アムステルダム別館を通り過ぎた。次に左へ曲がってアムステル川沿いに進み、白い木製の〝マヘレの跳ね橋〟を渡った。一九四一年二月十二日、ナチスがユダヤ人居住区を封鎖するため、有刺鉄線でバリケードを築いたのがこの橋だった（市当局の抗議を受けて、橋は数日後にふたたび通行できるようになった）。わたしたちはパレードを続けて街の中心部を通り、最後にダム広場に到着した。

広場はすでに二万五千人ほどの人々でぎっしりだった。国王夫妻に会うために、そして、アムステルダム市長フェンケ・ハルセマが群衆に語りかけるのを聴くために、人々はやってきたのだ。

手紙を書くか、電話をするか。自分の声を聞いてもらうか、もらわないか。恋人を抱擁するか、しないか。通りを渡るか、渡らないか。今宵《こよい》五月四日にここダム広場に来るか、来ないか。毎回、一日に何百回も、わたしたちは選択をします。深く考えることなく、束縛を受けることもなく……。自由をすべて失ったら、人はどうなるのか？　占領下に置かれたら？　あなたのまわりのスペースが縮んでいったら？　わたしたちが自由を得る前に苦悩と大きな悲しみがありました……だから、わたしたちは自由を奪われていた日々の記憶を伝えていくのです。戦争がつい昨日のことであったかのように。だから、わたしたちは勝利を祝うのです……今年も、来年も、その先もずっと[*1]！

翌日、わたしは新しい住まいに落ち着いたあとで、テイスとディナーを共にした。ヨーロッパの政治情勢について語り合った。とくに、このところ高まりつつある外国人嫌いと反移民感情について。やがて、わたしはテイスに、なぜこの迷宮入り事件《コールドケース》の調査にとりかかる決心をしたのかと尋ねた。彼の意見によれば、映画プロデューサーというのは自分自身の人生を仕事に投影させたがるものらしい。彼が育ったのは一九七〇年代のアムステルダム、この街が独特の自由な精神で全世界に名を馳せていた時代だ。無断居住者《スクワッター》がいて、芸術家村があって、平和を求めるデモがおこなわれていた時代。人々は自由を謳歌《おうか》し、それを表現していた。だが、いまではすっかり変わってしまった。オランダでも、ヨーロッパの他の国々でも、北米でも、われわれは人種差別と恐怖の洪水を目《ま》の当たりにしている。

数カ月前、テイスは用があってプリンセン運河へ出かけ、アンネ・フランクの家を見学しに来た人々の長蛇の列に行き合った。並んだ人々を見ていて、ふと思った――フランク一家も、屋根裏に身を隠していたその他の人々もごく平凡な市民で、知人や同僚、隣人や商店主、親戚の人々に囲まれて、ごく平凡な地区で暮らしていた。そういう単純なことだったのだ。やがて、ファシズムという災厄が忍び寄ってきた。ゆっくりと、だが確実に、人間関係が重圧にさらされ、人々が敵対するようになった。

テイスはアンネ・フランクの家の前で列を作っている人々から離れ、ある決心をした――人々と対話を始めよう。アムステルダムはもはや個人主義の砦《とりで》ではない。かつて寛容が存在したところに、いまは不信がはびこっている。どの時点で人は相手を見限るのか？　誰のために立ちあがるのか？　立ちあがるのをやめるのか？　アンネ・フランクが密告された事件を調査することが対話への道となるだろう。テイスから教わったのだが、アムステルダムの北のほうに、全市を見渡せそうな高さ二十メートル近くの巨大な壁画がある。アンネの肖像が描かれ、日記の一節が添えてある。〝わたしがわたし自身でいられますように〟。「アンネがぼくたちに語りかけてるんだと思うよ」と、テイスは言った。

見せたいものがあると彼に言われた。二人で近くのトゥールンスラウス橋までのんびり歩いた。

アムステルダムでいちばん幅の広い橋のひとつで、シンゲル運河にかかっている。大理石の台座にのった大きな彫刻が前方に見えてきた。頭部と胴体だけの印象的な作品で、わたしはバルザックの像かと思った。じつは十九世紀の作家で、オランダでもっとも偉大な作家の一人と言われているエドゥアルト・ドウヴス・デッケルの像であることを、テイスが教えてくれた。デッケルはオランダ領東インド諸島における植民地主義の暴虐ぶりを糾弾した長編小説で有名な作家である。彼はさらに説明を続け、彫刻したのは彼の父親のハンス・バイエンスだと言ったので、わたしは仰天した。アムステルダム、ユトレヒト、ズウォレといったあちこちの都市に、父親の作品が何点も展示されているとのこと。

テイスが言うには、彼の父親が戦争の話をすることはめったになかったそうだ。傷が深すぎたのだろう。母親の話だと、終戦から何年たっても、父親が悪夢にうなされて目をさまし、窓のほうへ両手を伸ばして、爆撃機が頭上を飛んでいると悲鳴を上げることがたびたびあったという。

また、テイスは祖父母に一度も会ったことがない。二人とも彼が生まれる前に死んでしまった。しかし、話はあれこれ聞いている。もっとも印象的だったのは、ユダヤ人を匿《かくま》うレジスタンスの闘士たちが祖父母の家を通過地点《ドールハンスハウス》として使っていたということだ。地下室にはいつも多くのユダヤ人が逃げこんでいて、隠れて暮らせる場所をレジスタンスの活動家たちが見つけてくれるまで、ときには何週間もここに隠れていたものだった。

テイスはアンネ・フランク・プロジェクトをスタートさせたとき、父親の親友と話をして、戦争に関してどんなことを記憶しているかと質問した。その親友はテイスに、現在九十三歳になるヨープ・ハウトスミットにインタビューするよう勧めてくれた。戦争が続くあいだ、テイスの祖父母の家に匿われていた人だという。ハウトスミットはバイエンス家の身内みたいなものだったので、家のなかの様子、彼が身を隠していた地下室のこと、クローゼットの床下に隠してあった禁制のラジオのこと、この家を通過していった数多くのユダヤ人のことを、テイスに詳しく語ってくれた。バイエンス家の人々が冒した危険はきわめて大きく、身分証の偽造者への連絡などもそこに含まれていたという。

こうしたことをテイスの父親が彼にはいっさい語らなかったのかと思うと、不思議な気がするが、じつをいうと、これは典型的な現象だった。終戦後、自分はレジスタンスに加わっていたと偽りの主張をする者が続々と出てきたため、テイスの祖父母のように本物の危険を冒した人々は沈黙を選ぶことのほうが多かった。しかし、戦争がテイスの家族をそのように変えたのだ。そこで、彼は気がついた――アンネの《隠れ家》にナチスが踏みこむまでの経緯を調べれば、自分の家族の歴史という迷路に入りこめるかもしれない。アンネ・フランクの物語はあの時代を象徴するものだが、同時に、怖いほど身近なものでもある。ヨーロッパじゅうで何十万回もくりかえされてきたことだ。テイスはそれを警告とも受けとったという。「こんなことが起きるのを二度と許してはならない」と、彼は言った。

第一部

〝密告事件〟の背景

Centraal-Spoorweg-Station
Oostelijk
Station Eiland
Ooster Dok
Westelijk
Station Eiland
Rembrandt Plein
Thorbecke Plein
Mus. Six
Mus. Fodor
Rijks Museum

第1章

摘発と緑衣の警官

一九四四年八月四日、三十三歳のナチス親衛隊隊員で、親衛隊保安部《ジッヒャーハイツディーンスト》（ＳＤ）ⅣＢ４課（通称〝ユダヤ人狩り部隊〟）所属の曹長、カール・ヨーゼフ・ジルバーバウアーがアムステルダムのエーテルペストラートにあった彼のオフィスの席についていたとき、電話が鳴りだした。何か食べに外へ出ようと思っていたときだったが、とりあえず受話器をとった。ただし、のちにそれを後悔することになる。電話をかけてきたのは同じドイツ人の上司、ユリウス・デットマン中尉で、アムステルダム中央部のプリンセンフラハト二六三番地の倉庫にユダヤ人が隠れているという通報があったと言った。通報してきたのが誰なのかは言わなかったが、親衛隊保安部によく知られた信用のおける人物であることは明らかだった。匿名で通報があっても、役に立たなかったり、古すぎたりする例が多すぎるし、ユダヤ人狩り部隊が現場に到着した時点で隠れ家はすでにもぬけの殻ということがけっこうある。密告を受けたデットマンが迅速に対処したところを見ると、密告者を信用し、その情報が調査に充分値することを知っていたに違いない。

デットマンはアムステルダム警察のユダヤ人局から出向してきているオランダ人の巡査部長、アーブラハム・カペルに電話をかけ、プリンセンフラハトへ向かうジルバーバウアーに部下を何人か同行させるよう命じた。カペルはⅣB4課所属のオランダ人警官、ヘイジヌス・フリンハウスとヴィレム・フローテンドルストを選び、ユダヤ人を連行する任務に送りだした。

ジルバーバウアーと警官たちがプリンセンフラハト二六三番地に到着する前後に何が起きたかについては、幾通りもの説がある。確実にわかっているのはただひとつ、彼らが隠れていた八人を見つけたということだ。オットー・フランク、妻のエーディト、娘のアンネとマルゴー。フランクの同僚で友人のヘルマン・ファン・ペルス、妻のアウグステ、息子のペーター。歯医者のフリッツ・プフェファー。オランダ人は身を隠すことをオンデルダイケン、すなわち〝潜行する〟と称していた。[*]八人は二年と三十日のあいだ潜行していたわけだ。

投獄されるのと（たとえ不当な投獄であろうと）、潜伏生活を送るのは、まったくの別物だ。すべての自由を奪われた暮らしに、二年一カ月ものあいだ、人はどうやって耐えていくのか？　姿を見られるのが怖くて窓から外をのぞくことができず、新鮮な空気を吸いに外へ出ることもできず、一階の倉庫で働く人々に物音を聞かれないよう、何時間も静かにしていなくてはならない暮らしに。こうした規律を守りつづけたのだから、八人の恐怖はよほど大きかったに違いない。たいていの者はおかしくなってしまうだろう。

会社の従業員が階下で仕事をしているあいだ、ときおり小声で言葉を交わしたり、忍び足で歩いたりしながら、平日の長い時間を八人はどう過ごしていたのだろう？　勉強をする。何かを書く。

オットー・フランクは歴史の本と小説を読む。お気に入りはチャールズ・ディケンズの小説。子供たちは英語、フランス語、数学の勉強をする。アンネもマルゴーも日記をつけていた。戦後の暮らしのために準備をしていた。いまもまだ文明と未来を信じていたが、外の世界では、ナチスが対独協力者と密告者を使ってユダヤ人狩りを進めていた。

一九四四年の夏には、《隠れ家》に楽観主義が広がっていた。オットーが壁にヨーロッパの地図を貼り、ロンドンに亡命中のオランダ政権の動静を伝えるＢＢＣとラジオ・オラニエのニュースを追っていた。オランダ国民に外国のニュースを聞かせまいとして、ドイツ当局がすべてのラジオを供出させたが、オットーは潜伏生活に入ったときに一台だけなんとか残しておいたので、夜ごとの放送を通じて連合国軍の進撃の様子を追うことができた。二カ月前の六月四日に連合国軍がローマを制圧、その二日後がＤデイで、陸海空軍の連携によって史上最大の上陸作戦が開始された。六月末になると、米軍がノルマンディーで足止めを食っていたが、七月二十五日にコブラ作戦が開始され、フランス北西部におけるドイツ軍の抵抗は潰《つい》えた。東部戦線ではソ連軍がポーランドに侵攻していた。七月二十日、ドイツ軍の司令官や将校たちがヒトラーの暗殺を企て、《隠れ家》の人々を狂喜させた。

突然、あと数週間で、もしくはたぶん数カ月で終戦を迎えそうな気配になってきた。戦争が終わったら何をしようかと、誰もが計画を立てていた。マルゴーとアンネは学校に戻る話を始めた。

そのあとで、想像もしなかったことが起きたわけだ。二十年近くたってからオットーがインタビューのなかで語ったように、〝ゲシュタポが銃を手にして踏みこんできた瞬間がすべての終わりだった〞のだ。[*1]
　八人のなかでただ一人生き残った者として、そのとき何が起きたかを、オットーは《隠れ家》の住人の視点からわたしたちに語っている。彼が回想する逮捕の場面は鮮明な詳細に満ちていて、そのときのことが彼の心にくっきりと焼きつけられているのがよくわかる。以下が彼の話である。
　十時半ぐらいだった。オットーは四階でペーター・ファン・ペルスに英語の文法を教えていた。オットーは少年にそれを書きとりをしていたペーターがdoubleという単語の綴《つづ》りを間違えてbをふたつ重ねた。オットーはそれを指摘した、やがて、階段のほうから重い足音が聞こえてきた。ひどく不安になった。階下の人々に物音を聞かれないよう、《隠れ家》の住人たちが静かにしているはずの時間帯だったからだ。ドアが開いた。そこに男が立ち、二人に拳銃を向けていた。警察の制服姿ではなかった。二人は銃を突きつけられ、階下へ連れていかれた。[*2]
　摘発の様子を語るオットーの言葉から、彼が受けたすさまじいショックが伝わってくる。人が心に大きな傷を受けると、時間の流れが遅くなり、長くのびて、小さな出来事が奇妙に拡大される。オットーが記憶しているのは綴りの間違い、文法の授業、ギシギシいう階段、彼に向けられた銃だった。
　オットーはペーターに勉強を教えていたことを覚えている。ペーターが綴りを間違えたことを覚えている――〝double〞のbはひとつでいい。それがルールだ。オットーはルールを、秩序を信奉している。ところが、暗黒の力が階段を駆けあがってきて、彼と、彼にとってもっとも大切なものをすべて抹殺《まっさつ》しようとしている。なぜだ？　力があるから？　憎悪のせい？　それとも、抹殺できるというだけの理由から？　あとで考えてみると、このときのオットーは圧倒的な恐怖を脇へ追いやり、自制心を失うまいとしていた。ほかの者たちが彼を頼りにしているからだ。警官の手に握られた銃を見て、彼は考える――連合国軍が進軍してくる。幸運、チャンス、運命がみんなを救ってくれるはずだ。だが、彼は間違っている。オットーと家族はアウシュヴィッツ行きの最後の貨車に乗せられて移送された。おぞましいことだが、おぞましい事態が起こりうることもオットーにはわかっている。

オットーとペーターが《隠れ家》のメインフロアに下りると、全員が両手を上げてそこに立っていた。ヒステリックな叫びも泣き声もなかった。静寂があるのみだった。こんな事態になった衝撃で誰もが麻痺《まひ》していた――戦争がもうじき終わるというのに。

部屋の真ん中に緑衣の警察《グリューネ・ポリツァイ》らしき男がいることに、オットーは気がついた。緑色の制服から、オランダの人々はドイツ秘密警察のことを〝緑衣の警察〟と呼んでいた。もちろん、この男がジルバーバウアーだ（厳密に言うと、グリューネ・ポリツァイではなく、ＳＤ所属であったが）。ジルバーバウアーはのちに、彼も、摘発に同行した私服警官も銃を抜いてはいないと主張している。しかし、オットーの証言のほうが信頼できる。戦後の親衛隊員の大部分がそうであったように、ジルバーバウアーの証言も自分の無実をかちとることだけが目的だった。

潜伏していた者たちの静かな落ち着きがジルバーバウアーの怒りに火をつけたようだった。「エーテルペストラートのゲシュタポ本部へ連行するから、荷物をまとめろ」と彼が全員に命じたので、アンネは日記が入っている父親のブリーフケースを手にした。そのときの様子をオットーはこう語っている――ジルバーバウアーがアンネの手からブリーフケースを奪いとって、格子縞《じま》の日記帳とばらばらの用紙を床に投げ捨て、かわりに貴重品と現金を詰めこんだ。それらはオットーやほかの者がようやくかき集めたもので、フリッツ・プフェファーが歯科医院で使っていた小さなケース入りの金歯まで含まれていた。ドイツの敗戦が濃厚になってきた時期だった。このころには〝ユダヤ人狩り部隊〟がドイツ帝国のために集めた略奪品の多くが、誰かの個人的なポケットに入るようになっていた。

皮肉なことに、アンネ・フランクの日記を救ったのはジルバーバウアーの強欲さだった。アンネがブリーフケースにしがみついて、逮捕されたときにそのまま持っていったなら、日記はSD本部で没収されたのちに破り捨てられ、永遠に失われていただろう。

オットーの話によると、窓の下に置かれた金属の階級章つきの小型トランクにジルバーバウアーが気づいたのは、この瞬間だったという。蓋に〝予備役中尉オットー・フランク〟という文字がついていた。「どこでこのトランクを手に入れた？」ジルバーバウアーは尋ねた。オットーが第一次大戦のときに士官として従軍したと答えると、ジルバーバウアーは衝撃を受けた様子だった。そのときのことを、オットーはこう書いている。

男はひどく混乱した。わたしを凝視して、ついに尋ねた。
「では、なぜその階級を報告しなかった？」
わたしは唇を嚙《か》んだ。

「まっとうな扱いを受けられたはずなのに！　テレージエンシュタットへ送られていただろう」

　わたしは何も言わなかった。テレージエンシュタットのことをジルバーバウアーは休養キャンプだと思っているようなので、何も言わないことにした。黙って彼を見るだけにしておいた。ところが、向こうが急に目をそらし、そこでわたしは不意に気がついた。ジルバーバウアーが直立不動の姿勢をとっている。心のなかで気をつけの号令をかけたのだろう。ひょっとすると、片手を帽子に当てて敬礼していたかもしれない。

　やがて、ジルバーバウアーは不意にきびすを返して階段を駆けあがった。一瞬ののちに駆けおりてきて、それからまた駆けあがり、「時間をかけてもいいぞ！」とわめきながら、階段の上り下りをくりかえした。

　われわれに対しても、警官たちに対しても、同じ言葉をわめき立てた。[*3]

　オットーの話からすると、落ち着きを失ったのはナチスの男のほうで、『不思議の国のアリス』に登場するマッド・ハッターのように階段を上り下りしたのに対して、ほかの者は落ち着き払っていたようだ。中尉というオットーの階級を知ってジルバーバウアーが本能的に示した反応のなかに、オットーはドイツ軍の服従の伝統を見てとったのだが、ジルバーバウアーの無意識で反射的な人種差別主義についてては過小評価していたのかもしれない。何年もあとでこう言っている。「彼［ジルバーバウアー］が一人きりだったら、われわれを見逃してくれたかもしれない」[*4]

いや、それは疑わしい。尋問のために囚人たちをゲシュタポ本部へ運ぶべく待機していたトラックにみんなを乗せたあと、ジルバーバウアーは建物に戻り、会社の従業員の一人だったミープ・ヒースに食ってかかった。ミープを逮捕しなかったのは、たぶん同じオーストリア人だとわかったからだろう。だが、その前にまず、「あんなユダヤの屑《くず》どもを助けたりして、おまえは恥ずかしくないのか?」と説教している。[*5]

カール・ジルバーバウアーはのちに、あの日逮捕した十人のなかに十五歳のアンネ・フランクが含まれていたことを新聞で知ったのは、何年もあとになってからだと主張することになる。

一九六三年に調査報道ジャーナリストに居所を突き止められたとき、ジルバーバウアーはこう語った。

隠れ場所から連行した者たちに関して、とくに印象に残っていることはない。ドゴール将軍や大物のレジスタンス活動家がいたのなら、事情は違っていただろう。そういうことは忘れないものだ。密告電話が入ったときにわたしが勤務中でなければ……あのアンネ・フランクに関わりを持つことはけっしてなかったはずだ。いまでも覚えているが、あれはちょうど、何か食べに出かけようと思っていたときだった。しかも、この件が明るみに出たのは終戦後だったから、騒ぎの矢面に立たされたのはこのわたしだけだった……背後にいったい誰がいる? たぶん、あのヴィーゼンタールという男か、もしくは、ユダヤの連中にとりいろうとする閣僚の誰かだろう。[*6]

これ以上に卑劣で、感情が麻痺した弁明を想像するのはむずかしい。一九四四年八月四日に彼が逮捕した〝あのアンネ・フランク〟が、ベルゲン＝ベルゼンの強制収容所で飢餓とチフスのために亡くなったことを、ジルバーバウアーはすでによく知っていたはずだ。この弁明からすると、重要なのは死んだ少女ではなく――少女は生身の人間というより品物のようなもの、少女の受難などとるに足りぬこと――自分こそ被害者なのだと言いたがっているように思われる。弱い者いじめをする者が正体を暴かれたとき、決まって自己憐憫《れんびん》に陥るというのは、なんと奇妙なことだろう。

＊オランダで身を隠していたユダヤ人の数は二万五千人から二万七千人。その三分の一が密告されている。

第2章
アンネの日記

『アンネの日記』を読んで、その真実の姿をとらえることができるなら、これほど胸の痛む本もないだろう——アンネの住む街がナチスの恐怖の占領下に置かれていた時代に身を隠して暮らす日々のことを、十三歳の少女が語っている。父親が経営していた会社の建物に付属する《隠れ家》で、ナチスのハンターたちが飛びかかってくるのを覚悟しつつ家族と共に送った、閉所恐怖症になりそうな二年以上の暮らしのすべてを、アンネ・フランクは詳細に書き記している。

外に何があるかをアンネは知っている。一緒に暮らしている七人の人々と同じく、アンネも、絶えざる恐怖、飢え、連行の悪夢、発見されて殺されるという差し迫った危険と直面しながら生きている。このような経験をする者はアンネが初めてではないが、そこで起きた出来事を初めて書き記した者の一人と言っていいだろう。ホロコーストについて書かれた名著の数々——エリ・ヴィーゼルの『夜』、プリーモ・レーヴィの『これが人間か』など——はすべて、収容所から生還した人々があとになって書いたものだ。しかし、アンネ・フランクが生還することはない。

だから、彼女の日記を読むのはとても胸の痛むことだ。読者は最初から結末を知っているが、アンネ・フランクは知らない。

一九四二年六月十二日、アンネ・フランクは十三歳の誕生日プレゼントに日記帳を贈られた。それから一カ月もしない七月六日、アンネの十六歳の姉マルゴーにアルバイツァインザッツ（ドイツにおける労働義務）を果たすようにという呼出し状が来たのをきっかけとして、フランク一家は身を隠す。〝労働義務〟が強制労働の婉曲《えんきょく》表現であることを、オットー・フランクはすでに察していた。

仲のいい遊び相手がほしくてたまらなかったアンネは、キティーという友達を創りだし、彼女に宛てて胸の思いを余すところなく書き綴っていく。希望について、女性である自分の身体の神秘について、《隠れ家》で共に暮らすファン・ペルス一家の十七歳の息子に抱いた思春期の恋心について、アンネは日記に書き記す。アンネはまだまだ子供だ。映画スターや王室の人々の写真を切り抜いて自分の寝室の壁に貼る。ドイツのフランクフルト生まれだが、四歳半でオランダにやってきたので、アンネの第一言語はもうオランダ語になっている。日記もオランダ語で書いている。彼女の夢は有名な作家になること。『アンネの日記』を読む者はみな、胸をえぐられる。未来がないことを知っているからだ。

アンネが生きた世界は、われわれには想像もつかないものだ。一九四三年七月、アンネに眼鏡が必要なことに家族が気づく。支援者の一人ミープ・ヒースが彼女を眼科医に連れていこうとするが、外の通りへ出ることを考えただけでアンネは身がすくんでしまう。コートを着ようとすると、すっかり小さくなっているのが家族にもわかる。それに、その青白い顔では潜伏中のユダヤ人であることがすぐにばれてしまう。眼鏡は結局あきらめる。一九四四年八月の時点で、アンネは二十五カ月のあいだ外に出ていなかったことになる。

窓をあければ、《隠れ家》に誰かがいることを周囲の会社の人々に気づかれる危険がある。アンネが新鮮な空気を吸いたいときは、身をかがめて、窓敷居から入ってくるわずかな空気を吸いこむしかない。アンネは日記に、狭い部屋に閉じこもっていると閉所恐怖症になりそうで怖い、音を立ててはいけないので恐怖がどんどん大きくなり、永遠に消えないような気がする、と書いている。ふと気がつくと、檻《おり》に閉じこめられた動物のように、階下へ、また階上へとあてもなくさまよっている。恐怖を忘れるには眠るしかないが、眠りまでが恐怖に妨げられる。[*1]

しかし、アンネはいつも勇気を奮い起こす。〝キティー〟に語りかける――恐怖と孤独に打ち勝つには、一人になれる場所を自然のなかに見つけ、神様と心を通わせることだ、と。屋根裏部屋の窓辺にすわって淡いブルーの空を見上げると、ほんの一瞬、《隠れ家》から出られないという現実を忘れることができる。恐怖に押しつぶされそうな日々のなかで、アンネはどうしてこれほどの情熱を燃やし、すべてを受け入れ、生き生きと過ごせるのだろう？

日記の終わりのほうに、死ぬほど怖かった夜のことが出てくる。倉庫に泥棒が入り、誰かが――たぶん警官だろう――《隠れ家》の入口をカムフラージュするために置いてある本棚をがたがた動かしたのだ。

アンネはキティーに、殺されることを覚悟したと語る。〝生きて朝を迎えたときにまず考えた——これからは愛するもののためにこの身を捧げよう。オランダという国に、オランダ語に、そして、物を書くことに。目的を達するまで、投げだすようなことはけっしてしない〟[*2]

もうじき十五歳になろうとする少女がここまで宣言するとは立派なものだ。アンネ・フランクが最後に日記を書いたのは一九四四年八月一日、潜伏生活を送っていたアンネと家族とその他の人々が逮捕される三日前のことだ。収容所から戻ってこられるのは、《隠れ家》で暮らした八人のうち、オットー・フランクしかいない。

戦争が終わって収容所が解放されたとき、生き延びた人々の多くは自分たちの体験を言葉にすることができなかった。作家のエリ・ヴィーゼルが『夜』を書くには十年の歳月が必要だった。彼はこう問いかけた。〝敵の餌食にされ、歪められてしまった数々の言葉を、人はどうやって復活させ、変身させればよかったのだろう？　飢え——渇き——恐怖——輸送——選択——火——煙突。こうした言葉には本来備わった意味があるのに、あの当時は別のことを意味していた〟。あの〝人間性を捨て去ることが人間らしい生き方とされ、規律正しく、高い教育を受けた軍服姿の者たちが殺しにやってくる世界〟[*3]で経験したすさまじい苦難を言葉にすれば、どうしても死者を貶《おとし》め、冒瀆《ぼうとく》することになってしまう。

一九四七年にプリーモ・レーヴィが『これが人間か』の原稿をトリノのエイナウディ出版社に持ちこんだとき、当時すでに有名作家になっていた編集部のチェーザレ・パヴェーゼも、ナタリア・ギンズブルグも、出版は無理と判断した。ちなみに、ギンズブルグの夫はローマでドイツ軍に殺害されている。レーヴィは無数の出版社に当たってみた。すべて断られた。時期尚早だと言われた。「イタリア人はほかにいくつも悩みを抱えていた……ドイツの死の収容所の話など読んでいる場合ではなかった。イタリア人は〝すべて終わった。もうたくさん《バスタ》。この恐怖にはもううんざりだ！〟と言いたかったのだ」[*4]

『アンネの日記』は舞台で上演され、のちに映画化もされたが、どちらも日記の最後のほうに出てくるアンネの言葉でクライマックスを迎える。

じっさい自分でも不思議なのは、わたしがいまだに理想のすべてを捨て去ってはいないという事実です。だって、どれもあまりに現実ばなれしていて、とうてい実現しそうもないと思われるからです。にもかかわらず、わたしはそれを捨てきれずにいます。なぜならいまでも信じているからです――たとえいやなことばかりでも、人間の本性はやっぱり善なのだということを。[*5]（『アンネの日記 増補新訂版』深町眞理子訳、文春文庫）

現実に起きたことを、人々はとうてい直視できなかった。工業的規模の殺人、死者の個人的な思い出を消し去る集団埋葬。舞台でも、映画でも、〝ドイツ人〟は〝ナチス〟に変更され、ユダヤ関係の事柄は控えめな表現になっていた。例えば、ユダヤ教の贖罪の日《ヨム・キップル》に関する記述は削除された。たぶん、宗教から離れて普遍的な魅力を高めるためにそうしたのだろう。一九五〇年に刊行された『アンネの日記』ドイツ語版の訳者は〝ドイツで売るためにこの本を訳すのだから、ドイツ人を罵倒するわけにはいかない〟という理由から、〝ドイツ人とドイツに関する敵対的表現のすべて〟を曖昧にぼかすことにした。[*6]

しかし、『アンネの日記』は命ある記録と言っていいだろう。わたしたちが何を知っているか、何に立ち向かう覚悟でいるかによって、その受け止め方は違ってくる。一九六〇年代を皮切りに、ホロコーストの犠牲となった人々を追悼する本、映画、美術館、記念碑などが登場しはじめた。人々はようやく、ナチズムという狂気に立ち向かい、損得勘定から暴力に無関心な態度をとったせいでファシズムをウイルスのごとく蔓延《まんえん》させてしまった過去を、検証する気になったのだ。

われわれがあの時代を理解する手助けになるのは、日記の最後のほうに出てくるアンネの言葉だ。

〝人間にはもともと、何かを破壊したい、暴れたい、人を殺したいという衝動があります。だから、人類みんなが一人の例外もなしに心を入れ替えないかぎり、戦争が絶えることはないでしょう〟[*7]

ずっと昔に起きた戦争の最中に誰がアンネ・フランクを密告したかを調べたところで、なんの役に立つのか、と疑問に思う人がいるかもしれない。その答えはこうだ――戦争が終わって八十年近くたった現在、わたしたちは平和に慣れてしまい、かつてのオランダの人々と同じように、ここでそんなことが起きるなんてありえないと思っている。しかし、現代社会はイデオロギーの対立と権威主義の誘惑にますます弱くなっているように思われるし、ファシズムの芽を野放しにしておくと世間に広がっていくという単純な教訓を、人々は忘れてしまっている。

アンネ・フランクの世界がこのことをはっきり教えてくれる。戦争に使われる本当の武器は何か？　肉体的な暴力だけでなく、言葉の暴力も武器になる。ヒトラーがいかにして権力を掌握したかを解明しようとして、一九四三年に合衆国戦略情報局がヒトラーの戦略を説明する報告書作成を指示したことがあった。〝過失や罪はけっして認めるな。責任はけっして負うな。一度にひとつの敵に集中せよ。悪いことはすべてその敵のせいにせよ。あらゆる機会を利用して政治的な嵐を起こせ〟。[*8]ほどなく、誇張、極論、誹謗《ひぼう》、中傷が日常茶飯事となり、権力側の意に沿う媒体となっていく。

占領下に置かれたアムステルダムのような街の変貌を見ていくのは、日和見《ひよりみ》主義か、自己欺瞞《ぎまん》か、金銭欲か、臆病さからナチスを支持した人々がいたし、ナチスに抵抗した人々もいたけれど、大多数は目立たないようにしていたという事実を理解することである。

自分たちを保護してくれるはずの社会制度を人々が信用できなくなったとき、何が起きるのか？　正しき行動の根本をなし、それを保護するはずの基本的な法律が崩壊したとき、何が起きるのか？　一九四〇年代のオランダはペトリ皿のようなもので、大惨事に見舞われたときに自由のなかで育った人々がどう反応するかを観察することができる。それはいまなお、問いかける価値のある問題である。

第3章

コールドケース・チーム

コールドケース・チームのオフィスは街の北のほうにあり、アムステルダム中央駅からフェリーに乗って、市の中心部とアムステルダム＝ノールト地区を結ぶアイ湾を渡らなくてはならない。一対の時計塔と、複数の小塔、ゴシック・ルネサンス様式のファサードを備えた中央駅はたいそう大きくて、王宮と見紛《みまが》うほどだが、なかに入ると、店舗、レストラン、線路、地下鉄の改札、フェリー乗り場などがある。そこを通り抜けてアムステル川に浮かぶ船に乗りこみ、ほとんどの乗客が自分の自転車にもたれているのを目にするとき、シュールな世界に入ったような気分になる。自由な雰囲気にあふれていて、とても魅惑的だ。しかし、ドイツ国防軍《ヴェーアマハト》の兵士たちが巨大な駅舎のなかを行進したり、外の広場に男女子供が集められ、警棒を持った兵士たちに通りへ追い立てられたりする光景を想像するのは、むずかしいことではない。アンネ・フランクもプリンセンフラハト二六三番地の表側の事務室でカーテンの細い隙間から外をのぞいて、この光景に愕然《がくぜん》としたものだった。

チームのオフィスは開発されたばかりの住宅地区にあり、広いワンルームを区切って、調査セクション、情報収集セクション、事務処理セクションが作ってあった。わたしが聞いた話によると、二〇一九年一月には二十三人がこのオフィスで仕事をしていて、〝作戦指令室〟が設けられ、壁にはスケジュール表が貼られ、きわめて安全な通信手段が用意されていたという。防音装置を施したミュート・キューブのおかげで、四人の人間が内密に打ち合わせをすることもできた。

壁面のひとつに写真が所狭しと貼ってあった。ナチスの権力者たち、オランダ側のSD協力者たち、〈V－マン〉〈V－ウーマン〉と呼ばれる密告者たち。この連中がユダヤ人迫害を押し進めたのだ。このフォトギャラリーの下には、裏側に《隠れ家》が付属しているプリンセンフラハト二六三番地の小さな立体模型が置かれていた。

向かいの壁には《隠れ家》の住人たちの写真。フランク一家、ファン・ペルス一家、フリッツ・プフェファー。また、支援者たちの写真もある。ヨハンネス・クレイマン、ヴィクトル・クーフレル、ベップ・フォスキュイル、ミープ・ヒースと夫のヤン。作戦指令室の壁には第二次大戦中のアムステルダムのさまざまな地図、そして、密告に関する重要な出来事を示す写真と切り抜きでいっぱいの年表。

一九四四年八月三日に英国空軍の戦闘機から撮影されたプリンセン運河の縦横一メートルの航空写真が、別の壁の大きな部分を覆っている。《隠れ家》の人々が逮捕されるちょうど十二時間前に撮影されたものだ。オットー・フランクの会社と、倉庫と、裏の《隠れ家》が鮮明に見てとれる。潜伏中の人々はまだ屋内にいる。これが自由と呼べる最後の夜になることなど誰も知らない。テイスが言っていたが、この地図を見るとチームのメンバーは《隠れ家》の人々とつながっているという不思議な感覚に包まれ、時間が止まってしまったように感じるそうだ。

テイスのチーム仲間、ピーテル・ファン・トウィスクには、すべての愛書家に共通の頑固なところがある。完璧をめざして細かい点にこだわることから、この頑固さが生まれたに違いない。ピーテルが出した結論はすべて、充分な証拠に支えられていると信じて大丈夫だ。コールドケース・チームがひきうけたリサーチは、テイスと同じく彼にとっても、最初の予想よりはるかに個人的な色合いが濃くなっていた。プロジェクトがスタートしたころ、ピーテルはフローニンヘンの文書館へ出向いて、ピーテル・スハープというオランダ人の対独協力者に関する情報を捜していた。戦争の終わりごろ、スハープはフローニンヘンに住み、スハルケンというレジスタンスのリーダーを追っていた。どこかで聞いたような名前だった。

ピーテルはついに、フローニンヘンの文書館で、レジスタンス活動家たちの氏名が確認・登録されている書類を見つけだした。スハルケンが〈国家戦闘班《ランデレイケ・クノックプルヘン》〉（ＫＰ）という、レジスタンス組織の戦闘部門のリーダーの一人だったことが確認できた。そこにはまた、スハルケンがピーテルの祖父母の家に隠れていたことも記されていた。前に家族からこの話を聞かされたピーテルだが、いい加減に聞き流していたのだ。

彼が見つけた書類には、祖父ピーテル・ファン・トウィスクの名前も出ていて――彼の名前はこの祖父からもらったもの――ページの最後に次のような記載があった。

これは危険なことだったのか？　その理由は？　そう、危険だった。ファン・トウィスクがレジスタンス活動をしていたあいだ、彼の住所がKP、OD、LOなどの連絡先になっていた。スハルケンを含む何人かの有名なレジスタンス闘士がトゥィスクの自宅に身を隠していた。いずれもSDから指名手配中の身だった。最初のころ、ファン・トゥィスクは武器隠匿の担当者でもあった。*1

スハルケンは一度も逮捕されなかったし、ピーテルの祖父母も同様だった。ピーテルはおじに聞かされた話を思いだした。戦時中まだ幼い少年だったそのおじは、スハルケンに憧れていたという。一度、ナチスの手入れがあったとき、スハルケンは落ち着き払って家を出ると、足を止めて煙草《たばこ》に火をつけ、のんびりした態度で自転車にまたがって走り去った。ナチスの連中は、その男が自分たちの狙う相手だとは誰一人考えもしなかった。

戦争と結びついたエピソードを持たない家族をオランダ国内で見つけるのは、明らかに困難なことだ。

戦後何十年ものあいだ、国内で人気を得ていたのは、ほとんどのオランダ人がナチスに抵抗し、多くがレジスタンス運動に加わったり支援したりしていた、という説だった。終戦後、ヨーロッパ諸国の大部分がこの説にしがみついていたが、現実はそういう単純なものではなかった。ピーテルは次のように信じている――ここ三十年のあいだに、オランダとホロコーストをめぐってもっと微妙な陰影を帯びた説が生まれている。まず、歴史家のあいだで。そしていまでは、国民の一部のあいだでも。

オランダは自由主義の哲学者スピノザを生んだ国であり、寛容という長い歴史を持っていたので、一九三三年にヒトラーが権力を掌握したのをきっかけに、多くのユダヤ人がこの国に避難してきた。他のヨーロッパ諸国に比べると、オランダの反ユダヤ主義は比較的穏健だった。それなのに、オランダは西ヨーロッパのどの国よりも多くのユダヤ人を絶滅収容所へ送りこんで死なせている。オランダに住んでいたユダヤ人十四万人のうち、十万七千人が移送され、生還したのはわずか五千五百人だった。

ピーテルによると、彼がプロジェクトに加わった動機のひとつは、オランダの数字がなぜここまで高いのかを理解する必要があったからだという。人種差別は人間の精神に潜む病原体のようなもので、ある種の条件下に置かれると活性化するのだろうか？　アムステルダムのレジスタンス博物館《ミュゼウム》へ行くと、ナチスの反ユダヤ主義プロパガンダの非道さをいやというほど見せつけられる。人殺しの〝ユダヤ人ボルシェビキ〟が死体の山の上に立つ姿を描いたポスター。床にころがった血まみれの十字架。山高帽子に背広姿の強欲そうなユダヤ人を描いたグロテスクな風刺漫画。文化に寄生する人間以下のユダヤ人というおぞましいイメージ。こんなプロパガンダを人はどうして信じる気になるのか？　ピーテルはアンネ・フランクが生きた社会を研究することで、何が起きたかを理解できるようになりたいと願っている。悲劇を二度とくりかえさないためには、それしか方法がない。

テイスとピーテルは何が《隠れ家》の摘発を招いたかについて調査を始めようと決心し、さまざまな資金調達源を模索した。そこには、クラウドファンディング、アムステルダム市当局、個人投資家、出版社などが含まれていた。二人は次に、オランダの警察関係者、歴史学者、研究者から成るチーム作りにとりかかった。かつて殺人事件の捜査に当たっていた刑事リュク・ヘリッ、重大犯罪を担当していたオランダ国家警察・迷宮入り事件&失踪人課の主任レオ・シマイス、定年退職した刑事数人、オランダ総合情報保安局（ＡＩＶＤ）の捜査官一人などが含まれていた。

二〇一六年六月三十日に開かれたチームの第一回ミーティングで、レオはいわゆる〝ＦＯＴセッション〟なるものを提案した。〝足をテーブルにのせて（feet on the table）〟、気軽な雑談やブレーンストーミングや分析を始めようというのだ。どこから始めるか？　レオの意見は、これ以上はないというほど明確だった——プリンセンフラハト二六三番地の倉庫にユダヤ人が隠れていることを通報するため、密告者がＳＤにかけた問題の電話。この電話が本当にかけられた確率はどれぐらいか？　一九四四年のアムステルダムに公衆電話ボックスは残っていたのか？　銅製の電話線は武器に転用されていたのではなかったか？　ＳＤの電話番号は一般に知られていたのか？　などなど。

こうした予備調査の段階で、ナチス占領時代にアムステルダムの警察が問題行動をとっていたことが早くも明らかになった。オランダの公的機関がどこもそうであったように、警察も占領下ではある程度までナチスに協力せざるをえなかったが、警察内部の人間の多くが必要以上にナチスに手を貸していたように思われる。

そこでテイスが提案した——しがらみのない部外者を、オランダ人以外の者をチームに加えたほうがいいのではないか。迷宮入り事件の捜査を指揮できるＦＢＩ捜査官を見つけてくれないかとリュクに頼んだ。密告には物的証拠が残らないため、法医学面から捜査できる犯罪ではないし、コールドケース・チームが前へ進むためには、最先端の情報収集手段を駆使する必要がある。レオのほうは、ハンス・スミットという、オランダ国家警察の潜入捜査部のチーフで、ＦＢＩで訓練を受けた経歴を持つ人物に相談してみた。スミットはテイスに、ＦＢＩの潜入捜査部に所属していた昔の仕事仲間が最近退職したばかりなので、そちらに電話するように勧めた。「その男こそ、きみの希望にぴったりだ。名前はヴィンス・パンコーク」

ほどなく、テイスとピーテルはフロリダに住むヴィンスとスカイプで話をした。温厚だがプロ意識の高そうな元ＦＢＩ捜査官からプロジェクトに興味を持ったと言われて、二人とも感激した。

ヴィンスは八年間の警察勤務を経て、その後二十七年のあいだＦＢＩの特別捜査官として活躍し、コロンビアの麻薬密輸業者を相手にした注目の事件などで潜入捜査に当たってきた。

また、スカイ・キャピタルをめぐる事件の捜査にも関わったことがある。ちなみに、スカイ・キャピタルのＣＥＯは映画『ウォール街』に登場する投資家ゴードン・ゲッコーに少々似ていると言えるかもしれない。ヴィンスに会った者は、彼がそんな経歴の持ち主だとは夢にも思わないだろう。いまも潜入捜査官の雰囲気が残っていて、グアヤベラと呼ばれるラテンアメリカ風のゆったりしたシャツを着た温厚そうな凡人に見えるが、じつは危険なオートバイレースに情熱を燃やし、新たな挑戦に飢えている人物である。

気さくな性格で、家族のことも、彼がドイツ系であることも、包み隠さず話してくれた。父親は第二次世界大戦のときに米軍兵士として従軍したそうだ。子供のころでさえ、父親に戦争の話を聞かされると、父親が銃を向けた相手は親戚だったかもしれないという思いを抱いたものだった。ヴィンスが邪悪さの存在を信じ、その多くを目にしてきたのは明らかだ。ロシアの作家アレクサンドル・ソルジェニーツィンは政治犯収容所《ラーゲリ》から釈放されたばかりのときに、こう語った——世界には邪悪に対する許容レベルというものがある。世界にはつねに邪悪がはびこっている。しかし、その許容レベルを超すと、モラルはすべて崩壊し、人はどんなことでもできるようになる。

ヴィンスは胸の疑問を声にした——進歩的で民主的で洗練されていたはずのドイツ文化が、なぜまた全体主義の独裁者に服従し、そのせいで崩壊して道に迷った末に、連合国側と枢軸国側、民間人と軍人を合わせて、およそ七千五百万人もの命を奪うことになる戦争を始めたのか？　ヴィンスはＦＢＩで潜入捜査を続けてきた経験から、あるひとつの要素がつねに存在することを知っている。誰かが大儲けをするのだ。一九三三年からドイツの企業経営者たちがヒトラーにひそかに資金提供をおこない、戦争のおかげで、バイエルも、ＢＭＷも、クルップも、ダイムラーも、イー・ゲー・ファルベンも開戦時より裕福になった。占領下のオランダにおいて、すべてのユダヤ人を国から追放するためにドイツがとった官僚的な巧妙さに匹敵したのは、ユダヤ人の財産を略奪するためのひそかな手法だけだったことを、ヴィンスは理解していた。

ほぼすべてのアメリカ人と同じく、ヴィンスも学校の授業でアンネ・フランクのことを習った。社会に出て働くようになってから、アンネ・フランクの家を見学に行き——〝誰がアンネ・フランクを密告したのか〟という問いにいまだ決定的な答えが出ていないことを知って驚いた。挑戦するのが何よりも好きなので、即座にコールドケース・チームの調査への参加を決めた。しかし、プロジェクトにどっぷり浸《つ》かったあとで、自分はいったい何に関わってしまったのかと疑問に思った瞬間が何度もあったそうだ。なにしろ七十五年以上も前の事件で、密告者も、その場面をじかに目撃した者の大部分も、すでに亡くなっているし、それ以外にも厄介な要素がずいぶんある。「こんなむずかしい事件はほかにないだろう」と、ヴィンスは言った。それでもなお、これこそ自分のやるべきことだという思いをふり払うことができなかった。第一段階のひとつが、戦時中の警察関係の事柄、アムステルダムの歴史、対独協力者、略奪に明け暮れたオランダのファシスト、レジスタンスに関する専門家チームを作ることだった。

二〇一八年十月、オランダ政府で犯罪アナリストの仕事をしているモニク・クーマンスがチームに加わった。犯罪学の博士号を取得しているだけでなく、歴史学者としても経験を積んだ女性である。コールドケース・チームへの参加を促すメールを受信箱に見つけたとき、彼女にためらいはなかった。あるプロジェクトに対して犯罪学者と歴史学者の両方のスキルが求められるのは、そうしばしばあることではない。政府に一年間の休職を願いでた。

モニクは若いときにアンネ・フランクの日記を二十回以上読んでいて、ジャーナリストの仕事を始めたときにはアンネ・フランクに関する記事を書いた。密告事件は古いものかもしれないが、現在はけっして過去から遠く離れたものではないとモニクは思っている。

少なくともアムステルダムでは、市内の至るところに戦争の痕跡が見受けられる——出勤するとき、モニクはヘット・パロール新聞社の前を通る。一九四一年にレジスタンスの機関紙として生まれ、いまでは全国紙となっている。彼女が現在住んでいるハーグにも、戦争の傷跡が深く残っているそうだ。ベザイデンハウト――ここにはかつて祖父母の家があり、激しい空襲のときに祖母はかろうじて助かったのだが――を歩くと、祖父がレジスタンスの機関紙に関わっていた時期に身を隠していた家の前を通る。以前の隣人はホロコースト生存者の息子だった。その息子から聞いた話だが、戦争が終わりに近づいたころ、囚人を満載してベルゲン＝ベルゼンの強制収容所からやってきた列車が、森の真ん中でナチスに置き去りにされたそうだ。彼の母親と祖母がその列車に乗っていた。連合国軍がようやく見つけてくれるまで、二人はキイチゴを食べてどうにか生き延びた。彼の母親はその列車でベルゲン＝ベルゼンを離れたおかげで、戦争のなかを生き延びることができた。アンネ・フランクと姉のマルゴーは同じ収容所に置き去りにされ、生き延びることができなかった。

　その他数人の若い歴史学者たち――クリスティネ・ホステ、シルセ・デ・ブラウン、アンナ・フリーディス――は市内の文書館で、例えば、オランダ戦時資料研究所《NIOD》・戦争・ホロコーストおよびジェノサイド研究センターやアムステルダム市立公文書館などで、リサーチ作業の多くを担当した。何千ものファイルを熟読し、メモや報告書を作成し、アポイントをとり、インタビューの準備をした。ホロコーストに関するリサーチからどんな影響を受けたかと質問されて、彼らは、過去のその時代を訪れるのは苦痛だったと答えた。だが、とりあえずはオランダに、例えばヴェステルボルク通過収容所（現在は博物館）などに焦点を当て、博物館の館長にインタビューをさせてもらった。クリスティネは、ドイツとポーランドの収容所のリサーチは辛《つら》すぎてできなかっただろうと言っている。

　テイスは彼の友人で、アムステルダム大学で歴史を教えている客員教授のジャン・ヘルヴィグにも声をかけ、プロジェクト・マネージャーとしてチームに加わるよう誘った。ジャンは以前、〈戦争の子供たち〉というプロジェクトを遂行し、一九四五〜一九四九年のインドネシア独立戦争後に捨てられたオランダ兵の子供たちに関する話とフィルムと写真を集めたことがあるので、今回はその自然な続編というところだった。*「歴史の真実の発見には癒しの効果があることを、わたしはこの目で見てきた」と、ジャンは言った。次に、十一人の学生に声をかけて調査の手伝いを頼み、コールドケース・チームに協力すれば大学のインターンシップは完了したものとみなす、と告げた。

最後にチームに加わったのは、ブレンダン・ルークだった。オーストラリア軍で歩兵連隊を率いていた士官だが、のちに刑事となり、ハーグの国際刑事裁判所に十年以上籍を置いて、全世界の戦争犯罪、人類に対する犯罪、大量殺戮《さつりく》の捜査に当たった人物である。ヴィンスはＦＢＩにいたころ、オランダ国家警察と緊密に連絡をとりながら捜査を進めたものだった。で、当時の主な情報提供者の一人が彼をリュク・ヘリツに紹介したわけだ。ヴィンスはリュクに、自分の考えをぶつけられる人物が必要だと告げた。自分と同じく捜査の経験があって、事件解決につながりそうな事実を特定し、そこに焦点を合わせることのできる人物が。リュクはハーグでブレンダンに会い、彼の捜査のキャリアを調べたあとで、コールドケース・チームのことを彼に話した。ブレンダンはすこぶる興味を持ち、ほどなく、職場に休職願いを出してチームに参加した。

ヴィンスとブレンダンは似た者どうしだ。どちらもユニークな視点を持っている。アンネ・フランクの家は博物館として公開され、何百人もが外で列を作っているが、二人から見れば、ここは犯行現場だ。二人は一九四四年八月四日に何が起きたのか、その痛ましい日の午前中に、それらが正確にどの場所で起きたのかを思い描いた。

ブレンダンが言っていたが、犯行現場へ足を運ぶたびに新しい発見があるそうだ。アンネ・フランクの家の前に立って、四つの階と、通りに面した屋根裏と、窓を見るあいだに、彼はひとつのことを確信する。本職の刑事なら裏に付属の建物があることを見抜いただろうし、秘密の入口を見つけるのに長くはかからなかったはずだ。

＊植民地奪還のため、十三万人の若きオランダ兵がインドネシアへ派兵されたが、その時期におこなわれた残虐行為の数々はいまも沈黙に包まれたままだ。インドネシア独立戦争に敗れたあと、オランダ軍は撤退し、父親のない子供たちがあとに残された。オランダ人の血が流れているというので、インドネシアの人々から軽蔑されることが多かった。その子供たちや、長年消息不明だった父親や親戚の何人かに会って、ジャンは独立戦争の歴史を肌で感じることができた。

第4章
利害関係者たち

複雑になるいっぽうのこの迷宮入り事件を調査するうえで、ヴィンスは外部の人間であるため、いわば周辺部から観察をおこない、オランダ人にとって当然の事柄についても自分で答えを見つけなくてはならなかった。ただ、そのおかげで、調査が進展してほかの者が狂喜するときでも、彼だけは冷静沈着でいられた。チームにとって最初の衝撃だったのは、アンネ・フランクの遺産をめぐるさまざまな利害関係者のあいだに辛辣《しんらつ》な感情が流れていることだった。

テイスは〝アンネ・フランクの世界からやってきた男性〟と彼が呼ぶ人物に、彼とピーテルが初めて会ったときのことを話してくれた。男性の名前はヤン・ファン・コーテン、以前、〈アンネ・フランク財団〉で教育・情報発信の責任者を務めた人物である（一九八三～二〇〇四年）[*1]。テイスは以前から、フランク一家の物語にその身を捧げている複数の組織について話を聞きたいので会ってもらえないか、とファン・コーテンに問い合わせていた。そうした複数の組織がどんな活動をしているのか、どう協力し合っているのかを知りたかったのだ。

二〇一六年三月四日金曜日、テイスとピーテルは〈五月四日&五日委員会〉の事務所を訪ねた。これは追悼の日と解放記念日の祝賀行事を主催するオランダの組織である。[*2] ファン・コーテンが現在の委員長で、大きなデスクの向こうにすわったその姿はなかなか威圧的だった。テイスとピーテルは初の公式対話の場に臨んで、〝アンネ・フランク密告事件〟と一般に呼ばれている件を調査するというチームの目的を説明しなくてはならないため、いささか緊張していた。まず、用心深く質問してみた——調査を開始するに当たって、どのようなことを知っておく必要があるでしょう？

ファン・コーテンはすぐさま、デスクの引出しから白紙とマーカーをとりだした。ほんの一瞬、紙をじっと見つめた。次にいくつもの円と線を描きはじめた。口調は柔らかだが、きっぱりしていた。こうして紙に描きだしている世界を彼が熟知していることと、言葉を慎重に、きわめて慎重に選んでいることが、テイスとピーテルにも感じとれた。

図柄はどんどん複雑になっていった。二人が足を踏み入れようとしている世界が説明困難なものであるのは明らかだった。重要な点をまとめると、次のようになる。

アンネ・フランクの日記には三通りのバージョンがある。

A. オリジナルの日記。

B. 《隠れ家》に警察が踏みこむ前の何カ月かのあいだにアンネが手を加えた日記。（一九四四年三月二十八日に、オランダ亡命政権の教育・芸術・科学大臣がラジオ・オラニエの放送を通じて、この国がどれほどの苦難を経て生き延びたかという記録を残すため、日記を保

存しておくようにと国民に呼びかけた。アンネは自分の日記も公開されるように願い、それまでの日記を書き直した)[*3]

C．オットー・フランクの手で（もしくは、彼の監修で）書き直された日記。これが全世界で出版されたバージョン。

アンネ・フランクに関係した財団は世界にふたつ存在する。いずれもオットー・フランクが設立したものだ。

1．〈アンネ・フランク財団〉（ＡＦＳ）、所在地アムステルダム。
プリンセンフラハト二六三番地の家と《隠れ家》を解体から救うため、一九五七年にオットー・フランクによって設立された。財団の主な目的は、アンネ・フランクの家を維持管理し、アンネ・フランクの生涯と理念を世界に広めること。アンネ・フランク展、教育プログラム、アンネの生涯を伝える出版物の刊行などを手がけている。また、アンネ・フランクの遺品を管理し、《隠れ家》を一般公開している。

2．〈アンネ・フランク基金〉（ＡＦＦ）、所在地スイスのバーゼル。
一九六三年、アンネの日記を世界に紹介し、フランク家の著作権を管理するため、オットー・フランクによって設立された。[*]〈アンネ・フランク基金〉はフランクフルトに教育センターを持ち、多くの慈善事業を支援し、書籍・映画・演劇分野の活動をおこなっている。

なるほど。しかし、事態は複雑になるばかりだ。日記のAバージョンの著作権はオランダの国家にある。Bバージョンは、かつてはアムステルダムの〈アンネ・フランク財団〉の所有物だったが、現在はバーゼルの〈アンネ・フランク基金〉に所有権が移っている。肖像権（日記の写真も含める）はつねに〈アンネ・フランク基金〉が所有している。Cバージョンの著作権も〈アンネ・フランク基金〉が所有している。

ふたつの組織は何度も訴訟を起こし、著作権をめぐる争いを続けてきた。コールドケース・チームが片方の組織に接触すれば、他方に衝撃を与えることになる。それがファン・コーテンの図柄に込められたメッセージだった。

プロジェクトがスタートしたばかりのころ、テイスは友達とお茶を飲みながら、コールドケースの調査に関する彼の考えを説明していた。友達はテイスに、南仏の豪華ホテル、ラ・コロンブ・ドールへ行ったとき、〈アンネ・フランク基金〉（AFF）の理事会メンバーの一人にばったり出会ったという話をした（このホテルは、ピカソ、マティス、シャガールなど、有名画家が宿泊代のかわりに壁に絵を描いていったことで有名）。チームの準備が整ったら、テイスのためにその理事会メンバーとの電話の仲介をしようと言ってくれた。テイスはプロジェクトの資金調達のめどがついて前へ進めることが確信できるまで待った。ようやく電話で話をしたところ、AFFの理事は、そのプロジェクトにはどうも乗り気になれないが、ほかの理事会メンバーに諮《はか》ってみようと言った。そこから話が進んで、AFF本部を訪問することになり、二〇一八年九月二十八日、テイスとピーテルとヴィンスは飛行機で一時間のバーゼルへ向かった。

〈アンネ・フランク基金〉の本部があるのはバーゼルの旧市街中心部の近くで、なんの変哲もない現代的なオフィスビルのなかだった。内装は贅沢《ぜいたく》だが、けばけばしくはなかった。ミーティングは小さな部屋で開かれ、理事長ジョン・D・ゴールドスミス、副理事長ダニエル・フュルスト、事務局長イヴ・クーゲルマンを含む五人の理事会メンバーが出席した。サンドイッチが出され、一時間以上にわたって陽気で和やかなやりとりが続いた。一人一人が短い自己紹介をおこない、次に、テイスとピーテルとヴィンスがリサーチ案とプロジェクト実施を決めた動機について話した。ヴィンスはゴールドスミスのひどく懐疑的な表情を思いだした。なぜ調査を始めたのか、それを正当化する新たな情報が何かあるのか、と先ほどゴールドスミスに尋ねられたのだ。

ヴィンスはコールドケース・チームの調査目的を説明した――新たな手がかりが見つかることを願って、これまで無視されてきた情報を見直すつもりでいる。以前の調査は焦点を合わせる範囲があまりにも狭かった。最新技術とテクノロジーを駆使すれば、新鮮な視点から見直すことができるはずだ。この説明のあと、理事会メンバーの猜疑《さいぎ》心はやや薄れたように見えた。とても和やかで心地よい雰囲気になったので、ヴィンスは理事会が協力を約束してくれそうだとの期待を抱きはじめた。プロジェクトの名前はもう考えたのかとクーゲルマンに質問されたとき、ヴィンスの楽観的な思いは不意に消滅した。

テイスが〝コールドケースの日記：アンネ・フランク〟という仮題がついていると答えた。たちまち、室内が静まりかえった。クーゲルマンが口を開いた。断固反対だと言った。「なぜこのプロジェクトにアンネ・フランクの名前を悪用するのです？　アンネ・フランクという名前は商標登録されていて、ＡＦＦが商標権を持っていることをご存じなかったのですか？　彼女の名前を勝手に使うことはできません。この哀れな少女を利用して金儲けを企むのは、倫理に大きくもとることではありませんか？　それに、密告はアンネ一人の問題ではなく、《隠れ家》に潜んでいた八人全員の問題であり……オランダから連れ去られた、アンネ・フランクという名前ではなかった十万七千人のユダヤ人の問題でもあるのです。オランダはなぜアンネを自分たちのものにしようとするのです？　アンネはもともとドイツ人の少女であり、ユダヤ人の少女であり、オランダ人の少女ではなかったのですよ！　だからこそ、われわれはフランクフルトにあるアンネ・フランクの家を維持してきたのです。はっきり言って、アムステルダムにアンネ・フランクの家があることが、そもそも理解できません」

ヴィンスとテイスとピーテルは唖然《あぜん》とした。とりわけ、ピーテルの憤慨は大きかった。「われわれがアンネ・フランクの名前を使って金儲けを企んでいるなどとＡＦＦは非難するのですか？　その同じＡＦＦが、永遠のベストセラーとして最高の利益をもたらしてくれる本のひとつの著作権を持っているというのに？　アンネはもともとドイツ人の少女だった？　国を失い、彼女を〝下等人種《ウンターメンシュ》〟とみなした政権によって祖国を追われたのではなかったのですか？　自分の最大の望みは有名作家になることに加えて、本当のオランダ人になることだ、と日記に書いてありませんか？　日記はオランダ語で書かれたのではありませんか？　アンネが戦争のなかを生き延びた場合、オランダ人になることを考え直した可能性もあるでしょうが、とにかく、日記にははっきりそう書いてあります」

クーゲルマンは、支援と協力を提供するいい機会だと思うが、コールドケース・チームがアンネ・フランクの名前を使用しないことが条件だと言った。すでにAFFから資金提供を受けているリサーチ・グループに協力するのもやぶさかではないとのこと。場の雰囲気は明らかに冷ややかになっていたが、誰もがあいかわらず礼儀正しかった。テイスは遠まわしに言った――その条件が今後の協力関係の土台になるとは予想もしていなかったので、しばらく考えさせてほしい、と。

クーゲルマンはそのあとで、テイスとヴィンスとピーテルが容易に忘れられそうにない言葉を口にした。〈アンネ・フランク基金〉の協力抜きでコールドケース・チームが事件を解決するのはぜったい無理だ、と。つまり、謎を解く鍵となるものを〈アンネ・フランク基金〉が所持していると言っているのだ。本当に何かを所持しているのなら、おそらく〈基金〉の書庫のなかにあるのだろうが、クーゲルマンがどういう証拠品のことを言っているのかは不明だった。三人が辞去しようとしたとき、ゴールドスミスがヴィンスを脇へ呼んで言った。「ご存じかもしれませんが、ジルバーバウアーの正体を知っているかどうかについて、オットーはヴィーゼンタールに嘘をつきました。なぜだと思われます？」ヴィンスは「いまはまだわかりませんが、かならず突き止めてみせます」と答えた。コールドケース・チームはこのとき初めて、オットー・フランクが秘密を持っていたことを知ったのだった。

二、三週間後、理事会メンバーからテイスに短い電話があり、「調査や書籍化や映画化のさいのタイトルにアンネ・フランクの名前を使うことを、考え直してくれましたか？」と、尋ねてきた。テイスがノーと答えると、そのメンバーは、ＡＦＦとしては協力する気になれないと彼に伝えた。のちに、調査がフルスピードで進みだしたころ、テイスはＡＦＦに手紙を出し、チームの本部を見に来てほしいと理事会に頼んだが、丁重に辞退された。また、ヴィンスがＡＦＦの書庫の使用許可を手紙で正式に求めたところ、二カ月後に返事が来て、さらに詳細を知らせてほしいという堅苦しい要求をされた。求められた情報をヴィンスから送ったものの、あとに続いたのは沈黙だけだった。

というわけで、コールドケース・チームは教訓その一を学んだ——アンネ・フランクのレガシーを守ることに身を捧げた組織というのは、ファン・コーテンの迷宮のごとき図柄をもってしても表現できないほど謎めいていて複雑である。しかも、これから先、あらゆることがどこまで複雑になっていくのかを、チームの面々はまだ理解していなかった。**

＊著作権は現在、オットーの甥と姪たちが所持していて、ブディ・エリーアスとシュテファン・エリーアス（オットーの妹レニの息子たち）もそこに含まれている。

＊＊結局のところ、オットーの手紙を引用する許可をＡＦＦから得ることはできなかった。ただし、わたしたちが選んだ箇所はほかの何作かの本のなかで活字になっている。寛容と平和と正義を求めるオットーの雄弁な声を本書で紹介できなかったことが、わたしたちは残念でならない。

第5章

「あの男に何ができるか見てみよう！」

オットー・フランクは一八八九年にフランクフルトで生まれた。ドイツにおける母方の家系をたどると、十六世紀までさかのぼる。第一次大戦のとき〝愛国のユダヤ人たちよ、祖国のために戦おう〟という呼びかけに応えて軍隊に入り、偵察部隊を率いた勇猛さを称《たた》えられて中尉に昇進した。百五十万人の死傷者を出したソンムの戦いでは、フランスで塹壕《ざんごう》にこもっていた。戦場での孤独、孤立、恐怖を、身をもって知った。だからこそ、一九一七年に〝人生においては愛と家族を最優先させなくてはならない〟と、妹宛の手紙に書いたのだろう[*1]。

オットー・フランクを知る人々は彼のことを、陽気な性格で剽軽《ひょうきん》な面もあり、元気がよく、エネルギーにあふれているが、一人を好む性格でもあると評していた。自分の意見を胸にしまっておくタイプだった。ドイツでユダヤ人女性と結婚し、娘二人もドイツで生まれた。敬虔《けいけん》なユダヤ教徒ではなかった。ドイツへの愛はユダヤ人というルーツへの愛に劣らず強いものだった。

一九一八年にドイツが第一次世界大戦に敗れたあとほどなく、この国がこうむった屈辱に対してユダヤ人がスケープゴートにされた。怒れる群衆がベルリンの通りでユダヤ人に襲いかかり、食料不足も、インフレも、ドイツ自身が始めた戦争も、すべてユダヤ人のせいにした。そして、一九二四年、獄中にあった一人の青年が『わが闘争』という本を書きはじめた。次のように吼《ほ》えた。

　ユダヤ人がマルクス主義的信条の助けをかりてこの世界の諸民族に勝つならば、かれらの王冠は人類の死の花冠になるだろうし、さらにこの遊星はふたたび何百万年前のように、住む人もなくエーテルの中を回転するだろう……（中略）……同時にわたしはユダヤ人を防ぎ、主の御業のために戦うのだ。[*2]（『わが闘争』アドルフ・ヒトラー著、平野一郎、将積茂訳、角川文庫）

陰謀説に傾倒する連中は、誇張した表現を使って、人類の生存が危機に瀕《ひん》しているとつねに訴えかける。そして、つねに敵を想定する。ここではボルシェビキのユダヤ人だ。この訴えは効果があった。

一九三三年一月にヒトラーが首相指名を受けたとたん、ユダヤ人への迫害が始まった。その手法は著《いちじる》しく官僚的で、組織的で、狡猾《こうかつ》だった。一九三三年三月、政治犯を収容するため、親衛隊がダッハウに収容所を建設した。一九三八年には改装を終えて第二次大戦時の強制収容所第一号になった。大々的な宣伝工作によって、ユダヤ人は遺伝学的に欠陥ありとする人種衛生学説が広まった。そのすぐあとに、職場におけるユダヤ人の解雇と財産没収が続いた。

政府の命令によってユダヤ人と非ユダヤ人の子供が学校で別々にされ、長女のマルゴーが非ユダヤ人の同級生から離れた席にすわらされたことが、オットー・フランクにとって決定的瞬間となった。〝遮眼帯をつけられた競走馬のように、自分たちの小さな世界の外に広がる社会の風景を知らない状態で〟娘たちを育てるつもりはない、とオットーは言った。[*3] 自分の娘たちには、劣った者、のけ者として孤立させられるのではなく、世界の一部になってほしいと願っていた。そこにはまた、自分の国には世界の一部でいてほしい、アーリア人の優秀さなどという馬鹿げた観念のせいで孤立しないでほしい、という言外の意味も含まれていた。

オットー・フランクは四十四歳、骨の髄までドイツ人のつもりだった――友人たちが彼のプロイセンふうの自制心を微笑ましく思っていたほどだ――だが同時に、先見の明も備えていた。一九三三年一月、オットーと妻のエーディトがドイツ人の友人たちと夕食を共にしていたとき、ヒトラーが選挙に勝利したというニュースがラジオから流れてきた。彼とエーディトが恐怖のなかで顔を見合わせると同時に、友人たちが言った。「あの男に何ができるか見てみよう！」[*4] この友人たちから見れば、ヒトラーは秩序をもたらし、惨《みじ》めな大恐慌のあとで国をふたたび偉大にしてくれる強い男だった。ヒトラーの〝エキセントリックな〟面はなんとか我慢できる、と友人たちは思っていた。

その夜、オットーとエーディトはどうやってドイツを出るかを相談した。オットーは破壊的な国家主義の台頭を以前から熟視してきて、それがいかに危険になりうるかを知っていた。逃げるときは何もかも捨てていくしかないから、どうすれば家族を食べさせていけるかと自分に問いかけていた。どこへ逃げればいい？　親戚の多くはすでにドイツを離れていた。弟のヘルベルトは一九三二年にパリへ逃げていたし、パリにいるいとこのジャン＝ミシェル・フランクは才能あるデザイナーとして、サルバドール・ダリのような芸術家たちと仕事をしていた。オットーの兄のローベルトとその妻ロッティは一九三三年の夏にイギリスへ移住し、ロンドンのセント・ジェイムズ通りの地下の画廊で美術商をしていた。妹のレニと夫エーリヒ・エリーアスはスイスのバーゼルに住み、エーリヒはそこで〈オペクタ商会〉という会社を経営していた。ジャム作りに使うペクチンを製造するフランクフルトの会社〈ポモジン工業〉の子会社であった。一九三三年、オットーの母親アリス・フランクもバーゼルへ移住し、娘の家に同居していた。

オットーがどの国へ逃げるかを考えたとき、イギリスとアメリカは無理だと思った。英語が満足に話せない、と自分に言い聞かせた。どうやって生活費を稼げばいい？　兄弟も妹も精一杯力になってくれることはわかっていたが、それぞれに苦労しているのだから、よけいな重荷にはなりたくなかった。フランスならいいかもしれないと思った。ところがそこで、妹の夫エーリヒから手紙が届き、自分の会社が国際市場へ進出するつもりでいるので、アムステルダムに〈オペクタ商会〉の支社を創ってくれないか、とオットーに頼んできた。

オットーは一九二三年にしばらくアムステルダムにいたことがある。父親の銀行の支店として、ミヒャエル・フランク&ゾーネン銀行を設立するためだった。あいにく、一家が破産に直面し、オットーはドイツに帰らざるをえなくなったので、銀行は一年もしないうちにつぶれてしまった。しかし、オットーはこの街が好きだし、オランダ人は寛容なことで知られている。第一次大戦のときは、中立を守ったではないか？　一九三三年八月上旬、オットー・フランクは亡命した。スーツケースに靴と一緒に祖国も詰めこみ、彼と妻と娘たちは永遠にドイツを離れた。

運はオットーに味方してくれなかった。いや、運などという言葉を使うと、外部の、もしくは至高の力が世の出来事を支配するようなイメージになってしまう。それよりむしろ、偶然によってオットーと家族がオランダに移住し、自分の人生をコントロールする力をオットーが徐々に奪われていったと言うべきだろう。

オットーに予測できたはずもないが、第二次大戦の終わりまでに、オランダにおけるユダヤ人の死者数は西ヨーロッパで最悪の記録を打ち立てることになる。オランダに住んでいたユダヤ人の七十三パーセントが死亡した。ベルギーでは四十パーセント。フランス、二十五パーセント。デンマーク、六パーセント。ファシスト国家のイタリアでさえ、殺されたユダヤ人はわずか八パーセントだった。[*5] 身を隠したオランダのユダヤ人の数は二万五千～二万七千のあいだと推定される。三分の一が密告されたが、それを押し進める力の一因となったのがナチスの考案による報奨金という狡猾なシステムで、警官も民間人もこれに誘惑されて、潜伏しているユダヤ人を密告したのだった。

ピーテル・ファン・トウィスクをコールドケースの調査にひきよせたそもそもの誘因のひとつが、この問題だった。オランダでなぜこれほど大規模に密告が起きたのかを、ピーテルは突き止めたかった。長らく信じられてきた説はこうだ――オランダ社会の構造がユダヤ人の保護を阻むことになった。すなわち、宗教とそれに付随する政治信条によって社会がいくつかのグループに分断されていて、オランダ人はそれを〝立柱化《ピラーリゼーション》〟と呼んでいた。主な柱は四本あった。カトリック、プロテスタント、社会主義者、自由主義者。それぞれの柱（オランダ語でヴェルスィーリング）が独自の労働組合、銀行、病院、学校、大学、スポーツクラブ、新聞などを持っていた。こうした分断によって、人々は自分のグループのなかで密接に結びつき、よその柱のメンバーとの個人的な接触は稀《まれ》か皆無という状態になっていた。しかし、ピーテルが言うには、その説明では単純すぎるとのこと。ピラーリゼーションという概念はあまりに曖昧で総括的すぎて、戦時中のオランダの行動を説明しえない、というのだ。

歴史学者のピム・グリッフィウーンとロン・ツェラーはもっと複雑な説明をしている。二人が指摘するのは、オランダの住民登録制度がナチスを助けたという点だ。市の登録カードには、氏名、生年月日、出生地、国籍、宗教、配偶者と子供の氏名／生年月日、結婚年月日、死亡年月日、市内の住所、転入年月日と転出年月日、パスポートもしくは身分証を所持しているか否か、といったことが記載される。宗教も公式に記載される。信者数に応じて政府から宗教団体に助成金が出るからだ。ユダヤ人にはNIというイニシャルがつけられる。〝オランダ系ユダヤ人〟という意味だ。これによって、一九四二年の夏にナチスによるユダヤ人狩りが始まったとき、オランダに住むユダヤ人は簡単に標的にされたわけだ。この国の地理を考えた場合、逃亡は選択肢に入らない。東はドイツとの長い国境。南のベルギーはナチスの占領下。西と北は民間船舶の出入りが禁じられている。実質的に、行ける場所はどこにもなかった。[*6]

また、戦時中のオランダの状況が他の国々と異なっていたのも事実である。オランダは事実上の警察国家だった。例えば、ベルギーとフランスがドイツ国防軍に支配され、デンマークがドイツ海軍の支配下に置かれるようになったのに対して、オランダは最初のうち、ドイツ行政占領機関によって統治されていた。そのトップを務めたのが、ヒトラーから国家弁務官《ライヒスコミッサール》に任命されたオーストトリア出身の弁護士、アルトゥル・ザイス＝インクヴァルトだった。やがて、ザイス＝インクヴァルトとオランダ・ナチ党（ＮＳＢ）のあいだで権力闘争が起きた。ナチ党は、いっぽうでは空軍総司令官ヘルマン・ゲーリングの勢力下にあり、もういっぽうでは、親衛隊および警察高級指導者であり、親衛隊全国指導者ハインリヒ・ヒムラーの直属の部下であるハンス・アルビン・ラウターの勢力下にあった。ゲーリングの権力が衰え、ヒムラーが優位に立つにつれて、ラウターの権勢も増していった。彼の指揮のもとで、十万七千人のユダヤ人の移送、レジスタンス活動の弾圧、ナチ党員を襲撃した者への報復などがおこなわれた。最初のころは、党員一人の死に対してオランダ人数人が処刑されていた。占領下のオランダでその割合は高くなるばかりだった。

それに加えて、ナチスの方針に逆らえば、オランダ国民は苛酷な弾圧を覚悟しなくてはならなかった。ユダヤ人の財産没収やユダヤ人狩りに抗議して、一九四一年二月二十五日、共産党の主導によりアムステルダムで実現した全国規模のゼネストは、占領下に置かれたヨーロッパ諸国において人民がナチスに突きつけた初の抗議運動であり、ユダヤ人移送に反対して非ユダヤ人が組織した唯一の大規模な抗議運動とみなされている。アムステルダム市内と周辺に住む少なくとも三十万人の労働者がゼネストに参加した。[*7] ドイツ当局はただちに苛酷な弾圧に乗りだした。ストの首謀者たちは駆り集められ、処刑された。レジスタンス運動の復活までに長い時間がかかった。〝一九四三年の春になってようやく、次のストライキが実施された。しかし……すでに死の収容所へ送られていた膨大な数のユダヤ人にとって、この抗議運動はもう手遅れだった〟[*8]

とはいえ、ユダヤ人のために尽力した団体や個人の数もかなりなものだった。ユダヤ人の子供の救済に奔走した組織は四つあった。ヘッティ・ヴァウトは生物学を専攻する若い学生で、〈ユトレヒト児童委員会〉と称するグループで活動を始めた。親からひき離されたユダヤ人の幼い子供たち数百人のための隠れ家探しに、みんなでとりかかった。ヘッティは自転車で田園地帯を走り、文字どおりドアをノックしてまわった。[*9]

　身を隠そうとするユダヤ人に力を貸した人々の正確な人数を推定するのは不可能だが、少なくとも二万八千人、たぶんそれ以上いたと思われる――それだけの人々が知らない相手のために、自分自身の命と、おそらく家族の命まで危険にさらしたことを考えれば、桁外《けた》れの数字と言っていいだろう。

第6章

ひとときの安全

一九三三年十二月には、オットー・フランクはメルヴェデプレイン三七番地に一家のためのアパートメントを見つけていた。建ったのは一九二〇年ごろ、寝室三つの質素な住まいで、いくつも建ち並ぶテラスハウスの一軒の上階にあった。* そのあたりは〝河地区〟と呼ばれ、ナチスドイツを逃れてこちらに来たばかりの何百人ものユダヤ人避難者があふれていた。貧しいオランダ系ユダヤ人が中流の彼らの快適な暮らしを羨《うらや》むいっぽうで、地元のユダヤ人は到着したばかりの人々に対し、「移民だと見抜かれてはいけないので、人前でドイツ語を話すのは控えるように」と注意した。

オットーは家族のために安全な避難所が見つかったと思っていた。アンネはこの界隈《かいわい》が大好きで、メルヴェデプレインのことを〝メリー〟と呼んでいた。最初の五年か六年のあいだ、フランク一家はアムステルダムでくつろいだ日々を送り、子供たちは学校にすぐなじんで、オランダ語を話すようになり、友達もできた。ドイツで起きていることは悲惨だが、遠い出来事になっていた。

当時のオランダにおける反ユダヤ主義というのは、そう露骨なものではなかった。それが頭をもたげるとすれば、たいていは言葉による攻撃だった。ところが、別の種類の不寛容が広がりを見せはじめた。まずドイツから、次いでオーストリアや東欧諸国から人々が逃げてくるにつれて、オランダ人のあいだで避難民への嫌悪が徐々に高まりはじめた。オランダにやってくる避難者の流れには三つの波があった。最初の波をひきおこしたのは一九三三年のヒトラーの首相指名。次は一九三五年、ユダヤ人迫害を合法化するニュルンベルク法の公布。そして、最後が一九三八年の〝水晶の夜《クリスタルナハト》〟と呼ばれる暴動。その夜、ユダヤ人の商店が襲撃され、約三万人のユダヤ人が逮捕され、六百人が重傷を負った。暴動を誘発したと咎《とが》められて、ユダヤ人自身が何百万マルクもの罰金を払わされた。真実がここまで歪曲されてしまっては、もはや逃げるしかない。一九三三年から一九四〇年までに、推定三万三千人の避難民がオランダに入国した。

オランダ政府は避難民を〝好ましからざる要素〟として扱う法案を可決した。[*1] 一九三九年、ユダヤ人の合法的避難民と不法滞在避難民の両方を収容するために、ヴェステルボルク収容所が建設され、オランダ系ユダヤ人の民間組織が建設費用を負担させられた。この収容所は国の北東のはずれに位置していて（もっと中心部にという案もあったが、王宮に近すぎるとしてヴィルヘルミナ女王に拒否された）、粗末なバラックと小さな小屋を並べたものだった。最初のうちは開放的な収容所で、人々が移住の準備をする場所になっていた。最終的には、オランダを占領したドイツ当局によって、東部の強制収容所へ移送されるユダヤ人の通過収容所に転用されるのを待つこととなった。

こうしたことが起きている最中に、オットー・フランクは妹の夫エーリヒ・エリーアスから借りた資金で〈オペクタ商会〉を設立した。わずかな利益しか上がらなかったが、一九三八年にはもうひとつの会社〈ペクタコン商会〉を作った。精肉店やその他の商店に、ハーブ、スパイス、シーズニングを卸すのが専門の会社で、おかげで、ジャムに使う果物が乏しくなる冬の季節も商売を続けられるようになった。オットーは支店を出そうとして、一九三七年十月にロンドンとブリストルへ出かけた。これが実現すれば、もちろん、家族もいずれ移住し、自由を手にできただろうが、計画は挫折した。

オットーはオランダで過ごした最初の数年をふりかえると、あのころはドイツで送った恐怖の日々のあとで一家が自由をとりもどし、平和な暮らしを送ったと言うことができた。夏にはエーディトと子供たちがしばしば、ドイツとの国境を越えたところにある保養地アーヘンへ出かけていた。一九三二年から、エーディトの実家の一族がこの町で大きなタウンハウスを借りていたのだ。アムステルダムへ先に行ったオットーが妻子のためにアパートメントを見つけるまで、エーディトと子供たちが数カ月を過ごしたのもそこだった。オットーが子供たちを連れてバーゼルへ出かけることもあった。母親のアリスや、妹のレニや、数多くの親戚に会うためだった。

会社経営者としての、人間としてのオットーの器の大きさは、従業員との関係によく出ている。社長を支えるために多くを犠牲にするよう頼まれ、惜しみなく支援をおこなったという点で、四人の従業員の右に出る者はいない。ヨハンネス・クレイマン、ヴィクトル・クーフレル、ミープ・ヒース、ベップ・フォスキュイル。

オットーとヨハンネス・クレイマンは一九二三年からのつきあいだった。オットーがアムステルダムにミヒャエル・フランク＆ゾーネン銀行の支店を作ろうとしていたときに、二人は出会った。

クレイマンはオットーから全面的に信頼されるようになった。一九四一年にユダヤ人が事業経営を禁じられたとき、ドイツに会社を押収されたり、解散させられたりするのを防ぐために、オットーは〈ペクタコン商会〉の経営をクレイマンに託すことにした。オランダ人の会社であることがわかるよう、のちに社名を〈ヒース商会〉と変更することになる。オットーが家族を連れて隠れ家生活に入ったあと、クレイマンは会社の帳簿を操作して、本当の社長であるオットーのためにつねに金をとりわけ、それを隠せるようにした。

ヴィクトル・クーフレルはオーストリア＝ハンガリー海軍の兵士として第一次世界大戦に従軍し、負傷した。一九二〇年にオランダに移住、一九三三年に〈オペクタ商会〉に入って最初の従業員の一人になった。政治に関してはオットーと同じ意見で、彼にこう語っている――自分が一九二〇年にオーストリアを出たのは、戦争中、オーストリア帝国軍にファシズムと反ユダヤ主義が蔓延しているのを見て嫌気がさしたからだ、と。[2] 年齢は三十三歳、妻は病弱な女性だった。ミープ・ヒースはクーフレルのことを〝たくましく、男性的な風貌の好男子で、髪は黒っぽく、きちょうめんだった。まじめ一点張りで、冗談嫌い……（中略）……どんなときにも四角四面で、礼儀正しく〟[3]（『思い出のアンネ・フランク』ミープ・ヒース、アリソン・レスリー・ゴールド著、深町眞理子訳、文春文庫）と評している。ミープは知らなかったが、クーフレルは複雑な子供時代を送っていた。小さな町で未婚の母から生まれたため、婚外子というレッテルを貼られて辛い思いをしてきた。堅苦しい性格はそのせいだったのかもしれない。

ミープ・ヒースは一九〇九年生まれ、クーフレルと同じくオーストリア人だった。第一次大戦後のオーストリアは深刻な食料不足に見舞われ、ミープを含む多くの子供がひどい栄養失調に陥った。

ミープの体調が悪化するいっぽうだったので、飢えた子供たちをオランダへ送って体力をつけさせるという救援計画に両親が申込みをした。子供たちは自分の名前を書いた身分証を首にかけさせられ、列車に乗りこんだ。ミープは列車が真っ暗闇のなかで止まったことと、そこがライデンというオランダの町だったことを覚えている。一人の男性がミープの手をとった。二人は徒歩で駅をあとにし、町の外に出た。やがて一軒の家まで来た。玄関が開いた。女性が温かなミルクでミープを迎えてくれた。子供たちがじっと見ていた。ミープはベッドへ連れていかれ、すぐにぐっすり眠りこんだ。ニウウェンホイス一家とのあいだに深い絆《きずな》が生まれ、五年間をここで過ごした。十六歳でオーストリアに里帰りしたとき、実家の両親に、オランダの養父母のもとにとどまることを許してほしいと頼んだ。[*4] こうした生い立ちから、ミープは避難民に深い同情を寄せるようになった。

一九三三年、二十四歳のときに、オットーの会社に入った。かつて、オットーのことを〝口数が少なく、高潔で、皮肉っぽいユーモア感覚の持ち主〟[*5] と評したことがある。もうじき彼女の夫になるヤン・ヒースはアムステルダム市役所の福祉局に勤務していて、一九四三年からNSF（全国救援基金）というレジスタンス組織にも加わっていた。他のすべての支部に活動資金を送る役目を担当していて、資金の多くはロンドンのオランダ亡命政府から出ていた。[*6] 危険な任務だった。ミープはこう語った。〝およそ二万人以上のオランダ人が、あの時代に、ナチスの目をのがれねばならなかったユダヤ人およびその他の人びとを、かくまうことに尽力した。わたしもまた、すすんでできるだけのことをした。わたしの夫もおなじことをした。それでもじゅうぶんではなかった〟[*7]（『思い出のアンネ・フランク』文春文庫）ミープと夫はほぼ毎週フランク一家と夕食を共にして、親しい友人どうしになった。

ベップ（エリーサベト）・フォスキュイルは一九三七年の夏の初め、十八歳のときに〈オペクタ商会〉に入社した。ミープより十歳年下で、気の毒なほど内気だったが、並外れた勇気の持ち主だった。社長のことを雄弁にこう語っている。〝愛情豊かで、鷹揚《おうよう》で、よく気のつく人でした……どんなときでも、柔らかな言葉遣いがわめき声より強い印象を残したものです〟[*8]。父親のヨハンネスも倉庫主任として会社で働くようになった。筋金入りの反ナチス主義者で、《隠れ家》の入口をカムフラージュする本棚を作ってくれたのがこの人である。

この五人がオットーの一家を匿い、彼の命を助け、彼の悲劇を共有することになる。単なる従業員ではなく、ナチスの脅威をオットーと同じく明敏に見抜いていた友人たちだった。戦後のアムステルダムをふりかえるとき、オットーはよくこう言ったものだ——あの街はわたしにとって二重の意味を持っていた。永遠の友情を意味する街であり、密告を意味する街でもあった。

一九三八年になると、オットーの安心感にひびが入りはじめた。ヒトラーがオーストリアを併合してからはとくに。オランダは本当に安全なのか？　オーストリアが侵略され、大ゲルマン帝国の一部と宣言されたのなら、オランダもそうなるのではないか？　ナチスから見れば、オランダ人は標準ドイツ語を話すゲルマン民族なのだ。この年の春、オットーはロッテルダムのアメリカ領事館へ出かけ、合衆国へ移住するためのビザを申請した。彼だけではなかった。一九三九年の初めまでに、ヨーロッパ各国のアメリカ領事館が受けたビザ申請は合計三十万件にのぼっている。ドイツおよびオーストリア市民に対するビザの年間割り当ては二万七千だった[*9]。

スイスに住む母親と妹の家にころがりこむことをオットーが考えたとしても、それはすぐにあきらめた。戦争が始まる前でさえ、スイスはユダヤの避難民や移民の受け入れを拒否してきた。ヒトラーの機嫌を損ねることも、スイスの中立を危険にさらすことも望まなかったのだ。ユダヤ人のうちスイスへの入国を許されるのは、パレスチナ系ユダヤ人のように、よその国へ移住するさいに合法的に通過するだけであることを証明できる者に限られていた。オットーには、スイスとの国境を越えようとすれば彼も家族もほぼ間違いなく追い返され、次に逮捕されるであろうことがわかっていた。ユダヤ人がビザなしでオランダを出るのは不可能だった。

オットーは、第一次大戦のときと同じようにドイツがオランダの中立を尊重してくれるだろうという期待にすがった。しかし、ほとんどの場合は気丈にふるまっていた。自分たち一家がふたたび危険にさらされていることは承知していた。ロンドンに住むいとこのミリー・スタンフィールドは一九四〇年の春にオットーと手紙を交わしたことを思いだした。〝オットーから届いた手紙には、ひどく落ちこんでいると書いてありました。ドイツが攻撃してくるのを確信していたからです〟[*10]。子供たちの身がどうなるか、怖くて考えることもできない、とオットーが言うので、ミリーは娘たちをロンドンによこしてはどうか、そのほうが安全だと提案した。オットーからの返信には、ミリーにたら娘たちの命を安心して託せるが、自分もエーディトも娘たちと離れて暮らすことは想像できない、と書いてあった。

この決断についても、オットーはあとでひどく後悔することになるが、それはあくまでも結果論だ。ヒトラーはすでにオランダを攻撃している。次はイギリスかもしれないではないか。イギリスは大丈夫だという保証がどこにある？　占領下のロンドンで娘たちが途方に暮れるかもしれない。

そんなことになったら、ぜったいに自分を許せないだろう。

一九三九年三月、エーディトの母親のローザがアーヘンからやってきて、メルヴェデプレイン三七番地で暮らすことになった。そして、一九四〇年の夏には、エーディトの兄ユリウスと弟ヴァルターがようやくアメリカへ移住できることになり、全員のビザをとると約束してくれた。ふたたび、自由への道への希望が生まれた。

＊オットー・フランクのかつての住まいは、現在、見学することができる。二〇〇四年に作家のための保養所に改装されたそのアパートメントを、〈アンネ・フランク財団〉が二〇一七年に買い取った。細心の注意を払って一九三〇年代ふうの家具調度が整えられ、フランク家の家族写真と同じ内装にしてある。アンネの寝室に置かれた、蓋を閉じるタイプのマホガニー製のライティングデスクの上のほうに、そっくりのデスクに腰かけたアンネの写真がかけてある。

第7章
猛攻撃

一九四〇年五月十日金曜日。ミープの記憶によると、その日、みんなでオットーの役員室のラジオを囲んでいた。暗澹《あんたん》たる雰囲気と衝撃に包まれていた。夜明けにドイツの軍隊と飛行編隊がオランダの国境を越えたことを、アナウンサーが告げていた。兵士の一部はオランダ軍の軍服を着て、傷病兵輸送車を担当したり、自転車に乗ったりしているという。事実なのか？　噂《うわさ》なのか？　しかし、午前中にヴィルヘルミナ女王がラジオを通じて国民に語りかけ、落ち着いて行動するよう告げたとき、ドイツがオランダに侵攻してきたことが明らかになった。三日後、女王はイギリスへ脱出した。四日後、降伏条件を交渉中だったというのに、ドイツ軍が港湾都市ロッテルダムを爆撃して中心部をほぼ壊滅させ、推定六百～九百人の死者を出した。ヒトラーは無線が故障したため、爆撃中止命令が間に合わなかったのだと言った。そのくせ、ロッテルダム爆撃の翌日には、オランダがおとなしく降伏しなかったらユトレヒトを爆撃すると脅してきた。オランダは五月十五日に降伏した。〝戦争〟は五日で終わった。ドイツがオランダの中立を尊重するものと思いこんでいたため、オランダ側は戦争への備えがまったくできていなかった。

最初のうち、ドイツの占領政策は寛大とも呼べそうなものだった。ナチスはオランダ人を年下のいとこのように扱い、国家社会主義の教義に簡単になびくものと思っていた。ドイツ軍がオランダに軍事品を発注することで景気がけっこう上向きになり、ザイス＝インクヴァルトの懐柔策によって占領を歓迎するオランダ人まで出てくる有様だった。

しかし、状況はゆっくり変わっていった。一九四一年一月十日、政令no.6/1941によって全ユダヤ人が住民登録を義務づけられた。政令を遵守させるため、地方自治体はすべての地区に登録事務所を開設した。登録するには一人一ギルダーの登録料が必要だった。〝ユダヤ人〟の定義を検討する必要がある場合は、その件がハーグの高等弁務官事務所へまわされ、ハンス＝ゲオルク・カルマイアーというドイツ人弁護士の裁定を受けることになっていた。彼はナチスの指揮下にあった内政局のトップで、ここがユダヤ人の住民登録を担当する部署だった。

大多数のユダヤ人は、自分の名前も住所もすでに地元で住民登録されているし、シナゴーグの記録にも出ているのだからと考えて、おとなしく従った。登録していないと、五年以下の懲役刑に処せられる。[*1] おまけに、誰もがだまされて、ユダヤ人移住促進中央局《ツエントラールシユテレ・フユーア・ユーディッシユ・アオスヴァ》（略称JA）に登録しておけば、ヨーロッパ以外の国々へ容易に移住できるようになると信じていた。

ミープ・ヒースが書いているように、〝いままで隠れていたねずみ穴から、オランダのナチ支持者が姿をあらわして、喝采したり、手を振ったりした〟（『思い出のアンネ・フランク』文春文庫）のだ。[*2] 一九三二年に結成されたオランダ・ナチ党〈オランダ国家社会主義運動〉（略称NSB）は、一九三五年には活動を禁じられたが、オランダがナチスの占領下に置かれてから勢いを盛りかえした。一九四三年には十万一千人の党員を擁するようになる。ザイス＝インクヴァルトの命により、ＮＳＢは民兵組織を誕生させた。活力回復部門《ウエールバールヘイズ・アフデーリング》（略称ＷＡ）と称して、警察の補助的役割を果たす組織であった。

一九四一年二月にはすでに、ユダヤ人への憎しみが街の通りに蔓延し、ＮＳＢのごろつき連中がアムステルダム市内をうろついて恐怖を広げていた。ユダヤ人は路面電車からひきずりおろされ、窓は叩《たた》き割られた。〈カフェ・アルカサル〉のオーナーは〝ユダヤ人お断り〟の掲示を出すのを最後まで拒否した一人で、ユダヤ人のキャバレー歌手に出演の場を提供していた。ところが、二月九日日曜日、午後の半ばに約五十人のＷＡの連中が〈アルカサル〉を襲撃し、通りに面した窓から自転車を投げ捨てた。オーナーが前夜、ユダヤ人歌手のクララ・デ・フリースを彼の店で歌わせたことに憤慨したのだ。ユダヤ人も非ユダヤ人もひっくるめて客をぶちのめし、家具を叩きこわした。オランダ警察が割って入るのを阻止するために、グリューネ・ポリツァイが見張りに立って破壊行為を楽しく見物し、騒ぎはやがてほかのカフェにも広がっていった。[*3]

ザイス＝インクヴァルトの懐柔策にだまされて、オランダ人はドイツ軍が友好的にふるまい、自分たちとは距離を置いてくれるものと思いこんでいた。しかし、その夢は一九四一年二月十一日に終わりを告げた。オランダ・ナチ党員が四十人ほど集結して、アムステルダム中心部にあるヴァーテルロープレイン市場――ユダヤ人経営の商店が軒《のき》を連ねるショッピングエリア――に押しかけ、反ユダヤ的な歌を次々と歌いはじめた。市場の倉庫エリアに乱入し、ずっしりと重い品を武器にした。やがて、オランダ・ナチ党員と、ユダヤ人の若者が自衛のために結成していた小規模な戦闘グループのあいだで、激しい衝突が起きた。地元の人々——ほとんどが共産主義者——もユダヤ人と力を合わせて応戦した。乱闘が終わったとき、WAのヘンドリク・コートが意識不明の状態で発見され、三日後に死亡した。NSBはコートの〝殉教〟を宣伝活動のまたとない道具にした。二月十七日、二千人を超える制服姿のNSBメンバーがコートの葬列に加わり、アムステルダムの通りを練り歩いた。

一九四一年二月十二日、ドイツとアムステルダムの警官がユダヤ人居住区に通じる道路と橋をすべて封鎖した。市民はこの地区に出入りできなくなった。ザイス＝インクヴァルト国家弁務官は、三月十二日にコンセルトヘボウでNSDAP（ドイツ・ナチ党）のオランダ支部に向けておこなった演説のなかで、こう宣言した。「ユダヤ人を見つけたら、われわれはその場で逮捕する。ユダヤ人と一緒に歩く者はその結果を甘受せねばならない」*4 その年の六月、ナチスはユダヤ人音楽家をコンセルトヘボウから一人残らず追放した。コンセルトヘボウのメンバーとしての最後の日、オーケストラはベートーヴェンの交響曲第九番を演奏した。〝すべての人々は兄弟となる《アレ・メンシエン・ヴァルデン・ブリユーダー》〟という合唱が流れたのは、ナチスを恥じ入らせたいがためだった。一九四二年、コンサートホールの壁に刻まれていたユダヤ人作曲家の名前がすべて消し去られた*5。

ドイツ当局は、ユダヤ人を欺《あざむ》き、支配し、徐々にユダヤ人社会を破壊していくために、狡猾な枠組みをすでに作りあげていた。一九三九年、新たに占領された国々とユダヤ人ゲットーにユダヤ人評議会が設立され、占領者とユダヤ人社会のあいだでフィルターの役割を果たすことになった。ドイツ当局が指示を出し、ユダヤ人評議会が責任を持って実行するというわけだ。オランダでは、評議会が独自の新聞を出すことになった。新聞の名前は『ヘット・ヨードシェ・ヴェークブラット』。反ユダヤ主義的政令が新たに出ると、この新聞で報道することになっていたため、一般のオランダ人の目に触れることはなかった。そうした政令が一般的な新聞で発表されれば、ドイツ当局は非ユダヤ人の敵意をかきたてる危険を抱えこむことになっただろう。

一九四一年二月十三日に開かれたユダヤ人評議会の第一回会合では、ヴァーテルロープレイン市場で起きたばかりの暴力沙汰が議題となり、ユダヤ人が所有する武器はすべて警察に差しだすべきとの主張がなされた。それではまるで、ナチスのごろつき連中が起こした騒動に対して、ユダヤ人にある程度の責任があることを評議会が認めたようなものだ。じっさいは、ユダヤ人が自衛手段を講じただけだったというのに。[*6] 評議会は明らかにドイツの命令に黙従していて、これが破滅につながる先例となった。

ドイツの最高指令部から恐喝まがいの命令がずいぶん出された――評議会が実行を拒めば、ドイツ側はもっと残忍な方向へ行きかねなかった。こうしたシステムを背後で操っていたのが中央局《ツエントラールシユテレ》（ユダヤ人移住促進中央局）だった。この名称はきわめて欺瞞《ぎまん》的で、ユダヤ人の移住がきちんと実現するかのようなニュアンスを含んでいる。評議会の理事たちも、少なくとも最初のうちは、ドイツ当局にはユダヤ人社会全体をオランダから追い払うつもりなどなく、評議会の役割は最大の危険にさらされているユダヤ人を保護することである、と思っていたようだ。迫害が始まったばかりのころ、オランダで暮らすユダヤ人たちは、ポーランドとドイツの強制収容所に関して不吉な警告を受けても、東欧でやっているのと同じことをオランダで実行する度胸はドイツにはないはずだと思いこんでいた。
ユダヤ人の移送が始まったとき、中央局はシュペレ——移送免除証——を発行するシステムを考えだし、ユダヤ人評議会に候補者の推薦を一任した。評議会のメンバーとその家族は自動的にシュペレの資格を与えられ、評議会の推薦を受けた者たちもしばらくは安全を保証される。しかしながら、このシステムは悪用しようと思えばいくらでもできる。純粋な協力と、敵国べったりの協力を分ける線は細くなるばかりだった。[*7]
いっぽう、アムステルダムでは市民生活の混乱が続いていた。一九四一年二月二十二日土曜日の午後、つまりユダヤ教の安息日だったのに、重装備に身を固めたドイツ秩序警察の警官六百人を乗せた何台ものトラックが封鎖中だったアムステルダムのユダヤ人居住区に入り、二十歳から三十五歳までのユダヤ人四百二十七人を手当たり次第に逮捕した。逮捕者はまず、オランダ国内の元陸軍キャンプで当時は刑務所になっていたカンプ・ショオルへ送られた。[*8]三十八人が体調不良でアムステルダムに送り返された。残りの三百八十九人はオーストリアのマウトハウゼン強制収容所へ送られ、その後、一部はブーヘンヴァルト強制収容所へ移された。生き残ったのはわずか二人だった。
三日後の二月二十五日、ユダヤ人狩りに抗議するオランダの労働者たちが大規模なゼネストに突入した。三十万人が参加し、ストは二日間続いた。ナチスは苛酷な報復に出て、武装《ヴァッフェン》親衛隊を出動させた。スト参加労働者に対して実弾使用の許可が出ていた。労働者九人が射殺され、二十四人が重傷を負った。ストの指導者たちは追い詰められて逮捕され、少なくとも二十人が処刑された。ユダヤ人居住区の男たちは逮捕されたときに銃を持たされ、写真に撮られた。これらの写真は親衛隊が〝テロの発生〟に対処していた証拠として、オランダの新聞に掲載された。[*9] ドイツによる占領が何を意味するかについて幻想を抱いていたオランダ人が多少いたとしても、いまや幻想は失われてしまった。

しかし、ドイツから逃げてきたユダヤ人たちは、そんな幻想を抱いたこともなかった。オットー・フランクはナチスのやり方をよく知っていた——ユダヤ人の防空壕《ぼうくうごう》使用禁止、ユダヤ人の就業禁止、事業体のアーリア化、黄色い星を強制的につけさせられたユダヤ人の住民登録、財産と不動産の没収、大量逮捕、通過収容所、そして、最後に東部への移送。そこで何が待ち受けているのかは、いまだ明らかになっていなかった。オットーは家族を救うための戦いに力をふりしぼった。自分の会社を守り、オランダを脱出しなくてはならないことがわかっていた。

ふたたび、アメリカへの移住手段を見つけようとした。妻の兄ユリウスと弟ヴァルターは一年近く職探しを続けたのちにようやく、仕事を見つけていた。ヴァルターはボストン郊外にある〈E・F・ダッジ・ペーパーボックス社〉で労働作業の仕事に就き、母親ローザ、オットー、エーディトの分の扶養保証書をオランダに送ってくれた。ありがたいことに、ヴァルターの上司のジェイコブ・ハイアットと一人の友人がアンネとマルゴーを扶養するという宣誓供述書にサインしてくれた。オットーはすぐにも計画を進めたかったが、移住の保証金として一人五千ドル（現在の貨幣価値で約九万一千ドル）がどうしても必要だった。[*10] オットーにも、妻の兄弟にも、そんな大金は工面できなかった。

一九四一年四月、オットーは裕福なアメリカ人の友達、ネイサン・ストラウス・ジュニアに手紙を出した。ストラウス家は百貨店〈メイシーズ〉のオーナー一族で、オットーとネイサンはハイデルベルク大学時代のルームメイトだった。オットーとしては不面目だったに違いないが、ネイサンに推薦状と保証金を依頼し、自分には娘が二人いて、自分が助けを求めているのは娘たちのためだと説明した。ネイサンは難民局に連絡をとり、宣誓供述書にもサインしたうえで、自分はかなりの有力者だから五千ドルの保証金は不要だと言った。一九四一年十一月、ビザが下りないのでネイサンもついに保証金を払うことにしたが、時すでに遅しだった。[*11]

一九四〇年六月にブレッキンリッジ・ロング国務次官が同僚に渡した内部メモに、合衆国の方針が記されている。移住を希望する者たちはスパイ、共産主義者、好ましからざる要素とみなされ、その数を抑制する戦略として、〝途中にあらゆる障害を設け、追加の証拠を要求して、ビザの発給を遅らせ、遅らせ、さらに遅らせる〟ことになっていた。[*12] オットーが一九三八年に合衆国ビザを申請に行ったロッテルダムのアメリカ領事館は、一九四〇年の爆撃のときに崩壊し、以前の書類が消滅したため、申請者は全員、再申請をする必要があった。ところが、一九四一年六月、スパイ組織に入りこまれる危険ありとして、アメリカはナチスの占領下に置かれた地域の大使館と領事館の大部分を閉鎖してしまった。こうなると、スペインのような〝非参戦国〟とされている国のアメリカ領事館へ出向いて、まず自身のビザを取得しなくてはならない。だが、出国許可証がなくてはオランダから出られないし、他国のビザがなくては許可証をとることができない。堂々めぐりが続くだけだ。まさに『キャッチ＝22』、戦争がもたらす官僚的悪夢の世界に入りこんでしまった。[*13]

家族を救おうというオットーの努力はけっして揺らがなかった。一九四一年十月に入ってからでさえ、キューバのビザを取得しようと懸命だった。悪質な詐欺が横行していたため、それは金のかかる危険な賭けだった。九月に友達に出した手紙には、一人で、あるいは子供たちを連れてオランダを出るよう、妻のエーディトに急《せ》かされていると書いてある。国外へ脱出できれば、金で家族の自由を手に入れられるだろう。十二月一日、ようやくキューバのビザがとれたが、それから十日たった十二月十一日、日本が真珠湾を攻撃した四日後に、ドイツとイタリアがアメリカに宣戦布告をおこない、キューバ政府はビザを無効にした。[*14]

オットーは最後の努力として、一九四二年一月二十日、アムステルダムのユダヤ人評議会の移住担当セクションにすがることにした。アムステルダムを本部とする〈アンネ・フランク財団〉のファイルのなかに、出国ビザの発給を求める謄写版刷りの用紙が四枚残っている（家族一人につき一枚ずつ）。ビザは結局送られてこなかった。

〝アムステルダムからユダヤ人を一掃する〟に当たって、ナチスのやり方はまことに効率的だった。一九四〇年、アムステルダムに住むユダヤ人の数は八万人で、市の人口の約一割を占めていた。一九四三年九月までに、アムステルダムはユダヤ人のいない街になる予定だった。

第8章

プリンセンフラハト二六三番地

　一九四〇年十二月一日、ドイツ軍侵攻の七カ月後に、オットー・フランクは社屋を移転した。新たな住所はプリンセンフラハト二六三番地。〈オペクタ商会〉も〈ペクタコン商会〉も経営が安定し、販売も順調だった。オットーが選んだのは十七世紀に建てられた家で、目の前に運河、通りの先に西教会があった。レンブラントが埋葬されている威風堂々たる教会だ。通りには、小企業、倉庫、小さな町工場が並んでいて、上階がアパートメントになっているものもあった。

　二六三番地はアムステルダムの典型的な建物で、一階が倉庫、二階と三階と四階がオフィスと商品貯納室になっていた。昔の建物の多くがそうであるように、裏に四階建ての付属部分がある。一階の倉庫は建物の表から裏までひと続きで（付属部分の一階も含む）、表の両開きドアからはプリンセンフラハト通りへ、裏のドアからは中庭へ出ることができる。つまり、《隠れ家》となった付属部分は建物の表からは見えないが、とても広い中庭に面しているので、裏からは見えるわけだ。中庭の残り三方を囲んだ何十という建物からも《隠れ家》を見ることができた。

社屋移転の約五週間前、つまり一九四〇年十月二十二日に、ドイツの法令によって、ユダヤ人が経営者もしくは共同経営者となっている産業および商業分野の事業体は、経済監視局に届出をおこなうことになった。怠《おこた》れば高額の罰金と五年の懲役を科せられる。オットーはこれが〝ユダヤ人追放〟と彼の会社没収の第一段階であることを見抜いていた。そこでドイツの裏をかいて、〈ペクタコン商会〉の名称を〈ヒース商会〉という完璧なオランダ名に変更し、ヴィクトル・クーフレルとミープの夫ヤン・ヒースを社長と監査役に就任させた。経営者がユダヤ人のままだったら、ドイツの信託会社の指示によって会社は解散させられ、リップマン゠ローゼンタール銀行に預けてあった金は没収されていただろう。しかし、オットーの会社はびくともしなかった。すでにオランダ人の会社になっていた。

うわべだけ合法的に見せかけるための欺瞞を駆使することにかけては、ナチスは天才的だった。ユダヤ人の信用を得るために、長い伝統を持つユダヤ系のリップマン゠ローゼンタール銀行を一九四一年に乗っとり、略奪のための銀行に変えた。ユダヤ人は資産と貴重品をすべてここに預けさせられた。自分の手元に置いてもいいのは〝結婚指輪、銀の腕時計と懐中時計、銀のカトラリー（ナイフ、フォーク、スープスプーン、デザートスプーンが一本ずつ）〟だけだった。[*1] 顧客には明細書が発行され、場合によっては利子が支払われることもあったが、ここはやはり偽の銀行だ。じっさいには、ユダヤ人の財産は蓄積され、来《きた》るべき移送の費用と、強制労働収容所と強制収容所の維持費に充《あ》てられることになっていた。

移送が開始されたのは一九四二年の夏だった。移送対象に選ばれたユダヤ人は自宅の鍵をオランダ警察に渡し、家にある品々のリストも添えるよう命じられた。家具から高価な美術品まで、ありとあらゆるものが没収された。ナチスは婉曲表現が得意だ。美術品を没収するときの正式な用語としてジッヒャーシュテルング（保管）が使われた。[*2]

一回目の移送のあとで、レジスタンス組織によってオランダ語の抗議ビラが出まわった。この問題に関して鮮明な説明がされていた。

ドイツがこれまでにとった方法はすべて、ユダヤ人をオランダ人から孤立させ、接触の場をなくし、力を合わせてこれまで一緒に生きてきたのにというわれわれの感傷的な思いを消し去るためのものだった。その方法がみごとな成果を上げたことにわれわれは気づいていないし、おそらく、すなおに認める気にもならないだろう。ユダヤ人は秘密裏に殺されねばならず、われわれ目撃者は〝見ざる、言わざる、聞かざる〟のままでいなくてはならない……だが、われわれがいまここで沈黙を通し、傍観を続ければ、神と歴史がわれわれを糾弾し、われわれもこの大量殺戮の責任の一端を負わされることになるだろう。[*3]

こうした情勢の変化にオットー・フランクが気づかないわけはなかった。最初のうち、ユダヤ人に課された数々の行動制限を見て、常軌を逸している、一時的なもので終わるだろうと思っていた。だが、毎日徒歩で会社に通勤するあいだに、路面電車には乗れないし、カフェのテラス席で足を休めるのも無理であることを痛感するようになる。怒りは封じこめるしかなかった。しかし、一九四二年六月に、ドイツ国内と占領地域で七十万人のユダヤ人が死亡したことをＢＢＣのニュースで聞いて、危惧すべきは単純な人種差別ではなく、ユダヤ人に絶滅の危機が迫っていることだと気がついた。家族のためにビザを入手するのは不可能だ。あとはもう、身を隠すしかないと覚悟した。[*4]

第9章
身を隠す

フランク一家がどうやって《隠れ家》を見つけたかについては、二通りの説がある。ドイツ人作家でラジオのパーソナリティでもあるエルンスト・シュナーベルが、一九五八年刊の著書『少女アンネ――その足跡』で述べているところによると、クレイマンとクーフレルがオットーのところへ行き、そろそろ身を隠すことを考える時期が来たと言って、プリンセンフラハト二六三番地の建物の裏側に隠れてはどうかと提案したそうだ。[*1] メリッサ・ミュラーも『アンネの伝記』のなかで同じことを述べている。クレイマンが早くも一九四一年の夏に、建物の裏側に付属した部分の空き部屋を巧妙な隠れ場所として薦めていたというのだ。なぜなら、オットーがまさか自分の会社の建物に身を隠すなどとは誰も考えないだろうから。[*2] ベップの息子ヨープは、クレイマンが《隠れ家》を提案し、次にクーフレルが計画に加わったことを母親から聞いている。[*3] しかし、オットーは一九四〇年十二月という早い時期から身を隠すことを考えていたようで、プリンセンフラハト二六三番地の建物を借りたときも、それが頭にあったのかもしれない。[*4]

あとになってオットーは言っている――身を隠す計画は自分のほうから従業員たちに打ち明けたのだ、と。まずクレイマンに。次はクーフレルに。それからミープに。そしてベップに。ミープの言葉がそれを裏づけている。

〝身を隠すのも、隠れ場所を見つけるのも、あらゆる準備を整えるのも、オットー・フランクが率先しておこないました。すべてのことをじっくり考え抜き……自分と家族が潜伏生活を続けるあいだ支援してもらいたい、と従業員たちに頼んだときにはすでに、一人一人に何をしてほしいかをオットーが具体的に決めていたのです〟[*5]

誰の思いつきだったにせよ、オットーは辛い思いをしたことだろう。なんと無茶なことを頼まなくてはならないのか。〝わたしを助けるために、わたしの家族を助けるために、手を貸してくれないか？〟と頼むなんて。オランダ市民がユダヤ人を助けたら牢獄行きだとドイツ当局が脅しているというのに。従業員一人一人に直接頼みこみ、従業員がイエスと答えたときに、それが何を意味するかを相手にわからせようとしたのは、いかにもオットーらしいやり方だと言っていいだろう。従業員をそんな立場に追いこむのが、オットーにとってどれほど困難だったことか！　また、家族の運命を従業員に託せるだけの完璧な信頼を自分のなかに見いだすのも、同じく困難なことだった。

ミープはオットーから助力を求められた朝のことを覚えている。黄色い星を縫いつけたコートを着て、オットーが会社に出てきた。みんな、星など目に入らないふりをしていた。ミープは彼の言葉を思いだす。「わたしたちが身を隠しているあいだ、わたしたちの面倒をみてくれるかね？」具体的に言うと、一家のために買物をし、偽造の配給切符を手に入れるか、闇市で買うかして、食料を調達するということだ。

「もちろんです」ミープは答えた。

さらに、こう述べている――〝一生に一度か二度、ふたりの人間のあいだに、言葉では言いあわせないなにかがかようことがある。いま、わたしたちのあいだに、そのなにかがかよいあった……（中略）……わたしはそれ以上たずねなかった……（中略）……好奇心は感じなかった。わたしとしては、約束したことを守るだけ、ただそれだけだった〟[*6]（『思い出のアンネ・フランク』文春文庫）

ユダヤ人は自宅から家具を持ちだすことも、家庭用品をよそへ運ぶことも禁じられていた。ヨハンネス・クレイマンの兄のヴィリーが〈シメックス〉という害虫駆除会社を経営していて、身を隠すというオットーの計画を知ったので、社のトラックを使うように言ってくれた。フランク家の家財道具――家具、敷物、缶詰、ベッド、寝具など――をトラックでクレイマンのアパートメントまで運び、そこから《隠れ家》へ移そうというのだった。もちろん、土曜か日曜の夜もしくは深夜にこっそり運んでいたので、すべて運び終えるには何カ月もかかった。[*7] 運搬の件を知っていた者はごくわずかで、もちろん、フランク家の姉妹は知るはずもなかった。家具を運びだしたのは修理のためだと親から聞かされていたし、訪問客のなかには、戦時中なのに無駄な贅沢をするものだと思った人もいた。

一九四二年七月五日、ナチスの鉤《かぎ》十字の模様に飾られた通知書がフランク家に届いた。十六歳のマルゴー・フランクに対する、アルバイツァインザッツ（ドイツにおける労働義務）を果たすようにという呼出し状だった。スーツケースに冬服を詰めて労働キャンプに持参するようにとの注意書きがついていた。ミープに言わせれば、十六歳の少女を強制労働に駆りだすのは、〝ドイツがユダヤ人に新たに加えようとする迫害行為〟だ。[*8] それどころか、労働は口実に過ぎなかった。旅の終わりにユダヤ人の子供を待ち受けているのは死だ。オットーはミープとその夫ヤンの助けを借りて、逃亡計画を大急ぎで実行に移した。翌朝、一家は自宅を出て《隠れ家》へ向かった。

その五カ月前の一月二十九日に、フランク家に身を寄せていたエーディトの母親が、癌《がん》で何カ月か闘病生活を続けたのちに亡くなった。一家に深い悲しみをもたらした悲劇の死であったが、いまとなっては、不幸中の幸いだったとも言える。病身のローザ・ホレンダーがどうやって隠れ家生活に耐えられただろう？　エーディトとオットーには、ローザを置いていくことなどもちろんできなかったし、もしエーディトが母親と一緒に残ったなら、二人とも収容所へ移送され、想像を絶する恐怖にさらされていただろう。ドイツ当局はユダヤ人の移送を〝移住〟もしくは〝再定住〟と呼び、すでに移送されたオランダ系ユダヤ人に家族宛のハガキを書かせ、収容所のすばらしさを伝えるよう命じていた。しかし、人々はハガキの文面に秘密のメッセージを巧みに織りこんだものだった。例えば〝エレン・デ・フロートによろしく〟という、ありふれたオランダの名前を使った挨拶の言葉であれば、検閲をパスできる。だが、〝エレンデ〟はオランダ語で〝悲惨〟、〝フロート〟は〝おそろしく〟を意味している。[*9]

潜伏生活に入る三カ月前に、オットーは自宅アパートメントの上階の広い部屋を、一九三六年にオランダに逃げてきたヴェルナー・ゴールドシュミットというドイツ人に貸していた。この間借り人がいたのは幸運だった。いや、抜けめのないオットーのことだから、これも家族で身を隠すための計画の一部だったのかもしれない。最後に自宅を出たとき、オットーはある住所を書いた紙切れを、ついうっかりという感じで部屋に残していった。一家がスイスへ逃げたと思わせるためだった。ほどなく、ゴールドシュミットのおかげもあって、フランク一家が首尾よく逃亡したという噂が近所に広まった。

　フランク一家の潜伏生活に、さらに四人が加わった。最初に加わったのがファン・ペルス家の三人だった。ヘルマン・ファン・ペルスはスパイスの専門家として、一九三八年からオットーと一緒に仕事をしてきた。フランク一家が暮らす〈河地区〉のアパートメントのすぐ裏手に住んでいて、親しい友達になっていた。オットーはファン・ペルス一家が《隠れ家》に来てくれれば、多少は陰《いん》鬱《うつ》さが紛れるだろうと言っていた。次に、ミープが予約をとって歯の治療に出かけたところ、歯科医のフリッツ・プフェファーから、どこか安全な隠れ場所を知らないかと尋ねられた。そこでオットーに話をした。オットーはほかならぬミープの頼みだと思ったに違いない。七人でも八人でも似たようなものだと答えた。ただ、危険が増大することは彼にもわかっていたはずだ。[*10]八人分の食料を確保し、騒音が漏れないよう神経を配るのがなおさら大変になる。しかし、いちばん大変だったのが、プフェファーを受け入れるために寝場所を考え直さなくてはならないことだった。オットーとエーディトのあいだで相談したに違いない。十六歳のマルゴーを年上の男性と同じ寝室に寝かせるわけにはいかない。十一月十六日にプフェファーが《隠れ家》に移ってくると、マルゴーは両親の寝室へ移り、十三歳のアンネがプフェファーと同じ部屋で寝ることになった。
　エーディトとオットーがこの部屋割りに納得していたとは思えないが、一家の人生も、人生を制御する力も大きく変化していた。オットーに突きつけられる選択はつねに、生死に関わるものだった。どうしてプフェファーに助けの手を差し伸べずにいられただろう？　他人を招き入れたせいで、家族をより大きな危険にさらしたことについて、オットーが後悔の言葉を口にしたことがあったとしても、そういう記録は残っていない。
　いよいよフランク一家を匿うことになったとき、四人の従業員は誰一人躊躇《ちゆうちよ》しなかった。四人はなぜ、自分の命を危険にさらしてまでユダヤ人を匿うことができたのか？　ミープがみんなを代表して最高の説明をしている。〝断ろうなんて思いもしませんでした〟[*11]
　最終的には、少なくとも八人が《隠れ家》の秘密を共有することになった。四人の従業員、ミープの夫ヤン、ベップの父親ヨハンネス、クレイマンの妻ヨハンナ、クレイマンの兄ヴィリー。ヴィリーは《隠れ家》の修繕をひきうけるようになる。オットーが《隠れ家》の入口を隠すため、その前に本棚を置くことを思いついた。車輪をとりつけて回転させられるようにしたいという。腕のいい大工だったヨハンネス・フォスキュイルが自宅で本棚を試作し、人目に立つのを避けるために、分解したパーツを少しずつ《隠れ家》に運びこんでから、元どおりに組み立ててくれた。[*12]
　七月六日の朝、ミープとマルゴーが自転車で《隠れ家》へ向かい、しばらくすると、オットーとエーディトとアンネが徒歩であとを追った。〈河地区〉のメルヴェデプレイン三七番地のアパートメントからアムステルダム中心部のプリンセンフラハトまで延々と歩いたために、誰もが疲労困憊《こんぱい》だった。何枚も重ね着をしているのだからなおさらだ。ユダヤ人がスーツケースを持っていたら怪しまれるに決まっている。しかし、その日は雨降りだったので助かった。こんな悪天候の日に外に出てユダヤ人を監視しようというナチス隊員など、いるはずがないからだ。

新しい住まいに落ち着こうとするフランク一家を残して帰ることにしたミープは、背後の《隠れ家》のドアを閉めたときのことをこう書いている。

いまこの人たちがどういう心境でいるか、とても想像がつかなかった。この世で所有していたすべてのものを捨てる――それはいったいどんな気持ちのものだろう。住んでいた家。一生かかって手に入れたさまざまな所有物。アンネの猫、モールチェ。過去の形見。そして友人たち。

この人たちは、いまこうして人生の扉をとざし、アムステルダムから消えた。フランク夫人の顔が、それをつぶさに物語っていた。わたしは足早にそこを出た。[*13]（『思い出のアンネ・フランク』文春文庫）

第10章 頼まれたから承知したのです

　アンネ・フランクは《隠れ家》の暮らしについて、いや、実質的には幽閉生活について、日記に辛辣なことを書いている。《隠れ家》の壁には恐怖がしみこんでいた。アンネはときどき、歩道に軍靴の音を響かせてドイツ軍兵士が行進していくのを耳にした。従業員が家に帰ったあとの会社に忍びこみ、カーテンの隙間から外をのぞいて、ユダヤ人たちが恐怖の表情を浮かべて足早に通り過ぎるのを目にしたこともあった。戦争が激化するにつれて、ドイツへ向かう英国空軍の戦闘機が夜間にオランダ上空を通過し、そのエンジンの響きと高射砲の轟音《ごうおん》がアンネたちを怯《おび》えさせた。* また、米国空軍の戦闘機マスタングがスピードと機動性を上げるために、空《から》になった燃料タンクを市街地に投下していくことがけっこうあった。高射砲の不発弾や、上空で炸裂した高射砲弾の破片が上空から落ちてきて地面に激突し、不意に轟音が上がるのも、日常茶飯事となっていた。

　アムステルダムの市街地には別の種類の恐怖が広がっていた。ミープはこう語っている。

最近、グリューネ・ポリツァイとSSとは、日中、前ぶれなしにユダヤ人狩りを行なうことが多くなっていた。家にいる無力なユダヤ人たち——老人、病人、幼児などをつかまえるのには、日中がいちばんいい。というわけで、ドイツ人がやってきたときに家にいると危険なので、多くのものが街頭にさまよいでては、しばしば通行人を呼びとめて、どこかでユダヤ人狩りの行なわれている徴候や、ドイツの兵隊の姿を見かけはしなかったか、もし見かけていれば、どこでだったか、などとたずねるのである。（『思い出のアンネ・フランク』文春文庫）

どこで何が起きているかを見てとるのはむずかしくはなかったが、鉄道ストライキ参加者にドイツ当局が苛酷な報復をおこなって以来、人々のあいだに恐怖が広がっていた。ほとんどの者が視線をそらした。〝自重しなくてはならない〟ことを知っていた。助けの手を差し伸べたいのはやまやまだが、家に入り、ドアを閉ざすのだった。[*1]

《隠れ家》の外の暮らしをもっとも雄弁に伝える証言のひとつがミープによるものだが、こうした出来事を彼女が口にできるようになったのは、四十二年間もの沈黙の歳月を経たあとのことだった。喪失感と、失敗に終わったという思いが、ミープの心を深く傷つけていた。彼女の息子によれば、それはけっして癒えることのない傷であった。

ミープはこんな証言もしている——オランダがドイツの占領下に置かれたばかりのころ、フランク一家が潜伏生活に入る前に、オットーは会社をアーリア化せざるをえなくなり、おまけに、唯一のユダヤ人従業員であったエステルを解雇するしかなくなった。

わたしはエステルがみんなに別れの挨拶をしたのを覚えている。ユダヤ人だから、会社を去るしかなかったのだ。解雇されたのだ。そう、それが当時の世の中だった。会社に復帰することはなかった。戦時中に命を落としたのだろう。わたしが結婚した日には、エステルはまだ会社の一員だった……「わたしと家族からの結婚祝いです」と言って、箱に入った鏡と櫛とブラシを贈ってくれた……彼女の手元に置いておくことはもうできなかった……なんとも悲しいことだ。エステルが解雇されたことを聞いても、それ以上話題にはできない。何が起きるかわからないからだ。あきらめるしかない。黙って受け入れなくてはならない。ドイツがボス、そして、あなたは怯えている――死ぬほど怯えている。[*2]

きわめてゆっくりとではあるが、占領下で暮らす人々の心理に変化が起きはじめた。オットーに支援を求められたとき、従業員たちが承知した理由はシンプルなものだった――オットーは友人だから支援するのが当然だ。やがて、従業員たちは複数の異なる世界で暮らし、自分自身を別々のパーツに分けることを学んでいく――《隠れ家》[*3]にいるとき、友達と会うとき、役人を前にしたとき、各自がその場に応じて別の人間になる。ミープが述べているとおり、何を言っていいか、何を言ってはいけないかを、人はすぐさま心得るようになるものだ。〝わたしたちはもはや、沈黙を守っていたのではありません。沈黙するのが当然のことになっていたのです。あなたにその違いがわかりますか？〟[*4]

ヤンは依然として市役所の社会福祉局に勤務していたが、ほどなく、NSFというレジスタンス組織に加わった。ただ、どんな活動をしていたかを終戦後に語ることはめったになかった。人に尋ねられれば、動機について語ることはあった——消極的だった者を活動に駆り立てるのはヒロイズムではない。もっと単純なものだ。頼まれたから承知した。そこで重要になるのが、信用できるのは誰かということだ。「誰を信用していいのか、正直なところ、ぜったいにわからない……「しかし」なぜかぴんと来るものだ」

例えば、わたしたちは通りの向かいに住む人々のことを、いい人たちだと思う。どうしてか？　うまく説明できない。さまざまなものを目にし……さまざまなものを耳にする。人々が話をするのを聞いて、そこから一人一人の価値を推し量る。百パーセント信頼できるルールではないが、わたしの場合は、だいたいにおいてうまくいった。幸運だった……接触する相手をかなり限定しなくてはならない。近所の人と相手かまわず話をするのは禁物だ。それに、もちろん、多少の運も必要だ。しかし、わたしは何を話題にするにしても、徹底的に用心してきた。何が起きるかわからないからだ。それに、人を見る目が曇ったことは一度もなかった。[*5]

当時、ミープとヤンはオランダ人大学生、クーノ・ファン・デル・ホルストを自宅に匿っていた。じつをいうと、二人の自宅アパートメントは、アムステルダムの南東に位置するヒルフェルスム市で暮らすクーノの母親から又借りしたものだった。知り合いのユダヤ人をその母親に匿ってもらっているお返しとして、二人はクーノを預かることにした。オットー・フランクにはこの件を伏せておいた。オットーの世界とは別のところで起きたことなのだから。

人助けをするのは〝筋の通ったこと〟であり、〝当然のこと〟だとミープは言った。「誰だって何かできるものです。人の力になれるのです。あの人たちは無力だった……それだけのことです。ほかになんの理由もありません」*6

ミープはさらに続けて言った。「ええ……ときには悩んだこともあります。〝どうすれば続けられるの？〟と考えこんで……でも、あの人たちを心配する気持ちや――ひどい目にあっていることへの同情が――そのほうが強かった。だから、やりとげられたのです」*7

それでも、ミープの恐怖は消えなかった。「夫を止めるつもりはありませんでした。夫の身はとても心配でしたよ。心から愛していましたから。愛していなかったら、〝今日も無事に帰ってくるかしら〟と怯えながら過ごす日々には、とうてい耐えられなかったでしょう」*8

《隠れ家》の八人は物質面でも精神面でも、外の世界で暮らす人々に支えられていた。外の世界で何が起きているかを八人がいつも熱心に知りたがるので、ミープも、ヤンも、ベップも、その他の人々も、真実を砂糖でくるむことはできないのを覚悟していた。ミープはこう言った。「こういうニュースに対する飢餓感は、わたしにもよく理解できたので、知っているかぎりのことをみんなに話して聞かせました」

市内のあちこちでくりひろげられている〝ユダヤ人狩り〟のこと。また新しい条例が出て、ユダヤ人の電話はぜんぶ切られることになったこと。偽造身分証明書の値段は天井知らずだということ……（中略）……

その本棚をひらくたびに、わたしはしいて微笑を浮かべ、胸の奥底に燃えさかっている苦い感情を押し殺さねばならない。ひとつ大きく深呼吸して、本棚をひっぱってしめると、さりげないふりをよそおい、いかにも朗らかそうに見せかける。もういまでは、アムステルダムのどこへ行っても、そんなに朗らかになれることなど起きていなかったが、階上の友人たちを動揺させてはならないし、わたしの懸念をこれっぽっちでもさとらせてはならないのである。*9

（『思い出のアンネ・フランク』文春文庫）

ヨハンネス・クレイマンは週末になるとよく、妻を連れて《隠れ家》にやってきた。終戦後、アンネの熱い好奇心を思いだして、次のように語っている。

わたしたちはもちろん、《隠れ家》の暮らしが子供にとっていかに苛酷なことかを心に留めておこうとした……アンネは外の世界に、ほかの子供たちと遊べる生活に飢えていて、わたしの妻の姿を見ると、こちらがたじたじとなるほどの好奇心をあらわにして迎えるのだった。うちの娘コリーのことを尋ね、コリーが何をしているのか、どんな男の子とつきあっているのか、ホッケークラブでどんなことが起きているのか、コリーは恋をしたことがあるのかどうか、といったことを知りたがった。そこに立って質問するアンネは痩《や》せ細り、洗いざらしの服を着ていて、長いあいだ外に出ていないせいで青白い顔をしていた。妻はいつも、サンダルとか端切れといったちょっとしたものをアンネに持っていった。しかし、食料切符は手に入りにくく、うちには金がないため、闇市で切符を買うこともできなかった。たまにコリーの手紙をアンネに届けることができたら、そんなうれしいことはなかっただろうが、フランク一家はみんなが思っているように外国へ逃げたのではなく、いまもアムステルダムで暮らしているのだと、コリーに教えるわけにはいかなかった。こんな重大な秘密を打ち明けてコリーに重荷を負わせるようなことはしたくなかった。*10

フランク一家の支援をひきうけた外の世界の人々は、食料調達の任務を分担することにした。クレイマンはパン屋のチェーン店〈W・J・シーモンス〉を経営している友人に頼んで、週に二、三回、会社にパンを配達してもらうことにした。占領下のオランダで食料を買うには、現金と食料切符の両方が必要だった。食料切符は品物が公平に行き渡ることを目的として作られたものだ。ヤンは最初のうち、闇市で食料切符を手に入れていたが、その後、一九四三年の半ばからはレジスタンス組織のコネを通じて入手するようになった。*11 食料切符だけではパンの支払いができなくなると、戦争が終わってから現金で払ってくれればいいとパン屋が言ってくれた。八人に食べさせるためのパンは、従業員用ということにしてあった。従業員の数は全部で九人ほどだ。しかし、当然ながら、《隠れ家》の秘密を知らない従業員たちは大量のパンがどこへ消えるのかと首をひねっていた。

ミープは《隠れ家》の人々の分だけでなく、彼女とヤンの分の買物もしていた。目立たないようにするため、何軒かの店をまわらなくてはならなかった。ミープが言うには、まるで舞台に立つような気がしたそうだ。

あちこちの店をまわって、商店主と少しばかり駆け引きをしたものだった。どこまで強引に出ればいいのか。どこまで頼めばいいのか……どの程度まで同情を示せばいいのか。どの程度まで困窮しているふりをすればいいのか。そう、それは劇場の舞台に立つようなものだった。少なくとも、わたしはそう感じていた。[*12]

ミープはヘルマンに言われて、ローゼンフラハト通りから脇道へ入ったところにある〈ピート・スホルテ精肉店〉へ出かけた。ヘルマンの親しい友人スホルテが経営する店だった。隠れ家生活が始まる前に、抜けめのないヘルマンに連れられて、ミープは何度かそこへ行っている。店の主人に彼女の顔を覚えてもらうためだった。そのときは不思議に思ったものだが、いまようやく納得がいった。「あの男の店へ行ってくれ」とヘルマンに言われた。「このリストを渡すんだ。何も言わなくても、必要なものを渡してくれるはずだ」その言葉どおり、無言のうちに買物をすませることができた。[*13]

牛乳の手配はベップの担当で、毎日配達してもらった。従業員たちの牛乳の消費量がすごいということにしておいた。牛乳屋は何ひとつ質問しなかった。しかし、ドイツ軍がオランダの農産物の多くを祖国へ送っていたせいで食料不足がひどくなるにつれ、ベップは自転車に乗って市の郊外の農家をまわり、なんでもいいから食料を調達しようと努めるようになった。

あるとき、ようやく買えたわずかなジャガイモと野菜を自転車に積んで街に戻る途中、車で巡回中だった親衛隊員に呼び止められた。ベップはドイツ語でなんとかやりとりをして、近づいてきた隊員に、大家族を養わなくてはならないのだと告げた。隊員はベップを放免してくれたが、ジャガイモと野菜の半分をとりあげた。そのあと、巡回中の車がふたたびベップに追いつき、隊員が食料を返してくれた。

これは罠だとベップは鋭く見抜いた。《隠れ家》へ向かうのをやめて自宅に帰った。車があとをつけてきた。ベップは親衛隊員たちにきょとんとした顔を向け、急いで家に入った。車は走り去った。[*14]

アンネの日記を読むとよくわかるように、ベップもミープもアンネと大の仲良しだった。ぜひ泊まってほしいというアンネの懇願に二人とも負けてしまった。ベップは《隠れ家》に泊まった夜のことを〝怖くてたまらなかった〟と述べている。アンネと一緒にマットレスに横たわっていると、近くの西教会の塔の時計が十五分おきに聞こえてきて、室内の静寂を打ち砕くのだった。

天井の梁《はり》かドアがギーッと鳴り、次に外の運河から何か聞こえてくる。突風で木がざわめいているのか、それとも、遠くの車が近づいてくるのか……ザワザワ、ヒュッと音がするたびに……「密告された」とか「こちらの物音を聞きつけられた」などと思ってしまう。[*15]

その恐怖は耐えがたいものだった。

ミープも夫と一緒に《隠れ家》に泊まったことがある。防空用の暗幕がかけられ、内側から錠をおろした《隠れ家》が牢獄のように閉ざされたあとで、ミープとヤンはアンネの部屋のベッドに入った。あとになって、ミープは次のように書いている。

その夜は一晩じゅう、西教会の時鐘の音を聞いて過ごした。わたしは眠れなかった。目をとじることができなかった。そのうち、風が起こり、暴風雨になった。それにひきかえ、《隠れ家》のなかの静けさは圧倒的だった。ここにとじこめられた人びとの不安と恐怖とが、ひしひしと心にのしかかってくるのが感じられた。さながら一本の恐怖の糸が、ぴんと張りつめているかのようだった。それがあまりにもおそろしかったから、とても目をつむれなかった。

いまはじめてわたしにも、ユダヤ人として隠れ家に身をひそめるということがどういうことなのか、それが実感できたのだった。[*16]（『思い出のアンネ・フランク』文春文庫）

＊一九四三年、米国空軍の爆撃機ハリファックスが撃墜されて、ドイツ軍の司令部となっていたカールトン・ホテルに墜落し、十三人が死亡した。一九四四年には、エーテルペストラートにあったSD本部が連合国軍の空爆を受け、周囲の住宅が多数破壊された。戦争が終結するまでに、空襲によって何千人もの民間人が死亡した。

第11章
恐怖の事件

八人の人間が二十五カ月のあいだ狭い場所に隠れて暮らす――そんなに長く続いたことが驚異的だ。ベップの言葉を借りるなら、〝八人の人間は八つの個々の存在だ。一人が年に一回ずつ、しくじりをすれば、ナチスに見つかるきっかけになりかねない証拠が十六も生まれることになる〟[*1]ときには会社の営業時間中に《隠れ家》で口論が始まったりする。そんなときは口論の声に気づいたベップが《隠れ家》へ走り、倉庫にまで声が聞こえてしまうと言って、隠れている者たちに警告するのだった。一度、倉庫主任だったベップの父親が口論の声を聞きつけて、その声をごまかすために倉庫で働いていた従業員に向かってわめき散らし、その隙にベップが階段を駆けあがって事なきを得たこともあった。従業員も気の毒に、自分が何をしたのかさっぱりわからなかった。[*2]とにかく苦労の連続だった。

世界が狂ってしまっても、オットーはわずかな冷静さを保っていた。ミープは彼の変化を感じとった。〝わたしは彼の示している新たな落ち着き、新たな冷静さに気づいた。これまではむしろ神経質なたちだったのに、いまは、完全に事態を掌握しているように見える。どんとかまえて、なにがあっても動じないという感じをただよわせている。どうやら家族にいいお手本を見せようとしているらしい〟[*3]（『思い出のアンネ・フランク』文春文庫）

冷静でいる必要があった。一九四三年三月までは、ベップの父親があらゆることに神経を配ってくれていた。ゴミを捨てるときはつねに注意を払い、《隠れ家》に人々が潜んでいることを示すものはすべて消し去ってくれた。ところが、六月に癌と診断された。その後もしばらく仕事を続けたが、アンネが日記に書いているように、六月十五日に手術を受け、療養のために会社をやめざるをえなくなった。

クレイマンは後任の倉庫主任を見つけることができなかったため、公共職業安定所に相談したところ、ヴィレム・ファン・マーレンという男を紹介された。秘密の《隠れ家》を含む閉ざされた世界に赤の他人を入れるのは危険なことで、クレイマンはほどなく、この決断を後悔することになる。ファン・マーレンは呆《あき》れるほど詮索好きで、支援者たちはやがて、彼が倉庫の品を盗んで闇市で売っていることを確信するようになった。

倉庫主任の交代はおそらく、《隠れ家》の住人たちが潜伏生活に入って以来もっとも危険な脅威だったと言っていいだろうが、支援者たちの悩みはそれ以外にもいろいろあった——レジスタンス組織からの食料切符の入手（ミープの話によると、八人の人間に食べさせていることを証明するため、ヤンが全員の身分証をレジスタンス組織に持参しなくてはならなかったそうだ）。食料を買うための金の工面。そして、配給制がきびしくなってからは、食料探しそのもの。

さらに厄介なことに、アムステルダムじゅうの商店や会社が泥棒の被害にあっていた。プリンセンフラハト二六三番地も泥棒に入られたことが、一九四三年から一九四四年にかけて少なくとも三回あった。一九四三年七月十六日、従業員が出勤してくる前に、ペーターがいつものように倉庫に下りたところ、通りに面したドアが開いていた。泥棒が倉庫のドアと通りに面したドアの両方をバールでこじあけたのだ。皮肉なもので、《隠れ家》の住人はみな、何も知らずに眠っていた。泥棒は次に三階に上がって、わずかな現金と金額未記入の小切手を盗んでいった。いちばん痛手だったのは、《隠れ家》で使う砂糖の割り当て分の食料切符を盗まれたことだった。

一九四四年三月一日、ペーターはまたしても、事務室のドアが大きく開いているのに気づき、クーフレル氏の新しい書類カバンと映写機が消えていることを知った。みんなを不安に陥れたのは、乱暴に押し入った形跡がないことだった。泥棒は合鍵を持っていたようだ。つまり、倉庫で働く者の一人が犯人に違いない。いったい誰なのか？

いちばんぞっとさせられたのは、その一カ月後、四月九日に起きた泥棒事件だった。《隠れ家》が摘発されて住人が逮捕されるわずか四カ月前のことだ。[*4] 会社が終わったあとの倉庫で物音がしたので、ペーター、彼の父親、フリッツ・プフェファー、オットーが下まで行った。倉庫のドアから大きな板がもぎとられているのをペーターが目にした。倉庫に入った四人は泥棒一味と鉢合わせをした。ファン・ペルスが「警察だ」と叫ぶと、一味は逃げだした。しかし、男性陣が板でドアの穴をふさいでみたが、外側から強く蹴っただけで板は吹っ飛んでしまった。泥棒一味の図太さが四人にはショックだった。もう一度やり直したが、補修用の板はやはり、蹴っただけではずれてしまう。

そのとき、通りかかった男女が穴の向こうから懐中電灯で倉庫のなかを照らした。《隠れ家》の住人たちは階段を駆けあがった。しばらくすると、本棚のところでガタガタと音がした。アンネは日記に〝この瞬間の恐怖はとても言葉にはできません〞と書いている。足音が遠ざかっていき、やがてあたりが静まりかえった。八人は四階に戻り、ゲシュタポがやってくるのを覚悟して眠れぬ一夜を過ごした。

翌日、何があったのかをヤン・ヒースが突き止めてくれた。地元で夜警をしているマルティン・スレーヘルスが犬を連れて自転車でこの地区を巡回していたとき、ドアの穴に気づいて警察に通報したのだ。スレーヘルスと、コルネリス・デン・ブッフという警官（NSB党員）が建物のなかを見てまわり、《隠れ家》の入口がある一角も調べた。本棚をガタガタいわせたのはこの二人だったのだ。[*5]

ヤンはこの日ふたたび《隠れ家》へ向かう途中で、野菜を配達してくれる八百屋のヘンドリク・ファン・フーフェンにばったり出会い、泥棒に入られたことを話した。ファン・フーフェンは「知ってます」と答えた。妻と二人で建物の前を通りかかったとき、ドアに穴があいているのを見つけた。懐中電灯で穴の奥を照らしたので、泥棒どもがあわてて逃げだしたのだと、ファン・フーフェンは思いこんでいた。警察に知らせようかと思ったが、やめておいたと言った。さらに続けて、《隠れ家》で何が起きているか、なんとなく推測できるので、よけいな騒ぎは起こしたくなかったのだとも言った。[*6]〝《隠れ家》の人々のことは知っていますよ〞とヤンに言っているのも同然だった。しばらくすると、クレイマンの兄のヴィリーがドアの修理に来てくれた。

一九四四年の初めに、新しい倉庫主任ファン・マーレンの助手として、ランメルト・ハルトフという男が雇われた。ハルトフを推薦したのはペートルス・ヘノット、クレイマンの兄と一緒に害虫駆除会社をやっている男だった。ときたま〈オペクタ商会〉の掃除の仕事をしているレナはハルトフの妻で、彼女からも夫を雇ってほしいと頼まれていた。

六月の終わりごろ、ペートルス・ヘノットがクレイマンの兄のところに来て警告した。ハルトフの妻がヘノットの妻に、プリンセンフラハト二六三番地にユダヤ人が隠れているというのは本当かと尋ねたそうだ。アンナ・ヘノットはうろたえた。「レナったら、こういう危険な時代にどうしてそんな噂を広めることができるの？　そういう話をするときはくれぐれも気をつけなきゃ」と、レナに言って聞かせた。ところが、レナはベップにも同じことを尋ねたので、ベップも「そういう情報は軽々しく口にするものじゃないわ」と、レナをたしなめた。[*7]

ベップはあわてふためいてクーフレルとクレイマンに相談した。どうすればいい？　ハルトフと妻のレナが、そして、おそらくファン・マーレンまでが、《隠れ家》にユダヤ人がいるのではないかと疑っているなら、情報はいずれ漏れるだろう。オットーに知らせるべきか？　そろそろ八人をよそへ移したほうがいいのか？　アンネとマルゴーは二人一緒でいいだろうが、七カ所もの隠れ家をどうやって見つければいい？　それに、離れ離れになることをフランク一家が承知するだろうか？　いまは夏。夕方になれば、人々が外に出てくる。誰にも気づかれることなく、八人を建物から連れだすことができるだろうか？　結局、何もせずに終わってしまった。これはやがて、彼らが自分たちの人生経験のなかに織りこまなくてはならない辛い記憶のひとつとなる——危険の前兆をオットーに知らせなかったという罪悪感。《隠れ家》が摘発を受けたのはおよそ二カ月後のことだった。支援者たちが全員をよそへ移していれば、オットー・フランク一家も、ファン・ペルス一家も、フリッツ・プフェファーも助かったのだろうか?

第12章 摘発の詳細

クレイマンの記憶によると、一九四四年八月四日金曜日はよく晴れた暑い日だった。

太陽が照っていた。われわれは広い事務室で仕事をし……階下の倉庫ではスパイスミルが唸《うな》りを上げていた。太陽が出ていると、運河沿いの木々や水そのものが事務室の天井と壁に斑《まだら》模様の光を投げかけ、光のさざ波が揺れて踊りだす。不思議な光景だが、われわれはそれによって、外が好天であることを知った。*1

しかし、この日、予想もしなかったことが起きた。親衛隊保安部（ＳＤ）ⅣＢ４課のドイツ人曹長が少なくとも三人のオランダ人警官をひきつれて、プリンセンフラハト二六三番地に踏みこんだ。ユダヤ人が隠れているという密告を受けたのだ。

摘発の様子を、カール・ジルバーバウアー、オットー、四人の支援者、倉庫で働いていた二人がそれぞれ説明しているが、内容が少しずつ違っている。そう意外なことではない。何年もたてば説明に変化が生じる。当然だ。記憶は流動的で、時間と共に変化する。《隠れ家》の摘発に関する公式証言は、この出来事のあと四年〜十九年もたってから集められたものである。
ヴィンスとコールドケース・チームは〈逮捕追跡プロジェクト〉の一部として、目撃者証言、警察の報告書、新聞のインタビュー記事、個人的な書簡をもとに、摘発時の様子を時間の流れに沿って正確に再現した。

9:00 a.m. 〈オペクタ／ヒース商会〉の従業員（ミープ、ベップ、クーフレル、クレイマン）出社。仕事開始。

9:10 a.m. ミープ、《隠れ家》へ行き、この日の買物リストを受けとる。[*2]

10:00 a.m. ＳＤ本部（アムステルダム、エーテルペストラート九九番地）のⅣＢ４課（〝ユダヤ人狩り部隊〟）に電話が入る。プリンセンフラハト二六三番地の裏側の部屋にユダヤ人が隠れているという通報。親衛隊のユリウス・デットマン中尉が電話に出て、次にＳＤ所属のカール・ジルバーバウアーにその住所へ急行するよう命じる。

電話で伝えられたユダヤ人の人数に関して、ジルバーバウアーの供述はさまざまに異なっている。

最初の供述[*3]はオーストリア当局とオランダ人ジャーナリストのシューレス・フッフ[*4]に対しておこなったものだが、そのときは〝ユダヤ人〟と言っているだけで、具体的な人数は述べていない。オーストリア当局に対する二回目の供述では、〝六人から八人のユダヤ人〟と述べ、その後、最後の取調べのときは、〝八人のユダヤ人〟と述べている。[*5]

デットマンはⅣB4課に出向している巡査部長アーブラハム・カペルに電話をかけ、SD所属のオランダ人警官を何人かその住所へ急行させるよう命じる。

10:30 a.m.　オットー、ペーターの部屋で英語を教えている。[*6]

10:30 ～ 10:55 a.m.　SDの摘発チームがドイツ軍の車でジルバーバウアーと共にプリンセンフラハト二六三番地に到着。ジルバーバウアーだけは自転車でやってきたという別の証言もある。倉庫のドアが大きく開かれ、摘発チームがなかに入る。倉庫のなかに立っていたヴィレム・ファン・マーレンとランメルト・ハルトフは車が止まったのを目にする。オランダ人の私服警官が倉庫に入ってファン・マーレンに声をかける。[*7]SD所属のオランダ人警官一人が倉庫に残り、あとの者は階段をのぼって事務室のあるエリアへ向かう。[*8]

10:30 ～ 11:00 a.m.　ミープとベップが事務室のデスクで仕事をしている。クーフレルは彼の事務室にいる。クレイマンは自分のデスクにいなかったかもしれないが、事務室でミープとベップと一緒にいたことは間違いない。ミープの供述はこうだ――ふと顔を上げると、太った男（たぶん、警官の一人）がドアから顔をのぞかせ、クレイマン、ベップ、そしてミープ自身に向かって、「静かにしろ。席を立つな」とオランダ語でどなりつけた。[*9] ところが、一九七四年の供述になると、ミープは「長身の痩せた男が銃で一同を脅した」と言っている。[*10] それから、男はクーフレルが仕事をしている奥の事務室へ向かう。[*11] クレイマンの供述では、彼が最初に目にしたのは太った男の頭だったそうだ。[*12]

クーフレルは足音を聞きつけ、事務室のドアにはまったガラスの向こうをいくつかの影がよぎるのを目にする。ドアをあけると、そこにSD曹長カール・ジルバーバウアーがいる。[*13] 二人はクーフレルの事務室に入り、そこでクーフレルが尋問される。クーフレルの供述によると、摘発チームにはドイツ人のSD隊員一人（ジルバーバウアー）と、オランダ人の私服警官三人がいたとのこと。[*14]

ベップとクレイマンは、クーフレルの事務室から太った男と別のもう一人の声が聞こえたと断言している。太った男が「ユダヤ人はどこだ？」[*15] とドイツ語でクーフレルに尋ねる。太った男は二人がいる事務室に入ってきて腰を据える。ベップはのちに、逮捕時にはオランダ人警官が（少なくとも）三人いたと証言する。

11:15 a.m.　ベップ、ミープ、クレイマンは事務室に残る。ジルバーバウアーが上着から拳銃（ブローニング）をとりだし、クーフレルに階段をのぼるよう命じる。オランダ人の警官たちが銃を構えてあとに続く。[*16]

一同がどうやって上の階へ行ったかについては、二通りの説がある。

第一の説：クーフレルの事務室を出てすぐ右に曲がり、それから半螺旋《らせん》階段をのぼって、本棚が設置されている踊り場に出る。（クーフレルと摘発チームが通ったコースとしては、これがもっとも可能性が高く、理にかなっている）

第二の説：階下に戻って倉庫を抜けだし、いったん通りに出てから、表に面したドアのひとつを通ってふたたび建物に入る。目の前に二階分の長さの階段があって、《隠れ家》のある階に通じている。[*]

摘発チームが次に何をしたかが重要だ。事前に情報を得ていたので、すぐさま本棚のところへ行ったのか？　クーフレルに銃を突きつけて案内させたのか？　それとも、あたりを見てまわったあとで、自分たちで本棚を見つけたのか？　この筋書きのどれが正解かによって、密告者は本棚の位置を正確に知っていた内部の人物だったのか、それとも、ユダヤ人がいるという噂を耳にした人物に過ぎなかったのかがわかるはずだ。
クーフレルは摘発チームが本棚を動かそうとし、ついに掛け金がはずれたときの様子を語っている。[*17] 重い本棚は下の車輪に支えられて回転するようになっている。ベップの父親がこの仕掛けを作ってくれてから二年がたち、この車輪が床に曲線を残していたのだろう。法執行機関はこれを〝証拠となる痕跡〟と呼んでいる。ユダヤ人狩り部隊は家宅捜索をおこなって巧妙な隠れ場所を見つけることに熟達している。本棚の奥に秘密のドアがあることを事前に知っていたというより、何かを隠すために本棚が動かされたことを示すこの痕跡に、警官たちが気づいただけだったのかもしれない。

11:20 ~ 11:40 a.m. 摘発チームが《隠れ家》に入り、住人たちと向き合う。オットーがペーターの部屋にいたとき、拳銃を手にした見知らぬ私服の男が入ってくる。男は二人のポケットを調べて、武器がないことを確認する。オットーとペーターは部屋を出され、ファン・ペルス夫妻が両手を上げて立っている場所まで行く。夫妻の前にも、拳銃を構えた別の男がいる。次に、オットーの家族が暮らしている階へ全員で下りる。オットーの妻と娘たちも、クーフレルも、同じように両手を上げて立っている。拳銃を構えた緑色の制服の男がいる。これがジルバーバウアーだ。[*18]
ジルバーバウアーがオットーのブリーフケースを奪いとって中身を空けると、紙類が床に散乱する。アンネの日記もそこに含まれている。現金と、宝石類と、プフェファーが歯科医院で使っていた金歯を、ジルバーバウアーがブリーフケースに詰めこむ。

オットーが第一次世界大戦中に使っていた小型トランクに気づいたジルバーバウアーは、ドイツ軍にいたのかとオットーに尋ねる。次に、二年あまり身を隠していたことをオットーがジルバーバウアーに告げる。まさかという表情のジルバーバウアーに、オットーは娘たちの背がどれだけ伸びたかを示す壁の刻み目を見せる。このあと、ジルバーバウアーは「荷物を詰めるのに時間をかけてもいい」と《隠れ家》の住人たちに言う。[*19]

《隠れ家》の住人たちが荷物を詰めているあいだに、クーフレルがジルバーバウアーに昼食をとってもいいかと尋ねる。建物から逃げだすつもりだ。一階の倉庫に下りると、ドアがあけっぱなしになっていたので、通りへ駆けだそうとする。しかし、別の警官の姿を目にしてひきかえす。[*20]

11:50 ～正午　摘発チームがまだ《隠れ家》にいるあいだに、ベップ・フォスキュイルがクレイマンの財布を持って〈オペクタ商会〉を出る。レリーフラハトにある薬局へ行くよう、クレイマンに言われたのだ。薬局の主人は友達だから、そこで電話を借りて妻に電話してほしいと頼まれた。[*21]ベップはいまにも撃たれるかもしれないと覚悟しつつ、必死の思いで建物から走り去り、薬局でしばらく待ったあとで電話をかけ、それから会社に戻る。[*22]

11:50～正午 ヤン・ヒースがいつものようにミープと一緒に昼食をとるため、〈オペクタ商会〉にやってくる。階段をのぼった先にある事務室のドアのところでミープが彼を呼び止め、小声で「ゲシュタポ」と言って、闇の配給切符と現金とヤンの弁当が入った彼女のバッグを手渡す。ヤンはすぐさま、何が起きたかを悟る。すばやく建物を出て、徒歩七分のところにある彼の職場に戻り、渡された品を隠す。[*23]

12:05 p.m. ミープは表側の事務室に戻る。摘発チームの別の男がドアから入ってきて、ミープと一緒にすわっていたクレイマンに、クーフレルの事務室に来るよう命じる。しばらく時間がたち、クーフレルの事務室のドアが開く音がして、クレイマンが出てくる。すぐうしろにジルバーバウアーがいる。倉庫の鍵をミープに渡すよう、ジルバーバウアーがクレイマンに命じ、次に二人はクーフレルの事務室に戻ってドアを閉める。[*24]

12:20 p.m. 数分後、銃を手にして最初に事務室に入ってきたオランダ人警官が戻ってくると、ベップのデスクの前にすわり、エーテルペストラートにあるSD本部へ電話をかけ、車を一台よこしてほしいと頼む。[*25]

12:25 p.m.　ジルバーバウアーが表側の事務室に入ってきて、ミープと向かい合い、数分前にクレイマンが彼女に渡した鍵を奪いかえす。ミープは彼のウィーン訛《なま》りに気づいて、「わたしもウィーン生まれです」と言う。ジルバーバウアーはユダヤ人を助けていた彼女を罵倒したあとで、「逃げるんじゃないぞ。これからも立ち寄って、おまえの言動を監視してやる」と警告する。彼が部屋を出て背後のドアを閉め、あとにはミープだけが残される。自分が逮捕されなかったことに呆然とし、オーストリア人という共通点があったおかげだろうと考える。[*26]

12:45 p.m.　逮捕された十人が上の階から下りてくる。[*27] ほぼ無言。支援者たちに対する涙ながらの別れの言葉はない。

1:00 p.m.　逮捕された者たちが建物から連れだされるとき、正面入口のところに倉庫係二人が立っている。[*28]《隠れ家》の住人八人にクーフレルとクレイマンを加えた十人は、表の通りで待機中の荷台に幌《ほろ》がかかったトラックに乗せられる。ミープの夫ヤン・ヒースと、ヤンに呼びだされたクレイマンの兄が、運河の対岸から見守っている。[*29] ジルバーバウアーは自転車で走り去る。[*30]

1:15 ～ 1:30 p.m.　ＳＤのトラックがエーテルペストラートの本部に到着し、逮捕された者たちは留置場に放りこまれる。尋問が始まる。ジルバーバウアーがオットーに向かって、身を隠しているさらに多くのユダヤ人の名前と居場所を尋ねるが、オットーは何も知らない、二十五カ月のあいだ、世間とは没交渉だったから、と答える。クレイマンとクーフレルは潜伏生活との関わりについて話すのを拒否する。オットーもその他の者もひどい扱いは受けずにすむ。[*31]

クレイマンはオットーとひき離される前に彼から言われたことを覚えていた。「きみがここで一緒にすわっているかと思うと本当に申しわけない。こんな目にあわせてしまって」それに対して、クレイマンは「わたしが自分で決めたことですし、ほかの方法を選ぶことはなかったでしょう」と答えた。[*32] 街の中心部にある留置場で四晩を過ごしたあと、八人はヴェステルボルク通過収容所へ移された。クーフレルとクレイマンはアーメルスフォールトにあった労働キャンプへ送られた。

SDの曹長とオランダ人の対独協力者たちにとって、彼らはプリンセンフラハト二六三番地に隠れていたユダヤ人に過ぎなかった。ユダヤ人が身を隠すのは、ナチスから見れば犯罪だ。彼らを逮捕すれば、どんな運命が全員を待ち受けているかを、ジルバーバウアーも対独協力者も承知していた。当時すでに、絶滅収容所の存在はわかっていたのだから。だが、彼らは上からの命令に従った。容易に人殺しができるようになるのは、たぶん、ほかの者を品物扱いし、その男もしくは女に死の運命が降りかかったとしても自分の責任ではないと思える能力が、人間に備わっているからだろう。

---

* 〈アンネ・フランク財団〉のヘルトヤン・ブルークは、摘発チームが通ったルートはこちらではないかと見ている。

第13章 ヴェステルボルク通過収容所

逮捕の日の夕方、ミープは夫と倉庫主任のヴィレム・ファン・マーレンと一緒に《隠れ家》に入った。あらゆるものにSD隊員カール・ジルバーバウアーの影がのしかかっていた。彼は「逃げるんじゃないぞ。これからも立ち寄って、おまえの言動を監視してやる」と、ミープを脅した。何年もたってからインタビューに応じたミープは、そのときの恐怖を思いだしつつも、七百六十一日にわたって匿ってきた人々が本当にいなくなったことを自分に納得させるために《隠れ家》へ行かずにはいられなかった、と語っている。〝引出しがあけられ、中身が床に散乱していた。どこを見ても、ものがひっくりかえっていた〟[*1]。散らかった床の中央に見慣れた品が落ちていた。赤と白の格子縞の日記帳。真鍮《しんちゅう》の錠がついていて、アンネが日記を書くのをミープは何度も目にしてきた。アンネのくっきりした手書き文字と、ときたま貼りつける写真で日記のページが埋め尽くされてしまうと、アンネはミープに新しい日記帳を届けてほしいと頼んだが、日記帳を売っている店はもうアムステルダムのどこにもなかった。ミープはかわりに自分のノートを二冊届け、アンネがそれも使いきってしまうと、ベップが事務室で使っている水色のトレーシングペーパーを渡した。ミープは身をかがめて、アンネの日記帳と二冊のノートを拾い、事務室へ運んで、鍵のかかっていない自分のデスクの引出しにしまった。引出しに鍵がかかっていたら、きっと怪しまれていただろう。日記を保管しておくのは危険なことだが、ミープはアンネが戻ってきたときに日記帳を渡したいと思ったのだ。幸い、ミープ自身は日記を読まなかった。もし読んでいれば、アンネが実名も使っていたことを知っただろう。すべての者を守るために、日記を処分せざるをえなかっただろう。*2

その夜遅く、ベップも交際中の男性と二人でやってきた。隠れていた人々が連れ去られたことをどうしても自分の目で確かめたかった、とベップは妹のディニーに言っている。*3「この二年間、あの人たちを匿ってきたのに、みんな、いきなり連れ去られてしまった。いまはもう言葉もないわ」*4

ユダヤ人が連行された場合の常として、八月五日から十日のあいだのどこかで、〈アーブラハム・ピュルス運送〉という、ユダヤ人の家財その他を徴収する仕事を請け負っている運送会社の者がやってきて、《隠れ家》の品をすべて運びだした。地元の人々はそれを〝ピュルスされる〟と呼び、ときには外に出て見物することもあった。家具、リネン類、食料、個人の所持品が集められ、売却されたり、鉄道でドイツやさらに東の地へ送られたりしていた。連合国軍の爆撃で自宅を破壊された市民たちに配るためだ。ユダヤ人の資産没収が腐敗の蔓延につながった。ユダヤ人の家から没収された品々が消えてしまうことが頻繁にあり、それによって多くの悪辣な〝ピュルスの男たち〟が大金持ちになった。

家財道具が運びだされたあとで、ベップとミープが《隠れ家》にこわごわ入ってみると、ピュルスの男たちは大量の紙屑と本を価値のない品とみなして、屋根裏の床に投げ捨てたままにしていった。ベップは日記帳のかわりにアンネに渡した水色のトレーシングペーパーに気づき、紐《ひも》でくくってある紙の束を救いだした。それはオリジナルの日記を書き直したもので、潜伏生活の最後の十週間、アンネはこの作業を進めていた。戦争が終わったら『秘密の《隠れ家》』という題名で出版したいと願っていたのだ。ミステリー仕立てにして、最後まで結末がわからないようにするつもりだった。[*5]

《隠れ家》の八人は、悪名高きヴェーテリンスハンス刑務所に併設された拘置所に四日間入れられたのち、トラックでマウデルポールト駅まで運ばれ、そこから百二十キロほど離れたヴェステルボルク収容所へ送られた。同じ列車に乗っていた囚人のなかに、ブリレスレイペルという姉妹（レベッカ・〝リン〟とマリアンネ・〝ヤンニ〟）がいた。レジスタンス活動が逮捕につながったのだ。ヤンニがすぐさまフランク一家に気づいた。深い苦悩を顔に浮かべた父親と、神経をぴりぴりさせた母親、スポーツウェアを着てリュックを背負った二人の娘。[*6] 言葉を交わす者は誰もおらず、列車が文明から離れるにつれて街の家々が遠くへ消えていくのをじっと見ているだけだった。アンネ・フランクが生きている姿を最後に目にしたわずかな者の一部がこの姉妹だった。

十三年後、オットー・フランクはこの列車の旅のことを作家のエルンスト・シュナーベルに語っている。長年触れることができなかった自然界の美に見とれるアンネの姿に、わたしたちは胸をえぐられる。

われわれが乗せられたのは普通の客車だった。扉にかんぬきがかかっていることもさほど気にならなかった。家族がふたたび一緒になり、旅のあいだの食料を少しもらうこともできた。どこへ運ばれるかはわかっていたが、それでもなお、ふたたび旅行に出かけたり、どこかへ遊びに行ったりするような気分になり、みんなではしゃいでいると言ってもいいほどだった。少なくとも、次の旅と比較すれば、この旅のときは浮かれ気分だった。もちろん、家族みんなが心の奥ではすでに、ヴェステルボルクにずっといられるわけではないことを覚悟していた。いずれポーランドへ移送されることはわかっていた。アウシュヴィッツやトレブリンカやマイダネクで何が起きているかもわかっていた。だが、ロシア軍がすでにポーランドの奥深くまで侵攻しているのではなかったか？　戦争が激化しつつあり、われわれは幸運に小さな望みをかけられるようになっていた。ヴェステルボルクが近くなるなかで、わたしたちは幸運が続くよう願っていた。アンネは窓際の席から動こうとしなかった。季節は夏だった。牧草地、刈り株畑、村々の景色が流れていった。鉄道用地に沿って続く電話線が窓の外で上下に揺れていた。自由の印のようだった。この気持ちがわかってもらえるだろうか？[*7]

新たな列車が到着して希望と絶望の両方をもたらすたびに、ヴェステルボルクに噂が飛びかった。希望とは、自分の家族や親戚が含まれていませんようにとの願い。密告された家族や親戚がこちらに送られてくれば、自分の苦しみが倍になってしまう。絶望とは、移送列車がいまもアムステルダムから定期的にやってくる。連合国軍の進撃にもかかわらず、戦争はまだ終わっていないのだという思い。
到着したばかりの人々を、ローザ（ローチェ）・デ・ヴィンテル夫人が十五歳になる娘と一緒に見つめていた。不意に叫んだ。「ユディ、見て！」八人が長い列に並び、係官に名前を登録されるのを待っていた。デ・ヴィンテル夫人は八人の青白い肌に目を留めた。「ひと目でわかるわ。あの人たちがずっと隠れてて、何年も外に出ていなかったことが」[*8] その一人がアンネ・フランクだった。夫人の娘とアンネはやがて、陰鬱な収容所で友達になる。

到着後の手順は決められていた。まず、検疫バラックへ。そこでリップマン＝ローゼンタール銀行の行員が残りの貴重品を没収する。次に、バラック67（犯罪者用の懲罰バラック）へ連れていかれる。隠れて暮らすのは犯罪だからだ。各バラックで三百人が寝起きしている。赤い胸当てがついたブルーの囚人服と木靴を渡される。男性は丸坊主にされ、女性は哀れなほど短い髪にされる。

アンネは日記のなかで、自分が自慢できるのは髪だけだと言っている。しかし、ドイツはUボートのパワーベルトと管継手のパッキン用に毛髪を必要としていた。[*9] まさに狂気の世界だ。ナチスが絶滅させようとしている人々の毛髪を兵器製造に使うとは。

ヴェステルボルクは泥炭地にあるため、あらゆるものが湿気を帯びていた。収容所はさほど大規模ではなく、面積にして五百平方メートルぐらいだった。運営の一端を担うのがドイツ系ユダヤ人の囚人たちで、秩序維持隊《オルデディーンスト》（OD）と呼ばれ、警察のような役目を担っていた。彼らはもともとドイツから亡命してきたユダヤ人で、一九三九年、オランダがまだ中立を保っていた時代に、ここに収容されることになった。のちに、オランダ系ユダヤ人も次々と収容されている。ドイツ当局はO

Dのメンバーに対して、収容所内の秩序維持に尽力すれば〝東部〟への移送を免除すると保証した。ODのメンバーは四十人から六十人ほどの男性で、収容所長にじかに報告をおこなっていた。[*10]

皮肉なことに、ヴェステルボルクはアンネにとって、《隠れ家》の幽閉生活のあとで一種の自由を与えてくれる場所となった。デ・ヴィンテル夫人は次のように回想している。「アンネは幸せそうでした。まるで自由の身になったみたいに。だって、新しい人々に会って、おしゃべりして、笑うことができますもの」アンネは新鮮な空気を吸い、顔に日差しを感じることができた。「もっとも、わたしたちの身は安全ではなく、悲惨な経験をせずにすむわけではなかったのですが」デ・ヴィンテル夫人はつけくわえた。[*11]

一九四四年八月二十五日、パリが解放された。九月三日にはブリュッセルが、四日にはアントワープが陥落した。米軍がすでにイタリア半島の半ばまで進軍していた。戦争が終わりかけていた。だが、それでもなお、九月三日日曜日から移送が再開され、千十九人がアウシュヴィッツへ送られた。三日と二晩のあいだに、家畜用列車一両につき六十人から七十五人が詰めこまれて移送された。女性が四百九十八人、男性が四百四十二人、子供が七十九人。フランク一家、ファン・ペルス一家、フリッツ・プフェファーもそのなかに入っていた。[*12] ヴェステルボルク通過収容所からポーランドのアウシュヴィッツ強制収容所への移送は、これが最後だった。

オットーは自分たちの幸運が続くことを願っていた。願いは叶《かな》わなかった。

第14章 帰還

《隠れ家》で暮らした八人のうち、生きて帰ることができたのはオットーだけだった。ナチスの軍隊がアウシュヴィッツから撤退したとき、収容所内の病棟バラックに入っていたおかげで死の行進に加わらずにすみ、ロシア軍によって自由の身になれた。一九四五年一月二十七日のことだった。その二日前には処刑を待つ列に並ばされていたが、そこにロシア兵の一団がやってきて、親衛隊の銃殺班を追い散らしてくれた。オットーは以前、自分の心には〝雪のように白いコート〟を着て白い雪景色のなかをやってくるロシア兵のイメージが焼きついている、と言ったことがある――それが彼の思い描く自由のイメージだった。[*1]

ほぼ一カ月後の二月二十二日、収容されていた者たちが体力を回復しつつあったときに、収容所近くのエリアが包囲された。オットーも、ほかの者たちも、夜通し大砲の音を耳にしていた。ドイツ軍が戻ってきて、ロシア側の旗色が悪くなりはじめた。艱難辛苦《かんなんしんく》のなかを生き延びてきたのに、いまになってすべてを失うのでは酷《むご》すぎる。しかし、二月二十三日になるとようやく、ロシア軍の士官数人が生き延びた者たちを収容所の広場に集合させ、十二台のトラックがやってきて、戦線の背後の安全地帯へ運んでくれた。

到着したのはポーランド、上シロンスク地方の中心都市カトヴィツェで、最初は公共の建物に収容され、次に、街の中心部にある学校へ移された。オットーは会う人ごとに、収容所で自分の妻と娘たちを見かけなかったかと尋ねた。三月十八日に彼の母親に宛てて、〝これまでの苦難を語る気にはまだなれませんが、とにかく生きています〟という手紙を書いた。〝エーディトと娘たちの消息がわからないので、胸を痛めていますが、希望は捨てていません。クーフレルとクレイマンのことがいつも気がかりで、労働キャンプで生き延びたかどうか、心配でなりません〟とも書いている。同じ日に、いとこのミリーにも手紙を書き、〝いまは宿無しになった気分です。何もかも失いました。娘たちの手紙一通、写真一枚すら持っていません〟と言っている。[*2]

三月二十二日、オットーは誰もいない学校のテーブルの席に一人ですわっていた。そこにヴェステルボルクで出会ったローチェ・デ・ヴィンテル夫人がやってきた。アウシュヴィッツの収容所にいたとき、オットーの妻子と同じバラックで寝起きしていたという。アンネとマルゴーは十月三十日に〝選別されて〟ベルゲン＝ベルゼンへ移送され、母親だけがあとに残された。姉妹がその後どうなったか、デ・ヴィンテル夫人は知らなかった。それきり二度と会っていない。

しかし、夫人はオットーに、アンネは〝顔を保っていた〟と断言した。これは収容所のスラングで、非人間的な環境に完全に打ちのめされてはいない者を意味している。夫人が言うには、アンネの美しさは大きな目に凝縮され、その目はいまなお哀れみを湛《たた》えてほかの者たちの苦悩を見つめていたという。顔を失った者たちはとっくに感情を持つことをやめている。「何かがわたしたちを守り、何も見ずにすむようにしてくれるのです」しかし、デ・ヴィンテル夫人の言葉を借りるなら、アンネにはそのような〝遮蔽物〟はなかった。〝周囲で何が起きているかを最後まで見届けようとする少女〟だった。[*3]

　前の年の十二月にデ・ヴィンテル夫人は体調を崩して病棟バラックへ送られ、そこでオットーの妻エーディトに出会った。夫人の話だと、エーディトは譫妄《せんもう》状態にあり、もはや何も食べなくなっていたそうだ。食べ物を与えられると、夫のためにとっておくと言って毛布の下に隠してしまう。結局、食べ物は腐敗する。[*4]デ・ヴィンテル夫人はオットーに、エーディトが一九四五年一月六日に餓死したことを告げた。オットーの胸は張り裂けそうだったに違いない。

　ウクライナのチェルノヴィッツへ列車で向かう途中、頻繁に停車する駅のひとつでオットーが何百人もの人々に交じってホームをうろついていたとき、〈河地区〉のメルヴェデプレインでアンネとよく遊んでいた少女がオットーに気づいて声をかけてきた。少女がオットーに母親を紹介すると、母親はさっそく、いまだ行方知れずの息子と夫を見かけたことはないかと尋ねてきた。母親の名前はフリッツィ・ガイリンガーといった。

　三月五日、チェルノヴィッツに到着したあと、オットーはオデッサへ向かうソ連の軍用列車に乗った。アムステルダムに戻るルートはそれしかなく、そこで娘たちと再会できるよう願っていた。フリッツィ・ガイリンガーとは赤の他人として別れたが、八年後、彼女はオットーの二人目の妻となる。人生とはかくも奇《く》しき縁《えにし》で結ばれているものである。

オットーがアムステルダムに帰り着いたのは、それから三カ月後のことだった。六月三日、ミープとヤンが住むアパートメントに到着した。ミープはこんなふうに回想している。〝わたしたちはただ言葉もなく向かいあって立っていた。……（中略）……「ミープ」彼は静かに言った。「ミープ、エーディトは帰ってこないよ……（中略）……しかし、マルゴーとアンネについては、おおいに希望を持っているんだ」〟[*5]（『思い出のアンネ・フランク』文春文庫）ミープとヤンは自分たちと同居するようオットーに勧めた。オットーは承知した。

二人はその夜、クレイマンもクーフレルも無事に生きていることをオットーに告げた。クレイマンはアーメルスフォールト労働キャンプで吐血するようになった。オランダ赤十字が人道的見地から介入をおこない、九月十八日にクレイマンは釈放された。こうした介入が功を奏したのは、オランダ市民が対象のときだけで、また、敗戦の色が濃くなってきた時期だったため、それを案じたドイツ軍司令部が多少弱腰になったおかげでもあった。ドイツ軍はほどなく、証拠隠滅のために各地の絶滅収容所をブルドーザーでつぶしはじめる。

クーフレルは労働キャンプを転々とさせられた。一九四五年三月二十八日、隊列を組まされてドイツ本国へ徒歩で向かっていたとき、ドイツ国境を目前にした六百人ほどの男たちに英国のスピットファイア編隊が襲いかかった。混乱に乗じて、クーフレルはもう一人の囚人と一緒に必死に逃げだし、親切なオランダの農民たちに助けられて故郷へ向かった。当時のドイツ軍は大規模な撤退を決行して祖国へ無事に帰還するのにおおわらわで、オランダ人逃亡者を追う余裕などなかった。[*6]

六月四日月曜日、オットーはいつも持ち歩いている手帳に、プリンセンフラハト二六三番地に戻ったことをメモした。連合国軍の進軍状況を追うのに使っていた壁の地図、娘たちの身長の伸び具合を測ったときのドアのそばに残された線、アンネが寝室に貼った赤ちゃんや映画スターや王室一家の写真を見て、オットーは悲痛な衝撃を受けたに違いない。何ひとつ変わっていなかった。だが、すべてが変わってしまった。アムステルダムに戻った五日後、オットーは母親に手紙を書き、いまだに自分が自分のような気がしない、夢うつつで動いているみたいで、心のバランスを保つことができない、と言っている。[*7]

　妻は死んでしまった。前年の十月には、アウシュヴィッツのガス室へ向かうヘルマン・ファン・ペルスの姿を、オットー自身がその目で見ている。娘たち、ペーター、フリッツ、ファン・ペルス夫人の消息はわからない。しかし、希望を捨ててはいなかった。娘たちはドイツ国内のソ連占領地区にいるのかもしれない。その地区とはなかなか連絡がとれないことで有名だ。収容所で生き延びた人々がいまも次々とオランダに帰還していた。

　やがて、知らせが届いた。ロッテルダムの看護婦からの正式な通知で、オットーの娘たちが亡くなったことを知らせてきた。しかし、黙ってそれを受け入れることは、オットーにはできなかった。どうしても目撃者による裏づけがほしかった。七月十八日、赤十字の協力を得て、二十八歳になったヤンニ・ブリレスレイペルを見つけだした。娘たちがベルゲン＝ベルゼンで彼女と同じバラックに収容されていたことを知ったのだ。ヤンニはこう回想している。

一九四五年の夏、長身瘦軀《そうく》で立派な風采の紳士が表の歩道に立ちました。わが家の窓をのぞきこみました……立っていたのはオットー・フランクでした。娘二人がどうなったか知らないかと尋ねられました。知っていましたが、わたしの口から話すのは辛かった……お嬢さんたちはもう帰ってきません、と告げるしかありませんでした。[*8]

このころになると、ほかの人々の運命を告げる知らせも届きはじめていた。フリッツ・プフェファーは一九四四年十二月二十日にドイツのノイエンガンメ強制収容所で死亡した。ペーター・ファン・ペルスについては、オットーが自分と一緒に収容所の病棟バラックにとどまるよう説得を試みたが、ペーターのほうは、アウシュヴィッツから撤退するために死の行進に加わったほうが助かる見込みが大きいと思いこんでいた。ロシア軍が近づきつつあった一月十九日に、ナチスが囚人たちに行進を命じた。ペーターは一週間にわたる行進のなかを生き延びたが、五月五日、マウトハウゼンの病棟バラックで死亡した。ドイツが無条件降伏をする二日前のことだった。[*9] 赤十字職員の前で宣誓証言をおこなった目撃者の談によると、ペーターの母親のアウグステ・ファン・ペルスはテレージエンシュタットへ移送される途中、ナチスの兵士に列車の下へ突き飛ばされたそうだ。[*10]

オットーは生き延びることができて幸運だったと言われた。しかし、何を幸運と呼べばいい？　彼はすべてを失った。理性だけは失わずにすんだのは、スパイス商売を再興するために尽力し――もっとも、インドネシアからもはやスパイスを輸入できなくなったため、商売を続けるのは無理だとわかった――親を亡くした子供たちが親戚に身を寄せられるよう手を貸したおかげだった。

オットーは母親宛の手紙に、イェッテケ・フレイダを訪ねたことを書いた。ユダヤ人の子供がオランダの公立学校に通うのを禁じられたあと、マルゴーがユダヤ人学校で友達になったのがこのイェッテケだった。イェッテケは天涯孤独になっていた。父親と兄は死亡。母親はスイスにいる。[*11]当時は誰も彼もが困窮の極みにあった。オットーはその様子に打ちのめされることもあった。だが、できるかぎり助けの手を差し伸べた。

「そのときから、フランクさんがわたしのお父さんになってくれました。あらゆる面倒をみてくれました」同じく孤児になったハンネリ・ホースラルはオットー・フランクのことをこう言っている。[*12]アムステルダムで暮らしていたころ、ハンネリの両親はフランク家と親しくしていて、ハンネリはアンネといちばん仲のいい学校友達だった。母親は一九四二年に難産で亡くなり、父親と母方の祖父母はベルゲン＝ベルゼンで殺された。

ハンネリはベルゲン＝ベルゼンでアンネに何回か会っている。アンネは到着後すぐに父親がガス室へ送られたと思いこみ、二人を隔てる有刺鉄線のフェンスのところに立って、「わたしにはもう親がいないの」と叫んでいた。その後、ハンネリは妹と一緒にテレージエンシュタットへ移送され、アンネと会うこともなくなった。ハンネリも妹も赤十字のパレスチナ・リストにのせられていた。おそらく、ドイツの戦争捕虜との〝交換要員〟としてだろう。だが、テレージエンシュタットの収容所には到着せずにすんだ。幸運なことに、収容所へ向かう途中、ソ連軍によって列車が解放されたのだ。[*13]

赤十字が作成した生存者リストにホースラル姉妹の名前があるのを見て、オットーがマーストリヒトで二人を捜したところ、ハンネリはその街の病院に入院中だった。オットーが死んでいないことを知って興奮した彼女は、顔を見たとたん、「フランクさん！……アンネは生きてます」と叫んだ。[14] そのあとでオットーは酷《むご》い事実をハンネリに伝えた。お父さんが生きていることを知れば、アンネにも生きる気力が湧いたかもしれない――そんな思いがハンネリの頭をよぎった。

オットーは姉妹を庇護下に置いて、ハンネリをアムステルダムの病院へ移し、次に、姉妹がスイスへ行っておじに当たる男性のもとで暮らすのに必要な書類を用意し、さらには、二人を空港まで送っていった。恐怖の深淵《しんえん》が口をあけて後ろ盾のない孤児を待ち受けている様子が、オットーには想像できたのだ。[15]

わたしたちが知っているアンネ・フランクの最後の姿は、ハンネリ・ホースラルが語ったものだ。「昔と同じアンネではありませんでした。打ちひしがれていました。わたしもたぶん、そうだったのでしょうが、ほんとに悲惨でした」季節は二月、寒い日だった。アンネは虱《しらみ》に耐えられなくなって服を脱いでいた。毛布で肩を覆っただけの姿で立っていた。母親と姉はすでに死亡。父親も死んだとアンネは思いこんでいた。チフスで譫妄《せんもう》状態に陥っていた。あと二、三日でアンネも死ぬ運命だった。[17]

ベルゲン＝ベルゼンから生還したもう一人の少女――アンネを知っていた少女――はこう言った。「あそこでは生きつづけるだけで超人的な努力が必要でした。チフスと衰弱――ええ、そうです。でも、アンネはきっと、お姉さんの死で生きる気力をなくしてしまったのでしょう。収容所で一人ぼっちにされた者にとって、死ぬのは恐ろしいほど簡単なことなのです」[18]

第15章 対独協力者

終戦を迎えて、少なくとも千百万人の難民が移動を始めた。強制労働に駆りだされた二十五万人のオランダ人が祖国に戻ってくるだろう、避難所を求める外国からの難民でその数はさらに膨れあがるだろう、と予想されていた。ロンドンで樹立されたオランダ亡命政府は一九四三年以来、六十万人を受け入れる準備を進めてきて、そのうち七万人がユダヤ人になるものと思われていた。国境の警備を強化し、入国希望者が正当なる帰還者かどうかを精査するシステムを構築して、健康チェックと身辺調査と通関手続きをおこなう必要があった。共産主義者が密入国してこの国の存続を危うくすることなど、誰も望むはずがない。[*1]

ところが、いざ蓋をあけてみると、政府がユダヤ人帰還者数を過大に見積もっていたことが判明した。収容所からオランダに生還できたユダヤ人はわずか五千五百人だった。情けないことに、帰国後の待遇もひどかった。帰国したユダヤ人は公的扶助を受けることができず、金銭的支援が必要な場合はユダヤ系の国際組織に申請をおこなうように言われた。ヴェステルボルク収容所には、一九四四年に最後の移送が実施されたあとも五百人のユダヤ人が残されていて、冬のあいだにその数は八百九十六人に増えた。一九四五年四月十二日、カナダ軍によってようやく収容所が解放されたものの、人々は幽閉されたままだったし、おまけに、新たに逮捕されたＮＳＢ（オランダ・ナチ党）のメンバー約一万人――かつてユダヤ人を虐待した者たち――と共に寝起きさせられることになった。[*2] 以前から収容されていた人々がここを出ることをオランダの軍当局がようやく許可したのは、六月二十三日のことだった。

　強制収容所から生還した女性たちは収容所で頭を剃《そ》られていたため、対独協力者と間違われて辱《はずかし》めを受けることがしばしばあった。ユダヤ人が国に帰ってみると、自分の家に他人が住んでいたり、家財道具が奪われたりしていたし、収容所にいたあいだの税金の支払いを求められるケースすらあった。戦後の混乱のせいだとされているが、いくらなんでもひどすぎる。

　ひとこと言っておかねばならないが、これはオランダ当局だけの責任ではなかった。アメリカの政府間委員会が、アメリカが運営する難民（ＤＰ）収容所に関する報告書を作成させたところ、ホロコースト生存者はろくに食事も与えられず、武装した警備員に監視されて、悲惨な状況に置かれていることが判明した。

　ユダヤ人の商業活動を禁じたナチスの法律をオランダ亡命政府が撤廃した。オットーにとって喜ばしいニュースのはずなのに、いまの彼はドイツ国民に類別され、〝敵性資産に関する法令〟のせいで事業ができなくなっていた。オランダへの敵対行動はいっさいとっていないことを証明するよう求められた。アウシュヴィッツから生還した二十一カ月後の一九四七年二月になってようやく、以後〝敵性国民〟とはみなさない、という通知が届いた。[*3] オットーには少なくとも、住まいを提供してくれるミープとヤンがいたし、手紙で金銭的支援を申しでてくれる友人たちもいた。オットーが兄のローベルトへの手紙に書いたように、生計の手段を証明できないホロコースト生存者のなかには、収容所に放りこまれた者や、オランダへの再入国を禁じられた者もいた。

一般のオランダ市民もさほど友好的ではなかった。彼らは彼らで苦労していた。戦争が終わる直前の冬は〝飢餓の冬〟と呼ばれ、じつに苛酷だった。オランダ亡命政府が鉄道労働者たちに対して、連合国支援のためのストライキを呼びかけた。ドイツ当局は報復として、食料と燃料の供給を全面的に停止した。〝飢餓の冬〟のあいだに、二万から二万五千人のオランダ人が餓死している。ドイツ軍がオランダから撤退する際に堤防を決壊させていったため、国土の八パーセントが水浸しになり、ドイツ軍による組織的な略奪のせいで、オランダにおける経済崩壊は西側諸国のどこよりもひどかった。[*4] オランダ人の多くは東部の絶滅収容所の話を聞かされても、おおげさだと言って相手にしなかった。少なくともこの時点では、はっきり言って、ホロコーストがあったことを認識していない者のほうが多かった。ミープも悲しげにこう述べている。〝だれもがそれなりにみじめな体験をしてきているので、他人の苦しみに関心を持つゆとりはあまりなかった〟[*5]（『思い出のアンネ・フランク』文春文庫）

そのいっぽうで、オランダ亡命政府は対独協力者に大きな関心を向けていた。ナチスとの共謀関係が知られている者たちの処罰を望み、法に従って起訴できるよう、対独協力者の身元確認にとりかかった。一九四三年には、特別正義法を制定し、また、一九四五年五月から全国に審判所と特別法廷の設置を進めていた。占領から解放されたばかりのオランダでは、オランダ国家警察政治犯罪捜査局《ポリティツケ・オップスポーリングスディーンスト》（ＰＯＤ）が何十万件もの事件の捜査に当たっていた。*

百五十以上の警察署が新設されて、対独協力者に関する証拠――手紙、写真、証人の供述、会員証など――を集めはじめた。一八七〇年に廃止された死刑制度が復活した。

書類が集められて、ハーグの特別正義中央文書館（ＣＡＢＲ）で保管されることになった。この文書館に収められた書類を並べれば長さ四キロになり、その数は四十五万点以上にのぼる。個人情報保護法に守られたそれらの書類には、有罪判決を受けたナチス協力者、濡《ぬ》れ衣《ぎぬ》を着せられた人々、無罪になった人々、被害者、証言をおこなった人々に関する情報が記されている。一人に対して何十というファイルが作成されていることもある。おそらく、複数の警察で取調べを受け、複数の罪状で起訴されたのだろう。そういうファイルには、写真、ＮＳＢ党員証、精神鑑定報告書、銀行取引明細書、裁判記録、対独協力者仲間とユダヤ人生存者の証言その他が含まれている。これらの書類のうち二十万点が公訴局へ送られた。もちろん、混沌たる時代だったため、おおざっぱな数字ではあるが、逮捕されたオランダ人の数は十五万人ぐらいと推定される（公職にあった少数のドイツ人もオランダで裁判にかけられて服役した）。オランダ人の被告人のうち九万人が放免され、起訴猶予となった。一万四千件の有罪判決が下された。百四十五人が死刑判決を受け、最終的に四十二人が処刑された。*6

〝ユダヤ人ハンター〟のなかでもっとも攻撃的だった対独協力者が、家財登録局の調査部で仕事をしていたオランダ・ナチ党員の一団だった。ユダヤ人の家財道具と不動産を調べあげて没収した罪により、家財登録局は終戦後に起訴されている。ここには四つの部署（コラム）があり、そのひとつがリーダーのヴィム・ヘンネッケの名字をとって、ヘンネッケ・コラムと呼ばれていた。冷酷無比な男で、もとは暗黒街の顔役としてもぐりのタクシー会社を経営し、そちらの世界の関係者たちをコラムの仕事に使っていた。[*7] 一九四二年十月、ヘンネッケ・コラムは隠れているユダヤ人を見つけだす仕事を開始した。一九四三年十月に解散するまでに、八千人から九千人のユダヤ人をナチスにひき渡している。[*8]

オランダ人ジャーナリスト、アド・ファン・リンプトは彼のすばらしい著書 *Hitler's Bounty Hunters: The Betrayal of the Jews*（ヒトラーの賞金稼ぎたち：密告されたユダヤ人）のなかで、ユダヤ人をナチスに一人ひき渡すたびに〝ユダヤ人ハンター〟に支払われていた報奨金《コップヘルト》に関して、詳細な証拠を挙げている。とりわけ印象的なのが、一九四三年にユダヤ人移住促進中央局に配属されたオランダ人警官、カレル・ヴェーリンクの証言だ。一九四八年の捜査報告書に、ヴェーリンクは〝中央局に連行したユダヤ人一人一人につきヘンネッケ・コラムのメンバーがコップヘルトを受けとっているのは、周知の事実だった〟と記している。ヘンネッケがメンバーに支払いをするとき――たいてい月末だったが――ヴェーリンクもその場に居合わせたことが何回かあった。最初のころのコップヘルトは、ユダヤ人一人につき少なくとも七・五ギルダー（現在の貨幣価値にして四十七・五USドル）だった。ヴェーリンクはこう述べている。「わたしはメンバーがそのあとで何枚かの受領書にサインさせられるのを見た。たしか全部で三人いたと思う……また、ヘンネッケが相手に応じて三百から四百五十ギルダーまでの異なる金額を支払うのを見た。それはたぶん、連中の給料をはるかにうわまわる額だっただろう」[*9]

コラムのメンバーは現在の千八百五十〜二千七百九十ドルに相当するコップヘルトを得ていたわけで、オランダのこうした男たちが獲物を狩るさいに見せた〝飽くなき熱意〟も、たぶんそれで説明がつくだろう。ユダヤ人をつかまえるたびに金が入るのだ。さらにおぞましいことに、ユダヤ人ハンターに支払われる金は没収されたユダヤ人の財産から出たものだった。一九四四年十二月八日、オランダのレジスタンス組織がヴィム・ヘンネッケを暗殺した。

＊一九四六年、オランダ国家警察政治犯罪捜査局（ＰＯＤ）は公訴局の意向によって、政治犯罪捜査部（ＰＲＡ）へと名称が変更された。

第16章

娘たちは帰ってこない

一九四五年七月、ロッテルダムの看護婦から来た手紙を手にして、オットー・フランクが事務室に立っていたあの瞬間のことを、ミープは生涯忘れないだろう。〝抑揚のない、完全に打ちひしがれた〟声で、オットーは言った。「ミープ、マルゴーとアンネはもう帰ってこないよ」

そのままわたしたちは凝然《ぎょうぜん》と見つめあった。ふたりとも、雷に打たれて、魂の奥底まで焼きつくされてしまったようだった。やがてフランク氏が社長室のほうへ歩きだしながら、あの打ちひしがれた声で言った。「奥のオフィスにいる」[*1]（『思い出のアンネ・フランク』文春文庫）

ミープは自分のデスクへ行くと、引出しをあけて、格子模様の小さな日記帳と、二冊のノートと、紙の束をとりだした。アンネが帰ってきたときのためにとっておいたものだ。それを持ってオットーの社長室へ行き、彼に差しだした。日記帳に気づいたオットーは指先でそれに触れた。ミープはすべてをオットーの手に押しつけて部屋を出た。

ミープとヤンが一緒に暮らそうとオットーに言ったとき、オットーは「あんたたちと一緒にいたい。そうすれば家族のことを話せるから」と答えた。だが、じつをいうと、同居を始めたころ、彼が家族の話をすることはめったになかった。ミープは言葉が不要であることを理解していた。〝もし話したければ、いつでも彼女たちのことを話せる。そして話したくなくても、そのときは無言のうちに、三人ともおなじ悲しみと思い出を分かちあっているのである〟*2（『思い出のアンネ・フランク』文春文庫）

しかし、オットーはやがて、少しずつ沈黙を破りはじめた。アンネの日記を断片的にドイツ語に翻訳し、バーゼルに住む母親宛の手紙に同封するようになった。日記を手にして自分の部屋から出てきて、こんなふうに言う夜もあった。「ミープ、まあ聞きたまえ、アンネがここになんて書いているか！　隠れて暮らしていたあいだ、あの子の想像力がこんなにも生きいきしてたなんて、だれが想像しただろう！」*3（『思い出のアンネ・フランク』文春文庫）

最初のころは喪失の悲しみに打ちひしがれていたため、日に数ページ読むのがやっとだった。やがて、友人たちに抜粋を読んで聞かせるようになり、ほとんどの者が胸を打たれた。ただ、性的な記述が多すぎると感じた者もわずかにいた。一九四五年十二月、オットーは日記の出版を決心した。出版がアンネの望みだったことを知っていたので、この深い悲しみから建設的な何かが生まれることを世界に向かって示そうと決めたのだ。日記をタイプで打ち直し、オランダの出版社に勤務する友人のヴェルネル・カーンに渡した。原稿はやがて、著名な歴史学者ヤン・ロメインの目に留まり、一九四六年四月三日、『ヘット・パロール』紙の第一面に〝子供の声《キンデルステム》〟というタイトルで彼の評論が掲載された。戦時中の日記が次々と世に出ていたが、ロメインはこう書いている。〝これほどまでに透明で、理知的で、それと同時に自然な日記がほかにあったら、わたしはさぞ驚くことだろう〟[*4] ほどなく、あちこちの出版社から電話が入りはじめた。日記は一九四七年六月に、『秘密の《隠れ家》――一九四二年六月十四日から一九四四年八月一日までの手紙のような日記』という、アンネが決めていた題名で出版された。初版は合計三千三十六冊を売り、一九四七年十二月に第二刷が出た。販売部数は六千八百三十冊、一九四八年に出た第三刷は一万五百冊だった。一九五二年春には、エレノア・ローズヴェルトの紹介文付きで、合衆国と英国で出版された。

一九五二年という年はオットー・フランクにとって重要な年になった。スイスのバーゼルへ越すことにした。実家の人々がいまもそちらに住んでいるのだ。アムステルダムの暮らしがひどく苦痛だった。日記を読んだファンが続々とプリンセンフラハト二六三番地に押しかけてきて、オットーと話をしたがるので、それが大きな負担になってきたのだ。少なくとも、バーゼルに越してしまえば、読者は手紙を書くしかない。そうした手紙にオットーは几《き》帳面《ちょうめん》に返事を出していた。何年かあとで『ライフ』誌のインタビューを受けたとき、アムステルダムに三日以上滞在することには耐えられないところまで来ていた、とオットーは説明した。《隠れ家》へも行ってみたが、何ひとつ変わっていなかったそうだ。[*5]

翌年の十一月十日、オットーは六十四歳で再婚した。二度目の妻は、八年前に彼がアウシュヴィッツから帰国したとき、ウクライナのチェルノヴィッツ駅へ向かう途中で会った女性だった。エルフリーデ（フリッツィ）・ガイリンガーはかつてアムステルダムにいたころ、オットーと同じ地区に住んでいたが、おたがいに面識はなかった。一九四二年七月、ガイリンガー一家とフランク一家はいずれも潜伏生活に入った。フリッツィと娘のエヴァはアムステルダム市内で隠れ家を見つけ、夫と息子は田舎町に身を隠した。どちらの家族も密告にあった。

オランダが解放されたあと、オットーはメルヴェデプレイン四六番地の以前のアパートメントで暮らしていたフリッツィとエヴァを訪ねた。一九四五年七月十八日、自分の娘二人がすでに死亡したことを知った。八月八日、赤十字からフリッツィのもとに、夫のエーリッヒと息子のハインツがすでに殺されていたという通知が届いた[*6]。

一九四七年から一九四九年にかけて、フリッツィの夫と息子を密告した者たちの裁判が開かれ、この辛い裁判のあいだ、オットーは彼女の支えになった。法廷で審理を傍聴するのはフリッツィにとって大きな苦痛だった。オットー自身、自分の家族を密告した者を突き止めようと必死になっていたので、被告がたいてい無罪放免となる裁判を傍聴するフリッツィの悲嘆とその後の挫折感を目の当たりにして、彼自身も同じく苦痛に苛《さいな》まれていたに違いない。

オットーとフリッツィの関係は、想像を絶する悲劇の傷を癒してくれるものだった。同じ喪失を経験したことが深い安らぎをもたらしてくれた。オットーはかつてこう言った——どちらも強制収容所から生還し、どちらも伴侶と子供を亡くしているからこそ、理解し合うことができるのだ。こうした共通の苦悩を知らない相手とは、とうてい一緒になれなかっただろう[*7]。

フリッツィの娘のエヴァは、継父となった男性のことを感動的な言葉で語った。

オットーはメルヴェデプレインでわたしの母としばらく暮らしましたが、二人とも過去の記憶につきまとわれていました……アンネの日記の出版を実現させ、世間から正当に評価されるよう、心血を注いでいたオットーですが、戦争と家族の死が重圧となり、彼の感情と精神から安らぎを奪っていました。*8

じつをいうと、オットーは生き残った身内の近くで暮らしたいと強く願っていた。フリッツィと一緒に、スイスで新たな人生に踏みだすことにした。バーゼルに越した二人は、オットーの妹レニと、その夫エリーアスと、息子二人が暮らす家に身を寄せた。そこで七年近く暮らしたのちに、バーゼル郊外のビルスフェルデンにある現代的なアパートメントに引っ越した。当時のオットーにとって家族の絆《きずな》以上に大切なものは、アンネが遺《のこ》した日記を別にすれば、たぶん何もなかっただろう。ロンドンで暮らすエヴァ、その夫、三人の孫娘とも、長年にわたってなごやかな関係を築いていた。また、同じバーゼルで暮らす実の母親のことも大切にしていた。

一九五三年三月二十一日、オットーとフリッツィがロンドンへ出かけていたとき、兄のローベルトから電話があり、母親が前の晩に突然の脳卒中で亡くなったことを知らされた。その二カ月後の五月二十三日、今度はローベルトが心臓発作を起こして亡くなった。同じ時期に、オットーはプリンセンフラハト二六三番地の建物を売却する気でいる所有者と交渉を進めていた。深層心理のレベルで見るなら、その建物を失えば自分の歴史が消えてしまうような気がしたのだろう。母親も、兄も、過去も失った。建物を何か意味のあるものにしたいと思った。二度と起きてはならない出来事を人々の心に刻みつけるための象徴にしたかった。

アンネの日記の書籍化と舞台化に奔走することがオットーの生き甲斐だったが、そのいっぽうで、《隠れ家》の歳月を追体験するのはさぞ辛いことだったに違いない。友人たちに、自分は心がひどく脆《もろ》くなっている、神経衰弱にならないよう気をつけなくてはいけない、と訴えていた。[*9] 一九五四年十月、ノイローゼがひどくなって入院した。もっとも、回復は早かった。[*10] フリッツィの献身的な支えがあって幸運だった。

終戦から十五年近くたってもなお、反ユダヤ主義的な攻撃は続いていた。一九五九年に、あるドイツ人がオットーに次のような手紙をよこした。〝父親であるあなたがあのようなものを出版したことに、わたしはショックを受けています。しかし、たしかにユダヤ人のやりそうなことですね。悪臭を放つ実の娘の死体を使って金儲けをしようというのですから。そのような人間がヒトラーによって絶滅させられたのは人類への祝福です〟[*11] こうした悪意に満ちた中傷にオットーが身をさらすには勇気が必要だった。一九五九年、オットーと出版社はアンネの日記の信憑《しんぴょう》性を攻撃する人々を相手どって最初の訴訟を起こした。オットーの友人であるヨン・ニーマン神父はこう言っている。「日記は偽物だという意見が［オットーに］深い傷を与えました。そうした人々との戦いで個人的にも財政的にも大きな犠牲を払うことになったものの、オットーはナチズムの犠牲者すべてのために戦いを進めたのです」[*12] オットーが生きているあいだ、日記への中傷が弱まることはけっしてなかった。一九八〇年に亡くなる少し前に、西ドイツの最高裁判所でホロコースト否認は犯罪であるとの判断が下されたのが、多少の慰めになったことだろう。[*13]

第二部

迷宮入り事件の調査

第17章
調査

二〇一七年四月、ヴィンス・パンコークはコールドケース・チームとの顔合わせのため、アムステルダムまで旅をした。それまではスカイプが唯一の通信手段だった。テイス・バイエンスは調査を始めるに当たって、メディアがこのプロジェクトに関心を持つかどうかを探るため、パイロット・ビデオを作ることにした。チームがオランダ人俳優を使って昔の証言の再現映像を制作するいっぽうで、テイスもヴィンスの撮影にとりかかった。

ヴィンスは自分に与えられた時間を、テイス、ピーテル・ファン・トゥウィスク、ジャン・ヘルヴィグと共に過ごして、アムステルダム市立公文書館、ＮＩＯＤ・戦争・ホロコーストおよびジェノサイド研究センター、アンネ・フランクの家を見学した。見学のさいには、観光客が押しかける前の午前中の早い時間に来るように言われた。すでにアンネの物語に心を奪われていたヴィンスにとって、その壁の奥で何が起きたかに思いを馳せることができたのは強烈な体験であった。この段階で同じく重要だったのは、ヴィンスと〈オムニア〉のサイエンティストたちとの顔合わせだった。

〈オムニア〉というのはアムステルダムに本社を置くデータ会社で、マイクロソフトがチームの調査用に開発をひきうけた人工知能（ＡＩ）プログラムに対して基礎データを提供することになっていた。摘発をめぐる調査をＡＩが一変させるであろうことは、誰もが想定していた――ＡＩのおかげで、事件をとりまく何百万ものこまかい事実が整理できるし、人々や出来事のあいだに、これまで見落とされてきた関係を見いだせるようになるはずだ。

　二〇一六年にこのプロジェクトへの参加を決めたとき、ヴィンスはただの迷宮入り事件《コールドケース》ではなく、究極のコールドケースをひきうけたことを覚悟した。この種のコールドケースは、証拠不足、証拠の見落とし、誤解などのせいで、永遠に迷宮入りのままになってしまう。そのため、チームとしては、実効性のあるコールドケースの捜査方法を歴史学のリサーチモデルと組み合わせながら、計画を立てなくてはならなかった。何が起きたかを歴史の観点から検討しつつ、調査を進めることになるからだ。ヴィンスはチームの一員となったときに、仕事仲間に連絡をとった。すでにリタイアした行動科学の専門家、ドクター・ロジャー・デピュー。この分野における伝説のパイオニアで、のちにＦＢＩの行動科学課の主任を務めた人物である。彼とヴィンスはワシントンＤ.Ｃ.の郊外にある街、ヴァージニア州マナッサスで数えきれないほど、ゆっくりとランチをとりながら、どのような方法で調査にとりかかればいいかを議論した。ヴィンスがこの事件を解決するチャンスは一度しかなく、しくじりは許されないことを、二人とも承知していた。

　コールドケース・チームが最初から知っていたように、アンネ・フランク密告事件に関する警察の正式な捜査がおこなわれたのは過去二回だけだ。一回目は一九四七～一九四八年にアムステルダム警察政治犯罪捜査部（ＰＲＡ）が、二回目は一九六三〜一九六四年にオランダ国家警察がおこなっている。それを別にすれば、警察の正式な捜査はなされていない。

しかし、密告者を突き止めるための推測と真剣な捜査はけっして中断していない。この数十年のあいだに多くの人がさまざまな説を提示してきたし、〈アンネ・フランク財団〉のスタッフによると、今日《こんにち》に至るまで、見学者の質問のなかでいちばん多いのは〝誰がアンネ・フランクを密告したか？〟だという。

一九九八年、メリッサ・ミュラーが『アンネの伝記』を出版した。執筆のためのリサーチに基づいて、倉庫主任ヴィレム・ファン・マーレンの助手をしていたランメルト・ハルトフの妻レナが怪しいと断定している。その四年後、キャロル・アン・リーが *The Hidden Life of Otto Frank*（オットー・フランクの隠れ家生活）を出版し、アントン（トニー）・アーレルスという胡散《うさん》臭い人物が犯人だという説を出した。もちろん、どちらの説にも信憑《しんぴょう》性がなく、高まるいっぽうの世間の注目が重圧となって、ＮＩＯＤ・戦争・ホロコーストおよびジェノサイド研究センターのダーフィット・バルノウとヘーロルト・ストロームは事件を最初から調べ直そうと決心した。調査範囲を三人の人物（ヴィレム・ファン・マーレン、レナ・ハルトフ、トニー・アーレルス）に絞り、それ以外の説はおおざっぱに調べるだけにした。

二〇一五年、フランク一家の支援者だったベップ・フォスキュイルの伝記が、息子のヨープ・ファン・ヴェイクと、ベルギーの若き作家イェルン・デ・ブラインの共著で出版された。執筆のためのリサーチを進めていたとき、二人はベップの妹の一人、ネリーのことを知った。オーストリア出身の若きナチ党員と交際し、のちにナチス占領下のフランスで仕事をして、フォスキュイル一家を大いに悩ませた娘である。家族との仲がひどくぎくしゃくしてきたため、ネリーは家を出た。ベップの息子は、彼女がドイツ当局に秘密の《隠れ家》のことを通報したに違いないと信じている。二〇一七年、〈アンネ・フランク財団〉は歴史学者ヘルトヤン・ブルークの研究に基づき、摘発に関して独自の説を発表した。《隠れ家》が密告されたことを誰もが自明の理としているが、親衛隊が禁制品と違法な武器を捜索していたときに偶然ユダヤ人を発見したのかもしれない、という説だ。もしそうなら、事件の見方がまったく違ってくる。ひとつひとつの説を検証して、真偽を確かめる必要があった。

ヴィンスはコールドケース・チームの責任者として、アムステルダムをくりかえし訪れた——二〇一七年九月には数週間滞在して複数の公文書館をまわり、二〇一八年の初めにも何度かやってきて、失われた記録の行方を突き止めようとした。二〇一八年十月にはアムステルダムに腰を落ち着けた。チームがヘーレンフラハトに小さなオフィスを構え、のちにアムステルダム北部の広いオフィスへ移ったので、ヴィンスは自転車でそこへ通うようになった。おかげでオランダ人になった気分だったそうだ。

調査をひきうけた重責をヴィンスは充分に自覚し、調査を効率よく進めるために戦略を練らなくてはならないと思っていた。最初のタスクは、かつての調査結果、供述、さまざまな説を見直し、疑ってみることだった。とくに重要なのが、一九四七～一九四八年のＰＲＡによる捜査報告書と、一九六三～一九六四年の国家警察犯罪捜査部による捜査報告書である。

ヴィンスは捜査ファイルが収められた中央公文書館のようなものが存在しないことを知って驚いた。PRAによる捜査報告書の大部分は、オランダ国立公文書館で保管されているCABR（特別正義中央文書館）のさまざまなファイルのなかから発見されたが、コピーとオリジナルが入り交じっていて、まったく整理されていなかった。国家警察犯罪捜査部の捜査報告書は主として、NIOD・戦争・ホロコーストおよびジェノサイド研究センターに保管され、多少は整理が行き届いていた。どちらの調査に関しても、チームはすぐさま立ち往生してしまった。公文書館の職員から、最近施行されたEUの一般データ保護規則により、ファイルのコピーは禁止されていると告げられたのだ。アメリカ情報自由法になじんでいたヴィンスにとって、これは衝撃だった。馬鹿げたことに、ファイルを読んで書き写すのは構わないと言われた。コピー機が使えないだけなのだ。幸い、テイスとピーテルが調査を通じて知り合った多くの者が一般データ保護規則の施行前にコピーした資料を持っていて、二人に貸してくれた。チームの作業にさらに遅れが生じたのは、ヴィンスと英語圏のチームメンバーにも読めるよう、すべてのファイルをオランダ語からドイツ語に翻訳しなくてはならなかったせいだった。

入手できるかぎりの事件ファイルがそろったと判断したところで（あとでわかったのだが、この判断は間違いだった）、ヴィンスとチームが次に取り組んだのは、新たな証拠、もしくは見落とされていた証拠を見つけることだった。データはほとんどオランダかドイツにあるものとヴィンスたちは予想していたが、それも間違いだったことがのちにわかる。第二次世界大戦の戦況、参戦国、結果のせいで、重要な記録と個人文書（例えば、日記、目撃者証言、軍の記録）がいくつかの大陸に散逸してしまったのだ。戦後の移住、連合国軍による記録押収、ホロコースト関連資料の保管場所の設立によって、記録と目撃者証言が広く散逸する結果になった。チームは結局、世界じゅうを調べてまわり、オーストリア、カナダ、ドイツ、英国、イスラエル、ロシア、アメリカ、そしてもちろん、オランダで記録を見つけだした。

ヴィンスは説明した。「われわれはウィーンのサイモン・ヴィーゼンタール・ホロコースト研究所から、カナダ国立図書館・文書館、ドイツ連邦文書館、イギリスのキューにあるイギリス国立公文書館まで、二十九の文書館をまわった。感情抜きで進められる調査ではなかった。こうした文書館に保存されている悲劇的な歴史を目の当たりにすると、辛くてたまらなくなる」

多くの人の協力が調査の励みになったとヴィンスは言った。「機関や証人に電話をすると、たいてい、その調査なら噂に聞いたことがある、何かで読んだことがある、力になりたい、成果が出るよう応援している、と言ってもらえた」協力を拒んだ唯一の機関が、スイスのバーゼルにある〈アンネ・フランク基金〉だった。以前、ヤン・ファン・コーテンから、アンネ・フランクのレガシーを所有するさまざまな利害関係者のつながりを図にして見せられ、テイスとピーテルが入りこもうとしているのは通り抜けるのがきわめて困難な迷路であることを警告されたが、まさにそのとおりになったわけだ。

結局のところ、新たな証拠や見落としていた証拠を捜す場所は、文書館や博物館のかび臭い地下室だけにとどまらなかった。インタビューできそうな相手を捜すことになった。

もちろん、直接の目撃者を捜しだせる見込みはあまりなかったが、《隠れ家》の摘発にわずかながらも関わりのある人々を見つけることができた。ヴィンスの記憶にとくに強く残っているのは、ホロコーストを生き延びた年配の男性へのインタビューだ。その男性の両親と妹がプリンセンフラハトのとある一軒の家に隠れていたが、《隠れ家》の住人たちより三カ月早く密告されたという。その摘発がおこなわれたのは、悪名高き女密告者、アンナ（アンス）・ファン・ダイクの情報提供によるものだった。逮捕に出向いた警官の一人はプリンセンフラハト二六三番地の摘発にも加わっていた。この二件の摘発の類似性を調べたら、何か参考になるかもしれない。

チームの面々は二次的な目撃者捜しにとりかかった。二次的な目撃者とは、直接の目撃者や容疑者と言葉を交わしたり接したりした人々のことで、親戚、友人、隣人などが含まれる。三十人から成るリストができあがった。さらに範囲を広げて、これとは別に七十人近いリストも作成された。ヴィンスはそれを〝情報提供証人リスト〟と呼んでいて、そこに出ている人々にもインタビューする必要があった。いずれも、リサーチを進めたり、なんらかの出版物に寄稿したり、調査に関係する特定の分野を専門にしてきたりした人々である。いままさに、FBI捜査官の精神と訓練と方法論を叩きこまれた男の調査が始まったのだ。

情報と発見の流れがスタートしたあとは、密告がおこなわれていた時代の捜査員には使えなかった現代の法執行機関のテクニックを、コールドケース・チームが駆使する番だった。例えば、行動科学（プロファイリング）、法医学検査、人工知能といったものを。人工知能とは、視覚認識、音声認識、言語間の翻訳、意思決定などのタスクを遂行できるコンピュータ・システムのことである。

ヴィンスが〈オムニア〉のサイエンティストたちと打ち合わせをしたとき、〈オムニア〉側から、チームが調べているのはきわめて古い事件であり、データも紛失している以上、一九四四年八月四日の逮捕の謎を解明するのはほぼ不可能という意見が出た。ただ、いずれかの時点で、プログラムのアルゴリズムが有力な容疑者を予想できるはずとのことだった。

　文書類とインタビューから集まった膨大な量のデータを整理するために、ヴィンスはいくつもの調査計画を立てた。それらに〈居住者プロジェクト〉〈供述プロジェクト〉〈メディア・プロジェクト〉〈逮捕追跡プロジェクト〉など、さまざまな名前をつけた*。これらのプロジェクトを遂行するには何百時間分もの人的作業が必要だが、学生とボランティアを主体とする熱心な調査員の一団がほとんど片づけてくれた。年齢は十代――例えば、イタリアから来た学生で、イタリア語の新聞記事を翻訳してくれた子――から、七十代になるリタイアしたオランダ人の専門職の女性まで、さまざまだった。

　マイクロソフトのＡＩプログラムを使うことにより、文書と書籍のスキャンはもちろんのこと、音声認識機能によって録画と録音を文字データに変換し、検索可能にし、英語に翻訳できるようになった。チームが期待していたとおり、ＡＩプログラムのおかげで、人々と住所と日付のつながりがわかってきた。もちろん、こうしたつながり――同じ摘発に加わった警官たち、一緒に活動していた女密告者たちなど――は最初から存在していたわけだが、誰も気づかなかったのだ。いまようやく、そのつながりが物語を作りはじめた。

　ＡＩプログラムはウェブベースなので、使う場所を選ばない。国立公文書館でＡＩを使って調査を進めるときのぞくぞくする感覚を、ピーテルはこう説明している。「一例を挙げると、調査中のファイルのひとつに興味深い住所が出てくれれば、すぐにデータベース内で相互参照することができる。ＡＩで住所を検索すれば、その住所を含むドキュメントおよびその他の出典がすべて提示される。住所が出てくる回数のもっとも多い出典がトップに来る。ＡＩはまた、その住所が他の関連事項——例えば、住所になんらかの関わりを持つさまざまな人たち——とどうつながるかを図式で示してくれる。その住所とその他の事項のつながりをすべて記した地図を作成し、どのつながりがもっとも一般的かを教えてくれる。また、その住所がいつどこでもっとも重要な意味を持つかを示すタイムラインも作ってくれる」

行動心理学者のブラム・ファン・デル・メールも、チームに参加するよう誘われて承知した。ヴィンスとは、ファン・デル・メールがオランダで犯罪プロファイラー＆行動心理学者として活躍していたころからのつきあいで、ヨーロッパ全土の捜査チームに助言をおこない、迷宮入り事件《コールドケース》をいくつか担当してきた。チームはやがて、目撃者と被害者と利害関係者に関してそれまでに集めたデータをすべて彼に渡し、行動分析の観点から評価してほしいと頼んだ。データに含まれていたのは、その人々の経歴、家庭生活、社会生活、職業生活などに関する情報で、とりわけ重視すべきは、異常な状況で、もしくは特殊な環境下でその人々がどう行動したか、どんな意思決定をしたかという点だった。

チームのメンバーは物的証拠をなんとかして奇跡的発見に結びつけたいと願い、迷宮入り事件を法医学の観点から担当している国家警察の刑事、カリナ・ファン・レーヴェンに、証拠分析に関する計画を詳しく語った。チームの今回の調査が正式な認可を受けたものではなかったため、物的証拠の検査（ＤＮＡ鑑定、指紋分析、放射性炭素年代測定など）に政府の研究所を使わせてもらうのは困難かもしれないとヴィンスは覚悟していたが、その反面、楽観的でもあった。彼の言葉を借りるなら、アンネ・フランク密告事件以上にオランダ国民の心に強く訴えかける迷宮入り事件はおそらくないだろう。

チームが調査に使ったもうひとつのツールは、ミレニアル世代のルールブックから抜きだしたもの——すなわち、クラウドソーシングだった。チームが今回のプロジェクトを発表し、《隠れ家》が摘発を受けた原因について何か情報があれば提供してほしい、と世間に訴えかけたその日から、チームのもとに続々と情報が届くようになった。そこから新たな説が浮かびあがって調査の必要が出てくることすらあった。だが、残りの情報は、自分はレジスタンス闘士の生まれ変わりだと称する者や、アンネ・フランクは戦争を生き延びて世界のどこかで別人として生きていると主張する者からのものだった。

調査はきわめて真剣に進められたが、ときにはユーモラスな瞬間もあった。例えば、学校の授業の一環として十代の男子生徒がコールドケース・チームのオフィスに一日実習体験に来たことがあり、ヴィンスはその生徒から貴重なことを教わって噴きだしそうになった。一九六三年の電話帳を調べて一部の証人の住所と電話番号を確認するよう、生徒に頼んだのだ。氏名と住所を羅列して、何が目的かを説明した。次に、いまの指示を復唱するように言うと、生徒はちゃんと復唱した。「何か質問は？」ヴィンスは尋ねた。「ひとつあります」生徒が答えた。「電話帳ってなんですか？」

そこで得た教訓。〝思い込みは捨てよう〟

既存の説の数々と、コールドケース・チームが新たに思いついた説と、一般から寄せられた説に基づいて、摘発がおこなわれた理由に関して最終的に約三十通りのさまざまな可能性が浮かびあがった。幾通りかの説についてはすでに綿密な調査がすんでいたが、迷宮入り事件を捜査する場合の原則として、それ相応の注意を払って事件を見直し、一部の情報については正確かどうかをチェックし、結論を慎重に吟味する必要があった。

あるオランダ人の精神科医からチームに持ちこまれた説も、そうしたたぐいのものだった。一人の女性患者が若いころの思い出を医者に語り、ユトレヒトに隠れていたユダヤ人夫妻の逮捕が結局は《隠れ家》の摘発につながったという話をした。その夫妻はフランク一家の知り合いで、毎月、食料を調達するために隠れ家を出てアムステルダムへ出かけていたという。月に一度のその遠出のさいに、夫妻はユトレヒトの鉄道駅でSDに所属する有名なオランダ人刑事に逮捕された。留置場に入れられたあと、アンス・ファン・ダイクというV－フラウ（密告者）の狡猾な策略にひっかかった。ファン・ダイク自身も逮捕されたユダヤ人のふりをして、ほかにも隠れているユダヤ人がいたら居場所を教えてほしい、あなたたちが拷問されてその人たちの居場所を白状してしまっては大変だから、よそへ移るよう警告しておきたい、と夫妻に頼んだのだ。

チームが俄然興味を覚えたのは、ひとつには、ある小さな事実のせいだった。夫妻が月に一度アムステルダムへ出かけたときは、ミルで挽《ひ》いたスパイスの袋をいくつも持ち帰っていたというのだ。スパイスを挽いて売るのがオットーの商売だ。つながりがあったのだろうか？　しかし、チームが報告書の保管場所を突き止めて夫妻の逮捕について確認したところ、これは一九四四年八月中旬の出来事で、《隠れ家》の摘発から二週間ほどあとだったことが判明し、しかも、女密告者に関する記述はゼロだった。この説は〝ほぼ可能性なし〟のカテゴリーに入れられた。

一部の説はウサギの巣穴みたいなものだ、とヴィンスは信じていた。頭から巣穴に飛びこむと、くぼんだり曲がったりしながら穴が果てしなく続くように思われ、地上にひょっこり顔を出しても、そこがどこなのかさっぱりわからない。それでも、優秀な調査員はとりあえず飛びこんでいく。「ほとんどの調査がこんな感じだ」とヴィンスは言っている。リストの説は三十ぐらいに絞りこまれ、その一部は、共通のつながりやテーマをもとに、この時点で統合された。〝知識、動機、機会〟という法執行機関の原則を残りの説に当てはめることによって、さらに多くがとり除かれた。簡単に言うなら、犯罪を実行するだけの充分な知識と、動機と、機会が容疑者にあったことを捜査員が立証できなければ、その男性もしくは女性は容疑者からはずしてもかまわないということだ。

二〇一八年の秋までに最終的な調査チームができあがり、フルタイムで活動を始めていた。それまでの活動はボランティアベースで進められたものだった。二〇一九年の春には、コールドケース・チームは三十通りの説を十二通りまで減らし、その十二通りの説には、有名な密告者、地元の実業家、支援者の一人の身内などが含まれていた。もっとも可能性の高い説に行き着くまでに、さらに一年を要することになる。調査はトータルで五年ほど続けられたわけだ。

＊用語解説を参照のこと。

第18章

ドキュメンツ・メン

ヴィンスは二〇一七年の春にアムステルダムへ出向く前からすでに、アメリカのメリーランド州カレッジ・パークにある国立公文書館でこの迷宮入り事件に関するリサーチを始めていた。戦争に関係したドイツの文書が何百万点も押収され、アメリカ国立公文書記録管理局（ＮＡＲＡ）に保管されていることを、ヴィンスは知っていた。米軍はナチスの占領下に置かれていた国を次々と解放していくあいだに特別班を組織して、兵力、武器の保管所、戦闘計画など、情報活動に役立ちそうな内容の文書を見つけだすことを命じた。兵士たちは、そうした記録を捜すさいに、焼け落ちた建物や爆撃を受けた建物も見落とさないようにと注意されていた。

一九四五年、集まった文書は木箱に詰められてアメリカに送られ、複数の軍の施設で保管された。一九五〇年代半ばに、西ドイツが文書の返還を求めてきて、アメリカ政府も了承したが、返還する前に、将来調査に当たる者たちが興味を持ちそうな記録を選《え》り分けることにした。これらはヴァージニア州アレキサンドリアにあった古い魚雷工場でマイクロフィルムに収められた。〝アレキサンドリア・プロジェクト〟と名づけられたこの作業は、完了までに十年以上を要した。一九六八年三月、米軍は押収していた戦争記録を船便で三十五回に分けてドイツに返還した。[*1]

記録の大部分は半世紀後の今日《こんにち》も閲覧可能である。ただし、機密扱いだった一部の文書が法的圧力によってようやく閲覧可能になったのは、一九九九年に入ってからだった。膨大な数の文書が集められているので、ヴィンスは他の者が見落としていた貴重な情報が見つかることを期待していた。これらの文書《ドキュメント》を救いだした兵士たちに思いを馳せ、彼らを〝ドキュメンツ・メン〟と呼ぶようになった。第二次大戦中にフランクリン・D・ローズヴェルト大統領の命を受けて、激しい戦闘地域から美術品を救出しようとする特殊部隊の活躍を描いた映画『ザ・モニュメンツ・メン』(邦題『ミケランジェロ・プロジェクト』)をもじったものだ。

マイクロフィルム・リーダーを自由に使用できる国立公文書館のリサーチルームがつねに満席であることに、ヴィンスはいつも驚いていた。通りすがりにいくつかの画面に目をやると、米軍の記録フィルムを閲覧している者、捕虜になったドイツ兵、イタリア兵、日本兵の記録を見ている者など、さまざまだった。第二次大戦で戦ったという古参兵が受付カウンターで助力を求めているのを見かけたこともあった。その男性の質問と、彼がリクエストしている戦争捕虜関係の資料から考えて、かつてドイツの収容所のどこかに囚《とら》われていたのではないかとヴィンスは想像した。戦時中の父親のことを思いだした。人生が終わりに近づいたころ、父親はときどき、戦闘の話をしたものだった。開《ひら》けた野原で遭遇したドイツ兵に父親が臼砲《きゆうほう》の弾丸を浴びせた。ドイツ兵は遮蔽物《しやへいぶつ》を求めて近くの森へ走っていくところだったが、その途中、弾丸が巻きおこしたもうもうたる土埃《つちぼこり》のなかに消えてしまった。「もちろん、そのときは殺すか殺されるかの状況だった」と、父親は言ったものだ。「いまになって思うんだ。あの男は森にたどり着けただろうかと。心からそう願いたい」

ヴィンスにとっても、コールドケースの調査に参加している他の者にとっても、彼らがやっているのは抽象的な歴史のリサーチではなかった。戦争が解き放った災いはその姿をはっきり見せていた。人々は生身の存在であり、栄光と挫折は手で触れることもできそうだった。人々の悲劇に胸が痛んだ。

ヴィンスは彼の調査をオランダで見つかった文書に絞ることにした。戦略的に重要とは言えないものも交じっていた。休暇願とか、結婚の許可申請書とか（カール・ジルバーバウアーからも申請書が出ていた）、バースデーカードとか。しかし、意外なことに、ドイツのＳＤとゲシュタポ本部から救出されたファイルもあった。

アメリカ国立公文書記録管理局（ＮＡＲＡ）の検索案内に、オランダに関係した雑多な領収証という項目があった。ヴィンスがマイクロフィルムをリーダーにかけたところ、タイプ打ちの用紙で、各欄の記入は手書きかタイプでなされ、いちばん下に署名欄があった。領収証は支払いを受けた者の名字をもとに、アルファベット順に整理してある。九百五十六のフレームをスクロールしていくと、アムステルダムのＳＤで派手に活躍していた警官の名字がいくつか出てきた。アド・ファン・リンプトの著書*Hitler's Bounty Hunters*を思いだした。あの本には、ヘンネッケ・コラムのメンバーがユダヤ人をＳＤにひき渡したあと、どのようにしてコップヘルトを受けとるかが書かれていた。ヴィンスは不意に気づいた――目の前にあるこれらの用紙はコップヘルトの領収証だ。

領収証の多くに、逮捕されたユダヤ人の氏名と七・五ギルダー（現在の貨幣価値にして四十七・五ドル）という支払額が記入されていた。支払いは婉曲的に〝経費〟とか〝調査費〟などと呼ばれていた。しかし、九百五十六枚の領収証のうち二枚には、はっきり〝報奨金〟と書いてあった。

《隠れ家》に身を潜めていた八人の逮捕劇に加わったアムステルダムの警官の名前を捜したところ、すぐさま、W・フローテンドルスト宛の領収証が数枚見つかった。ひらめきの瞬間だった。思わず「やった！」と大声で叫んだため、ふりむいた人々にまじまじと見つめられた。

次に落胆が襲ってきた。領収証の基本的な情報をスプレッドシートに打ちこんだあとで、いちばん古い領収証の日付が一九四二年二月二十八日、いちばん新しいのが一九四三年八月十六日と判明したのだ。《隠れ家》の人々が逮捕された日はこの範囲に入らない。フローテンドルストへの支払いはどうやら、何か他の褒美だったようだ。

ヴィンスがコップヘルトの領収証九百五十六枚を見つけて、報奨金制度がどのように機能していたか、誰が関与し、誰が標的にされていたかが明らかになるまで、こうした領収証の存在が知られていたケースは十件に満たなかった。一九四四年十一月二十六日、アムステルダムのエーテルペストラートにあったSD本部に英国の爆撃機が夜間攻撃をおこなった。狙いを定めて爆撃するはずだったのに、本部の建物の被害は軽かった。オランダの民間人六十九人が死亡、ドイツ人死傷者はわずか四人だった。ところが、管理運営関係の記録の保管に使われていた通りの向かいの建物は全壊してしまった。文書はすべて失われたものと思われていた。

コールドケース・チームは紛失している一九四三年八月中旬以降のコップヘルトの領収証を求め

て、ドイツ国内の公文書館を調べてまわったが、何も見つからなかった。もっと多くの情報がどこかよそにあるかもしれないと思って、モスクワ国立大学でオランダの言語と文化の教授をしているリンソフィー・ヘリンファにヴィンスが連絡をとったところ、ロシア兵が文書を持ち帰った可能性もあるから、ロシア国立軍事文書館を調べてみるとへリンファが言ってくれた。ヘリンファはオランダ大使館の仲介でモスクワのユダヤ博物館と寛容センターに連絡をとり、そちらの協力を得て軍事文書館でリサーチを進めることができた。残念ながら収穫はなかった。ヴィンスはそれでもなお、記録に対するドイツ人のこだわり、現存する公文書館の膨大な数、文書の散逸としばしばみられる不正確なラベルのことを考えて、紛失している一九四四年の夏以降のコップヘルトの領収証——《隠れ家》に潜んでいた八人の逮捕に対する支払いもそこに含まれているはず——がどこかで見つかることに期待をかけていた。

第19章

もうひとつの本棚

　コールドケース・チームはプロジェクトの初期段階のころから、膨大な数の文書、写真、フィルム、インタビュー記事、その他のこまごました情報を集めてきたが、どれも雑然としていて、分類されておらず、そのまま保管するのは無理だった。二〇一八年十月にチームに加わったモニク・クーマンスは、すでに集まっている大量の情報を整理するには電子ファイリング・システムが必要だと判断した。ITのエキスパートに頼んで、数も種類も膨大なファイルを扱うことができるシステムを作ってもらい、整理にとりかかった。これがやがて〈本棚〉と呼ばれることになった。

　チームの調査が完了するまでに、バーチャルな〈本棚〉には六十六ギガを超えるデータが七千五百以上のファイルという形で収納された。情報はそれぞれ、密告者候補一人一人の名前をつけてファイルされ、写真、個人的な証明書、公文書、インタビューのコピー、CABR（特別正義中央文書館）のファイル、スキャンされた日記、調査報告が添えられ、やがて、〝もし〜なら〟という仮定が記されたホルダーとその他多くのものも加わった。

モニクは毎週、若いリサーチスタッフを証拠品ボードのところに集めて指導をおこなった。パネルが三つ用意してあった。ひとつは解決すべきリサーチ上の問題を確認するもの。ひとつは各リサーチ担当のスタッフの名前を示すもの。そして、もうひとつは完了したタスクを公表するもの。二週間ごとに、新しく集まった情報をもとに、シナリオ／仮説を変えるべきかどうかが議論された。モニクのやり方は共同作業だ。どうすれば調査スタッフの独立性が損なわれない形で一人一人にタスクを割り当てることができたのかは、のちに検証をおこなったとき以外、よくわからない状態だった。しかし、最終的には、複数のタスクがジグソーパズルのピースのように組み合わさって完璧な図柄を描きだした。

毎週月曜日には、ヴィンスとリサーチスタッフ全員が出席して本格的なリサーチ・セッションが開かれ、前の週の進展を検証し、必要な追跡調査と作戦を討議することになっていた。ときには、行動心理学者であり犯罪者プロファイリングのエキスパートでもあるブラム・ファン・デル・メールのような外部の専門家も加わって、思慮深い議論が続くこともあった。

アムステルダム市立公文書館は調査を進めるうえでもっとも重要な情報源のひとつになり、フルタイムでリサーチをおこなうスタッフにとっては、まるで第二の家のようだった。文書館員の主任ペーター・クルーセンは勤続二十五年のベテランで、身内を密告した犯人を見つけようとする人々から助力を求められることがしばしばあった。ヴィンスかピーテルが公文書館を訪れるたびに、新たな話が期待できた。戦時中の暮らしの雰囲気をつかめるのが、チームにとって計り知れない価値を持っていた。

ときには、クルーセンが短時間で依頼に応えられることもあった。例えば、ある日、両親を密告した犯人を見つけたくてやってきた男性の場合がそうだった。男性は両親が隠れていた家の住所を知っていたので、クルーセンはまず、誰が当時の正式な住人だったかを調べてみた。ある女性が一九三〇年代からそこに住んでいて、甥《おい》も同居していた。男性の両親が密告された二カ月後、女性はもっと大きな家に移った――密告された両親がもともと所有していた家だった。そのいっぽう、甥は二カ月ごとに住所を変えていた。レジスタンス組織に見つかるのを恐れる対独協力者の典型的な行動だ。クルーセンはほどなく、甥の就業記録を見つけだした。ドイツがアントワープでひそかに開いていたスパイ学校で学び、そのあと、SDの仕事をすると同時に、全国指導者ローゼンベルク特捜隊（ER）という、文化財没収を担当するナチスの組織で働くようになった。男性の両親を密告したのはこの甥に違いないとクルーセンが結論を出すのは、むずかしいことではなかった。自分たちを匿ってくれた女性に、ナチスに心酔したオランダ人の甥がいることなど、両親はまったく知らなかった。

アムステルダム北部にコールドケース・チームがオフィスを構えると、人々が訪ねてくるようになった。テイスにとってもっとも大切だったのは、たぶん、オランダ軍のチーフラビを務め、王立保安隊の大佐でもあるメナヘム・セバフの訪問だっただろう。テイスが新しいオフィスを探していたとき、王立海軍兵舎の指揮官からセバフを紹介された。二人は初対面でたちまち意気投合した。アンネを密告した犯人をチームが突き止めることが何を意味するかを、テイスは知りたがっていた。「世間を動揺させることになるから避けたほうがいい、とラビはお考えですか？　密告者がユダヤ人だったらどうします？　この件はそっとしておくべきでしょうか？」

ラビ・セバフの返事は明快だった。「真実以上に重要なものはありません。密告者がユダヤ人だったと判明すれば、それを受け入れるしかないでしょう」ラビはテイスに、ナチスがユダヤ人から人間性を奪おうとしたことを思いださせた。「考えてみれば、ユダヤ人とてあくまでも人間です。人間に裏切りの能力もしくは意志があるのなら、ユダヤ人にもあるのですよ」

コールドケース・チームのオフィスには、ヴィンスがメリーランド州カレッジ・パークの国立公文書館で見つけた報奨金《コップヘルト》の領収証を収めた分厚いバインダーがあった。九百五十六枚の領収証のひとつひとつが、単数もしくは複数のユダヤ人を密告した者への報奨金の支払いを裏づける法医学的証拠だった。几帳面なお役所仕事によって、領収証の一枚一枚にスタンプが捺《お》され、署名がなされ、ギルダーの額と受取人の氏名が記入されている。密告された者の氏名が出ている場合もあるが、たいていは、密告された男女子供の人数が書いてあるだけだった。

コップヘルトの存在はラビ・セバフも知っていたが、領収証を見たことは一度もなかった。テイスにバインダーを見せられても、ラビは手を触れようとしなかった。身をこわばらせた。膨大な数の男と女と子供が死刑宣告を受けたのだ。オフィスを満たす深い悲しみのなかで、その人々が消えてしまったことが実感となって迫ってきた。

第20章
最初の密告

調査期間全体を通じて、さまざまなリサーチスタッフが幾通りものシナリオを検討し、つねに新しい情報が入ってきていた。ヴィンスは今回の調査においては、いつ何が起きたかを調べるより、調査対象となる人々の性格や行動を追うほうに重きを置くべきだと思っていた。そのためには、一九四四年にSDにかかってきた密告電話以前の過去へ遡《さかのぼ》る必要がある。

一九三四年の終わりまでに、〈オペクタ商会〉の業績が伸びて、オットーはシンゲル四〇〇番地に広い社屋を借りた。軌道に乗りはじめた会社によく見られるように、オットーも数多くの役目を担い、営業マンとして家庭の主婦や全国の卸売業者を訪ねてまわったりしていた。オットーが多数の卸売業者を説得してペクチンを置いてもらうようになったあと、一九三五年にふたたび事業規模が拡大した。ついに従業員の数を増やし、秘書のイサドラ（イサ）・モナスと、少なくとも二名の実演販売係を雇うことができた。

販売係の片方はイェチェ・ヤンセン゠ブレメルという女性で、あちこちの展示会でペクチンの使用法を説明するのが仕事だった。それと同時に、オットーはイェチェの夫のヨブと長男のマルティヌスにもパートタイムの仕事を頼んでいた。ヨブは展示用の木製ケース作りを担当し、マルティヌスは倉庫で梱包と発送の仕事を手伝っていた。

終戦後、ヨブ・ヤンセンは対独協力の容疑で起訴された。NIODに保管されているヤンセンのCABR（ハーグ中央公文書館）ファイルに警察の捜査報告書が含まれていたので、コールドケース・チームはそこから彼のプロフィールを入手することができた。オランダ国立公文書館のほうにもヤンセンに関する資料があった。彼にはどうやら、挫折の過去があったようだ。厳格なカトリックの家庭で育ち、〈無原罪の御宿り兄弟会〉という神学校に入って聖職者をめざした。しかし、聖職者にはなれず、二十歳で結婚して劇場で働きはじめた。運営や宣伝に関わり、ときには舞台に立つこともあった。八年半後、結婚生活が破綻して妻と二人の子供は出ていった。ヤンセンは耐えきれずに、拳銃で自分の胸を撃って自殺しようとした。怪我が癒えるのを待つあいだに、ユダヤ劇場で働いていたイェチェ・ブレメルと出会った。二人は結婚し、子供が六人できた。一九三五年、劇場の仕事で家族を食べさせていくのがもう無理になったため、イェチェがアムステルダムで花屋を開き、同時に、オットーの会社でパートタイムの仕事を始めた。

イェチェの経済的自立が夫を苛立《いらだ》たせたようで、結婚生活にひびが入りはじめた。ヤンセンはノイローゼと無力感から、妻が会社の社長と男女関係にあると思いこんだ（のちに、フランク氏を不倫相手と決めつけて彼の顔に泥を塗ったことを謝っている）[*1]。オットーはこのゴタゴタに嫌気がさして、ヤンセン夫婦とはいっさい関わらないことにした。

ドイツ軍が侵攻してくると、ヤンセンはすぐさま、当時すでに冷酷な反ユダヤ主義を掲げていたオランダ・ナチ党（ＮＳＢ）にふたたび入党した（一九三〇年代半ばに一度入党したことがある）。ユダヤ人である妻にとっては我慢のならないことだった。結局、ヤンセンはイェチェのもとを去り、彼と同じくＮＳＢの支持者である未亡人と暮らすようになった。

ヨブ・ヤンセンはＮＳＢの一般党員の典型と言っていいタイプだった。コールドケース・チームにしばしば助言をくれる法医行動科学者のドクター・ロジャー・デピューに、チームが集めたヤンセンの履歴を見てほしいとヴィンスが頼んだところ、デピューは次のように分析した――ナチスの国家社会主義運動に加わったことで、ヤンセンは明らかに自分が偉くなったように感じ、権力を握った気になっていた。じっさいは、弱い者いじめの好きな人間で、自分の欲求不満を同じ市民に――とくにスケープゴートとみなされた人々に――ぶつけていたに過ぎない。

ヤンセンのファイルに記されたエピソードもそれを裏づけている。一九四一年二月にＮＳＢ党員とユダヤ人の若者たちのあいだに起きた乱闘の最中に党員のヘンドリク・コートが亡くなり、その葬儀のとき、ヤンセンと仲間の党員、マルティヌス・Ｊ・マルティヌスが一人のユダヤ人に近づいて、パレード用のバリケードを通り抜けて道を渡ったと非難した。二人はそのユダヤ人イシドール・ルーデルスヘイムを近くの警察署へひっぱっていき、葬列はまだスタートしてもいなかったのに、この男が葬列に無礼を働いたと訴えた。ユダヤ人を刑務所に入れるよう要求した。

一九四一年三月、アムステルダムのダウンタウンにあるにぎやかなローキン通りで、ヤンセンとオットーがたまたま出会った。オットーにしてみれば虫の好かない相手だったが、礼儀として足を止め、少しだけ立ち話をした。ヤンセンは薄笑いを浮かべて、「おたく、ユダヤ人だが、いまもドイツの品を入手できるんですか?」と偉そうに尋ねた。オットーは苦もなく手に入れていると答えた。ヤンセンは次に「戦争ももうじき終わりですね」と言った。オットーは、それはまだわからないと答え、「ドイツ軍が苦戦してますからね」と言った。こんなときに、こんな場所でドイツの敗戦をほのめかすような発言をするのは、反逆罪に問われかねないことだった。

数週間後の一九四一年四月十八日、若い男がいきなり〈オペクタ商会〉を訪ねてきて、オットー・フランクに会わせてほしいと言った。社長室に通されると、NSBとドイツのSDをつなぐ連絡係だと自己紹介をして、ヤンセンという男を知っているかとオットーに尋ねた。ポケットからゆっくりと手紙をとりだし、オットーに渡した。手紙の宛先はNSBだった。

オットーは署名に目をやった。ヨブ・ヤンセン、党員番号二九九九二。オットーが〝ドイツ軍を公然と侮辱した〟ことと〝ヤンセンを感化しようとした〟ことを告発する文面だった。親衛隊に知らせてユダヤ人のフランクを逮捕してほしいと書いてあった。オットーはすぐさま、ローキン通りで短時間だけ顔を合わせたときに口にした〝ドイツ軍が苦戦〟という意見をヤンセンが密告していたのだと悟った。若い男への感謝の念でいっぱいになり、手紙を横どりしてくれたお礼に、ポケットに入っていた現金を——二十ギルダーしかなかったが——渡した。そのときのオットーはこの若い男が自分の命を救ってくれたと思いこんでいた。[*2]

オットーがのちに警察に語ったところによると、ミープにも手紙を読んでもらい、そのあとで弁護士に渡して意見を尋ねたそうだ。弁護士はいくつかメモをとったあとで、オットーの許可を得て手紙を破り捨てた。この時代にそんなものをとっておくのは危険すぎると判断したのだった。[*3]

戦争が終わって、《隠れ家》の摘発に責任を負うべき人物を捜しはじめたとき、オットーはかつての不実な従業員のことを忘れていなかった。オットーにしては珍しいことだが、一九四五年八月二十一日、アムステルダムの官憲当局にきびしい口調で手紙を書き、ヤンセンがすでに投獄されているかどうかを尋ねた。彼がかつてオットーを密告しようとしたことを訴えた。ヤンセンの妻はユダヤ人で、夫の密告行為にはいっさい関わっていないという点をとくに強調し、ヤンセンがまだ投獄されていないのなら、警察が彼を見つけるのに妻が協力してくれるだろうと述べた。[*4]オットーを深く傷つけたのは、たぶん、ヤンセンの恩知らずな態度だったのだろう。ひどく不景気だった時代に、一家の力になろうとしてヤンセンと家族を雇ったのに、ヤンセンはオットーを裏切った。彼の手紙がエーテルペストラートのSDに届いていたら、オットーは逮捕され、少なくとも強制収容所へ送られていたに違いない。

《隠れ家》が摘発されたのはヨブ・ヤンセンのせいではないか、とオットーがまず疑ったのなら、コールドケース・チームがヤンセンから調査を始めるのが論理にかなったことだ、とヴィンスは確信した。ヤンセンの妻イェチェの親戚であるエーリック・ブレメルを見つけだし、二〇一七年四月二十三日、アムステルダム＝ノールトにあるレストラン〈トルホーイストイーン〉でヴィンスがインタビューをした。オットーと《隠れ家》の人々が密告された件については、ブレメルは何も知らなかったが、彼の身内のあいだでは、ヤンセンが実の息子をナチスに密告したという噂が流れていると言った。[*5]これはもちろん、チームにとって重大な情報だった。わが子を密告できる人間なら、かつてのユダヤ人の雇い主を密告するぐらい平気でやってのけるだろう。雇い主に恨みを持っていたのだし。

チームはＣＡＢＲに保管されていたヤンセンのファイルのなかから、息子の逮捕に関するイェチェの証言を見つけだした。

一九四一年九月、午前四時に二人の息子がベッドからひきずりだされて、逮捕され、オランダ人警官二人にオーフェルトームの警察署へ連れていかれました。逮捕されたとき、夫はその場にいませんでした。別居していたからです。二人の息子が逮捕されたあとで、わたしは夫に言いました。「どう思ってるの？　息子二人は逮捕され、あなたはＮＳＢの党員だなんて」すると、夫はこう答えました。「まあ、仕方ないさ。戦争に犠牲はつきものだ」[*6]

ぞっとする意見だ。実の息子が逮捕されたのに、そんなふうに答える父親がどこにいるだろう？　自分の罪を隠していたのか？

ヤンセンの息子たちの運命を知ると、この意見はさらに冷酷さを増す。一人は一九四二年八月十八日、ノイエンガンメ強制収容所で、こんな苦しみはもうたくさんだと言って、電流の流れているフェンスのほうへ歩いていこうとし、途中で射殺された。もう一人はアウシュヴィッツとダッハウの恐怖に耐えつづけ、終戦まで生き延びることができた。

しかしながら、チームはほどなく、生き残った息子ヨーゼフスの一九四七年十月の証言を見つけだした。ヨーゼフスはそのなかで、彼と弟を密告したのは郵便屋で、レジスタンス組織のメンバー全員のリストを持っていたのだと述べている（どうやら、郵便屋が休暇でどこかへ出かけていて、酔っ払い、氏名リストを持っていると自慢したらしい）。ヨーゼフスによれば、父親は息子たちの釈放を求めてドイツ側に嘆願しようとしたそうだ。

この証言がコールドケース・チームのリサーチスタッフに対し、何事も額面どおりに受けとってはならないという興味深い警告を早めに与えてくれた。妻の辛辣な言葉は事実に照らしてチェックする必要がある。ただ、そうした事実の裏づけがとれたとしても、どちらの説が正しいかを決めるさいにはやはり、自分の判断に頼らねばならない。最初の証言は険悪な夫婦仲を反映していたに過ぎないのか？　それとも、息子は父親を庇《かば》っていただけなのか？　最後の決め手となるのは確固たる事実である。調べてみたところ、郵便屋はヤンセンの息子たち以外にも何人かを密告していた。

しかし、チームには依然として疑問が残った。《隠れ家》の人々のことを親衛隊に密告した犯人として、オットーがヤンセンを疑ったのは正解だったのか？　ヴィンスはひとつひとつのケースを検証するのに、〝知識、動機、機会〟という法執行機関の原則を使いはじめた。[*]

ヤンセンに関するファイルのなかから、ドクター・W・プルフスマが戦後におこなった心理学的アセスメントの報告書が見つかった。作成されたのは一九四八年、アムステルダム警察の依頼によるもののようだ。ヤンセンについては、被害者面をして自己憐憫《れんびん》に浸るのが好きなナルシストだと書いてあった。〝恨み、過度の罪悪感、衝動的な行動、遠慮、奴隷根性、過度の自尊心、権力欲――このすべてがヤンセンのなかに見受けられる〟[*7]ヤンセンはオットーに嫉妬していた。なぜなら、オットーが〝自分で金を稼ぐことができる男〟だったからだ。ヤンセンが最初にNSBに入党したのは一九三四年だったが、党費が払えないため、二年後にやめざるをえなかった。のちに再度入党したのは、彼が心理学者に語ったように、〝自分が男であることを示したい〟からだった。

ここから察するに、ヤンセンには《隠れ家》の人々を密告する動機が充分にあったものと思われる。いや、もっと単純なことかもしれない。オットーを一度密告しようとしたのだから、もう一度密告するぐらい簡単だ。ここで本格的な試金石とすべきは、ユダヤ人密告という犯罪を実行するための知識と機会がヤンセンにあったか否かということだ。

オットーが《隠れ家》に身を潜めていたことをヤンセンが知っていたかどうかを確認するのはかなり困難で、仮説を立てて進めるしかなさそうだった。オットーたちが《隠れ家》に潜んでいた当時、ヤンセンはイェチェと別居していたが、それでもなお妻と連絡をとっていたとは考えられないだろうか？　イェチェは法的には依然として非ユダヤ人の妻という立場だったから、移送を免れることができ、花屋の営業を続けていた。オットーとその他の人々が《隠れ家》に潜んでいるという噂をイェチェが耳にして、ヤンセンに話した可能性はないだろうか？　あるいは、ヤンセンか、NSBの支持者である同棲相手が、《隠れ家》の近所に住む誰かと、もしくは、《隠れ家》の支援者に食料を渡していた誰かとつながりを持っていた可能性はないだろうか？　コールドケース・チームはこうした質問に明確に答えられる情報を見つけようと努力したが、空振りに終わった。

あとはもう、《隠れ家》の人々を密告する機会がヤンセンにあったかどうかを考えるしかなかった。ヤンセンに関するCABRのファイルを徹底的に調べたところ、一九四四年には、ドイツで公演中だったオランダの慰問劇団の仕事をしていて、ドイツとの国境に近いヴィンテルスヴァイクに住んでいたことが判明した。《隠れ家》が摘発を受けた十一日後の八月十五日、窃盗容疑によりドイツの街ミュンスターで留置場に放りこまれている。[*8] 旅行がとても困難だったこの時代に、《隠れ家》摘発からヤンセンの留置場入りまでの十一日のあいだに彼がアムステルダムへ戻り、《隠れ家》のユダヤ人たちのことを知り、密告し、オランダの反対端まで戻ることが果たしてできただろうか？　ありそうもないが、オットーに対するヤンセンの恨みを考えると、完全に却下するわけにもいかない。

しかしながら、ヤンセンの有罪を否定するもっとも強力な材料がある。彼がいわゆる密告電話をかけたとしても、なんのコネもないから、組織のトップにいるユリウス・デットマン中尉にじかにつないでもらうのは無理だったはずだ。彼の電話はⅣＢ４課にまわされ、ユダヤ人局から出向中のアーブラハム・カペル巡査部長が応対していただろう。

一九四六年、ヤンセンは敵国に対する戦時中の協力行為により有罪判決を受けた。罪状のひとつがオットー・フランクを告発したことだった。対独協力容疑で裁判にかけられたとき、ヤンセンはユニークな自己弁護をおこなった。一九四〇年にＮＳＢに入党したのはユダヤ人の妻を助けるためだったと主張した。オランダの親衛隊のシンパになったのは、ドイツ軍に逮捕された息子たちのために何かできないかとの思いからだったと言った。[*9] ヤンセンの嘘は簡単に見破られ、懲役四年六カ月の判決を受けた。服役前の収容期間が三月三十一日からだったので、一九四九年九月三十日に刑期を終えた。

ヨブ・ヤンセンに関してほかに何か付け足すことはないだろうか？　チームはオーストラリアに住む彼の孫息子を見つけだした。電話番号を調べたあとで、ヴィンスがそちらへ電話をかけ、ヤンセンに関して家族がどんなことを覚えているかを聞こうとした。孫息子はチームが何をめざしているかを説明するヴィンスに熱心に耳を傾けたあとで、自分も独自に調査を進めていると言って、ヤンセンについて話すのを拒んだ。孫息子の口調からすると、家長がナチスの協力者だったことに家族がいまも困惑しているのは明らかだった。

この説も結局、チームが調査した他の多くの説と同じく却下された。ただ、この説には特別に興味深い点があった。検討中だった他の説と関連があったからだ。そちらの説に登場するのは、オットー・フランクが最初は感謝を向けた男である。六十年以上のあいだ忘れ去られていた人物だが、やがて、英国の作家キャロル・アン・リーが著書 *The Hidden Life of Otto Frank* のなかで男の名前を挙げた。その男はヤンセンが書いた告発の手紙を持って、大胆不敵にもオットーの会社に来ている。アントン（トニー）・アーレルスという男だった。

＊法執行機関が使う本来の原則は〝手段、動機、機会〟である。コールドケース・チームはこれを発展させて〝知識、動機、機会〟という独自の原則を作りだした。

第21章
脅迫者

〝見知らぬ男は言った。「手紙はとっておいてください。いや、破り捨てたほうがいいかもしれない。わたしの手元に届いた報告書のファイルから、この手紙を抜いてきたのです」〟[*1]

一九四一年四月十八日、〈オペクタ商会〉の社長室でオットー・フランクに封筒を渡しながら、アーレルスは言った。この出来事が活字になったのは、エルンスト・シュナーベル著『少女アンネ——その足跡』が最初だった。〝危険が身近に迫った〟瞬間のことをオットーがシュナーベルに語っている。ヨプ・ヤンセンのことは、通りで立ち話をした〝知り合い〟だと言い、トニー・アーレルスのことは、会社にやってきた〝見知らぬ男〟だと言っている。どちらの名前も出していない。だが、悲痛な場面だ。そのとき危険を逃れ、その後収容所で生き延びたことを、家族のなかで生き残ったのは彼一人であることを、オットーがシュナーベルに語っているのだから。「しかし、守護天使のおかげだとは言いたくありません。家族を見殺しにして、父親一人だけを助ける天使がどこにいます？」[*2]

ヴィンスはキャロル・アン・リー――アーレルスのことをNSBの連絡係だと最初に断定した作家――に連絡をとり、二〇一八年十一月八日にイギリスへ飛んで、ヨークシャーの近くにある彼女の自宅でインタビューをおこなった。ヴィンスの最初の質問のひとつが〝なぜオットー・フランクの伝記を書くに至ったのか〟だった。リーの説明によると、彼の人生に興味を持ち、娘の日記から切り離した場合の彼がどのような人物であるかを知りたかったのだという。ヴィンスは最後に、彼女がトニー・アーレルスに目を向けた理由を尋ねた。「話せば長くなりますが」と、リーは答えた。きっかけは彼女がオットーの甥に連絡をとったことだった。甥はブディ・エリーアスといって、一九九六〜二〇一五年のあいだ〈アンネ・フランク基金〉の名誉理事長を務め、オットーとフリッツィの死後、二人が暮らしていたバーゼルの家を相続した人物だ。オットー・フランクの伝記を執筆中だとリーが言うと、彼の自宅に招いてくれた。

訪ねてみてわかったのだが、オットーは膨大な量の文書を遺していた。屋根裏にも地下室にも写真と書類が山のように積み重ねてあり、オットーが長年にわたって書いた手紙や受けとった手紙も含まれていた。リーの見たところ、エリーアスにはその重要性がよくわかっていないようだった。

エリーアスはやがて、書類の束がぎっしり詰まった木製の書き物机のところへリーを案内した。書類を調べてみると、オットーがA・C・アーレルスのことに触れている手紙が出てきた。宛先はオランダの捜査当局で、A・C・アーレルスがかつてオットーの会社を訪ねてきて、彼に手紙を渡したことが書かれていた。差出人はJ・ヤンセン。アーレルスは彼のもとに届いた報告書のなかから、この手紙を抜きだしてきたのだ。オットーはアーレルスが自分の命を救ってくれたのだと言っている。リーはオットーがシュナーベルに語ったのと同じ内容だと気がついた。もっとも、そのときは具体的な氏名を出していなかった。過去の調査でアントン（トニー）・アーレルスの名前が浮上したことは一度もなかったので、リーはさらに調べてみることにした。

一九四一年のオットー・フランクとトニー・アーレルスの出会いを調査した結果に基づき、誰がアンネ・フランクを密告したかについて、リーはかなり複雑な説を考えだした。オットーに初めて会ったあとで、脅迫を続ける好機だとアーレルスが気づいた、というのがリーの説だ。

ヴィンスはわたしのために、リーが用いたいくつかの仮定を述べてくれた。仮定その一／オットー・フランクと家族が《隠れ家》にいることをアーレルスが知っていなくてはならない。彼なら知っていたはずだとリーは主張する。なぜなら、プリンセンフラハト二六三番地の《隠れ家》は、近くのプリンセンフラハト二五三番地にあったアーレルスの実家の付属部分とそっくりで、彼自身、一九三七年にしばらくその付属部分で暮らしたことがあった。[*3] 仮定その二／アーレルスは《隠れ家》の人々のことを自分一人の胸にしまっておいたが、一九四四年の夏、仕事がうまくいかなくなり、金が必要になった。ユダヤ人を密告して得られる報奨金は大きな誘惑だった。[*4] 一九四四年八月四日、アーレルスの密告を受けて、SDの連中が〈オペクタ商会〉を急襲し、ユダヤの連中はどこに隠れているのかと問いただした。終戦後、脅迫の件も密告の件も表沙汰にはならなかった。なぜなら、アーレルスがオットー・フランクを脅迫する力を持ちつづけていたからだ。リーの説によると、アーレルスが脅迫を続けられたのは、オットー・フランクの会社が戦時中にドイツ軍へ品物を納めていたことを知ったからだという。[*5]

コールドケース・チームはリーの推理に興味を持ったが、証明する必要があった。モニクはオフィスに証拠品ボードを設置し、リサーチスタッフ一人一人にリーの推理の項目をひとつずつ割り当てた。第一の疑問――アーレルスがヤンセンの手紙をオットーに届けた動機はなんだったのか？ 脅迫のため？ アーレルスはプリンセンフラハト二六三番地をもう一度訪ねていて、このときも、オットーは彼に何ギルダーか渡している。オットーが戦後国家保安局《ビューロー・ナチオーレ・フエイーリグヘイト》（ＢＮＶ）に出した手紙によれば、家族と共に隠れ家へ移る前のオットーが、アーレルスとふたたび顔を合わせていないことは明らかだ。[*6] オットーは命を助けてくれたアーレルスに感謝し、恩義を感じていると言った。もちろん、愚かな意見だ。アーレルスはオランダ・ナチ党員であり、ケチな泥棒でもあった。しかし、オットーはそれを知らなかった。

ＣＡＢＲに保管されていたアーレルスに関するファイルには、彼がＳＤ（親衛隊保安部）の仕事をしていたという複数の証人の供述が含まれている。オランダ・ナチ党からの手紙をＳＤへ運ぶ途中で開封しても、彼が良心の呵責《かしゃく》を感じることはほとんどなかっただろう。身を隠しているユダヤ人の氏名と住所のリストを彼が持っているのは有名な話だった。また、禁制のラジオでＢＢＣを聴いている人々を見つけて通報するのもアーレルスの役目であり、ときにはラジオを没収して転売することもあった。無数の人々を彼が密告したという証拠が残っていて、密告された人々のなかには、彼の実の母親と結婚したばかりの男性も含まれていた。男性はフフト収容所へ送られ、ほかに、彼の一家と親しくしていた肉屋や八百屋なども密告されている。彼はまた、戦争が始まる前から猛烈な反ユダヤ主義者だったと言われている。[*7]

アーレルスはオットー・フランクへの同情や親切心から何かをするような男ではなかった。オットーを脅迫するチャンスだと思ったのだろう。三度目に押しかけてさらに金を巻きあげるつもりだった可能性が高いが、オットーはすでに姿を消していた。

初めてオットーを訪ねたとき、アーレルスは二十四歳だった。身分証の写真を見ると、くっきりした頬骨、角ばった顎、秀でた額の持ち主で、当時の流行に合わせて濃い色の髪をグリースで固め、オールバックにしていて、なかなかのハンサムだ。しかし、仲間のオランダ人ファシストたちと同じく、口元と目元に傲慢で自惚《うぬぼ》れの強そうな表情が浮かび、攻撃的な顔つきにも見える。生意気な日和見主義者で、ＳＤのコネを利用して権力と金のある地位を手に入れようとする男であった。

ヴィンスとチームのメンバーは、ＣＡＢＲのファイルに記録されているアーレルスの子供時代を調べてみた。一九一七年アムステルダム生まれ。両親は労働者階級。幼いころに小児麻痺《まひ》にかかり、九カ月間療養所生活を送る。以後、片脚を軽くひきずるようになる。アーレルスが十一歳のときに両親が離婚。両親のどちらも子供たちの監護権を失う。アーレルスと兄弟五人は救世軍の児童養護施設にひきとられ、次に、〈フェルエーニギング・ノーラ〉というネグレクトされた子供たちのための施設へ移される。[*8] 二十一歳のとき、入水自殺を図る。原因は失恋らしい。

アーレルスの職業人生は不安定だった。最初の仕事は美容師見習い、次にフランスの工場で働く。アムステルダム市立公文書館にある彼の経歴ファイルを見ると、プリンセンフラハト二五三番地で母親と三カ月間暮らしていたことがわかる。プリンセンフラハト二六三番地とは目と鼻の先だが、オットーがここに会社を移転するずっと前に、アーレルスの母親はよそへ越してしまった。両方の建物に同じような離れがあるということの他に、建物はアーレルスに何を語ったのだろう？

アーレルスは早くも一九三八年にはNSBに入党し、CABRのファイルによると、まもなく、ユダヤ人がオーナーのベイエンコルフ・デパートで起きたスタッフと客への襲撃事件に加わっている。一九三九年三月には、鉄の警備《デ・エイセレン・ガルーデ》という名のグループと一緒に、ユダヤ難民委員会《コミテー・フォール・ヨーゼ・フルーヒトリンゲン》アムステルダム支部（CJV）の建物を叩きこわし、オランダ北部のフリースラント州で九カ月間服役することになった。[*9]

コールドケース・チームのリサーチスタッフはおびただしい数の情報を集めて、アーレルスがオットーの思っていたような人間ではなかったことを確認した。ドイツがオランダに侵攻したあと、アーレルスはすぐさま敵側にすり寄った。WA《ウエールバールヘイズ・アフデーリング》――オランダ・ファシスト連合の民兵組織――が強制捜査をおこなうときは、公式カメラマンの役を務めた。レンブラントプレインの〈カフェ・トリップ〉やその他のナチス支持者が集まる場所にしばしば姿を見せ、ドイツ当局の高官たちとのコネを自慢した。[*10] 一九四一年二月十八日の『デ・テレフラーフ』に出た、ヘンドリク・コート――アムステルダムのユダヤ人居住区をオランダ・ナチ党員が襲撃したときに死亡――の葬儀の記事に、ドイツの高官たちの横に得意げに立つアーレルスの写真が出ている。[*11] ベルトつきの白いレインコートをはおって、刑事気どりでポーズをとっているように見える。この葬儀のときに、オットーを告発する手紙を書いたヨブ・ヤンセンとマルティヌス・J・マルティヌスが、葬列の前を無礼にも横切ったと言ってユダヤ人を不当逮捕したのだ。ヤンセンとアーレルスのつながりをコールドケース・チームは確認できなかったが、一九四〇年十一月にゲシュタポとSS隊員だと偽りの主張をしていた男が逮捕されたとき、マルティヌスとアーレルスも逮捕に出向いたことは確認できた。アーレルスとヤンセンが同じ政治サークルのなかで動いていたのは明らかだ。

一九四三年十一月、アーレルスはSDでの活躍を認められて優美な家に越した。ユダヤ人の一家が以前住んでいた家だった。隣人のなかに、クルト・ドーリングというSDの突撃隊指導者がいて、レジスタンス組織と共産主義者の摘発を担当していた。CABRに保管されているアーレルスのファイルによると、ドーリングがアムステルダムの刑務所で尋問を受けたとき、アーレルスをよく知っていることを認めている。〝あまりにも出来の悪い〟男だったので、まともな仕事は無理だと思ってフォッカーの飛行機工場へ送りこみ、共産主義者の宣伝工作を探らせることにしたそうだ。ドーリングはさらに続けて、「のちに、アーレルスをV－マン［金で雇われた密告者］にした。大きな仕事をしたことは一度もなかった」と言っている。しかし、アーレルスが危険な男であったことは、ドーリングも認めている。[*12]

一九四五年五月にオランダがついに解放されたあと、トニー・アーレルスはオランダ国家警察政治犯罪捜査局《ポリティツケ・オップスポーリングスディーンスト》（POD）の手で真っ先に逮捕された連中の一人となった。数ある罪状のなかで最大のものはSDの密告者としての活動で、ハーグの刑務所へ送られた。初期の数カ月間の混乱に乗じて何度か脱走したが、そのたびにすぐ再逮捕された。[*13] 囚人の監視体制がいい加減だったのではないかと思わざるをえない。一九四五年十二月、オランダの新聞『デ・ヴァーアルヘイト』に、毎月百～百五十人の囚人が脱走していたという記事が出た。[*14] アーレルスは四年間の服役ののち、一九四九年十月三日に釈放された。所持品没収のうえ、オランダ国籍を剥奪された。

　オットーがアウシュヴィッツから生還したとき、彼が求めていたのは、自分と家族を破滅させた密告への復讐ではなかった。納得のいく説明を求めていた。正義の復活を信じていたのかもしれない。だから、PODに手紙を出して、告発の手紙を書いたヨブ・ヤンセンのことを訴えたのだ。《隠れ家》の摘発に加わっていたオランダ人警官二人の居場所も、オットーはその年の十一月にすでに突き止めていた。誰が彼と家族を密告したかを知りたいという思いからだった。オットーはまた、トニー・アーレルスの行方も捜していた。

　一九四五年八月二十一日、オットーは国家保安局《ビューロー・ナチオナーレ・フェイーリグヘイト》（BNV）に宛てて、トニー・アーレルスが勾留中との噂を聞いたという手紙を書いた。[*15] アーレルスが命の恩人であるという事実を証言したかったのだ。しかしながら、ようやく国家保安局へ出向くと、誤解を正される結果になった。オットーはこんなふうに説明している。〝わたしは国家保安局へ出向き、「あの男はかつてわたしの命を救ってくれました」と言いました。しかし、アーレルスに関する書類を見せられて、彼が助けたのはわたし一人だけだったことを知ったのです。アーレルスはわたし以外の多くの者を密告していました〟[*16] BNVの者がオットーに違法な地下出版物を見せた。それは一九四四年に出た「要注意人物パンフレット《シンヤーレメンテンブラッド》」で、扇動者や密告者の存在を市民に警告するためにレジスタンス組織が作成したものだった。もっとも危険な人物を何十人か集めたリストのところに、トニー・アーレルスの名前が出ていた。[*17]

　ヴィンスの説明にもあったように、コールドケース・チームが直面した問題は、リーの推理が成り立つかどうかだった。リーの主張によれば、オットーと家族が身を隠したあともアーレルスが強請りをつづけたという。

しかし、もしそうなら、訪ねてくるアーレルスを会社の者が目撃しただろうし、さらには、彼らが金を渡した可能性だってある。だが、この仮説には無理があるように思われる。アーレルスがオットーを強請っていたことを会社の者が薄々知っていれば、終戦後に官憲当局へ躊躇なく通報していただろう。

アーレルスの仕事がうまくいかなくなり、報奨金《コップヘルト》目当てにオットー・フランクを密告するしかない立場に追いこまれた、というのがリーの説だ。コールドケース・チームのメンバーも、最初のうちはリーと同じく、身を隠したユダヤ人のことを誰かがオランダの警察官にひそかに通報すれば、その人間にささやかな報奨金が出るものと思っていた。ところが、ヴィンスがメリーランド州の国立公文書館でコップヘルトの領収証を発見したのをきっかけに、報奨金が支払われる先は密告者ではなく、ユダヤ人を逮捕したオランダ人警官であることが明らかになった。報奨金の一部が密告者にも分配されるかどうかは警官の気分次第だった。一般市民からの通報は、窃盗とか、夜間に防空用の暗幕をかけ忘れたというような些細な違反行為で警察ににらまれた者からの場合が多かった。

どちらにしても、アーレルスはオットーとその他の者が《隠れ家》に潜んでいることを知っていたのだろうか？　コールドケース・チームはその証拠を見つけることができなかった。アーレルスがヤンセンの手紙をオットーに届けた約一カ月後に、ユダヤ人の事業経営を禁じるナチスの法律が施行され、プリンセンフラハト二六三番地の会社の名前は〈オペクタ商会〉からアーリア的な〈ヒース商会〉に変わった。社名の変更により、何も知らない人々はオットーがこの地を去ったものと思いこんだことだろう。アーレルスが初めてオットーを訪ねてきたのは一九四一年、フランク一家が逮捕されたのはその後三年以上たってからだったことを忘れないでほしい。隠れているユダヤ人のことをアーレルスが知っていたなら、その情報を三年以上のあいだ自分一人の胸にしまっておける人物ではないような気がする。

リーは著書にこんなことを書いている——アーレルスの家族の話によると、彼は当時すでに有名になっていた《隠れ家》の人々を密告したのはこの自分だ、と吹聴するのが好きだったという。[*18] 悪役として有名になりたがる変人に特有の発言で、遺憾ながら珍しいことではない。アーレルスの家族でさえ、彼の言葉を真に受けてはいなかった。

裏づけ調査を完璧なものにするため、ヴィンスはコールドケース・チームに指示を出し、オットーがドイツとビジネス取引をしていたことを材料にしてアーレルスが戦後もオットーへの脅迫を続けていた、とするリーの主張を検証させた。〈アンネ・フランク財団〉が保管文書を自由に閲覧させてくれたおかげで、チームは〈オペクタ商会〉と〈ヒース商会〉の取引記録を調べることができ、〈オペクタ商会〉がフランクフルトの親会社からペクチンを受けとり、最後はドイツに製品を納入していたことを突き止めたが、同じことをしていたオランダの会社はいくらでもあった。

一九四〇年の取引記録には、胡椒《こしょう》とナツメグがハーグの国防軍に納入されたことが出ていた。しかし、一九四二年、一九四三年、一九四四年の〈ヒース商会〉の損益計算書のほうには、国防軍にじかに納入をおこなった記録はなかった。終戦後、戦時中の敵国との商取引を調査していたオランダ管理経営協会《ネーデルランデセ・ベヘールスインシチチュート》（ＮＢＩ）が意見表明をおこなった——ドイツから注文をとるために積極的に動いたのでないかぎり、小規模事業体について問題視するつもりはない、と。オットーの会社にドイツとの取引があったとしても、きわめて小規模だっただろうから、脅迫の対象にはなりえなかったはずだ。オットー・フランクは戦争を利用して暴利をむさぼるような人物ではない。[19]

ヴィンスというのは、つき合ってみるとわかるが、ブルドッグに似たところがある。いったん匂いを嗅ぎつけたら、ひたすら追いつづけ、容赦はしない。「FBIで捜査官をしていた当時、わたしは捜査に邪魔が入ることをけっして許さなかった。それどころか、重大事件の捜査の進め方を新人捜査官たちに指導するときはこう言ったほどだ――きみたちが道路検問のバリケードに出くわした場合のためにアドバイスしておこう。迂回が無理なら突破しろ」この熱心さは称賛に値する。

チームは今回の調査を通じて、占領下に置かれたオランダ社会の別の一面をえぐりだした。トニー・アーレルスとヨブ・ヤンセンは恨みがましい日和見主義者で、ナチスの暴挙についても自分たちの利益になる中立公平なやり方だと思っていた。ユダヤ人、シンティ・ロマ（当時の呼び方では〝ジプシー〟）[*]、捕虜、レジスタンス組織のメンバーが殺害されても、良心の咎《とが》めはまったく感じなかった。そうした者たちのことを多少考えたとしても、〝やつらは敵だ。殺されて当然だ〟という程度のことだった。暴力的傾向はあったものの、彼ら自身が人殺しをしたことはなかった。しかし、殺しを大目に見てきたのだ。

＊ナチスが殺害したシンティ・ロマの人数は五十万人にのぼると推定される。

第22章
近所の人々

　プリンセンフラハト二六三番地はアムステルダム旧市街のヨルダーン地区の端にあり、運河に面して家々がもたれ合うように建ち並んでいる。戦時中は比較的貧しい地域だった。狭いアパートメントに人々が押しこめられて暮らし、通りにあふれることもしばしばあった——歩いて買物に出かけ、運河のほとりに集まる大人たち。遊びまわる子供たち。隣人たちはおたがいに顔見知りだった。

　かつてＮＩＯＤでリサーチを担当していたダーフィット・バルノウは著書 *The Phenomenon of Anne Frank*（アンネ・フランクという現象）のなかで、密告者は近所の者だったかもしれないと述べている。くっつき合って暮らす隣人たちなら、ユダヤ人が近所に隠れていれば、たぶん気づいただろう。近くにカイゼルスフラハトとヴェステルマルクトという通りがあって、そこに建ち並ぶ家々のいくつもの窓を《隠れ家》から見ることができる。つまり、中庭を囲む家々の裏窓からも《隠れ家》を見ることができるわけだ。

　近所の者の密告が摘発につながったとしたら、コールドケース・チームとしては、その家々に誰が住んでいたかを突き止める必要があった。そこでヴィンスが思いついたのが〈居住者プロジェクト〉だった。ヴィンスはリサーチスタッフ三人に、一九四〇年〜一九四五年に《隠れ家》の近所で働いていた人々と住んでいた人々を捜しだし、入手できる情報をすべて集めるというタスクを割り当てた。そのためには、三つの異なる国にある五つの異なる公文書館で何千という記録を見つけだし、目を通さなくてはならなかった。

アムステルダムでは、引越しをして新しい住まいに移った者は市へ新住所の届出をすることになっていた。アムステルダム市立公文書館は、前例のないことだが、コールドケース・チームに対してそうした記録の閲覧を許可してくれた。誰がいつこの街に転入してきたか、いつ新住所に移ったかといった、住民の流れが追跡できる記録である。住民登録カードには、出生場所と年月日、両親と配偶者と子供の氏名、全員のこれまでの住所すべてが記録されていた。宗教を記入する欄もあった。リサーチスタッフは、一部のカードに書かれたNI（オランダ系ユダヤ人《ネーデルラント・イスラエリテ》の頭文字）が線で消されていることに気づいた。その人物がなんらかの方法で〝アーリア人〟になり、移送リストからはずれたという意味だ。

《隠れ家》の近所に住んでいた者と働いていた者のリストが完成すると、次は、そのなかの誰がNSB党員だったか、対独協力者だったか、情報提供者だったか、そして／もしくは、密告者だったかを洗いだしていく番だった。

チームはまず、イスラエルのヤド・ヴァシェム（ホロコースト記念館）に問いあわせをおこなった。オランダ人のNSB党員全員の記録が終戦後に回収され、ここの書庫に保管されていると聞いていたからだ。ＮＩＯＤとアムステルダム市立公文書館には「要注意人物パンフレット《シンヤーレメンテンブラッド》」のコピーが保管されていた。これはオランダのレジスタンス組織が作成し、定期的に更新していたもので、対独協力者とその手口に関して信じられないほど詳細な情報が記され、ときには写真がついていることもあった（前述のように、トニー・アーレルスもリストに含まれていた）。ヴィンスはまた、アメリカのメリーランド州にあるＮＡＲＡ（アメリカ国立公文書記録管理局）のファイルのなかから、ＳＤの情報提供者のリストを見つけだすことができた。前にコップヘルトの領収証を見つけたのと同じコレクションに含まれていた。

対独協力者に関して重大な情報を提供してくれる警察の捜査報告書《プロセスーフエルバーレン》も存在していたはずだが、警察で文書整理を担当していた警官ヤン・アウトによると、スペース不足と予算不足のせいで、その時期の記録はすべて（〝都合よく〟と言いたくなるが）失われてしまったそうだ。残っているのは、市内の各管区で保管されていた日々の捜査報告書だけだった。逮捕された者も、警察の捜査が必要な事件に巻きこまれた者も、何かを通報しようとして所轄の警察署にやってきた者も、この報告書に名前が記入され、担当した警官の名前が添えられることもしばしばあった。報告書のひとつに十二歳のアンネ・フランクの名前が出ている。一九四二年四月十三日に自転車を盗まれたことを通報しにきたときのもの。フランク一家が隠れ家生活に入るほぼ三カ月前のことだ。

一九九〇年代半ばに、アムステルダム市立公文書館の文書館員ペーター・クルーセンが、廃棄処分を予定されていた大量のファイルのなかから、一九四〇〜一九四五年の捜査報告書を見つけだした。それらを救いだすために、安全な場所へこっそり移すことにした（現在、これらのファイルは閲覧可能だがスキャンは禁じられていて、アムステルダム市立公文書館でもっとも閲覧希望の多いもののひとつになっている）。コールドケース・チームはその捜査報告書に丹念に目を通して、《隠れ家》の近辺で起きた事件や警察の助けを呼ぶ電話をすべて調べ、誰が、もしくは何が摘発のきっかけとなったのかを知るうえで手がかりになりそうなものを探し求めた。

〈居住者プロジェクト〉のタスクを割り当てられたリサーチスタッフのチームは、情報をデータベースに入力し、次にＡＩプラットフォームにアップした。それにより、プリンセンフラハトと周囲の通り――レリーフラハト、カイゼルスフラハト、ヴェステルマルクト――に焦点を当てて、住民登録カードの氏名、ＮＳＢ党員リスト、ＳＤの情報提供者リスト、名前を知られているＶ－マンとＶ－ウーマン、日々の捜査報告書、追放処分となった人物リスト、社会福祉ファイルを相互参照できるようになった。

〈オムニア〉から派遣されたコンピュータ・サイエンティストたちがマイクロソフトのＡＩプログラムの基礎を提供してくれた。人々がこの界隈のどこに住んでいたかをバーチャルな画像にするためのプログラムだ。けっこう厄介な作業で、なぜかというと、戦後になってアムステルダムの通りの名前の多くが変わったせいだった。しかしながら、サイエンティストたちが書いたプログラムのおかげで、通りの名前を現代の地図から戦時中の地図のものへ変換し、次に、当時の住民たちと危険人物の住所のすべてに関して、位置情報が得られるようになった。[*1]

〈オムニア〉のオフィスは、プリンセンフラハトから脇に入った歴史的建造物のなかにある。アンネ・フランクの家から南へ五ブロック行ったところだ。プログラムのデモンストレーションの場へコールドケース・チームが招かれた。リサーチスタッフが言うには、壁にかかった大型モニターにその界隈の映像が映しだされた瞬間、全員が息をのんだそうだ。色とりどりの点はさまざまな種類の危険を表していて、NSB党員（青）、対独協力者／V－ピープル（赤）、SDの情報提供者（黄色）などが寄り集まってひとつの大きなかたまりとなり、ヨルダーン地区を覆っているかに見えた。《隠れ家》を囲む通りに向かってズームインしていくと点はまばらになるが、それでもなお、危険の数は驚くほど多い。スフステルという名のSDの情報提供者がオットーの会社から一ブロック半のところで自転車屋をやっていた。デッケルという対独協力者が《隠れ家》の数軒先に住んでいた。職業はウェイターで、チームのメンバーは以前、この男がレジスタンス組織の指名手配リストに出ているのを見たことがある。それから、裏庭に面した何軒かの建物に何人かのNSB党員が住んでいた。

二〇一七年九月にコールドケース・プロジェクトが発表されると、NBCの情報・ニュース番組『トゥデイ』のリポーターがチームにインタビューするため、アムステルダムまでやってきた。ヴィンスはバーチャル・プログラムを動かして、《隠れ家》をびっしり囲んだ危険をリポーターに見せ、何が摘発の引金となったかを尋ねるかわりに、逮捕されるまでの二年以上ものあいだ、どうやって隠れ家生活を続けていけたのかを尋ねるべきかもしれない、と言った。

ダーフィット・バルノウの〝隣人説〟を正解とするためには、NSBの熱烈な党員たちが近所に住んでいたというだけでは足りない。《隠れ家》にユダヤ人たちが潜んでいたことを、彼らが知っていたという条件が必要だ。チームのほうで調べてみてわかったのだが、一部の隣人は《隠れ家》

に人が住んでいることを知っていたようで、そのなかには、プリンセンフラハト二六三番地の両隣の建物で商売をしていた人々もいた。二六一番地で室内装飾品の店をやっていたエルフークと、二六五番地で紅茶とコーヒーの商売をしていたケフ。

ベップの話によると、ケフが〈オペクタ／ヒース商会〉の社員に建物の排水管のことを尋ねたそうだ。〝建物に誰か住んでいるのかどうか〟を知りたがっていたという。夜遅くまで仕事をすることがしばしばあり、〈オペクタ／ヒース商会〉の社員たちが帰ったあとで、排水管を流れ落ちる水音が聞こえるというのだ。エルフークのところの従業員は、二六一番地と二六三番地にはさまれた広い水路のところでランチをとっていると、《隠れ家》からたまに声が聞こえてくると言っていた。[*2]アンネが日記に書いているように、《隠れ家》の住人はときたま用心を忘れて窓から外をのぞいていたし、ときにはカーテンを閉め忘れることもあった。

しかし、近所の何人かが疑惑を抱いたとしても、隠れているのはユダヤ人だと頭から決めつけることはなかったはずだ。一九四四年八月ごろには、ドイツへ送られて強制労働させられるのを避けるために、あるいは、強制労働キャンプから脱走して警察に追われているせいで、ずいぶん多くのオランダ市民（推定三十万人以上）が身を隠していた。ときたま話し声がしたり、流れ落ちる水音が聞こえたり、《隠れ家》の煙突から煙が立ちのぼったりしたところで、ユダヤ人と同じように身を隠したオランダ市民の可能性も大いにあったわけだ。ナチスによる当時のプロパガンダに影響されて、ユダヤ人を進んで密告しようとする人々もいたようだ（身を隠したユダヤ人の三分の一が密告されている）。しかし、敵国での労働を拒否するオランダ市民を密告するのは気が進まなかっただろう。強制労働に従事すれば、一九四四年の夏にはドイツの敗色がすでに濃厚だった戦争を長引かせることになってしまう。

《隠れ家》の背後には長さ約六十メートル（サッカー場の三分の二の長さ）の共有の中庭があり、コールドケース・チームが重視したのは、この中庭に裏窓が面している周囲の建物からじっさいに何が見えるか、何が聞こえるかを調べることだった。ヴィンスはレーザーとオーディオ装置を使った3Dスキャンを望んだが、対象となる建物の数が多すぎて、法外な費用がかかりそうだった。そこで、ハーグにある国際刑事裁判所でかつて取調官をしていたブレンダン・ルークと二人で、昔ながらの刑事の手法を使うことにした。

〈アンネ・フランク財団〉を訪ねて、財団の管理部と博物館が入っている建物の屋上にのぼる許可を求めたのだ。この建物はプリンセンフラハト二六三番地に隣接するブロックの角にある。〈アンネ・フランク財団〉はとても協力的で、屋上に出る階段を教えてくれた。幸い、ヴィンスたちが屋上に立っている建物を除いて、中庭を囲む建物の大部分は戦時中からほとんど変わっていない。屋上から中庭全体を見下ろすことができたが、《隠れ家》は側面の壁しか見えなかった。そこですぐさま明らかになったのが、《隠れ家》の左右に並ぶプリンセンフラハト沿いの建物からは《隠れ家》の裏窓が見えないということだった。何物にも邪魔されずに《隠れ家》を見るためには、ヴェステルマルクト、カイゼルスフラハト、レリーフラハト沿いの建物の限られた数の窓からのぞくしかない。

かつては《隠れ家》の裏にマロニエの大木があったので、景色がさらに遮られたことだろう――アンネはしばしば、この木のことを日記に書いている（樹齢百年に近い老木は二〇一〇年に強風で倒れてしまった。とはいえ、いまも生きつづけている。アンネを追悼するために、この木の苗が世界じゅうに植えられた）。夏の中庭を写した昔の航空写真を見てみると、カイゼルスフラハトのどの建物から眺めても、生い茂る葉で《隠れ家》の姿が完全に隠れていたことがよくわかる。

この屋上から《隠れ家》の窓を見るのは無理だったので、ヴィンスとブレンダンはほかの場所を探すことにした。カイゼルスフラハトにある建物が中庭をはさんで《隠れ家》と向かい合い、いまは大人気のコミック書店になっているが、ここがいちばん見晴らしの利く場所のように思われた。何を必要としているかを、ヴィンスたちが建物の所有者に説明すると、向こうはすぐさま協力してくれた。父親から建物を相続し、上のフロアを住まいにしているそうだ。最上階の窓から何が観察できるのか、好きなだけ見るようにと言ってくれた。二人が最上階へ続く階段をのぼろうとしたとき、所有者がややきまり悪そうな顔で、戦時中、家族のなかにナチス支持者が何人かいたと言った。

ヴィンスとブレンダンは所有者の寝室の窓辺に腰を下ろして、中庭の向こう側にある《隠れ家》に目を凝らし、アンネたちがあそこに身を隠していたあいだ、ここから何が見え、何が聞こえたのだろうと考えた。現在、《隠れ家》の窓はすべて鎧戸《よろいど》に覆われているが、アンネとマルゴーとペーターが親から避難してよく逃げこんでいた屋根裏部屋の窓だけは鎧戸なしだ。ヴィンスたちは見晴らしの利く寝室の窓から西教会の尖塔《せんとう》を見ることができた。いまも戦時中と同じく、十五分おきに時鐘の音が大きく響いている。かつてマロニエの木が立っていた場所に残された切り株も見える。

中庭はほぼ無人で、植物に水やりをしているわずかな住人と、中庭の向こう端でパティオを修理中の作業員数人がいるだけだった。

ほんのしばらく眺めただけで、ブレンダンとヴィンスはいくつかの結論を出すことができた。視界を遮られることなく《隠れ家》の裏側を眺めた者は、屋内で何かが動くのを見てとったかもしれないが、動いているのが会社の従業員なのか《隠れ家》の住人なのか、ユダヤ人なのか非ユダヤ人なのかまでは、とうていわからなかっただろう。防空用の暗幕で窓を覆う夜ともなれば、とくに。もうひとつ言っておくと、中庭を囲む建物はほとんどがレンガか石造りなので、音があちこちに反響し、それを耳にした者はどこから聞こえてくるのかと戸惑ったことだろう。

ときには、誰がアンネ・フランクを密告したかについて、隣人たちに関連した新たな説を持ってコールドケース・チームに連絡してくる人々もいた。興味深い説のひとつをよこしたのはアルノルト・ペネルス氏といって、アムステルダム゠ノールト地区に住むリタイアした理学療法士だった。一九八五年に年配の女性患者を診たことがあった――名前は思いだせず、ペネルス氏が覚えているのは名字が〝B〟で始まることだけだった――その患者はかつてプリンセンフラハト二六三番地の二、三軒先に住んでいて、逮捕の様子を目撃したという。この知らせにチームの面々は大興奮した。あの逮捕に関する目撃証言が支援者たちとヤン・ヒースとヴィリー・クレイマン以外の者の口から出たのは、これが初めてで、かつ唯一のものだったからだ。

女性患者の話によると、その日は麗《うら》らかな日だった。彼女が自宅の窓から身を乗りだして通りを見下ろしていたとき、ローゼンフラハトのほうからトラックがやってくるのが見えた。トラックは二六三番地の正面で止まり、前の座席からドイツ人の軍人と一人の男が降りてきた。見ると、〈ヒース商会〉の倉庫で働いている一人で、ランメルト・ハルトフという男だった。何人かのドイツ兵とオランダ人警官がトラックの荷台から飛びおり、兵士たちが通りの両方向を通行止めにした。ハルトフが二六三番地の上の階を指さし、あとの男たちが建物に入っていった。しばらくすると、《隠れ家》にいた人々を逮捕して男たちが出てくるのが見えた。ランメルト・ハルトフが運河の対岸まで歩き、逮捕された人々に向かって反ユダヤ主義的なことを何か叫んだ。トラックが動きはじめたとき、女性は道路脇に少人数の女性グループが立っているのに気づき、ハルトフの妻レナの姿を見つけた。レナも何やら反ユダヤ主義的なことを叫び、走り過ぎるトラックの車体をガンガン叩いた。

一九四七年に捜査がおこなわれたとき、女性はその目で見たことを捜査担当の刑事に報告したが、警察が何もしてくれなかったので、そのままになってしまった。

だが、じつをいうと、それはよくできた作り話で、すべての目撃者、容疑者、被害者の摘発に関する証言と矛盾していた。摘発チームはトラックで来たのではなかった。兵士たちは道路を通行止めにはしなかった。支援者の誰一人としてハルトフの反ユダヤ主義的発言のことは言っていない。ヤン・ヒースとヴィリー・クレイマンは運河の対岸で様子を見ていたが、何も聞いていない。なんとも不思議なことだが、いったいどれだけの人間がアンネ・フランクの物語の一部になりたがるのだろう。

第23章
ナニー

ヴィンスは密告に関する情報を持った人々から連絡が来るのを待っていたが、どんどん届く手紙の数に唖然としていた。二〇一七年の九月末にコールドケース・チームがプレスリリースを出したとき、真っ先に反応したメディアのひとつが、テレビの『トゥデイ』だった。しかし、チームのもとには、英国、カナダ、オーストラリア、コロンビア、ロシア、フランス、アメリカ、オランダ、ドイツ、イスラエル、イタリア、その他多くの国のニュース媒体からインタビューの申込みが来ていた。やがて、オランダの新聞『ヘット・パロール』がコールドケース・チームの調査について大々的な記事を出したため、さらに多くの人から情報が寄せられることになった。[*1]

初期の情報のひとつに、八十二歳の女性から寄せられたものがある。ヨルダーン地区のプリンセンフラハト二六三番地からわずか数ブロックのところで育った女性だった。ヤンシェ・テゥニッセン(仮名)といって、現在、アムステルダムから南へ車で二時間ほど行ったところにある農業共同体で暮らしている。[*] クリスティネ・ホステが小旅行の計画を立て、インタビューをするために、モニクとヴィンスと一緒に車で出かけた。クリスティネはそのあたりに詳しかった。こうした田舎の農場のひとつで子供時代を送り、家族がいまもそこに住んでいるからだ。ヤンシェの家は簡素な平屋で、田舎の幹線道路から脇道に入ったところにあった。家のなかは家族写真と優美なガラスの陳列棚に飾られていた。インタビューは録画され、オランダ語でおこなわれて、モニクがヴィンスのために通訳した。

ヤンシェは見るからに神経質になっていたが、まもなく、ヨルダーン地区についてあれこれ話すうちに緊張がほぐれてきた。話し上手な人で、すばらしい記憶力を発揮して、戦争が始まった当時のことを一人で長々と語り、空襲警報の響きが恐ろしかったことや、父親が彼女の手をつかんで防空壕へ走ったことなどを話してくれた。少なくとも、戦争の初めのころは食料も充分にあった。電話も通じたし、幸運なことに、自宅に電話がついていた。会社か、占領国ドイツにコネのある人間にしか許されない特権だった。一九四四年の夏、アムステルダムよりも安全ということで、ヤンシェはノールドウェイケルハウトという小さな町の寄宿学校に入れられた。

ヤンシェはヴィンスとモニクに、彼女の子供時代は幸せではなかったと言った。父親はＮＳＢ党員だったが、それが何を意味するかをヤンシェが知ったのはあとになってからだった。父親は酒の問題を抱えていた——ときどき近所のバーでピアノを弾いて小遣い稼ぎをしていたが、金が入るといつも酒に消えてしまった。母親が家計を支えるために地元の魚屋で働かなくてはならなかったため、ヤンシェは日中一人で放っておかれることが多かった。あるとき両親が、昼のあいだヤンシェをナニーに預け、そちらの家で世話してもらおうと決めた。

そこへ行くときは、自宅のある通りをしばらく歩いてプリンセンフラハトに出る。運河の対岸にオットーの会社がある。それから、運河を渡って西教会のところまで行き、次にヴェステルマルクトの通りに出る。ナニーの家――ヴェステルマルクト十八番地――を見つけるのは簡単だった。表の窓にオランダ・ナチ党の派手なポスターがかかっていたからだ。

ナニーはベルディナ・ファン・カンペン（ニックネームはタンテ・カンヘル、もしくはウォッペルおばさん）といって、子供のいない女性で、夫と二人暮らしだった。ヤンシェはタンテ・カンヘルのことをいつも、ケーキやクッキーをくれたり、抱きしめたりしてくれる、温かくて親切な人だと思っていた。家ではあまりそういうことをしてもらえなかったのだ。ナニーの夫のことをヤンシェはニークおじさんと呼んでいた。オランダ人の作曲家で、ナチス寄りのポピュラーソングを何曲か書いていて、かなり評判の悪い人だった。ヤンシェはニークおじさんのことが苦手で、タンテ・カンヘルのことを気の毒に思っていた。

この家の台所にはけっして入れてもらえなかった。

〝手に負えなくて〟〝詮索好きな〟子供だったと自ら言う彼女は、一度、台所に入り、調理台によじのぼって、ロープと滑車つきの籠《かご》がカーテンの裏に隠してあるのを見つけた。何年もたってからようやく、ナニーの家が《隠れ家》と隣接していたことに気づいた。ロープつきの籠を使って《隠れ家》の人々のために食料を下ろしていたのではないかと考えた。台所の窓から、アンネの日記に書かれている木が見え、その向こうに《隠れ家》のくっきりとした姿があった。

ヴィンスとコールドケース・チームは、ヤンシェの話にはかなりの信憑性があると思った。熱心なNSB党員。身を隠した人々に食料を運んでいると思われる妻。《隠れ家》に隣接する家。ぜったい調査が必要だ。チームは細かい点を検証するため、膨大なデータベースに質問を投げかけて、ヤンシェの話に出てきた人名と住所を確認していった。その結果、ナニーのベルディナ・ファン・カンペン゠ラフェーベルと夫のヤコブス・ファン・カンペンが、一九四〇年五月十八日から一九四五年二月まで本当にヴェステルマルクト十八番地に住んでいたことがわかった。ニークおじさんの職業は作曲家となっていた。

この居住時期自体も興味深い。ナニーと夫がヴェステルマルクト十八番地に越してきたのは、ドイツのオランダ侵攻が始まったあとだった。そして、ドイツの敗戦が明らかになり、対独協力者たちがアムステルダムから逃亡しはじめたちょうどその時期に、街を去っている。CABRに保管されているファイルを調べたところ、ニークおじさんは間違いなくNSB党員だったことが確認されたが、コールドケース・チームが予想もしなかったことに、ヤンシェにやさしくしてくれたおばさんもNSBの正規の党員で、おまけに、NSBの若い党員に部屋を貸していたことがわかった。もしかしたら、《隠れ家》の人々の力になるどころか、なんらかの形で密告に関係していたのかもしれない。

NSBの正規の党員が潜伏中のユダヤ人に食料を運んでいたとは考えにくいが、ヴィンスとモニクは、ナニーがドイツをひそかに敵視していて、NSBに入ったのは夫に合わせただけだという可能性も考慮に入れることにした。しかし、彼女の住まいは誰にも見られずに《隠れ家》へ食料を届けられる近さだったのだろうか？

あいにく、ヴェステルマルクト十八番地の建物はすでにとりこわされ、最新式のアパートメントに変わっていた。戦時中の古い写真に切り替えたところ、ヴェステルマルクト十八番地の建物の裏側は《隠れ家》の側面と向かい合っていて、ヤンシェの記憶とは違い《隠れ家》の裏窓を見るのは無理なことが判明した。また、建物が離れすぎているため、ナニーが《隠れ家》の人々のために食料を地面に下ろしていたのだというヤンシェの説が成立するためには、支援者の誰かが倉庫の裏口から《隠れ家》の外に出て、数十メートル歩いて食料をとりに行く必要がある。もちろん、そのような行動は関係者全員にとって危険すぎる。さらに、ヤンシェの想像が当たっているとすれば、アンネの日記か支援者の話のなかにそうした協力のことが出てきたはずだ。ナニーの家にロープと滑車つきの籠があった件についてひとこと触れておくと、運河沿いにある数階建ての建物の多くは廊下が狭く、階段が曲がりくねっていて急だったから、当時のアムステルダムでは、これが一般的な運搬方法だったのだ。

　ニークおじさんに関するＣＡＢＲのファイルを見ると、彼がいかに熱烈なＮＳＢ党員だったかがわかる。彼がオランダの民兵組織であるランドワーヒト**の制服に拳銃一挺《ちょう》という姿でときどき歩きまわっていたとか、祝日には自宅にＮＳＢの旗を掲げたという証言もある。過激な信念を終戦のときまで持ちつづけていたようで、オランダ解放の前日に通りでドイツ擁護の演説をする彼の姿を目撃した人々から、いくつかの証言が出ている。ニークおじさんを糾弾するその人々の証言によると、やさしいナニーだったはずの妻がその演説を手伝っていたそうだ。だが、記憶のなかで日付が変わってしまった可能性もある。夫婦は二月に引っ越して、この通りを去っていたのだから。しかし、ニークおじさんが地元の人々からいかに嫌われていたかを、この演説のエピソードが如実に示している。

しかし、ニークおじさんがどれほど熱心なナチス支持者だったとしても、彼がユダヤ人を密告したという非難が誰かから出た証拠をチームのほうで見つけることはできなかった。終戦後、ＮＳＢの地区リーダーを務め、ナチスを称賛するプロパガンダ曲を書いて、その曲を人気のラジオ局に売ったというので、彼は裁判にかけられた。この対独協力行為により、懲役二十二カ月を宣告された。[*2]

最終的に、彼の社会福祉ファイルの奥深くで見つかった小さな情報が決め手となって、ニークおじさんは密告者ではなかったという結論にチームは到達した。一九四四年に彼が住んでいたのはアムステルダムではなく、はるか東の街アルンヘムだったのだ。熱烈なＮＳＢ党員として動機はあったかもしれないが、機会がなかった。コールドケース・チームはまた、彼が《隠れ家》のすぐ近くに住んでいたにもかかわらず、そこに人が隠れていることを知っていたという証拠をつかむことはできなかった。

普通だったら、この説はそこで立ち消えになってしまうところだが、チームはアムステルダム市立公文書館でヤンシェの両親の身分証明書を見つけだし、終戦後に二人が国籍を剥奪されていたことを知った。ＮＳＢ党員だったというだけで国籍を失うことは、通常はありえない。誤ったイデオロギーの持ち主だったという以上の理由があるはずだ。チームがＣＡＢＲのヤンシェの父親のファイルを見つけだしたところ、彼が国家社会主義自動車部隊《ナチオナーレソーシャルイシチシエ・クラフトファールコルプス》（ＮＳＫＫ）に入っていて、一九四二年から四四年までドイツで仕事をしていたことが判明した。NSKKは民兵組織で、ドイツ軍のさまざまな部門へ機械工と運転手を派遣していた。オランダ国籍を剝奪された原因はおそらく、NSKKの一員だったことにあるのだろう。彼が対独協力者だったのなら、戦争が終わりに近づいていた時期にヤンシェの自宅に電話があったのもうなずける。それ以上に驚いたのは、ヤンシェの母親もNSB党員だったという事実が判明したことだった。調査の初期段階でヤド・ヴァシェムからヴィンスに渡されたリストに、母親の名前が出ていたのだ。やはり国籍を剝奪されていて、ヤンシェはショックを受けた。両親がナチスと深く関わっていようとは、それまで考えたこともなかった。

チームは次に、ヤンシェの母親が一九四四年八月三日の午後十時十分に逮捕されていたことを発見した。プリンセンフラハト二六三番地が摘発にあうわずか十二時間前だ。罰金だけですんで即刻釈放されたことを知り、チームは疑念を持った。逮捕された者が早々と釈放されるのは、情報と自由を交換した場合が多かったからだ。[*3] ヤンシェの母親はひょっとすると、ナニーの自宅近くにあった《隠れ家》にユダヤ人たちが潜んでいるのを見るか聞くかしていて、逮捕されたあとで警察に情報を渡したのではないだろうか？

興味深い仮説だが、結局ははずれだった。記録を見ると、ヤンシェの母親が逮捕されたのは、午後八時以降の外出を禁じる法令に違反したからだった。ただ、午後九時半ごろまで明るかったはずなので、その時間に外を歩くのは怪しいことでもなんでもなかった。それに、戦争も終わりに近づき、ドイツ軍が苦境に陥っているのは誰もが知っていたから、普通のパトロール警官が忌まわしき

ＳＤのユダヤ人狩り部隊に入っていたオランダ人警官たちと関わりあいになろうとすることは、おそらくなかっただろう。戦争が終わったときには、自分は正義の側に立っていたと誰もが言いたがるものだ。

＊これはプライバシーを守るための仮名である。ヤンシェは父親が国家社会主義自動車部隊（ＮＳＫＫ）の仕事をしていたのを知らなかったし、母親もＮＳＢ党員で、両親共にオランダ国籍を剝奪されていることを知って愕然とした。

＊＊一九四三年の夏を皮切りに、ＮＳＢの男性党員の多くが民兵組織ランドワーヒトに入らされ、国民を力で支配しようとする占領政府の手先となって働いた。

第24章
もうひとつの説

二〇一八年、高齢のオランダ人紳士からコールドケース・チームのオフィスにメッセージが届いた。ヴィンスとチームの面々が《隠れ家》の逮捕劇の謎を解こうとするのは時間の無駄だ、何があったのか自分はすでに知っている、という内容だった。何回かメールのやりとりをしたあとで、ピーテルはヘーラルト・クレメルというその紳士と電話で話すことができた。クレメルはヴェステルマルクト二番地で大きくなったという。二つの階がドイツ国防軍の事務所として使われている堂々とした建物で、その角を曲がった先に、ヴィンスとブレンダンが最上階から中庭と《隠れ家》の裏側を眺めた例のコミック書店がある。

オランダのこの界隈の特徴として、ヴェステルマルクト二番地の建物もいくつかの会社と住戸に分かれていた。クレメルの父親、ヘーラルト・シニアは建物の管理人で、妻と息子と三人で六階に住んでいた。三階と四階は、オランダ各地で没収された品を集めて船でドイツへ送る任務を担当する国防軍の事務所になっていた。地下室の一部も接収され、食料と医薬品の備蓄に使われていた。

二〇一八年五月、ヘーラルト・クレメルの著書 *De achtertuin van het achterhuis*（《隠れ家》の中庭）が出版され、一部から疑念を持たれたものの、同時に大きな話題になった。クレメルがこの本を書いたのは、両親とそのレジスタンス活動に敬意を表するためだった。両親はヴェステルマルクト二番地の地下室からひそかに食料を持ちだし、隣の建物で医院をやっていたラム医師に協力してもらって、小分けにした食料をレジスタンス組織に届けていた。地下室から盗みだされた食料のうち、チーズや乾物などは滑車とロープを使ってヴェステルマルクト二番地の建物から下ろされ、カイゼルスフラハトにあるラム医師の自宅の狭い中庭へ運ばれた。それをレジスタンスの人々が配り、《隠れ家》の住人のもとへも届けていた。《隠れ家》に人々が潜んでいることをクレメルの父親はどうやって知ったのか、とピーテルが尋ねると、クレメルは父親から聞いた話をくりかえした。《隠れ家》から出てきた少女たちが中庭のマロニエの木のまわりではしゃいでいるのを目にし、声も聞いたというのだ。[*1] また、ラム医師は《隠れ家》の食料調達を助けるのに加えて、医師としても力を貸していたそうだ。

《隠れ家》の食料集めの協力者が新たに見つかって、チームは色めき立ったが、ピーテルがクレメルの口からいちばん聞きたかったのは、彼の目から見た摘発の様子だった。クレメルの話によると、ヴェステルマルクト二番地を頻繁に訪ねてくる女性を見て、彼の父親は悪名高きユダヤ人のV－フラウ、アンス・ファン・ダイクだと気づいたそうだ。アンス・デ・ヨングという偽名を使って訪ねてきては、国防軍の事務室で秘書たちとコーヒーを飲んでいた。一度、クレメルの父親が彼女に挨拶をして、戦前に帽子屋の〈メゾン・エファニー〉の店員だった彼女を覚えていると言ったことがある。ところが、向こうは人違いだと言い張って立ち去った。

《隠れ家》の摘発の様子を語るさいに、クレメルはこう言った――一九四四年八月上旬のある日、アンス・ファン・ダイクがSDに電話しているのを父親が断片的に耳にしました。プリンセンフラハトの家から子供の声が聞こえたと通報していたのです。おそらく、その電話が摘発につながったのでしょう。

父親が一九七八年に亡くなる少し前に、クレメルの妻が夫の父親から一種の臨終の告白として、この驚くべき話を聞いている。妙なことに、妻が夫にこれを伝えたのは何年もたってからだった。クレメルはこの話を数年のあいだ胸にしまっておいたが、やがて、二〇一八年に出版した著書のなかで公表した。[*2]

クレメルの父親は《隠れ家》の摘発から一カ月ほどあとに逮捕された。クレメルによると、証拠はないものの、父親自身はアンス・ファン・ダイクに密告されたと信じていたそうだ。彼の家族はユダヤ人の潜伏生活を助けていたせいで逮捕されたのだと見ていた。エーテルペストラートのSD本部へ連行されて拷問を受けた。ラム医師も同じく逮捕されたが、短期間で釈放されている。クレメルの父親はヴェーテリンスハンスにあった悪名高きナチスの刑務所に放りこまれたが、運のいいことに、ヴェステルマルクト二番地でクレメル一家と同じ建物に住んでいたドイツ人将校がうまくとりなしてくれた。おかげで、一九四四年十月二十三日に釈放された。同じ日に、SDの将校ヘルベルト・エールシュレーガーがレジスタンス組織に暗殺された。翌朝、クレメルの父親が収監されていた刑務所から二十九人の男が選ばれ、街の南へ送られて、暗殺の報復として処刑された。

ピーテルはその後、クレメルと何度も、ときには憤慨しながら電話で話すことになるのだが、とりあえず最初の電話を切ったあとで、チームの面々と一緒にこの新たな情報の分析にとりかかった。当然、元NIODのリサーチ担当者ダーフィット・バルノウから出た、近所の誰かが何かを見るか聞くかしてSDに通報したという説の構成要素に出会うことになった。また、悪名高きV－フラウの名前も出てきた。アムステルダムのこの地区で活動していたことが知られていたため、彼女の名前はすでにチームのレーダーにひっかかっていた。

調査はまず、クレメルの父親、ラム医師、国防軍の事務所の場所に関してクレメルから提供された情報の真偽を確認することから始まった。〈居住者プロジェクト〉を使い、パソコンのキーをいくつか叩いただけで、クレメルと両親が戦時中に間違いなくその建物に住んでいたことと、父親が建物の管理人として雇われていたことが確認できた。また、ラム医師の医院と住居がそこに隣接していて、カイゼルスフラハト一九六番地の角を曲がった先にあることも確認できた。ラム医師が妻とここに越してきたのは一九四二年三月、フランク一家が《隠れ家》に逃げこむわずか四カ月前のことだった。いっぽう、国防軍が建物のふたつの階を占有していたかどうかを確認するのはなかなか困難だった。公文書館の記録に記載されている占領政府関係の事務所は社会福祉局関係と公衆衛生局関係のものだけだった。しかし、戦時中のことだから、おそらく、国防軍がこの建物のふたつの階を接収し、市の登記簿にはいっさい記録を残さなかったと考えてもいいだろう。

チームは次に、父親が《隠れ家》に食料を届けていたというクレメルの主張に注意を向けた。ミープ・ヒースの『思い出のアンネ・フランク』を読むと、《隠れ家》から二、三百メートル離れたレリーフラハトで店をやっている親切な八百屋、ヘンドリク・ファン・フーフェンのところで野菜を買っていることが詳しく出ている。[*3] クレイマンの友達のW・J・シーモンスはパン屋のチェーン店のオーナーで、週に二度か三度ずつ会社にパンを配達してくれた。また、〈ピート・スホルテ精肉店〉もあり、ヘルマン・ファン・ペルスがそこの主人に頼んで《隠れ家》で食べる肉を売ってもらっていた（ミープとヤンの結婚一周年を祝う夕食会のためにアンネがタイプしたメニューに、この精肉店の名前が出てくる）。ベップもミープと一緒に食料集めを担当し、牛乳を手に入れるために、大きな危険を冒して郊外の農家まで自転車を走らせたり、アムステルダムのハウフヴェフ地区へ出かけたりしていた。[*4]

食料を提供してくれるすべての人に支援者たちが深く感謝していたことからすれば、命の危険を冒して食料を届けてくれたはずのクレメルの父親に対しても、感謝の言葉を述べなかったとはおよそ考えられない。しかし、父親が《隠れ家》に食料を届けていたというクレメルの主張を裏づけるものは、チームのほうでは何ひとつ見つけられなかった。ただし、そうであっても、クレメルの父親がレジスタンスに協力して他の人々に食料を届けていたことまで否定するものではない。また、クレメルが頻繁な電話のなかで一度主張していたように、ラム医師が《隠れ家》の人々の診療に当たっていたのなら、アンネが日記にそのことを書くか、オットー・フランクや支援者の話に出るかしたはずだ。ラム医師が身を隠した人々を診療していた可能性は充分にあるが、《隠れ家》の人々を診た形跡はない。

クレメルの主張に出てくるその他の点を追跡調査するために、ピーテルとクリスティネ・ホステは、《隠れ家》から漏れる声を聞きとるのが可能かどうかを検証する作業にとりかかった。ヴェステルマルクト二番地は戦時中からほとんど変わっていない。茶色いレンガの六階建てで、正面部分は複数の大きな窓に占領されている。華麗なロビーはいまも古色蒼然《こしょくそうぜん》としていて、戦時中はどんな雰囲気だったかをピーテルもクリスティネも楽に想像することができた。何人かのテナントから話を聞いた結果、クレメルが言っていたように、建物の地下には押収した品々を保管しておけそうな広いスペースがあることがわかった。

建物の裏の外壁を調べてみると、壁面に窓はひとつもなく、昔の写真からはっきりわかるように、いつの時代も窓はついていなかった。この建物で働いていた人々には、《隠れ家》をじかに目にすることはできなかったはずだ。側面の窓をあけたとしても、《隠れ家》から漏れてくる音に気づくのはまず無理だろう。ましてや、どこから聞こえてくるかを特定できるはずもない。中庭で遊ぶ少女たちを見たというクレメルの父親の説明について言っておくと――少女の姿を見たのは事実かもしれないが、フランク家の姉妹ではありえない。《隠れ家》の住人の誰一人として二年以上外に出ていない、とアンネが日記にはっきり書いている。

ヴィンスとチームは摘発に関するクレメルの説を、伝聞であるという理由から却下した。クレメルの父親が死の床で息子の妻に告白したことを、何年もたってから妻が夫に伝えたのだ。しかも、それを裏づける供述も文書もいっさい残っていない。

第25章 ユダヤ人ハンターたち

生活のためにユダヤ人狩りをしたのは、どんな男たち（ときには女たち）だったのだろう？七・五ギルダー（現在の貨幣価値にして四十七・五ドル）というわずかな報奨金ほしさに、ユダヤ人であるという〝罪〟を犯しただけのユダヤ人をいったい誰が警察に突きだしたのか？（ナチスから本物の犯罪とみなされる罪をユダヤ人が犯した場合――例えば、ラジオを所有していた場合――は、報奨金に十五ギルダーが上乗せされた）コールドケース・チームがＣＡＢＲのファイルを調べたところ、〝ユダヤ人ハンター〟のなかに、ⅣＢ４課（課長はベルリン在住のアドルフ・アイヒマン）の所属メンバーが何人かいたことが判明した。ⅣＢ４課というのは国家保安本部の組織の一部で、ナチスの占領下に入ったすべての地域に置かれ、ユダヤ人の分類、ユダヤ人弾圧の法律制定を担当し、やがて絶滅収容所への大量移送も担当するようになった。アムステルダムのⅣＢ４課（オランダ人警官を含む）は親衛隊保安部（ＳＤ）の下に置かれていた。

一九四一年が終わろうとするころ、オランダで暮らすユダヤ人の首にかけられた縄が締まりはじめた。日に日に取締りがきびしくなった。十二月五日、非オランダ系ユダヤ人のすべてに対し、ユダヤ人移住促進中央局《ツエントラールシユテレ・フユーア・ユーディッシユ・アオスヴァ》（たいてい、略して〝中央局《ツエントラールシユテレ》〟と呼ばれていた）に出頭して〝移住希望〟の登録をせよとの命令が出た。オランダ系ユダヤ人については、ナチスがすでに住民登録台帳を作成していた。その次に出た命令は、四万人のオランダ系と非オランダ系のユダヤ人に対して、ドイツで強制労働《アルバイツアインザッツ》につくようにというものだった。これがスタートしたのは一九四二年七月五日。マルゴー・フランクに出頭命令が来た日だ。一九四三年には、たっぷり油を差した機械がすでに動きはじめ、〝移住〟のゴールへ向かっていた。ナチスはオランダ国内に住むユダヤ人の数を合計し、すでに移住させられたり、ユダヤ人評議会の仕事をしているおかげで移住を免除されたりした人数を単純に引き算した。所在の知れないユダヤ人がかなりの数にのぼっていたのは、統計学者が計算するまでもなくわかることだった。その数はおよそ二万五千人。大部分が身を隠したものと推測された。

オランダをユダヤ人のいない《ユーデンフライ》国家にするという目標達成のため、ナチスはその二万五千人を見つけだすよう強く求めた。アムステルダムSDのトップにいたヴィリー・ラーゲスは戦後に受けた尋問のなかで、ハーグのSD本部で会議が開かれて、所在不明のユダヤ人捜しのモチベーションを高めるために報奨金を出すことが決まったとき、彼もその場にいたことを認めた。報奨金はオランダの警官たちに支払われた。主として、アムステルダム警察のユダヤ人局から出向している者たちだった。中央局で潜伏者捜しを担当していたのはヘンネッケ・コラムと呼ばれるグループで、民間の契約メンバーから成り立っていた[*1]。

ヘンネッケ・コラムのメンバーはほぼ全員がＮＳＢに入っているオランダ人で、さまざまな職業人の集まりだった。セールスマン二十パーセント、会社の事務員二十パーセント、自動車産業関係十五パーセント、小規模企業経営者八パーセント。ヘンネッケやヨープ・デン・アウデンといった著名なメンバーのなかには機械工もいた。デン・アウデンはリップマン＝ローゼンタール銀行に勤めた経歴を持ち、ユダヤ人の財産を容赦なく没収することで悪名を馳せていた。無線技師が本職のエドゥアルト・ムースベルヘンは帳簿のベテランで、ヘンネッケ・コラムの効率的な管理運営を担当していた。

一九四三年十月一日にグループが解散させられたあと、ユダヤ人狩りは治安権を持つ者たちの担当となった。すなわち、ＳＤのⅣＢ４課（ユダヤ人狩り部隊）の仕事になったわけだ。指揮系統は、組織のトップにいるドイツ生まれの親衛隊将校、ユリウス・デットマンから始まり、そのすぐ下に同じドイツ人のオットー・ケンピンがいて、ＳＤに所属するオランダ人警官を指揮する形になっていた。この二人は一九四二年からⅣＢ４課に所属していたが、コールドケース・チームが調べたところ、ケンピンは《隠れ家》が摘発されるわずか数日前に異動になっていた。《隠れ家》を密告する電話がトップのデットマンにつながったのは、ケンピンがいなかったせいだと思われる。ＳＤ所属のドイツ人曹長カール・ジルバーバウアーがケンピンの直属の部下だったが、ケンピンがすでに異動になっていたため、トップのデットマンからじかに命令を受けることになったわけだ。

終戦後、ⅣＢ４課にいたオランダ人全員が対独協力者として告発されたので、オランダ国立公文書館には、一人一人の名前で作成されたＣＡＢＲのファイルが保管されている。非オランダ人の協力者は戦争犯罪で裁判にかけられた――オットー・ケンピンは懲役十年を宣告され、ユリウス・デットマンは逮捕されたものの、処刑される前に刑務所で自殺した。その他の者は、カール・ジルバーバウアーのようにすでにオランダから逃亡していた。

ファイルからはっきりわかるように、身を隠したユダヤ人を見つけだす場合、ⅣB4課所属のオランダ人警官たちは民間人の情報提供に大きく頼っていた。これら民間人はV－マン、V－ウーマンと呼ばれ、ユダヤ人もいれば、非ユダヤ人もいた。その大部分が、過去に悪事を働き、他人を密告しなければ自分の命が危ないという立場に追いこまれた者たちだった。協力の見返りとして自由の身でいられたものの、ナチス側の担当者の監視下に置かれていた。なにしろ、密告者の働きによって担当者が大儲けできるのだから。V－ピープルにはたぶん経費だけが支払われ、住まいがあてがわれていたのだろう。ときには、上等の服や保存食品といったおまけがついてきたかもしれないが、報奨金や略奪品は摘発をおこなった警官のポケットに入るのが常だった。

V－フラウとしてもっとも有名だったのがアンス・ファン・ダイクだ。のちに、彼女が情報を渡していた警官として、ヘリット・モセルとピーテル・スハープの名前を挙げている。V－ピープル担当者のなかで最高の成績を上げていたのがこの二人だ。エドゥアルト・ムースベルヘンはヘンネッケ・コラムの解散後にⅣB4課に入り、エリーサ・フレタ・デ・レーウという凄腕《すごうで》のV－フラウ（コードネームは〝ベッピー〟）を使って成功を収めていた。これら情報提供者は疑うことを知らないユダヤ人をだまして自分を信用させる。身を隠したユダヤ人が何を（例えば、新しい隠れ家、偽造書類、食料など）必要としているかを探りだし、然《しか》るべきルートを通じて、力になれることを伝えればオーケイだ。〝ユダヤ人捕獲罠〟と呼ばれるアパートメントを用意して、逃げることに必死で疑いを持つ余裕もないユダヤ人に安全な住まいを提供する。一九四四年五月十日に、のちにオットーの二度目の妻となったフリッツィ・ガイリンガーの夫と息子が逮捕されたときも、この策略が用いられ、翌日、フリッツィと娘のエヴァも逮捕された。この日は偶然ながらエヴァの誕生日だった。[*2]

SDの警官たちが使っていたもうひとつの策略は、V－ピープルを刑務所や収容所に送りこみ、ほかのユダヤ人が隠れている家の住所や貴重品がしまってある場所を囚人たちから聞きださせるというものだった。スハープは戦後に尋問を受けたとき、レオポルト・デ・ヨングというV－マンをヴェステルボルクに送りこみ、新たに到着した囚人たちから住所を集めさせたことを認めている。デ・ヨングも《隠れ家》を密告した容疑者に含めることができそうだ。

非ユダヤ人も情報提供者として利用されていたが、彼らが望んだのは、情報に対する謝礼や、ケチな窃盗などの違法行為のもみ消しだった。ユダヤ人を匿っているのが警察に露見した者たちは、V－ピープルになってユダヤ人の隠れ場所やレジスタンス組織の連絡先を探りだせば、悲惨な運命から逃れるチャンスを与えようと言われたものだった。戦後の裁判のひとつに、アムステルダムのヴェーテリンスハンス通りで下宿屋を営み、ユダヤ人に安全な住まいを提供していた男が被告席に立たされたケースがある。男はユダヤ人に部屋代を前払いさせてから、ユダヤ人を連行しに来るよう警察に連絡していた。逮捕後の尋問のさいに、新たな下宿人が入ったら電話するよう彼に命じた警官として、男はSD所属の警官、フレーデリック・コールの名前を挙げた。コール刑事の命令に従ったのは、そうしなければ自分まで逮捕されると思ったからだ、と主張した。だから電話したというわけだ――ただし、ユダヤ人から巻きあげた部屋代を預金したあとで。

隠れていて簡単に見つかってしまうユダヤ人の数が減りはじめたため、ⅣB4課の連中はやがて、実入りが減ってきたことに気づいた。逮捕件数が減れば、月末の報奨金の支払額も減少する。ユダヤ人ハンターたちはこれを埋め合わせるために、ユダヤ人や身を隠した者たちが所持していた貴重品を片っ端からくすねるようになった。例えば、ユダヤ人局から来ていたオランダ人警官、ピーテル・スハープなども、略奪品をわがものとするのにやぶさかではなかった。終戦後に逮捕チームがスハープの逮捕に赴くと、毛皮、絵画、宝石、その他の貴重品が彼の家に収まっているのが見つかった。周囲の人々の証言によると、毛皮をまとい、宝石をつけて街へ出かけるスハープの妻の姿がよく目撃されていたそうだ。

ヴィンスはNIODの文書のひとつにオランダ警察の警官、ヴィレム・フローテンドルストの名前を見つけて興味を覚えた。何枚もの報奨金領収証に彼の名前が出ていたし、もちろん、《隠れ家》の摘発のときジルバーバウアーに同行したオランダ人警官の一人でもある。摘発に加わったもう一人の警官へイジヌス・フリンハウスは、ユダヤ人を匿っていたオランダ人女性を強請ろうとして、警察に通報されている。「もみ消してやる」と言って五百ギルダーを要求したのだ。女性は要求に屈するかわりに地元の警察へ通報した。フリンハウスが五百ギルダーを受けとるためにふたたび女性の家へ出向くと、ヘンドリク・ブロンクという警官が彼を逮捕しようとしてカーテンの陰で待ち構えていた。あいにく、カーテンが突風にあおられてブロンクの姿が丸見えになり、待ち伏せは失敗に終わった。ブロンクがカペル巡査部長にフリンハウスの件を報告に行ったところ、カペルは部下たちの前で、「今度われわれの邪魔をしたら、ここにいる部下たちにおまえを撃つ権利を与えるからな」と言った。[*3] 警察内部の腐敗はこれほどまでにひどいものだった。

SD所属の警官の誰と誰が組んで仕事をしていたかを知るために、ヴィンスは〈逮捕追跡プロジェクト〉を考案した。この新たな調査法によって、一九四三年と一九四四年におこなわれたユダヤ人の逮捕をコールドケース・チームがすべて検証すれば、ユダヤ人ハンターの手口が解明でき、どの警官が誰と組んで逮捕に当たったのか、どんな方法を用いたのか、どこから情報を得たのかといったことがわかるはずだった。

CABRのファイルに出ている情報を、アムステルダム警察の日報、報奨金領収証、その他の情報源と照らし合わせて分類したところ、《隠れ家》の摘発が少なくともひとつの点で異例だったことが判明した。SD所属のカール・ジルバーバウアーがオランダ人警官フリンハウスとフローテンドルストを従えて摘発に赴いたのは、その日が初めてだったのだ（ジルバーバウアーとフローテンドルストに関しては、一九四四年六月ごろまで何回か一緒に逮捕に赴いたという証拠が残っているが、フリンハウスの名前は出てこない）。あの日ジルバーバウアーたちと行動を共にした三人目のSDの警官については、身元を突き止めた者がこれまで一人もいなかったが、ヴィンスとチームの面々は、ピーテル・スハープだったかもしれないと結論するに至った。〈逮捕追跡プロジェクト〉のデータ分析用プログラムを書いてくれたニンケ・フィリウスという若き優秀なデータ・サイエンティストのおかげで、スハープとジルバーバウアーが一九四四年八月に行動を共にしていたことが確認できた。

CABRのファイルを調べてみると、ⅣB4課の男たちの戦時中の行動をとりなそうとする供述がけっこう出てくる。〝善行〟の報告はたいてい、一九四三年後半から登場する。SDですらドイツの敗戦を予想しはじめていた時期だ。SDに所属するオランダ人警官たちは自衛本能に駆られて――戦後に償いをさせられるであろうことは誰もが覚悟していた――たまに人助けをしたり、〝不審人物〟を見逃したりするようになった。終戦後、かつて見逃してもらったことがあるユダヤ人やその他の人々のところに、好意的な陳述を求める嘆願書が刑務所内から届くようになった。エドゥアルト・ムースベルヘンのファイルには、ユダヤ人評議会の大物メンバーを助けようとして、逮捕が迫っていることを警告するため、彼がそちらの家まで行ったことが記されている。公証人をしているその評議会メンバーは留守だった。数日後にふたたび訪ねてみたが、やはり留守なのを知って、身を隠したのだろうとムースベルヘンは推測した。[*4] もちろん、ⅣB4課のメンバーが助けようとしなかった人々の大部分は連絡がとれなくなっていたし、ユダヤ人ハンターとのあいだにどのようなやりとりがあったかを証言するのは無理だった。みんな、終戦まで生き延びることができなかったからだ。

戦後の一時期、戦争犯罪人を裁くための特別法廷は、ⅣB4課のメンバーはもちろん、その下で働いていた情報提供者とV－ピープルにもきびしい目を向け、刑の宣告にもそれを反映させた。裁判にかけられたⅣB4課のメンバーの四分の一近くが死刑判決を受けた。もっとも、大部分が減刑となった。アーブラハム・カペル巡査部長、ピーテル・スハープ、マールテン・クィペール（SD

に配属された警官で、レジスタンス組織メンバーの追跡と逮捕を担当)、アンス・ファン・ダイクは死刑になった。処刑されたのは極悪なる罪を犯した者だけだったので、コールドケース・チームはCABRのファイルを徹底的に調べ、《隠れ家》の人々が密告された件に彼らが関わっているとすればどんな役割を果たしたのかを探りだすことにした。

第26章 V－フラウ

アンナ（アンス）・ファン・ダイクは一九〇五年にアムステルダムで生まれた。両親は中流よりやや下の階級で、信仰心を持たないユダヤ人だった。きょうだいは一人。十四歳のときに母親が亡くなり、父親はすぐ再婚した。ファン・ダイクは二十二歳で結婚したが、八年後に別居。一九三八年、父親が精神科病院に入れられたあと（最後はそこで死去）、夫と正式に離婚した。

普通だったら平凡な生涯で終わっていたかもしれないが、三十三歳のとき、のちに本人が法廷で証言したように、病気のときに世話をしてくれた女性看護婦と恋に落ちた。

帽子屋〈メゾン・エファニー〉で働くようになり、店主はエヴァ・デ・フリース＝ハルシェルといって、同じユダヤ人だった（クレメルの父親はこの帽子屋でファン・ダイクを見かけたことを覚えていたのだ）。ユダヤ人の事業経営が禁じられたあと、店は押収され、ファン・ダイクは失業した。その後しばらくして、ミープ・ストデルという女性と恋愛関係になった。ストデルもやはりユダヤ人で、一九四二年に安全を求めてスイスへ去った。ファン・ダイクも一緒に逃げていたら、その後の人生はどれだけ違うものになっていただろう。
戦後、対独協力の容疑で一九四六～四八年に裁判にかけられたとき、アンス・ファン・ダイクは次のように主張した――ドイツの侵攻が始まったときから、自分は占領軍に逆らい、黄色い星をつけるのも、ユダヤ人を差別する法律に従うのも拒否してきた。レジスタンス組織にも加わっていた。ユダヤ人の若者を中心とする組織で、トヴェーデ・ヤン・ステーンストラートでひそかに集まっていた。大多数が逮捕され、戦後まで生き延びることはできなかった。自分はアルフォンシア・マリア（アニー）・デ・ヨング名義の身分証を偽造して、偽造文書を配付したり、多数のユダヤ人を隠れ家に首尾よく送りこんだりした。また、レジスタンス新聞『ヴレイユ・ネーデルラント』の仕事もしていた。[*1]
コールドケース・チームはこうした点を裏づける記録を何ひとつ見つけることができなかったが、そうかといって、嘘と決めつけることもできない。レジスタンスのメンバーは少人数のグループで動いていて、互いに名前を明かすことはめったになく、ましてや記録を残すことなどありえなかった。逮捕されて拷問を受けた場合、白状できることが少なければ少ないほどいいのだから。組織のメンバーの大半がユダヤ人であったなら、命を長らえて誰かの有利になるような証言をする機会はほとんどなかっただろう。[*2]ファン・ダイクの裁判は新聞が執拗《しつよう》に追っていたから、レジスタンス組織に協力していたという彼女の主張は嘘だと証言する者がいてもよかったはずだが、そのような者は一人もいなかった。しかし、彼女の主張を支持する者も出てこなかった。
ファン・ダイクの主張によると、二年近くレジスタンス活動をしていたが、状況が悪化してきたので、マルコ・ポーロストラートのある家に隠れる決心をしたという。不幸なことに、そこで誤算が生じた。彼女を匿ってくれたアルノルディナ・アルセムヘーストという女性とその娘に密告されてしまったのだ。[*3]

一九四三年四月二十五日、復活祭の日に、ファン・ダイクはピーテル・スハープに逮捕された。スハープはⅣＢ４課に配属されていたオランダ人警官で、残虐なことで有名だった。戦前に警察犬チームの担当として警察でのキャリアをスタートさせた。戦争が終わるころには、密告案件と、何百人ものユダヤ人およびレジスタンス闘士の処刑担当者となっていた。スハープはファン・ダイクに例の最後通牒《つうちょう》を突きつけた。警察に協力するか、それとも、東部の収容所で死の運命に直面するか。逮捕されて三日目に、ファン・ダイクは協力を承知した。オランダでもっとも成績優秀なＶ－フラウの一人となった。

ピーテル・スハープは多くのＶ－ピープルを使っていて、協力者たちをペアにすると効果が上がることを知った。ファン・ダイクの〝仕事〟を手伝ったのはブランカ・シモンスというユダヤ人のお針子で、キリスト教徒の夫ヴィム・ハウトハウスが窃盗容疑で逮捕されたために移送免除の枠から除外されてしまった女性だった。スハープに脅されて対独協力者にさせられたあと、ケルクストラート二五番地の彼女のアパートメントはユダヤ人捕獲罠になった。[*4] 身を隠す必要のある者たちが、安全な隠れ家と食料切符の約束に釣られてこのアパートメントに誘いこまれた。数時間から数日が過ぎると、ＳＤが逮捕にやってくるというわけだ。

レジスタンス活動をして人々の命を救っていた者が人々を密告するV－フラウになるというのは、どうにも納得がいかない。しかしながら、三十八歳で死に直面すれば、多くの者が生きるほうを選ぶだろう。ファン・ダイクの場合も、スハープに銃口を突きつけられてマウトハウゼンへ移送すると脅されたときには、生きた心地がしなかったそうだ。

一九三〇年代後半、自分がレズビアンであることをファン・ダイクが恋人に告げた当時は、同性愛は犯罪ではなかった。アムステルダムにはゲイバーやレズビアンバーがいくつもあった。世慣れた人々は同性愛に理解があったし、さほど洗練されていない人々は同性愛など存在しないふりをするだけだった。男どうしで暮らしていれば独身男性《バチェラー》と呼ばれ、女の場合は独身女性《スピンスター》と呼ばれた。しかしながら、同性愛者であることを公言する危険を冒すことはできなかった。[*]警官が同性愛者を標的にし、世間に公表して社会的に抹殺することがしばしばあったからだ。ファン・ダイクに関するＣＡＢＲのファイルに目を通したコールドケース・チームは、彼女の生き方に嫌悪を示す人々の証言を大量に発見した。そこには恋人の娘による供述も含まれていた。ファン・ダイクは社会ののけ者だったのだ。

一九三六年、ハインリヒ・ヒムラーがゲシュタポ内部に〝同性愛・中絶との闘争を進める帝国中央局〟という部署を作った。同性愛も中絶も支配者民族の発展を脅《おびや》かすものだった。男性の同性愛者は刑務所に放りこまれ、しばしば強制収容所送りになって、ときには人体実験――とりわけ、同性愛を治療するための実験――の被験者にされることもあった。ところが不思議なことに、レズビアンの女性がおおっぴらに迫害されることはなかった。[*5]どうやら、女性の性行動は受身なので支配者民族への脅威にはならないとみなされ、許容はされないまでも、とりあえず大目に見られていたようだ。オランダはたしかにそういう状況だった。ファン・ダイクを使っていたSDの警官たちは彼女の性的傾向には関心がなかったらしい。合理的な国民性ゆえに、利用価値があるという観点から、彼女のレズビアンの傾向は目こぼしすることにしたのだろう。

ピーテル・スハープに脅されて対独協力者になった二カ月後、ファン・ダイクはとあるカフェで新しい恋人、ヨハンナ・マリア（ミース）・デ・レフトに出会い、ニーウェ・プリンセンフラハト五四－二番地の彼女のアパートメントに移り住んだ。運河のほとりにエレガントな家が建ち並ぶ一帯だ。二人ともV－フラウの仕事をしていて、アパートメントはまもなくユダヤ人捕獲罠となり、身を隠そうとするユダヤ人が安全の約束に釣られてやってくるようになった。デ・レフトがのちに証言したように、ドイツ軍のエリートに誘われてファン・ダイクと一緒にナイトクラブのパーティに出かけると、ほとんどの国民が食料切符で生活していた時代なのに、ナイトクラブでは料理と高級ワインがふんだんに楽しめたそうだ。[*6] ファン・ダイクは生まれて初めて勝ち組となり、冷酷に稼いだ金のおかげで贅沢できるようになった。自分が手にした身分にうっとりし、自分の行動が他人に災いをもたらしても平気でいられるようになるのは、けっしてむずかしいことではなかった。戦争から英雄が生まれるのも事実だが、良心を研ぎ澄ますのに最適の環境とは言いがたい。

V－フラウたちの冷酷な犯罪性はきわだっていた。ファン・ダイクは法廷でおこなった証言のなかで、サロモン・ストデルという男の家族を偶然見つけた経緯を述べている。まったく別の家族を捜していたときのことだった。

クレプマンの住所がわからなかったので（家の煙突に現金を隠していることは聞いていた）、近くの牛乳屋で一家のことを尋ねてみました。レジスタンスのメンバーのふりをしたのです。すると、クレプマン一家はすでにドイツ当局に逮捕され、家には別の人が住んでいるということでした。わたしたちが善良なオランダ人のふりをしたので、牛乳屋の女性はその隣にユダヤ人が住んでいることを教えてくれました。困っていて、助けを求めているというのです。[*7]

ファン・ダイクたちはスハープに連絡して、ストデル一家を逮捕しに来るように言った。ロニー・ホールトスタイン＝ファン・クレーフはファン・ダイクと顔を合わせたときのことを回想している。ホールトスタイン＝ファン・クレーフはハーグのとてもリベラルなユダヤ人家庭の出身だったので、彼女が地下にもぐってレジスタンス組織に加わるのは自然なことだった。「ある種の環境と友人の頼みが人を行動に駆り立てるのです」実家の床下にはレジスタンス組織が所有する印刷機が隠してあった。彼女のおばのドーラは自宅にしばしば人を匿い、隠れようとする人々のために、近くの荒廃したアパートメントの建物に申し分のない隠れ場所《オンデルダイケルス》を見つけていた。ホールトスタイン＝ファン・クレーフはそこでファン・ダイクに会ったことを覚えている。

わたしが少年をトヴェンテまで連れていくことになった。ドーラおばはアンス・ファン・ダイクを子供のころから知っていて、百パーセント信用できると思っていた。アンス・ファン・

ダイクがわたしに、少女も一人連れていってもらえないかと訊いた。少女の写真をよこしたので、わたしは少女のために身分証明書を手に入れた。あとで彼女から「これこれしかじかの時刻にその男の子を連れて中央駅に来てくれたら、わたしが女の子と一緒に待ってるから、二人を連れてってちょうだい」と提案された。そういうことで話がまとまった。アムステルダム中央駅に着いてから、切符売り場へ切符を買いに行こうと思い、少年にバッグを預けた。ふりむいたとき、少年が逮捕されようとしているのが見えたので、わたしは小銭を握りしめたまま全速力で駅を飛びだすと、路面電車に飛び乗ってドーラおばの家に戻り、ワッと泣きくずれた。恐ろしい衝撃だった。やがて、わたしは言った。「あのアンス・ファン・ダイクってひどい女。ほんとにひどい女だわ」あとになってから、そのとおりだったことがわかった。[*8]

ホールトスタイン＝ファン・クレーフはこの瞬間の記憶に生涯苦しめられた。犠牲者は子供。それなのに見捨てなくてはならなかった。彼女自身も一九四四年六月に密告されてヴェステルボルクへ送られ、そこでフランク一家に出会った。終戦まで生き延びることができた。

アンス・ファン・ダイクが情報集めに使った戦略のひとつに、〝拘置所スパイ作戦〟と呼ばれるものがある。身を隠したユダヤ人の居場所を知っていると思われる囚人たちと同じ監房に入る。尋問でひどい拷問を受けたと嘘をついてから、自分の釈放が決まったと監房の人々に思いこませ、みんなの友人や親戚を訪ねて隠れ場所を変えるように警告してくると申しでる。囚人が拷問に耐えられなくなると、やむなく情報を吐きだしてしまう危険がつきものだから、と言って。[*9]

すべてのV－ピープルと同じく、アンス・ファン・ダイクも、機会と偶然と裏切りを組み合わせて仕事をしていた。ヴィンスが彼女のことで信じられないような話をしてくれた。ホロコースト生存者のルイス・デ・フロートから彼が聞いた話で、二〇一八年五月にデ・フロートが住むワシントンD.C.のアパートメントでインタビューすることができたのだ。[*10]

デ・フロートは次のように語った。

両親はオランダ東部のアルンヘムで家電製品の店を経営していた。父親のメイエル・デ・フロートは地元の警官と親しくしていて、「ナチスの摘発がありそうなときは警告する」と、その警官が約束してくれていた。一九四二年十一月十七日、摘発が近いとの警告を受けて、一家は身を隠した。アムステルダム市内のいくつかの場所に分かれて暮らすことになった。ルイスと両親はプリンセンフラハト八二五番地の家に隠れたが、一九四三年十二月に、父親と親しかったオランダ人警官に助言されてルイスだけが田舎へ移った。姉のラッヒェル・デ・フロートは市内の別の場所に隠れていた。

一九四四年四月八日、復活祭前日の夕方、アンス・ファン・ダイクと、ブランカ・シモンスと夫のヴィム・ハウトハウスがプリンセンフラハトを散歩していた。ルイスの両親が身を隠しているのがそのあたりだった。ルイスのおじのイスラエル・デ・フロートが通りを一人で歩いているのをファン・ダイクが目にした。彼に近づいて、スペインへ逃げる安全なルートを用意できると告げた。イスラエルは彼女の助けは必要ないと答えて、そのまま歩き去った。

ファン・ダイクとシモンスとハウトハウスはあとをつけ、イスラエルがプリンセンフラハト八二五番地の建物に入るのを見届けた。近くのバーからファン・ダイクが中央局に電話をかけて、親衛隊のオットー・ケンピン中尉に情報を伝えると、中尉はフローテンドルストとその他数名のオランダ人警官をその住所へ急行させた。Ｖ－ピープルが近くで待っていて、摘発チームに場所を教えた。

イスラエル・デ・フロートは摘発チームが到着する直前にプリンセンフラハトを離れた。悲しいことに、ちょうどそのときルイスの姉ラッヒェルが両親に会いに来ていて、全員連行された。潜伏生活を続けていたルイスのもとに、両親と姉が逮捕されたという知らせが届いたが、収容所で三人とも死んでしまったことを知ったのは戦後になってからだった。レジスタンス活動をしていたおじのイスラエルは一度もつかまることなく、終戦まで生き延びた。

ルイスが調べたところ、母のソフィアと姉はハーグの刑務所へ送られていた。証拠はないものの、彼の家族が逮捕されたあとでファン・ダイクが姉と同じ監房に送りこまれて、身を隠している他のユダヤ人の情報をひきだしたのではないかと、ルイスは疑っている。父親はアムステルダムの刑務所に入れられたが、偶然、知り合いの看守がいたので、彼に頼みこんで、弟のイスラエルに宛てて逮捕の悲惨な詳細に関するメモを書くことができた。看守がそのメモを届けてくれたおかげで、ルイスはようやく、誰が自分の家族の逮捕と密告に関わったかを知るに至った。もうひとつ、メモからわかったのは、父親のメイエルが逮捕に来た警官フローテンドルストと顔なじみだったということだ。子供のころ、一緒にビー玉遊びをした仲だという。

一九四四年の秋には、連合国軍の勝利が明らかになりつつあったので、ファン・ダイクはオットー・ケンピンにすがり、ドイツへ逃げるためのビザの取得に力を貸してほしいと頼んだ。ケンピンは断った。いくらV－フラウとして忠実に働いてきても、報われない運命だったのだ。[*11] ファン・ダイクはやがて、恋人のミース・デ・レフトと一緒にハーグに移り、闇市商売で生計を立てるようになった。

オランダ解放のあとでファン・ダイクは逮捕され、特別司法法廷で裁かれた。六十八人が犠牲となった二十三件の密告容疑に対して有罪となり、死刑判決を受けた。CABRに保管されている彼女のファイルはかなりの量で、それよりはるかに多くの密告件数を示唆している。おそらく二百件近くにのぼるだろうが、生き延びた証人がほとんどいないため、その多くは立件不可能だった。

ファン・ダイクの弁護士が上訴にとりかかり、彼女の父親も母親も心の病を抱えて亡くなったと主張して、精神鑑定を求めた。ファン・ダイクの行動は遺伝的要素によるものだと訴えようとしたわけだが、陪審の心を動かすには至らなかった。一九四八年一月十四日、アンス・ファン・ダイクは前日に洗礼を受け、フォルト・ベイルメルで処刑された。

ファン・ダイクはオランダで死刑宣告を受けてじっさいに処刑された唯一の女性という点で、特異な存在である。彼女と組んで仕事をしていた他の女性――ミープ・ブラームスとブランカ・シモンス――も死刑を宣告されたが、減刑されて終身刑となった。ファン・ダイクが処刑されたのは、彼女が率直な性格でレズビアンであることを公言していたせいもあったのではないか、という意見もある。

ナチスというものがなければ、アンス・ファン・ダイクが波乱の人生を送ることはたぶんなかっただろう。一九四〇年、三十五歳の彼女は帽子屋で店員として働き、女性の恋人がいた。レズビアンということで社会からのけ者にされ、彼女がそれに怒りを覚えていたのは明らかだ。ただし、怒りに駆られて行動した様子はない。最初のうちは、たぶん、怒りが彼女を奮い立たせたのだろう。オランダが占領下に置かれたばかりのころは、ナチスのルールに屈するのを拒み、おそらく、同胞のユダヤ人が安全な隠れ家を見つけるのに手を貸していたことだろう。ところが、戦争の最後の二年間に、つまり一九四三年四月から一九四五年四月のあいだに、数百人ものユダヤ人を平気で密告できるグロテスクな怪物に変わってしまった。命を奪われる恐怖ゆえにV－フラウになったのかもしれないが、その後どうなったかというと、彼女の担当者だったピーテル・スハープによれば、仕事を楽しんでいたという。彼が抱える情報提供者のなかで、ファン・ダイクは最優秀の一人になった。

ファン・ダイクの恋人だったミース・デ・レフトは、〝逆らいがたい狩りの興奮〟に彼女が誘惑されたに違いない、と証言した。[*12] 狩りの興奮！　衝撃的な表現だ。命を奪われる恐怖に屈服し、次は権力に魅了された。われわれはアンス・ファン・ダイクの例から、独裁政権が権力を掌握するさいには、圧政だけでなく、体制側につけば優遇しようと誘惑することにより、人々を意気地なしのおべっか使いに変えてしまう方法も使われることを、学べるのではないだろうか？　エリートの仲間入りができたと人々に思わせておき、やがて、ファン・ダイクの場合のように、権力が人々を裏切り、見捨ててしまう。

しばらくのあいだは、アンス・ファン・ダイクがプリンセンフラハト二六三番地を密告した有力容疑者かと思われていた。〈逮捕追跡プロジェクト〉に彼女の名前が何度も出ている。V－フラウとして働いていた彼女には明らかに動機があった。では、知識はあったか？　プリンセンフラハトの界隈は彼女がよく訪れていた場所のひとつで、少なくともヘーラルト・クレメルによれば、彼女の姿をよく見かけたという。《隠れ家》の人々のことをファン・ダイクが何か耳にした可能性はあるだろうか？　怪しいと勘づいて、建物を監視し、やけに大量の食料が次々と配達されるのを見張っていた可能性はあるだろうか？　それから、彼女に機会はあっただろうか？　八月四日に先立つ何日かのあいだ、ファン・ダイクはどこにいて誰と連絡をとっていたのだろう？　こうした問いに対して、コールドケース・チームはまだ答えを出していなかった。

＊刑法第二四八条二項によると、一八一一年以降のオランダでは、同性愛は犯罪とみなされていなかった。成年（二十一歳以上）と未成年（二十一歳未満）間の同性愛が禁じられたのは一九一一年のことだった。

第27章　実質的な証拠ゼロ　ＰａｒｔⅠ

コールドケース・チームは調査のスタート段階から、一九四七～四八年に警察がおこなった《隠れ家》摘発事件の捜査に関して大量の資料を集めてきた。ＣＡＢＲの複数のファイル、個人的および公的な通信文、法廷記録、九ページから成るアムステルダム警察の捜査報告書。ヴィンスは明白なことがひとつあると言った。現代のレベルから見れば、当時の捜査の質も綿密さも標準以下だ。その理由のひとつとして、終戦直後だったため、オランダ警察内部の対独協力者が一掃されたことが挙げられる。二千五百人が失職し、他にも多くの者が降格された。警察の人員の十六パーセントが停職処分となって取調べを受けた。その結果、経験不足の捜査員たちは人手不足のまま、対独協力者、戦争犯罪、密告に関する膨大な量の未処理の書類と格闘しなくてはならなくなった。

また、オットーと〈オペクタ／ヒース商会〉の従業員からの圧力がなければ、捜査が実施されなかったかもしれない、というのも明白だった。ヨハンネス・クレイマンとヴィクトル・クーフレルが先頭に立って、戦後の官憲当局に捜査を要求した。二人はミープとベップとも話し合って、〈オペクタ商会〉の倉庫主任だったヴィレム・ファン・マーレンが密告の最有力容疑者だと結論していた。一九四五年の夏、クレイマンはオランダ国家警察政治犯罪捜査局に手紙を書き、ファン・マーレンの捜査を要求した。何も起きなかった。[1]

一九四五年十一月十一日、オットーは母親に手紙を書き、クレイマンとクーフレルと一緒に国家保安局《ビューロー・ナチオナーレ・フェイーリグヘイト》（BNV）へ出向いて警察のファイルを調べ、自分たちを逮捕したオランダ人警官の写真を捜したことを伝えた。二人の男を見分けることができたという——彼の家族に死をもたらした殺人者たち。この二人に尋ねれば、最初に一家のことをSDに密告した人物の正体がわかるかもしれない、とオットーは期待した。もっとも、そういう男たちは「命令に従っただけだ」[2]と言うに決まっているから、楽観的にはなれなかった（クーフレルは一九五八年五月二日付の手紙のなかで、一九四五年にクレイマンと一緒にオットーのお供をしてBNVへ出かけたことを回想している）。警察が見せてくれた顔写真のなかに、ヴィレム・フローテンドルストとヘイジヌス・フリンハウスの写真があった。どちらもⅣB4課に配属されていたオランダ人警官で、目下、対独協力の罪によりアムステルダム刑務所で服役中だった。

その年の十一月下旬、フローテンドルストとフリンハウスの話を聞くために、オットーとクーフレルは刑務所を訪ねた。二人ともプリンセンフラハト二六三番地の摘発に加わったことを認めたが、のちに正式な取調べを受けたさいには、そのことを都合よく忘れている。[3] 二人が言うには、ユダヤ人局のアーブラハム・カペル巡査部長に呼ばれたとのこと。その日の朝、隠れているユダヤ人を密告する匿名電話がユリウス・デットマンにかかってきたことについては——たぶん、正直な意見だと思うが——何も知らなかったという。デットマンに質問することはできなかった。七月二十五日に刑務所の監房で首を吊って死んだからだ。もっとも、手を貸した者がいるという噂もあった。

オットーはその後もう一度、刑務所を訪ねている。今度はヘイジヌス・フリンハウス一人から話を聞くために。一九四五年の彼の予定表を見ると、十二月六日のところに面会の件がメモされ、Abという名前がついている。これはたぶん、オットーの親しい友人アーブラハム（Ab）・コーフェルンのことだろう。ついでに言っておくと、彼の妻イサは以前、オットーの会社で秘書をしていた。

オットーは明らかに、POD（オランダ国家警察政治犯罪捜査局）が彼の事件をすぐにとりあげてくれるのを期待していたようだが、一九四五年時点の彼は収容所から生還した五千五百人の一人に過ぎなかった。何も起きなかった。オットーが国家保安局へあらためて一人で出かけたのは、それから二年近くたった一九四七年六月十一日のことだった。今度もやはり、何も起きなかった。次に、クレイマンがオットーと相談のうえ、七月十六日にPRA（アムステルダム警察政治犯罪捜査部）——一九四六年に軍政から民政へ移行したのをきっかけに、PODがPRAに変更された——に二度目の手紙を出した。オットーと彼自身のために事件の再捜査を願いでた。[4]

一九四八年一月十二日、《隠れ家》の摘発から三年半たったとき、ヤーコプ・メーブル巡査部長が倉庫主任だったヴィレム・ファン・マーレンの捜査を開始した。密告者として正式に捜査対象となったのは彼一人だった。メーブル巡査部長は関係者に事情聴取をおこなった。支援者のヨハンネス・クレイマン、ミープ・ヒース、ヴィクトル・クーフレル（ベップ・フォスキュイルは除外）[*]、オランダ人警官のヘイジヌス・フリンハウスとヴィレム・ノフローテンドルスト、ヨハンネス・ペートルス・ファン・エルプとペートルス・ヘンドリクス・バンヘルト医師（どちらもファン・マーレンの知人）、ランメルト・ハルトフ（倉庫係）と妻のレナ、そして最後に、ファン・マーレン当人。クレイマンが七月に手紙を出したとき、〝ユダヤ人とその他の失踪者の逮捕においてはジルバーバウアー親衛隊曹長が重要な役割を果たしたはずなのに、彼がオランダへ呼ばれて事情聴取を受けたことが一度もないのを遺憾に思います〟[*5]と書いておいたにもかかわらず、今回もジルバーバウアーが証言のために呼ばれることはなかった。オットー・フランクも呼ばれなかった。それはたぶん、オットーが警察に対してすでに、自分と家族が《隠れ家》に移ったのはファン・マーレンが雇われるずっと前だったので、彼のことはまったく知らない、と言ったからだろう。

メーブル巡査部長の公式捜査報告書はクレイマンの宣誓証言から始まっている。クレイマンはそのなかで摘発の様子を詳しく語り、ファン・マーレンの質問と不審な行動についてざっと述べている。ファン・マーレンが倉庫主任として雇われてしばらくたったとき、終業後の商品貯蔵室に誰かがいるのではないかと彼が従業員に尋ねたことがあった。商品貯蔵室のテーブルで財布を見つけたという。毎晩のように倉庫に入っているファン・ペルスが忘れたものに違いない。ファン・マーレンはクーフレルに財布を見せて、彼のではないかと尋ねた。クーフレルはとっさに機転を利かせて、「そう、わたしのだ。ゆうべ忘れたに違いない」と答えた。財布の中身は無事で、十ギルダー紙幣が一枚消えていただけだった。

クレイマンは、《隠れ家》として使われている離れの存在を、ファン・マーレンは当然知っていたはずだと説明した。クーフレルから屋根の雨漏りの修繕を頼まれたときに、おそらく《隠れ家》の部分を目にしただろうし、いずれにしろ、この界隈では、裏に離れをつけるのが幅の狭い建物の多くに見られる特徴だった。また、倉庫のうしろ側には中庭に出るドアがある。ファン・マーレンのように好奇心旺盛な男なら、外に出てみたはずだ。そこに立てば、建物に付属する離れ全体を見ることができる。その大きな〝付属物〟のことを誰も口にしないのはなぜか、商売に使わないのはなぜかとファン・マーレンが首をひねったとしても、無理からぬことと言えよう。そして、離れの入口はどこにあるのかといぶかしんだことだろう。入口らしきものが見当たらないのだから。入口が見つからないとなれば、どこかに隠れたドアがあるかもしれないと想像したのではないだろうか。

クレイマンはメーブル巡査部長に、テーブルの端に置いてある鉛筆や、床にまかれた小麦粉を目にしたことを話した。終業後も建物内に人がいるのではないかという疑いを確認しようとして、ファン・マーレンが置いたものに違いない。一度、「フランクさんという人がこの建物で働いていないか」と、ファン・マーレンがクレイマンに訊いたことがあった。つまり、自分でひそかに調べていたということだ。どう考えても、ファン・マーレンは離れに人が住んでいることを嗅ぎつけていたようだ。

クレイマンは次のような報告もしている——八月四日の摘発のあとで、〈オペクタ商会〉で会計係をしているヨハンネス・ファン・エルプが、ホメオパシー医療の実践者であるペートルス・バンヘルト医師を訪ね、プリンセンフラハトの建物に身を隠していたユダヤ人が逮捕されたという話をした。医師は、その建物は二六三番地ではないかと訊いた。そこにユダヤ人が隠れていることは一年ほど前から知っていたという。ファン・エルプがクレイマンにその話をすると、クレイマンは、ファン・マーレンが情報源に違いない、あの医者に通っているから、と言った。

ところが、事情聴取を受けたバンヘルト医師は〈オペクタ商会〉の会計係の勘違いだと断言した。そんなことはひとことも言っていないし、カルテを調べたところ、ファン・マーレンが医院に来たのは一九四四年八月二十五日の一度きりで、逮捕から三週間もあとのことだった、と主張した。真実か、それとも、ごまかしか？　これは一九四八年のことで、終戦からすでに三年たっていた。誰もが戦争の悲劇と手を切って平和に生きたいと望んでいた。

メーブル巡査部長の捜査における最大の収穫は、彼がファン・マーレン本人に事情聴取をおこない、《隠れ家》に潜んでいたユダヤ人に関して何を知っていたかを尋ねたことだろう。ファン・マーレンの証言によると、隠れている者がいるのかどうか、はっきりわかっていたわけではないが、彼なりに疑いは持っていたそうだ。テーブルの端に鉛筆を置いたり、床に小麦粉をまいたりしたのは、〈オペクタ商会〉の商品を盗んでいる泥棒がいると信じ、罠にかけてつかまえるための作戦だったという。フランク氏のことを質問したのは、社内で〝パパ・フランク〟の噂を小耳にはさんだが、ミープ・ヒースとクレイマンからは、以前の経営者のフランクとファン・ペルスはアメリカへ逃げたと聞かされていたからだと説明した。[*6]

ファン・マーレンにとってもっと致命的だったのは、倉庫係のランメルト・ハルトフの証言だった。摘発の二週間前に、プリンセンフラハトにユダヤ人が隠れているとファン・マーレンが言っていた、とハルトフが証言したのだ。ファン・マーレンはそんなことを言った覚えはないと強硬に否定した。

〈オペクタ／ヒース商会〉の商品をくすねていたことを、ファン・マーレンも最後には認めたものの、「ミープとベップだって泥棒だ」と言って非難した。隠れていた人々が逮捕されたあと、ドイツ兵が家具調度の目録を作成する前にこの二人が《隠れ家》に入りこみ、「衣類、紙類、その他多くの品を持ちだして自分たちのふところに入れてしまった」と訴えた。[*7] ファン・マーレンは性格の悪い男で、彼を告発した者たちに仕返しをしたわけだ。

捜査は一九四八年五月二十二日に終了した。倉庫主任の有罪を証明する材料は何もないというのが捜査報告書の結論だった。[*8] ファン・マーレンは条件付き免責となり、三年のあいだ戦争犯罪人監視局の保護観察下に置かれ、十年のあいだ選挙権を剝奪されることになった。

しかし、ファン・マーレンは条件付き免責に憤慨して上訴した。彼の弁護士は審理のなかで、上訴そのものがファン・マーレンの無実の証拠だと主張した。「被告人にほんの少しでも罪悪感があれば、条件付き免責を不服として上訴するようなことはなかったはずです。条件はきわめて緩いものでしたから」[*9] 一九四九年八月十三日、下級裁判所ですべての罪状が却下された。

ファン・マーレンはおそらく、これで試練は終わりだと思っただろうが、その十五年後、プリンセンフラハト二六三番地に隠れていた人々を密告したのは誰かという問題がふたたび浮上し、またしても彼が第一容疑者にされた。コールドケース・チームの者はみな、ファン・マーレンに関する最初の捜査がおざなりだったと思っていた——捜査報告書が九ページしかないのだから。そこで、チームの面々は一九六三〜六四年に実施された二回目の捜査の関連資料を片っ端から集めはじめた。

二回目のほうが捜査対象を広げ、摘発に至るまでの状況を深く掘り下げているだろうと期待したからだった。

＊メーブル巡査部長がなぜペップ・フォスキュイルに事情聴取をしなかったかは不明。たぶん、目撃者証言が充分に集まったと考えたのだろう。

第28章
仲間のユダヤ人のところへ行きなさいよ！

コールドケース・チームが調査を進めても、アンネ・フランクを密告したのが近所の人間だったことを示す決定的証拠はいっさい見つからなかったが、もっと身近な人の輪――つまり、支援者たち――をめぐって不穏な証拠が出てきた。チームの面々は支援者たちに親しみを覚えていたが、ヴィンスが言うように、調査を完全無欠なものにするためにはあくまでも客観的な立場に立つ必要があった。〈マッピング・プロジェクト〉を通じて、ヨハンネス・クレイマンの隣家の住人がNSBの熱心な党員であったばかりか、エーテルペストラートにあったSD本部に勤務していたことまで判明した。クレイマンの妻と兄は《隠れ家》の人々のことを知っていたし、娘のコリーも、フランク一家がいまもアムステルダムにいることを父親の言葉の端々から察していたものと思われる。ただし、一家がプリンセンフラハト二六三番地の《隠れ家》に潜んでいることは、たぶん知らなかっただろう。[*1] チームの調査からはまた、ミープが里子としてひきとられた家の実子と、クーフレルの妻の兄が、対独協力者として起訴されていたこともわかった。このなかの誰かが不用意に口にした言葉によって《隠れ家》の人々の存在が露見した可能性はないだろうか？

チームがまず、クーフレルの妻の兄の対独協力に関するファイルを調べたところ、彼の〝協力〟とは、ナチスの占領下にあった時代に、彼が経営する映画館でドイツ賛美の映画を上映したことだったと判明した。ミープに関して言うと、彼女への疑惑を解消するのは簡単だった。自制心が強く、よけいなことは言わない女性だった。ミープ自身が語っているように、戦時中の彼女はとても寡黙だった。また、コールドケース・チームが発見した文書によって、ミープの里親の実子であるラウレンス・ニウウェンホイス・ジュニアが一七四三年十一月にドイツへ移住し、一九四五年八月に帰国して実家の住所で再住民登録をしていることが判明した。最後に、クレイマンの隣家の住人も容疑者の可能性は薄そうだった。プリンセンフラハト二六三番地の住所を密告したのがこの隣人だったとしても、親衛隊のユリウス・デットマン中尉にじかに電話することはありえない。隣人はSD本部に勤務していたのだから、潜伏中のユダヤ人に関する情報を電話で告げるべき相手はユダヤ人局のアーブラハム・カペル巡査部長だということぐらい、承知していたはずだ。カペルはユダヤ人狩り部隊の担当責任者で、ほかの者が指揮系統を無視したり、彼の縄張りを荒らしたり、報奨金を要求しようとしたりすると、ひどく不機嫌になったものだ。

戦争は国のあいだに、他人のあいだに、隣人のあいだに、家族のあいだに、摩擦をひきおこす。戦争がもたらす家族間の摩擦がプリンセンフラハト二六三番地のドアまで来ていたことを、チームは発見した。ベップの妹、ネリー・フォスキュイルが《隠れ家》の人々を密告した犯人の可能性あり、と信じるに足る根拠が見つかったのだ。ベップの息子、ヨープ・ファン・ヴェイクが著書

Anne Frank: The Untold Story（アンネ・フランク：秘密にされてきた物語、イェルン・デ・ブラインとの共著）のなかで、彼のおばの有罪を示す強力な説を述べている。

ヴィンスはヨープのソーシャル・メディア・サイトを通じて彼と連絡をとることができ、彼のほうもコールドケース・チームと話をしたがっていることを知った。二〇一八年十二月、凍えそうに寒い日にヨープと妻が自宅を出て、オランダ東部のアムステルダムにあるコールドケース・チームのオフィスまでやってきた。ヴィンスとブレンダンが彼にインタビューをするため、オフィスで待っていた。[*2] ヨープはとても率直な人物だった。*The Untold Story* は母親への愛から生まれた作品であり、《隠れ家》の人々を支援した努力が正当に評価されることのなかった祖父に捧げるものだと言った。さらに続けて、執筆に当たっては、おばのネリーが密告に関わったのではないかという懸念にも触れないわけにはいかなかったと言った。

ヨープはまず、彼と母親の関係から説明を始めた。彼は四人きょうだいの末っ子で、母親がかつてアンネ・フランク一家の力になっていたことを知ったのは七歳のときだった。《隠れ家》の物語に魅了された。オットー・フランクが訪ねてきたことをなつかしく思いだした。この人のことを、ヨープは〝オットーおじさん〟と呼んでいた。インタビューが進んで、一九五九年、彼が十歳のときに起きた事件を語りはじめると、ヨープは感情的になった。バスルームから母親の泣き声が聞こえてきたのでドアをあけたところ、錠剤をのんでいる母親の姿が目に入った。母親はヨープに気づいて狼狽《ろうばい》し、手を止めた。彼がのぞいたおかげで母親の命が助かったのは間違いない。戦争で母親がどれだけ傷ついたかをヨープが知ったのは、もっとあとになってからだった。母親は彼に、《隠れ家》の人々を見殺しにしたような気がすると言っていた。

ヨープはコールドケース・チームにネリーのことを詳しく語った。ネリーは八人きょうだいの四番目で、長女のベップより四歳下だった。一家はアムステルダム西部の労働者階級の多い地区に住んでいたが、家が狭すぎて十人家族が暮らすのは無理だったので、上の娘たちはしばしば、よそで住込みの仕事を見つけなくてはならなかった。戦争が始まったばかりのころ、ネリーと妹のアニーはある裕福な家で住込みのメイドとして働いていたが、この一家がナチスの支持者だったため、ドイツの兵士たちが屋敷に始終出入りしていた。常連の一人にジークフリートというオーストリア出身の青年がいて、十八歳のネリーはたちまち彼に夢中になった。

一九四一年十一月一日、ネリーはジークフリートと二人でニーヴェンダイクを歩いていたときに逮捕された。コールドケース・チームはアムステルダム市立公文書館で、ネリーが夜間外出禁止令に違反しただけであることを示す警察の文書を見つけた。[*3] 当時のネリーは未成年だったので、翌朝、父親が警察へ身柄をひきとりに来たが、娘が敵国の兵士と出歩いていたことを知って脳卒中を起こしかけた。父親ヨハンネス・フォスキュイルは大のナチス嫌いだったので、交際をやめるようネリーにきびしく言った。[*4]

しかし、ネリーを思いとどまらせるのは無理なようだった。ネリーの妹のディニーが二〇一一年に〈アンネ・フランク財団〉のインタビューに応じて語ったように、ネリーはオーストリア人の恋人を家に連れてきて、父親に交際の許可を求めた。ドアの隙間からのぞいていたディニーは、青年がブーツのかかとをカチッと合わせて、父親の〝ヘル・フォスキュイル〟に「ハイル・ヒトラー！」と言うのを見た。[*5]

家族の話によると、ヨハンネスは娘にジークフリートとの交際を断念させようとしたそうだ。うまくいかなかった。家庭内の緊張が耐えがたいほどになり、一九四二年、ネリーはついにドイツのパスポートを申請した。[*6] コールドケース・チームは彼女の申請書を見つけだすことができた。〝A.B.〟というスタンプが捺《お》してあった。アムステルダム市役所の就業担当部署がドイツで働く許可を与えたという意味だ。〝同意を得て〟という言葉もついていた。未成年のネリーが外国へ出かけるには親の許可が必要だったのだが、父親が同意したとは思えない。ネリーが申請書に虚偽の記入をおこなったのだろう、とヨープは結論した。

ヨープはコールドケース・チームにこう語った――おばのネリーとドイツ軍兵士との交際を、フォスキュイル家では軽く考えていたか、もしくは、故意に隠していたに違いない。ジークフリートと別れたあと、ネリーはフランスへ移り、戦争が終わるまでそちらにいたと家族は言っていた。しかし、ヨープが執筆のためのリサーチを進めたところ、そうではなかったことがわかった。

ネリーの妹ディニーの話によると、ドイツへ行ったネリーは、ジークフリートが前線で戦っているあいだ、彼の姉のところに身を寄せた。ところが、ジークフリートの婚約者から彼に届いた手紙を見つけ、[*7] 失意のなかでアムステルダムの実家に戻った。しかし、ネリーとナチスの関係はそこで終わらなかった。ベップが当時つき合っていた男性、ベルテュス・フルスマンがよくフォスキュイル家に遊びに来ていた。彼が言うには、ネリーはアムステルダムに戻ってからも占領国側とのつきあいを続けていたとのこと。コンセルトヘボウの向かいにあったフェロニカ・スケートクラブの建物で彼女の姿をよく見かけたことを、フルスマンは記憶している。この建物はドイツ軍の手でいわゆる〝ヴァイン、ヴァイブ・ウント・ゲザング〟（ワイン、妻［女性］、歌）を楽しむ施設に改装され、パーティ会場として使われていた。[*8]

ヨープは、ネリーが一九四三年五月に北フランスへ移り、ランの航空基地でドイツ国防軍の仕事をするようになったことを知った。基地司令官の秘書をしていた。これは重大な対独協力だ。ドイツによる空襲のスケジュールを知る立場にいたわけだから。秘書の仕事は一年間続いたようだ。一九四四年五月、ネリーはオランダへの帰国を決めた。

ネリーが依然としてドイツ人たちとつき合っていたため、家庭はぎくしゃくするばかりだった。ディニーの話だと、父親がときどきネリーを殴りつけていたそうだ。あるとき、あまりにひどく殴られてネリーが廊下の床に倒れてしまい、そのあとも父親がネリーを蹴りつづけていたという。ディニーは大きなショックを受け、父親が激怒した理由を母親に尋ねたが、母親は何も答えてくれなかった。ディニーの記憶では、たしか一九四四年の夏の出来事だったが、《隠れ家》の人々が逮捕される前だったか、あとだったかは覚えていない。[*9] あとだったとすれば、父親が怒り狂ったのは、ネリーが密告に関わったに違いないと思いこんだ結果だったのかもしれない。

ネリーを容疑者と仮定した調査がここまで進んだとき、コールドケース・チームは妙な事実に行き合った。オットー・フランクの監修のもとで編集され、全世界で出版された一九四七年版の『アンネの日記』には、ネリー・フォスキュイルのことはまったく出ていない。もちろん、全三百三十五ページの読みやすい本にするためという単純な問題のせいだったとも考えられる。一九八六年にオランダ戦時資料研究所（ＮＩＯＤ）編による『アンネの日記・研究版』が出たときには、削除された記述の多くが復活している。

一九四四年五月六日の日記に不可解なことが書かれている。〝Ｍ・Ｋは北フランスにいますが、最近、そちらですごい空襲があったそうです。Ｍ・Ｋはすごく怯えていて、アムステルダムに帰ろうと必死になっています。お父さんに辛い思いをさせたことを許してほしいとも言っています〟

コールドケース・チームは、ネリーが北フランスのランにあるドイツ軍の航空基地で基地司令官の秘書をしていたことを知っていた。日記ではネリーの名前がイニシャルに置き換えられている。また、研究版には奇妙な脚注がついている。

編集部の説明によると、身元を明かすことはできないが、ある人物から要請があって、アンネが書いた人物の名前を隠すことになり、かわりに、無作為に選んだＭ・Ｋというイニシャルが使われたとのこと。また、同じ人物の要請により、五月六日の日記から二十四語が削除された。五月十一日と十九日の日記からも三カ所が削除され、削除分は全部で九十二語になる。

誰がこの要請をしたのか、何が削られたのかを突き止めるのが、コールドケース・チームの緊急の課題となった。研究版の編集者の一人だったダーフィット・バルノウに連絡をとったところ、彼はチームに、要請したのはネリー自身だったと述べた。どうやら、研究版の出版が近いという噂を聞いて、ネリーがＮＩＯＤに連絡をとり、彼女に関係する部分の削除を頼みこんだらしい。ＮＩＯＤは、その部分は残すが彼女の名前は削除しておくと答えた。

消し去られたその部分には、ネリーが削除を頼みたくなるような、いったいどんな破滅的なことが書かれていたのだろう？　《隠れ家》を密告したのはネリーかもしれないことを示唆するものが、何か含まれていたのだろうか？

　コールドケース・チームは*The Untold Story*の共著者であるイェルン・デ・ブラインに連絡をとった。彼は親切にも、彼自身がリサーチをしたあいだにたまった大量の文書とメモを送ってくれた。そのひとつに、アンネの日記から四カ所を抜粋した文書があった。おかげで、ネリーが編集部に要請して削除してもらった文言を知ることができた。

　ベップはドイツ兵と遊びまわっていたネリーと父親の諍《いさか》いについて、アンネ・フランクには包み隠さず話していたに違いない。なぜなら、アンネがネリーのことを日記に書くときは、たいてい諍いの件が出てくるからだ。[*10]

　最初に削除された二十四語は、ネリーが父親の病気をオランダに戻る口実にすればいいというアンネの意見を述べたものだが、アンネはさらに続けて、父親が亡くならないと戻ってこられないそうだ、と書いている。[*] 次に削除された四語は、ネリーが父親にとても会いたがっているという事実を述べている。[*11]

　三番目の削除は二十八語、これも同じく当たり障りのない内容だ。ネリーが休暇願を出したに違いない。基地の司令官は夕食前に時間をとられることに、はっきりと迷惑そうな顔をした。ネリーはそれに対して、「お別れもできないうちに父が死んでしまったら、わたしはドイツ人をけっして許しません」と言っている。最後に削除された箇所では、アンネがネリーの父親の悲しみについて書いている。癌で死にかけているのに、家に戻ってきた娘はまたしてもドイツの男たちとつき合って、父親をさらに苦しめている。[12]

五月六日と五月十九日の日記を読めば、ネリーがフランスから帰国し、ドイツ人飛行士とつき合っていることがはっきりわかる。ネリーがその箇所の削除を望んだのは、自分のせいで父親が苦悩したことに罪悪感を覚えたからだと考えられなくもないが、研究版の刊行時には、もちろん、父親はとっくに亡くなっていた。それよりむしろ、終戦から四十年後の一九八六年になっても、ナチスの占領軍のために働く対独協力者だったことが露見すれば、軽蔑と憤怒《ふんぬ》の的にされる危険が大きかったと考えるべきだろう。アンネの日記によって、ネリーのそうした過去がはっきり暴きだされていただろう。それはともかく、削除された語句は当たり障りのないものばかりだった。ネリーが密告者だったか否かをコールドケース・チームが判断する決め手にはならなかった。

ネリーが《隠れ家》のユダヤ人たちのことを知っていた可能性を示唆する、もっとも直接的な非難を口にしたのは、ベップの交際相手のベルテュス・フルスマンだった。[13] フルスマンは二〇〇七年に〈アンネ・フランク財団〉のディネケ・スタムのインタビューを受けたとき、フォスキュイル家の食卓での口論を回想している。「姉妹が［ネリーを］責め立てていました。ネリーが複数のドイツ兵とつき合っていたからです。あるとき――永遠に忘れられないでしょうが――ネリーが食卓で〝仲間のユダヤ人のところへ行きなさいよ！〟とわめき立てました。正確にいつのことだったかは覚えていませんが」[14]

インタビューは二時間以上におよび、ネリーと家族のやりとりが幾通りもの形で再現された。あるときには、フルスマンはネリーの叫びにこんなニュアンスを添えている。「あそこの家族の関係には、いつも緊張が感じられました。なにしろ、姉妹が多くて……そんなときに、ネリーが言ったんです。〝仲間のユダヤ人のところへ行きなさいよ〟と」[*15]

また別のときには、フルスマンは、ネリーのこの発言はもっと一般的なものと解釈すべきだとつけくわえている。「ネリーに冷笑が向けられ、そこでネリーも冷笑を返して、〝仲間のユダヤ人たちのところへ行きなさいよ〟と言ったのです」[*16]

フルスマンは次に、この発言の根拠については自分でもあまり自信がないと述べている。「しかし、〝仲間のユダヤ人のところへ行きなさいよ〟という言葉が、どうしてわたしの頭に浮かんだのでしょう？　六十年も前のことなのに。本当にそんな発言があったのか、自分でも疑いたくなります［……］わたしの記憶違いであるよう、わたしの意見が間違っているよう願っています」[*17]

ネリーの発言は、最初は《隠れ家》の人々のことを指しているように思われたが、じつは具体的な告発というよりも、口答えに過ぎなかったのだろうか？　〝仲間のユダヤ人たちのところへ行きなさいよ〟というのは、仲間の〝ドイツ人〟のところへ行くがいいと叫んだ姉妹か父親への口答えだった可能性もある。ネリーは自分が何か知っているということを露骨に示したのか？　それとも、占領下のオランダで暮らすユダヤ人に父親と姉のベップが同情を寄せているので、それに反発しただけなのか？

一九四五年五月のオランダ解放からしばらくたつと、ネリーはアムステルダムからそう遠くない都市、フローニンヘンに越した。メリッサ・ミュラーによれば、ネリーは十月二十六日に逮捕されている。何年間か服役し、ようやく社会復帰できたのは一九五三年になってからだった。

コールドケース・チームはCABRに保管されているネリーのファイルを捜した。戦後に有罪判決を受けた政治犯一人一人のファイルが国立公文書館に保管されているのだ。ところが、ネリー・フォスキュイルに関するファイルはひとつも見つからなかった。ヴィンスはミュラーに連絡をとり、ネリーの逮捕と有罪判決に関する情報源は何なのかと尋ねた。ミュラーは彼女のところのリサーチ担当者から話を聞いてほしいと答えた。[*18]

リサーチ担当者も情報源を覚えていなかった。[*19] ただ、チームから受けた二回のインタビューのなかで、彼自身の説を披露した。ネリー・フォスキュイルが初めて逮捕されたのはフローニンヘンの劇場で、対独協力を疑われた若い女性たちと一緒にいたときだった。そのあと一年ほど刑務所に入れられた——これが彼の説だった。そこで、コールドケース・チームがフローニンヘン市立公文書館を調べてみたが、それを裏づける文書も証拠も見つからなかった。リサーチ担当者の意見によると、当時のネリーは未成年者で、おそらく少年裁判所で審理がおこなわれただろうから、そのときの記録は破棄されたはずだという。ネリーの逮捕の話を補強するものとして、妹ヴィリーの証言がある。彼女自身、終戦後すぐに尋問を受けているというのだ。おそらくネリーの件で尋問されたのだろうが、ヴィリーも詳細は覚えていなかった。[*20]

一九四五年に逮捕されたとき、ネリーはじつをいうと二十一歳を超えていたので、一般の法廷で裁かれたはずだ。ならば、記録が残っていなくてはならない。この説を証明する材料か、もしくは、一九四五〜一九五三年のネリーの居場所に関する情報を求めて、コールドケース・チームは戦後の収容所の調査にとりかかり、とくに、フローニンヘンにいた若い女性の囚人捜しに力をいれた。また、フローニンヘンの当局に拘束された政治犯のファイルにも目を通した。[*21] ネリー・フォスキュイルを示す直接的な手がかりは何もなかった。CABRのファイルがいっさいないことから、ネリーは一度も逮捕されなかったのではないかとコールドケース・チームは思いはじめた。

ある日、コールドケース・チームでリサーチを担当しているシルセ・デ・ブラウンが大興奮の面持ちでオフィスに戻ってきた。ネリー・フォスキュイルが一九四五年十月二十六日にフローニンヘン市に住民登録したことを示す書類を見つけたというのだ。彼女が逮捕された日だとミュラーが言っているのと同じ日である。[*22] ミュラーのところのリサーチ担当者はどうやら、この登録の書類を見てネリーの逮捕記録と勘違いしたようだ。[**] 興奮から落胆へのジェットコースターのような変動はいかなる調査にもつきものだ、とヴィンスは言ったが、少々がっかりしていた。ネリーが逮捕されていれば、CABRのファイルから、戦時中の彼女の行動とドイツ側の連絡相手が判明したはずだった。ネリーが《隠れ家》の密告に関わったかどうかも、はっきりわかったかもしれない。

アムステルダムを離れたおかげで、ネリーは警察のレーダーにひっかからずにすみ、どのような形の対独協力という罪を犯したにせよ、有罪判決を免れることができた。少なくとも、ドイツ兵と性的関係を持った女たちと同じ運命だけは辿《たど》らずにすんだ。そうした女たちは家からひきずりだされて、頭を剃《そ》られ、荷車に乗せられて野次馬の罵《ののし》りの叫びを浴びながら、市内をひきまわされたものだった。

何十年もの沈黙ののちに、一九九六年、ヨープ・ファン・ヴェイクはおばのネリーに再会した。ネリーはオランダ北部のフリースラント州にあるカウドゥムという小さな村に住み、いまも、姉妹たち——とくにディニーとヴィリー——と密に連絡をとり合っていた。ヨープはこんな回想をしている。「おばにはいつも歓迎してもらいましたが、わたしが戦争のことやフォスキュイル家でのおばの態度を話題にしたとたん、雰囲気が変わってしまいました」[*23]ネリーは彼が母親のことを本にするのは理解してくれたが、あのころの話をするのは辛い、あの時代のことを深く後悔している、と言った。

そのあとで、ヨープはこんな驚くべき話をしている。「最後に何回か訪ねたときに一度、アンネ・フランクと《隠れ家》の摘発を話題にしたら、おばが気を失ったことがあります」[*24]ヨープはネリーを病院へ連れていこうとしたが、ネリーは拒否し、気を失ったのはたぶん、父親から昔さんざん殴られたせいだろうと言った。ヨープは信じる気になれなかった。おばのことを、自分の罪をごまかすためなら、こういう芝居じみたこともやりかねない人だと思っていたからだ。とはいえ、ネリーの健康を気遣って、戦争について尋ねるのはやめることにしたそうだ。

もちろん、ヨープの話でもっとも驚愕すべきは、《隠れ家》を話題にしただけでネリーが気を失ったことだ。本当は策略だったのか？　返事をしなくてはならない立場から逃れるための、ネリーのやり方だったのか？　しかし、ヨープはそれ以前にも二回、ネリーが気を失うのを見たことがあると言っている。つまり、持病だった可能性もあるわけだ。ヨープの著書 *The Untold Story* にもネリーが気を失った話が出てくるが、それは彼が戦争を話題にしたせいで、《隠れ家》の摘発には触れていない。コールドケース・チームとしては首をかしげざるをえなかった。ネリーが気を失ったり、返事を拒んだりするのは、何かを隠すためだったのか？[*25]　それとも、ヨープがおばのことを密告者だと思いこんでいたせいで、彼の視野が極端に狭くなっていたのか？　ヨープが最後に訪問したあと、ネリーは介護ホームに移り、二〇〇一年にそこで亡くなった。ヨープのもとにネリーの最後の絵葉書が届いた。〝あなたに抱擁を、ネル〟と短く添えてあった。

ヴィンスはＦＢＩの潜入捜査官として二十七年間仕事をしてきた経験から、相手の心を読めるようになっていた――それは自身の安全を守るためだった。ヨープにはとても好感を持ったが、おばのネリーの有罪を立証したくて躍起になりすぎているという印象を受けた。密告の件で頭を悩ませるのはやめるよう、ヴィンスはヨープに言った。母親と祖父を称えることに集中すべきだ、それが *The Untold Story* を書いたそもそもの目的だったはずだ、と。

当然のことながら、ヴィンスは調査を冷静に進め、〝知識、動機、機会〟という法執行機関の原則をネリー・フォスキュイル説にも当てはめてみた。ネリーに動機はあったか？　終戦から五十年たってヨープがおばのネリーを訪ねたときは、若いころの自分を恥じている様子だったが、かつての彼女は反抗的で、軽率で、戦闘的で、敵国の兵士と遊び歩いていた。カッとなった瞬間に――例えば、父親と喧嘩をしたあとで――父親と姉が守っている秘密を不都合な人物に告げたとは考えられないだろうか？　そして、その人物が、おそらくドイツ人の友人の一人だと思うが、その情報をＳＤに流したのではないだろうか？

ネリーに知識はあったか？　父親も姉もひどく口が堅かったが、二人が本棚の話をしているのをネリーが小耳にはさんだ可能性はある。また、ベップがいつも大量の食料を集めていて、ときには妹たちにも手伝わせていたことに、ネリーが疑いを持ちはじめたかもしれない。しかし、ベップの母親でさえ、《隠れ家》の人々のことは知らなかった。アンネたちが逮捕されたことを知ったとき、夫と娘が家族を大きな危険にさらしていたことに母親は激怒した。

ネリーには機会はあった。アムステルダムに帰ったのが一九四四年の五月。ネリーがあいかわらずドイツの男たちとつき合っていることを、父親がぼやいていた。

しかし、チームのメンバーは、ネリーがアンネの日記の削除を要請した部分に父親ヨハンネスへの愛情があふれているのを知って、父親に恨みをぶつけたのかもしれないという説に疑いを抱いた。むしろ、こう考えてはどうだろう——一九八六年ごろには、ネリーはドイツの支持者だった過去を知られたくないと思っていたはずだ。彼女自身のみならず、父親と姉のベップの思い出まで汚すことになる。いまでは二人とも、アンネ・フランクの物語の支援者として称えられているのだから。

ネリーが《隠れ家》の住人たちを——不注意によるものだとしても——密告したことを示す具体的な証拠は、どこにもなさそうだった。しかし、コールドケース・チームは、このシナリオを却下する段階にはまだ来ていなかった。

＊残念ながら、『アンネの日記・研究版』（ダーフィット・バルノウ、ヘーロルト・ファン・デル・ストローム編）（New York: Doubleday, 2003）の一部については引用許可が得られなかった。

＊＊もしかしたら、ミュラーのところのリサーチ担当者はフローニンヘンの公文書館へ出かけておらず、そちらに住むほかの誰かに調査を頼んだのかもしれない。このミスを説明するには、そう考えるしかない。

第29章 記憶を探る

ヴィンスはわたしに、目撃者の証言は歴史的瞬間を正確に記録したものだと思いこんでいる者がいるとしても、記憶というのが流動的であることをすぐさま悟るはずだ、と言った。人間とは矛盾することを、もしくは、真実ではありえないことを自信たっぷりに主張するものだ。嘘をついているのではない。のちに経験したことによって記憶が歪められてしまうのだ。同じ瞬間を思いだすとしても、そのときの気分が違えば、いわゆる客観的な記録にも差異が生じる。コールドケース・チームが証言を記録する場合、つねにそれを考慮に入れる必要がある――ヴィンスはそう言った。それを端的に示しているのがヴィクトル・クーフレルの証言だ。

クーフレルが摘発に関して証言をおこなったとき、ある場では こう述べた。「その朝、会社の事務室で仕事をしていたら、不意に足音が聞こえ、事務室のドアにはまったガラス窓の向こうを人影が走り過ぎました。ドアをあけると、銃を構えたゲシュタポ隊員が階段をのぼっていき、あとの者が続くのが見えました」[*1] 摘発チームは、クレイマン、ベップ、ミープが仕事をしていた事務室に入った。ジルバーバウアーがこの支援者たちを見張るための警官を一人残してから、彼の先に立ってひとつ上の階へ行くようクーフレルに命じた。同行させられたのはクーフレル一人だった。階段をのぼりながら、ジルバーバウアーは「ユダヤ人どもはどこだ？」と叫んだ。[*2] クーフレルは彼を本棚のところへ案内した。

一九五八年の『ライフ』誌に出た記事では、クーフレルの語る摘発の様子が多少違っている。摘発チームが彼を表側の倉庫へ連れていって内部を見てまわり、やがて銃を抜いて本棚のところへ案内させた、となっている。[*3] エルンスト・シュナーベル著『少女アンネ——その足跡』（一九五八年刊）に出てくるクーフレルの証言もこのバージョンの繰り返しだ。一九六三〜六四年の捜査のときは、アーレント・ヤコーブス・ファン・ヘルデン刑事にクーフレルはこう説明している——ナチスが来た目的は武器か偽造身分証の捜索だけであることを願って、わたしはまずジルバーバウアーを事務室へ案内し、戸棚と本棚を開きました。次に建物の奥へ案内して、クレイマンの事務室と、洗面所と、小さな台所を見せました。そのあと、ジルバーバウアーから、上の階へ案内するよう命じられました。そこで、まず建物の表側にある商品貯蔵室へ行き、それから《隠れ家》に通じる奥のドアへ案内したのです。例の本棚のところへ行ったとき、わたしは近くの本棚と箱がすでに調べられていることに気づきました。たぶん、オランダ人警官たちが調べたのでしょう。彼らが回転式本棚を動かそうとしているのが見えました。最初のうち、本棚はびくともしなかったものの、警官たちはやがて、掛け金をはずさなくてはならないことに気づき、そうすると本棚全体が回転ドアのように開きました。[*4]

クーフレルの証言が十九年たっても前回と同じであることを、誰が期待するだろう？　ただ、感情面からの修正が多少おこなわれたように見える。

①最初のバージョンでは、ジルバーバウアーに銃を突きつけられ、「ユダヤ人どもはどこだ？」と問い詰められて、クーフレルはすぐさま秘密の本棚の場所を明かしている。

②のちのバージョンでは、摘発チームがまず建物のなかを捜索している。本棚の下の床に車輪の跡がついているのを見て、奥に何か隠されていることを察する。本棚が回転し、秘密のドアが現れる。クーフレルはさらに続けて、緑衣の警官たちにすべて知られたことを悟ったと言っている。[*5]

可能性が高そうなのは①のバージョンだ。ヴィンスに言わせれば、ジルバーバウアーの高圧的な質問は、彼自身もFBIの手入れのときに使ったおなじみの戦術だ。何もかも知られてしまったと容疑者に思わせるためだ。摘発に関する他のあらゆる証言からしても、建物内にユダヤ人がいることをジルバーバウアーが知っていたのは明らかだが、具体的な場所まではたぶん知らなかっただろう。背中に銃を突きつけられて震えあがったクーフレルは、《隠れ家》の入口を隠している本棚のところへ摘発チームを案内した。クーフレルのように高潔な人物にとっては辛いことだったに違いない。重圧に負けることなく二年以上にわたって八人の人々を匿ってきたのに、今後は自分が隠れ場所を教えてしまったという負い目を抱えて生きていかねばならない。自分をひどく無力に感じ、やり場のない罪悪感が胸にあふれたに違いない。八人を助けたくても何もできなかったからだ。そう考えれば、悲劇的な出来事に対する彼の説明が歳月と共に多少形を変えたことも驚くには当たらない。クーフレルの説明のなかでは、彼自身がもっと陰険で、もっと狡猾にジルバーバウアーを惑わせることのできる、もっと冷静なタイプに変わっている。

ファン・ヘルデン刑事の口からオットーの言葉を聞いていれば、クーフレルの罪悪感も軽くなったかもしれない。一九六三年十二月にオットーはこう言った。「［本棚の奥に隠された］ドアを指さしたのは、あの場に居合わせた者の一人だったとジルバーバウアーが言いはったとしても、武装したSD隊員に急襲された者が沈黙を通すのは無理なことぐらい、わたし［オットー］にも理解できます」非難の言葉はいっさいなかった。ジルバーバウアーとオランダ人警官たちが建物に乱入した瞬間、隠れていた者たちが見つかる運命であることをオットーは覚悟したのだ。[*6]

クーフレルの幾通りかの証言を見てみると、ジルバーバウアーと摘発チームはユダヤ人を捜していたのではないという解釈も成り立つ。〈アンネ・フランク財団〉のリサーチ担当者ヘルトヤン・ブルークは、SDは結局、違法な食料切符と偽造書類を捜していただけで、隠れているユダヤ人を見つけたのは偶然だった、密告者はたぶんいなかったのだろう、と言っている。ブルークの説に興味を持ったモニク・クーマンスが、コールドケース・チームの若いリサーチスタッフを週に一度ずつ集めて仮説を検証するさいにこれを披露したところ、スタッフはこの線も追ってみようと決めた。

リサーチに使えそうな情報源を調べてみて、モニクはエルンスト・シュナーベルから始めようと決心した。シュナーベルは『少女アンネ――その足跡』を執筆するさいに、オットーと支援者すべて（ヤン・ヒースを含む）から話を聞いている。彼が執筆にとりかかったのは一九五七年、終戦からわずか十二年後のことだったので、アンネ・フランクとなんらかのつながりがあった四十二人からじかに得た証言を作中に記すことができた。

モニクはエルンスト・シュナーベルのオリジナル原稿が、ドイツのシュトゥットガルトの近くにあるマルバッハ・ドイツ文学資料館に保管されていることを知った。そちらへ連絡をとったところ、シュナーベルの個人的なメモの一部とオットー・フランクの手紙数通も閲覧できると言われた。シュナーベルはインタビューのときに録音をしないタイプだったため、批評家のなかには、彼のメモは不正確だと批判する者もいる。それでも、メモをじかに調べられるのは貴重なことだ。「ユダヤ人どもはどこだ？」とジルバーバウアーに詰問されたというクーフレルの主張を裏づける証拠が、何か見つかるかもしれない。この質問は明らかに、ジルバーバウアーがユダヤ人の存在を事前に知っていたことを示している。

モニクはリサーチスタッフのクリスティネ・ホステと一緒にドイツへ向かった。颪と雨と十二月の小雪のなかを延々八時間も車で走ったのちに、資料館の近くにある、客が一人もいないホテルに到着した。泊まり客はモニクたちだけで、未知の領域に飛びこんでいくという感覚がいっそう強まった。ドイツの厳格な官僚主義のせいで、資料館のメモの閲覧許可を得るのは容易なことではなかったが、翌朝そちらに到着すると、何か手違いでもあったのか、ほとんどの資料がそろえられ、目を通せるようになっていた。モニクたちは小部屋へ案内された。壁がガラス張りで（司書が二人を監視できるように）、テーブルの表面は合成樹脂、レトロなスタンドが置かれた部屋だった。
シュナーベルのメモは古風な筆写体のドイツ語で書かれていた。苦もなく読めるメモもあれば、隅のほうに単語が走り書きされている、パズルみたいな感じのものもあった。執筆当時は依然として紙不足が続いていたのか、もしくは、無駄遣いをしないという戦時中の習慣が癖になっていたのだろう。

モニクとクリスティネは作業に没頭した。モニクはここにある書類や手紙の一部をオットーが手にしていたのかと思うと、親近感が湧いてきて、なんだか不思議な気がすると言った。これはもう、ただの歴史ではなくなっていた。メモを読んでいくうちに、オットーのことが身近に感じられた。

突然、モニクがクリスティネを呼んだ。「ここに証拠があるわ！」シュナーベルのメモにふたつの例が見つかったのだ。別々のインタビューのもので、〝ユダヤ人どもはどこだ《ヴォー・ジント・ディー・ユーデン》？〟という言葉が書き写されていた。このふたつのメモから判断すると、支援者たちもクーフレルの最初の記憶と同じく、ユダヤ人が隠れている場所を教えろと摘発チームに強要されたことを記憶していたのだろう。これは強力な証拠だ。ジルバーバウアーとオランダの警官たちは食料切符や武器を捜していたのではなかったし、隠れていた人々を見つけたのも偶然ではなかったことになる。

シュナーベルのメモのなかから、謎めいた紙片がもう一枚見つかった。文章の最後の部分が書いてあった。〝……そして、彼女は密告者を知っていた〟——ただそれだけだ。〝彼女〟とはおそらくミープだろう。ベップではありえない。オットーがベップに打ち明け話をしたことはなかったし、密告者の名前を知っていると主張したことがあるのはミープだけだ。ミープが自分の知っていることをシュナーベルに話したのだろうか？　シュナーベルは一九八六年にベルリンで死亡した。密告者の名前を知っていたとしても、彼がそれを明かしたことは一度もなかった。

しかしながら、調査を進めるうえで、もうひとつ、謎が残っていた。コールドケース・チームがすでに確信していたように、密告者がいたのなら、その密告は、つねに想像されていたように電話でなされたのだろうか？　戦時中、一般家庭の電話普及率はどれぐらいだったのか？　密告を企んだ者が簡単に使える公衆電話が街の通りにあったのか？　それを突き止めるために、ヴィンスとブレンダンはヤン・レインデルスという歴史家の力を借りることにした。レインデルスの専門分野は第二次世界大戦中のオランダにおける遠距離通信で、戦時中の公衆電話システム（ＰＴＴ）に関する論文をチームに渡してくれた。

オランダがドイツに降伏したのは一九四〇年五月十五日。その四日後に、ドイツ当局はヴェルナー・リンネマイヤー博士を市内電話事業局の局長に任命した。大量のケーブルや備品が盗まれてドイツ軍の使用に供されたが、レインデルスによれば、その影響は微々たるもので、高水準を誇るオランダの通信網のレベルがわずかに低下した程度だった。一般家庭に電話をひくときは許可をとる必要があったため、一九四四年には、電話を持っている個人の住宅は数えるほどしかなかった。街角の公衆電話ボックスはすでに解体されていたが、営業を続ける会社や商店にはまだ電話があった。コールドケース・チームのリサーチスタッフが一九四三年版の電話帳を捜しだした。一九四四年版は見つかっていないが、それだけでは、電話がもうどこにもなかったという証拠にはならない。電話帳を印刷する紙がなかったせいとも考えられる。

一九四四年九月を過ぎると、すでに解放されていたオランダ南部へレジスタンス組織が電話連絡できることに、ドイツ軍も気づきはじめた。そこで、長距離電話の交換台のスイッチをすべて切ってしまったが、市内通話はまだ大丈夫だった。理由のひとつは、ドイツ軍がオランダ企業だけでなく味方に対する盗聴までも続けようとしたことにあった[*7]。

《隠れ家》摘発のきっかけとなった電話に関してコールドケース・チームが把握していることは、どれもみなジルバーバウアーの口から出たものだ。ジルバーバウアーがオーストリア当局に宣誓証言をおこなったとき、こう述べている――四日の午前十時、ⅣＢ４課に所属する親衛隊員ユリウス・デットマン中尉のところに電話が入り、わたしは中尉から、カペル巡査部長が選んだ警官を何名か連れて摘発に赴くよう命じられました。

本当にそんな単純なことだったただろうかとチームは疑問に思った。〈逮捕追跡プロジェクト〉からわかったように、ジルバーバウアーのようなＳＤの曹長が摘発に赴くのは稀有《けう》な例だから、この件が規定外の形をとったのなら、電話もまた規定外の扱いを受けたのかもしれない。誰ともわからぬ者からの情報だったのなら、その電話がデットマンのところへじかにまわされるはずはない。ドイツ軍の組織内でかなり高い地位にあるデットマンが匿名の密告者の電話を受けることは、ふつうだったらありえない。

コールドケース・チームは電話がデットマンにじかにかかってきたという説に傾きはじめていた。しかし、ほかにも可能性はある。ドイツ軍の組織内からの〝内線電話〟だったなら、デットマンの身近にいたヴィリー・ラーゲスやフェルディナント・アオス・デア・フュンテン（ユダヤ人移住促進中央局のトップ）のような人物がかけてきたのかもしれないし、外線電話であれば、別の地区――フローニンヘン、ズウォレ、ハーグあたり――の中央局か、さらには、ヴェステルボルクの収容所からということも考えられる。いずれにしろ、おそらく、デットマンが信頼していた知人からの電話だったのだろう。

ブレダの刑務所で服役していたヴィリー・ラーゲスが一九六四年におこなった供述が、この説を裏づけているように思われる。

要するに、ある特定の場所に隠れているユダヤ人に関して電話で通報が入ると、ユダヤ人を見つけて逮捕するためにただちにその建物へ急行するのが、筋の通ったことだったかどうかを尋ねておられるのですね。筋の通らないことだとお答えすべきでしょう。わたしが思うに、そうした情報が入った場合、人はまず真偽を確かめるものです。ただし、わが部署の信頼を得ていた人物からの情報であれば、話は別です。密告電話が入ったというジルバーバウアーの話が事実であり、その日のうちに摘発がおこなわれたのであれば、わたしは次のように結論します――密告電話をかけてきたのはわれわれが知っている人物で、以前にその人物から入った情報も信頼できるものだったのでしょう。[*8]

電話の主が地位の高い人物だったのなら、チームがこれまでに考えたシナリオの多くを却下することができる。例えば、ヴィレム・ファン・マーレンのような男にはデットマンのごとき大物を電話口に呼びだす力はなかったはずだ。

電話をよこした謎の人物の正体を正確に知りえた者は二人しかいない。電話してきた男もしくは女、そして、電話を受けたデットマンだ。しかし、そこでチームの面々は考えた——デットマンがアーブラハム・カペルに電話をして摘発チームの人選をするよう命じたときに、どこから情報が入ったかをカペルに教えた可能性もある。カペルのファイルにそれに言及している箇所がないだろうか？　長い年月が過ぎた現在、ファイルはどこにあるのだろう？

ヴィンスは、法執行機関で長年仕事をするうちに警官について多くを学んだ、とわたしに断言した。重要とみなされたファイルのコピーを、カペルが彼の自宅で保管していた可能性はかなり高い。カペルが対独協力者として一九四九年に処刑されたため、子孫が見つかる見込みはまずないし、その誰かが特定のファイルについて知っている見込みはさらに薄いことをチームとして承知しつつも、ピーテルが調査にとりかかった。

アムステルダム市立公文書館の記録によると、カペルの一族はアムステルダムの北にある地区の出身だった。ピーテルはその地区の電話帳にカペルという名字の者が数人出ているのを見つけ、アーブラハム・カペルの孫息子と思《おぼ》しき人物に調査の焦点を絞った。ところが、ピーテルがそちらへ電話するたびに女性が出て、夫はあの有名な対独協力者とはなんの血縁関係もないと言いはった。オランダでもっとも悪評が高かった戦争犯罪人の孫息子として生きるのは、きっと楽なことではなかったのだろう。戦後に開かれたカペルの裁判では、膨大な数の人々が証言台に立ち、彼がユダヤ人とレジスタンスの囚人に無慈悲な残虐行為を加え、彼に尋問されて命を落とさずにすんだ者はほとんどいなかったことを証言している。

戦後、対独協力者とその家族に向けられた報復はすさまじかった。ほとんどの者が職を失い、市役所の社会福祉課へ行って生活保護の申請をしなくてはならなかった。市の職員たちは身元調査のために申請者の自宅の近辺を訪ね、申請者が副業についていないかどうか、規則に違反する行為をしていないかどうかについて、知っている者はいないかと尋ねてまわったものだった。その報告書がすべて、アムステルダム市立社会福祉文書館のファイルに収められている。

カペルのファイルに目を通したピーテルは、彼の妻がフリーチェ・ポットマンという名前で、夫婦のあいだに娘一人と息子二人がいたことを知った。終戦後すぐにカペルの近所をまわった市の職員たちの報告書からすると、ほとんどの者がアーブラハム・カペルをひどく憎んでいたが、妻には好感を持っていたことが明らかだった。

ピーテルはカペルの孫息子が見つかったことを九十パーセント確信していたので、自宅に直接押しかけて、出たとこ勝負でいってみようと決心した。二〇一九年六月のよく晴れた日、途中で買ったクリームケーキを手土産にして、カペルが住むアパートメントへ車を走らせ、誰かが出かけようとするタイミングをとらえて建物に入りこみ、カペル家の玄関の呼鈴を押した。

カペル本人が玄関をあけた。ピーテルはケーキを渡して、彼の家族に関する興味深い情報を届けに来たと言った。じっさいに会ってみると、カペルも妻も気さくなタイプで、すでに八十代に入ったカペルは祖父との思い出を自由に話してくれた。ただ、戦時中はまだ子供だったため、祖父のことはほとんど覚えていないという。

アーブラハム・ジュニアは祖父が戦争犯罪人だという事実を受け入れていたが、隣家のファン・パレーレン一家から聞いた祖母の話を心の慰めにしていた。フリーチェは夫にひそかに逆らって、自宅玄関の郵便受けに押しこまれた差出人不明の密告メモや、夫のポケットから出てきたメモをこっそり集めていたそうだ。そこに書かれた氏名を書き写してファン・パレーレンに渡し、その人々への事前の警告を頼んでいた（アーブラハム・ジュニアはまた、おじのヤンが連合国軍の水兵になり、おばのヨハンナがレジスタンス組織の一員だったことも誇りにしていた）。

これに加えて、アーブラハム・ジュニアはほかの証言もおこなった。彼の祖父はたしかにファイルと文書をボール箱に入れて自宅に保管していたし、その保管場所もわかっているというのだ。それを聞いてピーテルは胸を躍《おど》らせた。ついに鉱脈を掘り当てたと思った。ところが、アーブラハム・ジュニアは次に、祖父が暮らしていた田園地帯が一九六〇年に水害にあって何もかも失われたため、文書類もすべてだめになったことをピーテルに告げた。

控えめに言っても、途方もない幻滅だった。

第30章

フランク一家を逮捕した男、ウィーンで発見される

『アンネの日記』が舞台化され、オーストリアでは一九五七年にリンツで初演を迎えたが、そのとき、若者のデモ隊が劇場に乱入して芝居を中断させ、日記は偽造だと叫んだ。この騒ぎがサイモン・ヴィーゼンタールの耳に入った。彼自身、ホロコースト生存者で、逃亡したナチスの戦犯たちを追跡していることですでによく知られた人物だった。著書『殺人者はそこにいる』に、ヴィーゼンタールはそのときのことを記している。

一九五〔七〕年十月のある日の夜九時半に、ひどく興奮した友人から、リンツのわたしのアパートメントに電話があった。いますぐ州立劇場に来てくれないか? *『アンネの日記』の舞台が反ユダヤ主義のデモ隊に妨害されたところだった。十五歳から十七歳を中心とする若者の一団が、「国賊！　ごますり！　詐欺《さぎ》！」と叫んでいた。ほかの連中はブーイングや野次を飛ばしていた。照明が消えた。天井桟敷にのぼったデモ隊の若者たちが、

一階前方の席の観客に向かってちらしをまいていた。ちらしを拾った人々が声に出して読んだ。この戯曲は欺瞞《ぎまん》だ。アンネ・フランクは実在しなかった。賠償金をさらに強請りとろうとして、ユダヤ人どもがでっちあげたのだ。ひと言も信じるな！　これは偽りだ！

……ヒトラーが学校に通い、アイヒマンが大きくなったこのリンツで、「若い連中は」嘘と憎悪を、偏見と虚無主義を信じるように教えこまれてきた。[*1]

二日後の夜、ヴィーゼンタールはリンツのコーヒーハウスで友人とコーヒーを飲んでいた。誰もがデモを話題にしていた。友人が顔見知りの若者に声をかけ、あのデモをどう思うかと尋ねた。若者はわくわくしたと答えた。「日記はたぶん巧妙な偽造ですよ。もちろん、アンネ・フランクが実在した証拠にはなりません」ヴィーゼンタールはそこで「アンネはベルゲン゠ベルゼンの共同墓地に埋葬されている」と反論した。若者は肩をすくめた。「なんの証拠もないじゃないですか」と言った。「わたしがアンネ・フランクの存在を立証できたら、アンネを逮捕したゲシュタポの男を見つけだしたら、それが証拠になるかね？」ヴィーゼンタールは尋ねた。「ええ」若者は答えた。「その男自身も認めればね」[*2]

このやりとりが原動力となって、ヴィーゼンタールは摘発を指揮したＳＤの男を追うことにした。ヴィーゼンタールがつかんでいた大きな手がかりはＳＤの男の名字で、彼はジルバーナーゲルだと思いこんでいた。また、ＳＤの男にはウィーン訛《なま》りがあったとミープが言っていたこともヴィーゼンタールは覚えていたが、これはたいして役に立たなかった。なにしろ、第二次大戦中、九十五万人を超えるオーストリア国民がドイツ側について戦ったのだから。ヴィーゼンタールはさまざまな伝手《つて》を頼って、ジルバーナーゲルという名字を持つかつてのナチ党員を八人見つけだすことができた。しかしながら、アムステルダムに派遣されてSDの仕事についていた者は、そのなかには一人もいなかった。きっと、なんらかの情報が欠けているのだ。

ヴィーゼンタールは回想録のなかで、オットー・フランクに連絡をとってSDの男の名前を確認したことはないと述べている。ヴィーゼンタール自身もホロコースト生存者なので、あの運命の日の記憶をたどるようオットーに強要して辛い思いをさせるのは忍びなかったというのだ。ヴィーゼンタールはまた、これまでに接触した他の多くの生存者と同じくオットーもSDの男が見つかることを望んでいないかもしれない、と危惧していた。彼はこれまで「それが何になるんだ？　あなたには死者をよみがえらせることなどできない。できるのは生き残った者を苦しめることだけだ」と言う人々に出会ってきた。[*3] しかし、ヴィーゼンタールには、自分はもっと大きな目的を見据えているという自負があった。SDの男の居場所を突き止めて逮捕の件を認めさせることができれば、アンネ・フランクが実在の人物であり、彼女の日記が本物であることを証明できる。彼にとってさらに重要だったのは、一九五〇年代後半に入ってから〝偉大なる過去〟についてまたもや郷愁を込めて語りはじめたドイツ人とオーストリア人に、ホロコーストの証拠を突きつけてやれることだった。

コールドケース・チームが重要だとみなしたのは、SDの男の身元と居場所を突き止めるのがヴィーゼンタールの目的だとオットーが知ったとたん、ジルバーバウアーという本名を知っていながら、ヴィーゼンタールへの協力を拒んだことだった。ミープが一九八五年にインタビューを受けたとき、こう説明している――SDの男の家族を苦しめたくないから男の名字を変えてくれないか、とオットーに頼まれて、わたしはジルバーターラーという名前を思いつきました。[*4] ジルバーナーゲルという名前のほうは、ヴィーゼンタールによると、ヴィクトル・クーフレルから聞いたそうだ。[*5] エルンスト・シュナーベル著『少女アンネ――その足跡』が出版されるまで、《隠れ家》の摘発を指揮したSDの男の名前が公《おおやけ》になったことは一度もなかった。ジルバーバウアーを偽名で呼ぼうということになったのは、ミープ、オットー、他の支援者が一九五七年にシュナーベルからインタビューを受けたときだったに違いない。ヴィンスは不意に、ピーテルとテイスと三人でバーゼルの〈アンネ・フランク基金〉を訪ねたときのことを思いだした。あのとき、理事長のジョン・ゴールドスミスがヴィンスを脇へ呼んで、こう言ったのだ。「ご存じかもしれませんが、ジルバーバウアーの正体を知っているかどうかについて、オットーはヴィーゼンタールに嘘をつきました。なぜだと思われます？」いまのヴィンスは、ゴールドスミスのこの質問に答えるのが調査の鍵となるに違いないと確信していた。

ヴィーゼンタールが一九六三年の春にアムステルダムへ出かけたとき、オランダ人の友人から、ジルバーナーゲルではなくジルバーターラー（ミープが考えだした名字）を捜すべきだと言われた。ヴィーゼンタールはそのあとで幸運にも、彼の調査の件でオランダ国家犯罪捜査部のインズ・タコニス部長に会うことができた。彼が辞去しようとしたとき、タコニスがささやかな〝旅の読み物〟なるものを渡してくれた。それは一九四三年に作成されたオランダのSD所属隊員名簿のコピーで、約三百人の氏名が出ていた。ウィーンに帰る飛行機のなかで、ヴィーゼンタールはジルバーターラーという名前を求めて名簿のページをめくりはじめた。見つからなかった――しかし、ⅣＢ４課所属の四十人ほどの名簿に指を走らせていたとき、〝ジルバーバウアー〟というオーストリアによくある名字が目についた。興奮した。ついに目当ての男が見つかった――というか、少なくとも、男の名字が。名簿にファーストネームは出ていなかった。[*6]

ＳＤの男の居場所を突き止めようとヴィーゼンタールが思いついてから、なんと六年もの月日が流れていた。ヨーゼフ・メンゲレの捜索をおこない、アドルフ・アイヒマンを追いつづけたヴィーゼンタールのことだから、ジルバーバウアーがナチスの大物でないことは最初から見抜いていただろう。彼の最終目的はジルバーバウアーに罪の償いをさせることではなく、アンネ・フランクと家族を逮捕したのが彼であったのを認めさせることだった。一九六三年六月上旬、ヴィーゼンタールはジルバーバウアーに関して集めた情報を、ドクター・ヨーゼフ・ヴィージンガーに渡した。ヴィージンガーはオーストリア連邦内務省に所属し、戦争犯罪捜査の責任者を務めている人物で、内務省におけるヴィーゼンタールの連絡相手であった。

この時点では、ジルバーバウアーが終戦まで生きていたかどうかも定かでなかった。ヴィーゼンタールはその後五カ月のあいだ、ヴィージンガーに絶えず連絡をとり、名簿に出ているジルバーバウアーの身元確認と居場所の特定に進展があったかどうかを問い合わせた。返事はいつも同じで、「目下、捜査中です」と言われるだけだった。最後にヴィージンガーから返事が来たのは一九六三年十月だった。ヴィーゼンタールは知らなかったが、コールドケース・チームが見つけた一九六三年八月二十一日付のオーストリア連邦内務省の報告書によると、オーストリア当局はこのときすでにジルバーバウアーの身元を確認し、居場所を突き止め、取調べをおこなっていた。ヴィーゼンタールに内緒にしていただけだったのだ。

報告書に目を通したチームの面々は、ウィーン警察に勤務していたカール・ヨーゼフ・ジルバーバウアーが内務省尋問委員団の前にひそかに呼びだされていたことを知った。取調べを受けたジルバーバウアーは、アムステルダムのSDへ異動になり、一九四三年十一月からバイク事故で負傷した一九四四年十月までそちらで勤務していたことを認めた。ヴィリー・ラーゲスとユリウス・デットマンの下で仕事をするほかに、隠れているユダヤ人を逮捕して報奨金を受けとっていたのは間違いないと述べた。また、オランダ語がどうしてもマスターできなかったため、尋問のさいには通訳が必要だったことも認めた。この取調べにおける最大の収穫は、アンネ・フランクと家族の逮捕の指揮に当たったことをジルバーバウアーが告白したことだった。

コールドケース・チームがジルバーバウアーの背景調査をおこなった結果、終戦後の一九四五年四月に祖国オーストリアに戻り、一年二カ月のあいだ服役していたことが判明した。かつてアムステルダムのSDへ異動する前に、共産主義の囚人たちに過剰な暴力をふるった罪により、懲役刑を科せられたのだった。釈放後はドイツ連邦情報局（BND）に勧誘され、ドイツのニュース週刊誌『シュピーゲル』の記事によると、潜入工作員として働いていたという。かつて親衛隊員だったおかげで、潜入捜査のあいだもネオナチ連中から疑われることはいっさいなかった。[*7] ドイツ連邦情報局のあとはウィーン警察に入り、警部にまで昇進した。

一九六三年十一月十一日、ジルバーバウアーが最初の供述をおこなったあと三カ月近くたってから、ヴィーゼンタールはオーストリアの新聞『フォルクスシュティンメ』の第一面に出た記事を読んだ。〝アンネ・フランク一家を逮捕した男〟[*8] おそらく、ウィーンの警察内の誰かが地元新聞社にリークしたのだろう。世界じゅうのメディアがウィーンに殺到した。メディアの連中は、オットー、ミープ、ベップ、クーフレルに、さらには、かつて犯人扱いされたヴィレム・ファン・マーレンにまでコメントを求めた。アンネの物語のファンや関係者は、《隠れ家》の摘発を指揮したSDの男がようやく見つかったのだから、彼の口から密告者の名前が明かされるだろうと予想した。

ヴィーゼンタールはおそらく怒りと心痛の両方に駆られたのだろうが、すぐさまドクター・ヴィージンガーに手紙を書いて、「〝ジルバーバウアー〟という名前を教えたのはこのわたしだ」と文句を言い、人物確認のためオットーに写真を送りたいからと言って、写真を一枚要求した。[*9] ヴィージンガーはヴィーゼンタールとの関係を維持するため、ジルバーバウアーを見つけだして尋問したことは伏せておくよう上から命じられていたことを、ようやく彼に告げた。

ヴィーゼンタールのこの手紙からすると、オットーと他の証人たちがすでにジルバーバウアーの名前を知っていようとは、ヴィーゼンタールは夢にも思っていなかったようだ。しかし、手紙を出した一週間後には真実を知ったものと思われる。新聞記事が出たあとで、オットーがアムステルダムの新聞『ヘット・フレイエ・フォルク』のインタビューに応じ、摘発を指揮したのがジルバーバウアーという男であったことは以前から知っていたと語ったのだ。さらにこんなコメントもしている。「ウィーンのヴィーゼンタール氏と連絡をとったことは一度もありません。ですから、氏がなぜジルバーバウアーを捜していたのか、わたしにはわかりかねます」[*10] ミープもまた、インタビューのひとつで、「ジルバーバウアーの名前を知ってはいましたが、けっして明かしませんでした。偽名を使うよう、オットーに頼まれたからです」と言っている[11]。

すると、オットーはジルバーバウアーの名前を知っていた人々に、偽名で呼ぶよう頼んでいたわけか？　なぜそんなことを？

〈アンネ・フランク財団〉の以前の理事長で、オットーの友人でもあったコル・ソウクが何年もたってからこんな推測をしている――オットーはジルバーバウアーにある程度同情したのではないか。というのも、ジルバーバウアーがオットーを逮捕したとき、同じドイツ軍の士官だったということで彼に敬意を示したからだ。オットーはジルバーバウアーの家族を過度の注目から守ろうとしたのだろう、とソウクは言っている。もっとも、ジルバーバウアーに子供はいなかったが[12]。

どうも感傷的で、できすぎた説明のように思われる。オットーは感傷的なタイプではなかった。ジルバーバウアーが逮捕に来たせいで、オットーの妻子が無惨な死を迎えることになったのだ。摘発のときに、このナチ党員はミープをどなりつけ――彼が〝激怒のあまり、身体をねじまげているように見えた〟のをミープは覚えている――〝ユダヤの屑ども〟[13]を助けた彼女を罵っている。ＳＤ本部で尋問をおこなったときには、クーフレルとクレイマンに「一緒につかまったんだから、一緒に吊るされるがいい」と言っている[14]。ジルバーバウアーは同情に値する人間ではない。オットーの同情となればとくに。オットーが発言をぼかしたのには、何かほかの理由があったに違いない。

ミープもまたジルバーバウアーの身元を隠していたので、元ＳＤ曹長がウィーンで見つかったという予期せぬ発表がいささか厄介な結果をもたらすことになった。その五カ月前の一九六三年五月三日、国家警察犯罪捜査部の刑事からミープに連絡が入り、《隠れ家》の摘発に関してどんなことを知っているかと尋ねられた。この事情聴取のとき、摘発チームを指揮していた男性の名前は知らない、とミープは主張している。一九四七〜四八年のPRAによる捜査のときには、男性の名前を告げているのだが。[*15] ミープは刑事たちに、オットー・フランクから話を聞いてほしいと言った。フランクならさらに多くを知っているはずだとほのめかしたのだ。

話変わっていっぽうでは、ジルバーバウアーが見つかったことを黙っていたオーストリア当局への仕返しのつもりかもしれないが、ヴィーゼンタールはジルバーバウアーの自宅住所をオランダ人の駆けだしジャーナリスト、シューレス・フッフにこっそり教えた。一九六三年十一月二十日、野心家のフッフはアポイントもとらずにジルバーバウアーの自宅に押しかけ、玄関をノックしてインタビューを求めた。最初はジルバーバウアーの妻が拒否したが、家の奥のほうから、「通してやれ」というジルバーバウアーのどなり声が聞こえた。フッフは数時間かけてインタビューをおこない、《隠れ家》の人々の逮捕に関してどんなことを記憶しているかと尋ねた。ジルバーバウアーは同情を惹こうとして、先日事情聴取のために呼びだされ、そのあとで銃とバッジと路面電車の無料パスを返却させられた、と不平を並べた。「突然、自分の金で電車の切符を買わなきゃいけなくなった。車掌からどんな目で見られるか、想像してみてほしい」彼の妻がときたま口をはさみ、夫の超過勤務手当がカットされたと愚痴をこぼした。「家具もローンで買わなきゃいけなくなったし」インタビューの最後に爆弾発言があった。本来なら、世界じゅうの新聞の第一面を飾ったはずのもので、摘発のきっかけとなったのはオットー・フランクに雇われていた倉庫の従業員がSDにかけた電話だったというのだ。[*16] しかし、編集部で大幅に修正されたフッフのインタビュー記事が十一月二十二日のオーストリアの新聞『クリール』に掲載されたものの、発行部数が少なかったせいか、ジョン・F・ケネディ大統領暗殺のニュースで世界じゅうが大騒ぎだったせいか、世間の反応はいまひとつだった。

とはいえ、オーストリア当局がこの記事を目にしたのは明らかだし、おそらく激怒したことだろう。けっして口外しないよう、ジルバーバウアーに命じておいたのだから。[*17] フッフのインタビュー記事が出たわずか三日後に、ジルバーバウアーは内務省に呼びだされ、あらためて事情聴取を受けた。ジルバーバウアーの新たな供述は、フッフの記事の内容とは大幅に違っていた。

はっきり言っておきますが、誰がフランク一家のことを通報したのか、わたしはいっさい聞かされていませんでした。オランダ人だったのか、ドイツ人だったのかも知りません。とにかく、わたしはただ一人のドイツ人として、単なる警官として、摘発チームと共にその家へ赴いたのです。一階の貯蔵エリアに男が立っていましたが、わたしたちが来るのを待っていた様子ではありませんでした。摘発チームのオランダ人警官に質問されて、男は片手で階段のほうを指さしました。[*18]

電話してきた人間に関して、ジルバーバウアーがフッフのインタビューのときになぜ違うことを言ったのか、コールドケース・チームにはどうしても答えが見つからなかった。ジルバーバウアーはオーストリア当局に対して正式な供述を三回（一九六三年八月、一九六三年十一月、一九六四年三月）おこなっているが、一貫しているのは、電話をかけたのが倉庫の従業員だったとはひとことも言っていない点だ。それどころか、誰がフランク一家のことを通報したのかも、電話してきたのがオランダ人かドイツ人かも、男性か女性かも、自分は知らなかったと断言している。フッフのインタビュー記事との大きな矛盾を前にして、コールドケース・チームはフッフとジルバーバウアーのどちらを信用すればいいのか、当惑するばかりだった。

フッフの記事に書かれたジルバーバウアーの発言は真実なのか？ *Anne Frank: The Untold Story* の共著者であるイェルン・デ・ブラインとヨープ・ファン・ヴェイク（ベップの息子）が鋭い指摘をしている。密告電話がかかってきたのは逮捕の三十分前だったというジルバーバウアーの主張からすれば、倉庫主任のヴィレム・ファン・マーレンは容疑者から除外できる。利用できるデータをすべて駆使してチームが分析を進めたところ、摘発が始まったのは十時半ぐらいだったと判明した。ファン・マーレンはいつも九時に出勤する。通りに設置されていた公衆電話ボックスはドイツ当局の命令により数年前にすべて撤去済みだった。ファン・マーレンが電話をかけたのなら、表の事務室の電話を使うしかなかったはずだが、そこでは午前中ずっと、ベップとミープとクレイマンが仕事をしていた。[*19] あとひとつだけ考えられるのは、近所の会社のどこかで電話を借りたという線だ。だが、コールドケース・チームが自信を持って断言したように、もしそうだったとすれば、これだけ有名になった事件なのだから、その会社の誰かが名乗りでていたはずだ。

ジルバーバウアーのインタビュー記事の完全版に一般の人々も目を通すことができたのは二十三

年後の一九八六年、オランダのニュース週刊誌『デ・フローネ・アムステルダンメル』に記事が掲載されたときだった。[*20] 興味深い記事ではあるが、もっとも重要な疑問への答えにはなっていなかった。ジルバーバウアーは誰が電話してきたかを、上司のユリウス・デットマン中尉から本当に聞かされていたのか？　それとも、有名になろうとする最後のあがきゆえに、ジャーナリスト志望の青年フッフの前でスタンドプレイをしただけだったのか？

＊ヴィーゼンタールは一九五八年だと誤って記憶していた。舞台の初演は一九五七年である。

第31章

ミープが知っていたこと

支援者のなかでもとりわけ献身的だったのがミープ・ヒースであることは、誰にも否定できないだろう。戦争が終わってアンネが戻ってきたら渡すつもりで、ミープは日記を大切に保管していた。オットーはアウシュヴィッツから生還したあと七年のあいだ、ミープと夫の家に同居させてもらった。終戦後もオットーの秘密を守りつづけたのがミープだった。一九八〇年にオットーが亡くなったあとは、ミープがアンネ・フランクの話を語り継ぐ事実上の代弁者となった。世界じゅうのメディアから何十回もインタビューを受け、国際的な集まりに招かれてスピーチをすることもあった。

ヴィンスは〈供述プロジェクト〉なるものを立ちあげた。印刷物、録音テープ、録画ビデオなど、証人たちが長年にわたっておこなってきた密告にまつわる供述を、コールドケース・チームの手でひとつ残らず集めようというのだ。矛盾点や補強証拠を見つけだすために、それらの供述が時間軸に沿って並べられた。

〈供述プロジェクト〉の一環として、コールドケース・チームはミープに関係した印刷物、録音テープ、録画ビデオをすべて集めた。

二〇一九年のある日、ある国際的な集まりでスピーチをおこなうミープのビデオを見ていたヴィンスは、まったく予期していなかったことに出会った。一九九四年にミシガン大学でミープがスピーチをしたときのもので、ロルフ・ヴォルフスヴィンケル教授も一緒に登壇して進行役を務め、ミープがときおり英語の単語や語句に詰まったときは手助けをしていた。[*1] カウチに寝そべってヘッドホンでスピーチに耳を傾けるうちに、ヴィンスは居眠りしそうになった。彼がこれまでに検証した録画の大部分でミープがおこなっているスピーチと、基本的には同じ内容だった。やがて、スピーチの最後にヴォルフスヴィンケルが聴衆に質問を求めたところ、若い男性が「何がフランク一家の逮捕のきっかけとなったのでしょう?」と尋ねた。それに答えるさいに、ミープは驚くべきことを言った。「十五年の歳月が流れ……わたしたちはふたたび密告者捜しにとりかかりました。でも、それは一九六〇年のことで、密告者はそのときすでに亡くなっていました」そして、次のように締めくくった。「ですから、誰が密告したかは永遠にわからないという事実を、わたしたちは甘んじて受け入れるしかありません」ヴィンスは衝撃のあまり、思わず身を起こした。ありえない。密告者が一九六〇年以前に亡くなったことをミープが知っていたのなら、密告者の名前も知っていたことになる。

ヴィンスは矛盾点を解明するために、オースティンにあるテキサス大学で心理学を教えているアート・マークマン教授が書いたものを参考にした。ドレイク・ベーアが『ザ・カット』誌に寄稿した〝秘密を守る本当の理由はきわめて厄介——心理学者の考察より〟と題する記事のなかで、マークマン教授はこう論じている。〝頭脳の情報処理能力には限界があり、守るべき秘密と明かしても構わない秘密を判定するのは多面的認識行動である。心の重荷を下ろしたいという誘惑に負けて、秘密の一部を口走ってしまうこともある〟[*2]ヴィンスはミープの場合もこれだったのだと確信した。ミープは誰が密告者かを以前から知っていたと認め、手がかりを残している。その男性もしくは女性は、一九六〇年にはすでに亡くなっていたという。ミープはほかに何を知っていたのだろう？

彼女が密告者の名前を知っていたのは明らかだが、けっして口外しなかった。友達のコル・ソウクから密告者の名前を知っているのかとじかに質問されたとき、ミープは「コル、あなたは秘密を守れる？」と尋ねた。コルは熱っぽく答えた。「うん、ミープ、守れるとも！」すると、ミープは微笑して「わたしもよ」と言った。[*3]

ヴィンスはヨン・ニーマン神父に連絡をとろうと決めた。オットー、ミープの両方と親しくしていた人物で、『思い出のアンネ・フランク』の共著者であるアリスン・レスリー・ゴールドが主催した一九九六年度のアカデミー賞受賞パーティにも、神父はミープと一緒に出席している。『思い出のアンネ・フランク』はドキュメンタリー映画になり、アカデミー賞の長編ドキュメンタリー賞を受賞した。ニーマン神父はこんな思い出話をしている——ミープと二人で話をしていたとき、彼女がいきなり、オットー・フランクは《隠れ家》を密告した人物を知っていたが、その人物はすでに死んでいる、と言いだした。オットーが密告者を個人的に知っていたのか、それとも密告者の名前を知っていただけなのか、ニーマンにはよくわからなかった。「ピンが落ちる音も聞こえるほどでした」ミープもその人物のことを知っているのか、とニーマンは尋ねた。ミープは知っていると答え、会話はそこで終わった。[*4]

ベップの息子ヨープによると、一九五〇年代後半にオットーと支援者たちのあいだで〝自発的な協定〟が結ばれたという話を、母親から聞いたそうだ。それ以後、メディアの取材にはオットーが全員を代表して応じることになった。「《隠れ家》における役割について尋ねられても、支援者たちはできるかぎり返事をぼかしていたそうです」と、ヨープは語っている。[*5]

ネオナチとホロコースト否認者による攻撃、《隠れ家》のことを記事にするジャーナリストたちの勝手な改竄《かいざん》からすれば、取材に応じるさいに規制が必要だとオットーが考えたのもうなずける。この取り決めに対して、ベップ、ミープ、ヤン・ヒースはなんの異存もなかった。いい加減な報道をされることが多くて、誰もがうんざりしていたのだ。[*6] しかし、オットーは何かもっと深い問題を抱えていたように思われる。この謎を探ろうとチームは決心した。

ヴィンスはロルフ・ヴォルフスヴィンケルの線を追ってみようと考えた。ヴォルフスヴィンケルなら、《隠れ家》の摘発についてミープと個人的に話をしているかもしれない。パソコンで検索したところ、ヴォルフスヴィンケルがニューヨーク大学で現代史の教授をしていることがわかった。ヴィンスは教授に連絡をとり、コールドケース・チームのプロジェクトについて、教授とミープの関係について、長時間に及ぶ会話をした。そこでわかったのは、ヴォルフスヴィンケルがミープの親しい友人であり、講演に出かけるミープにしばしば付き添ったり、翻訳を手伝ったりしていたということだった。

ヴォルフスヴィンケルはヴィンスに、彼の父親のヘリットが戦時中アムステルダムで警官をしていたことを話した。父親は逮捕に赴くSD隊員に何回か同行したことがあったが、現場の外に立って玄関の見張りにつくだけだったという。その任務のせいで、父親は対独協力者として有罪判決を受け、懲役刑を言い渡された。父親の服役中に母親が離婚を申しでたため、以後、ヴォルフスヴィンケルは父親とめったに会えなくなってしまった。

大人になってからふたたび父親と行き来するようになったので、戦時中に何をしていたかを尋ねてみた。妙なことに、以前は正統派のキリスト教徒だった父親が〈エホバの証人〉の信徒になっていて、戦時中の自分の行為については神にしか告白できないと答えた。父親が説明のつかない改宗をしたというヴォルフスヴィンケルの話は、ヴィンスにはどうでもいいことだったし、彼がミープに関して知っていることはたいしてなさそうだったので、この線にはあまり期待をかけないことにした。

しかし、ヴォルフスヴィンケルというのは印象的な名字で、ヴィンスは前にどこかで見たような気がしていた。ヘリット・ヴォルフスヴィンケルという名前が彼の頭のなかを飛びかっていた。マイクロソフトのAIプログラムが登場するまで、コールドケース・チームが情報整理に使っていたのは、印刷された記録と粗雑なスプレッドシートだけだった。ヴィンスは彼がかつて発見した千枚近くの報奨金受領証が記録されているスプレッドシートを見つけだし、ヴォルフスヴィンケルという名前を手早く検索した。ヴォルフスヴィンケル教授の父親の名前が見つかった。父親は摘発のさいに玄関を見張るだけの警官ではなく、もっと大きな役割を担っていた。SDのⅣB4課（ユダヤ人狩り部隊）の一員だったのだ。父親のそうした経歴を息子のロルフは知っているだろうか、とヴィンスは訝《いぶか》しんだ。ミープ・ヒースの友人である男性が、《隠れ家》の摘発をおこなったⅣＢ４課所属の警官の息子だなんて、嘘のような話ではないか。そこでヴィンスは思った――こんな話はでっちあげられるものではない！

さらに奇妙なことが判明した。ヴォルフスヴィンケルの父親の働きが記録されている何枚かの報奨金受領証を調べたところ、そのうち一枚はユダヤ人逮捕の報奨金ではなかったのだ。領収証の日付は一九四二年三月十五日、〈エホバの証人〉の信徒が逮捕され、三・七五ギルダーの報奨金が支払われている。ヘリット・ヴォルフスヴィンケルはこの逮捕に大きな罪悪感を抱いて、そのときの犠牲者の宗教に改宗したのか？　それとも、〈エホバの証人〉が告白する相手は神だけということで、打算を働かせて改宗したのか？

奇妙な偶然が最後にもうひとつ。ロルフはヴィンスに、トニー・アーレルスと遠い親戚関係にあるという話をした。アーレルスというのは、一九四一年にヤンセンの手紙を使ってオットーを脅迫した男のことである。ロルフの祖母は数回結婚していて、夫の一人がトニー・アーレルスの父親だった。ヴォルフスヴィンケルは彼の祖母がもらった結婚指輪を持っている。内側に〝ＡＣＡ一九二五〟という文字が刻まれているそうだ。

第32章
実質的な証拠ゼロ　PartⅡ

　ヴィンスはここで、《隠れ家》の摘発をめぐる二度目の捜査にコールドケース・チームの注意を向ける時期が来たと判断した。当時、二度目の捜査の指揮をとったのは、オランダ警察のベテラン刑事、アーレント・ヤコーブス・ファン・ヘルデンだった。チームが直面した最初の疑問は〝オランダ政府はなぜ突然、一九六三年〜一九六四年の捜査を認可したのか?〟だった。新たな情報が見つかったからではなさそうだ。おそらく、サイモン・ヴィーゼンタールがジルバーバウアーを捜しだして全世界のメディアの注目を集めたため、それへの対抗措置だったのだろう。オランダが主導権を奪いかえそうとしたのだ。

　一九四七〜一九四八年の捜査に比べると二度目の捜査のほうがプロ意識の高い形で進められたことに、ヴィンスは注目した。ただし、この捜査にもそれなりの弱点があった。二十年のあいだに記憶が色褪《あ》せたのに加えて、証拠品は失われ、証人たちは死亡している。例えば、ヨハンネス・クレイマンも(一九五九年一月二十八日)、ランメルト・ハルトフも(一九五九年三月六日)、ハルトフの妻レナも（一九六三年六月十日）死んでしまった。
二度目の捜査の問題点は、一度目と同じく調査範囲の狭さにあった。捜査の焦点となったのは今度もまたヴィレム・ファン・マーレンだけだった。ジルバーバウアーがウィーンでおこなった、〝オットー・フランクに雇われていた倉庫主任がSDに電話をした〟という供述のせいでもある。のちに撤回することになるものの、ジルバーバウアーはこう主張した――現場に到着したとき、わたしはオランダ人警官が倉庫主任に「ユダヤ人はどこだ？」と尋ねるのを目撃しました。倉庫主任が上の階を指さしたので、わたしはその男（ファン・マーレン）が電話でユダヤ人を密告し、摘発チームを待っていたのだと結論したのです。
二度目の捜査の指揮をとったファン・ヘルデン刑事は几帳面なタイプだった。摘発のときにジルバーバウアーを手伝った二人のオランダ人警官、ヴィレム・ソローテンドルストとヘイジヌス・フリンハウスの居場所を突き止めて事情聴取をおこなった。刑務所で服役していたフローテンドルストはオランダ解放十周年となる一九五五年に釈放された。フリンハウスは死刑宣告を受けたが、終身刑に減刑され、やがて一九五八年に釈放された。二人とも、《隠れ家》の逮捕劇に加わった覚えはないと主張した。しかも、フリンハウスはさらに主張を進めて、自分はあの現場にいなかった、ユダヤ人が八人も逮捕されれば、記憶に残るはずだと言った。ずる賢い言い逃れだ。[*1]
ファン・ヘルデン刑事はまた、ファン・マーレンのもう一人の仕事仲間、ヨハンネス・デ・コークにも事情聴取をおこなっている。一九四三年後半の何カ月間か、倉庫主任の助手をしていた男だ。デ・コークは〈オペクタ／ヒース商会〉から盗んだ品を闇市で売りさばくファン・マーレンに手を貸したことは認めたが、さらに続けて、ファン・マーレンがナチス支持の態度を見せたことは一度もないと言った。

ファン・ヘルデン刑事がファン・マーレンの過去を調べたところ、会社経営に失敗して破産し、何年も失業が続き、ケチな窃盗で起訴されるといった波乱の人生が浮かびあがった。しかし、ファン・マーレンは一貫して反ナチスの姿勢を貫いていたようだ。戦争が始まる少し前、彼はオランダの慈善団体の支援にすがって暮らしていた。ナチスが民間の慈善団体の活動をすべて停止させ、かわりに〈冬の助け合い・ネーデルラント〉という機関を作ったとき、以前の慈善団体のメンバーの話によると、ファン・マーレンは彼の主義として、ファシストの援助を受けるのは拒否したそうだ。ファン・ヘルデン刑事がファン・マーレンの以前の隣人たちに質問してまわると、誰もが彼のことを〝金銭面で信用できない男〟だと言ったが、〝敵のために働いた連中や、敵の取巻き連中〟とのコネを疑っていた者は一人もいなかった。ファン・マーレンがレジスタンス活動をしている隣人をしばしば訪ねていたことはよく知られていたが、そこには〝裏切り行為の片鱗《へんりん》も見られなかった〟そうだ。[*2]

ファン・マーレン自身が事情聴取を受けたときには、ジルバーバウアーが語った摘発のときの様子に反論した。ジルバーバウアーはオランダ語ができないから、あのときのやりとりを誤解したのだと言った。摘発チームが到着したとき、彼に近づいたオランダ人警官は「事務室はどこだ？」と尋ねただけだった。そこで、ファン・マーレンが上のほうを指さしたというわけだ。[*3]

ファン・マーレンには《隠れ家》のユダヤ人たちのことを近所の会社の人々にしゃべっていたと

いう疑いもかけられていた。その人々と話をしたのはフランク一家の逮捕後のことだと言って、ファン・マーレンは疑いを晴らした。近所の会社で働く人々はすでに、〈オペクタ／ヒース商会〉の建物のなかで何か妙なことが起きているのを知っていた。プリンセンフラハト二六九番地でハーブの店を経営し、NSB党員でもあったヤコーブス・マテルは、一度、ファン・マーレンに「あそこに何が隠してあるんだね？」と尋ねたことがあった。

ファン・マーレンに関する捜査ファイルは一九六四年十一月六日に閉じられた。検察官への最終報告書には〝今回の捜査から具体的な結果を得ることはできませんでした〟と書かれている。[*4]

コールドケース・チームは一九四七〜四八年、一九六三〜六四年の二度の捜査時におこなわれたファン・マーレンの事情聴取の記録を丹念に分析し、虚偽の供述や矛盾点がないかどうかを調べることにした。ファン・マーレンは次のように主張している――《隠れ家》のことをナチスに通報してよけいな注意を惹くような真似などするわけがない。長男のマルティヌスが強制労働の義務を怠っていて、SDに調べられればすぐ露見してしまうから。しかしながら、チームが調べたところ、マルティヌス・ファン・マーレンが強制労働キャンプ《アルバイツァインザッツ》を果たさなかったために当局から手配された、という記録は見つからなかった。ただ、残念ながら、これを根拠にしてマルティヌスの身に危険はなかったと言い切ることはできない。一九四四年三月以降のSDの手配リストにのっていたかもしれないからだ。そのころすでに、リストの杜撰《ずさん》さが悪評の的《まと》になっていた。

事情聴取を受けた何人かは、ファン・マーレンはナチス支持者には見えなかったと述べている。

故に、イデオロギーの線は動機から除外できる。もっとも、ナチス支持者もしくは反ユダヤ主義者でなくても、息子の逮捕を避けるために、隠れているユダヤ人のことを通報することはあるだろう。例えば、マルティヌス・ファン・マーレンが法律に背いていることが露見すれば、父親は息子の身を守ろうとして、《隠れ家》に潜む人々のことを密告するしかなくなったかもしれない。

しかし、この段階では、コールドケース・チームもファン・マーレンの有罪に確信が持てずにいた。むしろ、彼が現状に満足していたように思えてならなかった。忘れものの財布やデスクの引出しに入っている現金をくすねても、問いただされる心配はない。倉庫の商品を盗んで闇市で勝手に売りさばくこともできる。彼の不審な行動に疑念を抱いた従業員がいたとしても、詰問したり、解雇したりする危険は冒せなかっただろう。ファン・マーレンから仕返しに密告されたりしたら大変だ。

ファン・マーレンの密告容疑が晴れていくいっぽうで、ほかの容疑者についても検討がなされた。一人目はランメルト・ハルトフ、〈オペクタ／ヒース商会〉に入ってまだ日が浅く、しかも不法就労だった。ドイツで強制労働に就くよう命じられたのを無視していたからだ。二人目は彼の妻のレナ、〈オペクタ／ヒース商会〉でときどき掃除の仕事をしていた女性だ。

『アンネの伝記』の著者メリッサ・ミュラーは、本書でもすでに述べたように、レナ・ハルトフに疑いをかけていた。レナは《隠れ家》にユダヤ人が潜んでいるという噂を、彼女に掃除を頼んでいる顧客の一人だけでなく、ベップ・フォスキュイルにまで話していたのだ。ベップはあわてて他の支援者たちに報告した。みんなで話しあったが、《隠れ家》の八人をよそへ移すのはどう考えても無理なので、オットーには黙っておくことにした。摘発のわずか五週間前のことだった。しかし、論理的に考えると、レナがそのような情報を電話で密告するのは彼女自身のためにならなかったはずだ。夫が〈オペクタ／ヒース商会〉で不法就労しているのだから、そんな電話をすれば、夫は職と収入と自由を失ってしまう。ナチスは労働義務の忌避を軽視してはいなかった。

オットーが親しくつき合い、信頼していたヨン・ニーマン神父が、二〇〇〇年十一月にアムステルダムのミープの自宅に泊まったことがあった。神父はミープに、メリッサ・ミュラーの『アンネの伝記』を読んだことを話した。そこには、おそらくレナ・ハルトフが密告者だろうと書いてあった。「ミープ、レナだったのか？　レナが密告したのかね？」と尋ねた。ミープは彼にまっすぐな視線を向けて、「違います。レナではありません」と答えた。[*5]

レナが犯人かもしれないとミュラーが考えた理由のひとつは、ＳＤ本部に電話してきた人物が女性だったという説にあったかもしれない。ミュラーの『アンネの伝記』に基づいて制作されたＡＢＣテレビのミニシリーズ、〝*Anne Frank: The Whole Story*（アンネ・フランク、そのすべてを語ろう）〟によって、この説が定着した。しかし、電話してきたのは女性だという説が裏づけられたことは一度もない。噂の出所は〈アンネ・フランク財団〉のかつての理事長コル・ソウクだと言われていて、ソウク自身は、ジルバーバウアーへのインタビューでそれを知ったと主張している。しかしながら、彼がジルバーバウアーにインタビューしたことを示す証拠はどこにもない。[*6]

ソウクは二〇一四年に亡くなったが、コールドケース・チームは彼と親しかった〈アンネ・フランク財団〉の当時の同僚、ヤン・エーリック・デュベルマンにインタビューをした。デュベルマンはソウクから聞いた話として、ジルバーバウアーの身元が初めて判明したとき、オットー・フランクが「ウィーンまで行ってジルバーバウアーと話をしてほしい」とソウクに頼んだことを明かした。当時（一九六三年〜一九六四年）、ソウクはまだ〈アンネ・フランク財団〉に入っていなかったが、オットーとは親しくしていたそうだ。しかし、オットーがソウクにそんなことを頼むとは考えられない。ジルバーバウアーとは今後いっさい関わりたくないと断言していたのだから。[*7] それだけではない。ジルバーバウアーのほうも一九六三年にオランダ人ジャーナリスト、シューレス・フッフのインタビューを受けたあとは、いかなるインタビューであろうと拒みつづけた。おそらく、オーストリア当局の命令によるものだろう。ソウクはおおげさな物言いで知られた人物だった。彼の娘がデュベルマンに、父親の言葉はひとことだって信じられないと言っていたほどだ。

レナの夫、ランメルト・ハルトフを密告者とする説には、コールドケース・チームは懐疑的だった。たしかに、一九四八年に作成されたハルトフの供述書には、建物に複数のユダヤ人が隠れていることを摘発の二週間ほど前にファン・マーレンから聞かされた、とはっきり書いてある。[*8] ヨハンネス・クレイマンの証言によると、ジルバーバウアーと警官たちが到着したとたん、ハルトフは〝あわてて逃げだし、以後、彼の姿を見た者はいなかった〟[*9] とのことだ。しかし、不法就労の人間がドイツのＳＤ将校の姿を見たとたん逃げだしたからといって、密告者の証拠にはなりえない。

ハルトフを容疑者からはずしたとはいえ、チームの面々はいまなおメリッサ・ミュラーのリサーチに関心を寄せていた。二〇一九年二月十三日、ヴィンスとブレンダンは彼女にインタビューするためにミュンヘンへ飛んだ。ミュラーはオープンな性格で、彼女のリサーチ内容を隠すことなく話してくれて、いまもアンネ・フランクに夢中の様子だった。インタビューしてみてわかったのだが、現在の彼女はレナの関与を以前ほど確信できなくなり、謎の解決はまだまだ遠いと感じていた。ミュラーは次に、ようやくミープ・ヒースにインタビューしたときのことをヴィンスに語り、「やりにくいインタビューで……彼女から情報をひきだすのが大変でした」と言った。ミュラーには強い疑念があった——ミープもオットーも摘発時の状況についてはるかに多くを知っていながら、何か事情があって、人に語ろうとしなかったのではないか？

ヴィンスが言うには、その瞬間、非常ベルが鳴りだしたような気がしたそうだ。最初からずっとチームを悩ませていた問題がひとつあった——一九四八年の捜査と一九六三〜一九六四年の捜査のどこに違いがあるのか？ 〝たいした違いはない。オットー・フランクの行動を別にすれば〟というのが答えだ。一九四八年の捜査のときのオットーは、《隠れ家》の住人を密告した犯人を見つけようとして必死だった。ところが、二回目の捜査になると、オットーの存在感はほぼ消えてしまう。せいぜい、脇に立って無言で見守る程度だ。彼も、支援者たちも、ファン・マーレン犯人説をもはや確信していない様子だった。ミープ・ヒースは何回か受けたインタビューのなかで、ファン・マーレンが密告者だとは思っていないとまで言っている。謎の焦点が変化した——オットー・フランクはなぜ心変わりをしたのか？ 以前は知らなかったどんなことを、オットーは知るに至ったのか？

もしくは、メリッサ・ミュラーの言葉を借りるなら、何かが起きて、密告者の正体が〝未解決の謎ではなくなり、厳重に守られてきた秘密に変わってしまった〟のだ。[*10]

第33章 八百屋

ヘンドリク・ファン・フーフェンはレリーフラハトで八百屋をやっていた。店は通りの角を曲がった先にあり、プリンセンフラハト二六三番地から百メートルも離れていなかった。新鮮な野菜とじゃがいもを《隠れ家》のために用意し、倉庫の従業員がランチに出ている昼どきにこっそり配達してくれた。レジスタンス活動もしている人だった。戦時中は、秘密の仕切りがついた手押し車を使って、毎朝届くリストに出ている住所へひそかに食料を届けていたそうだ。〝受けとる側と顔を合わせることはけっしてなかった。八百屋が食料の袋を玄関先に置くか、家のなかから誰かが出てきて食料を預かるかのどちらかだった〟[*1]ときどき、壁にポスターを貼ることもあった。また、大きなポスターの写真を宝物にしていた。〝VICTORIA!〟と書かれ、Vの文字の真ん中にヒトラーの頭がはさまっているポスターだった。[*2]

一九四二年の冬、マックス・メイレルというユダヤ人のレジスタンス活動家がファン・フーフェンに連絡をよこし、ユダヤ人夫婦を匿ってくれないかと頼んできた。ファン・フーフェンが承知すると、メイレルは信用できる大工に相談して、ファン・フーフェンの家の屋根裏に巧妙な隠れ場所を造ってもらった。家の裏手にある予備の寝室にヴェイス夫妻が越してきた。寝室には非常ベルがつけてあり、危険が迫ったときにベルを鳴らすと、夫妻が屋根裏の隠れ場所へ逃げられるようになっていた。[*3]二人は少なくとも十七カ月間、ファン・フーフェン一家と一緒にこの家で暮らした。

一九四四年五月二十五日、ピーテル・スハープ（アンス・ファン・ダイクの担当者）に率いられた逮捕チームがファン・フーフェンの自宅と店を急襲し、隠れていたヴェイス夫妻を見つけだした。[*4]夫妻とファン・フーフェンが逮捕された。ただし、ファン・フーフェンの妻は逮捕を免れた。珍しいことではなかった。子供たちがいる場合、逮捕チームは妻を家に残していくことが多かった。

コールドケース・チームは即座に、この摘発が〝数珠つなぎの〟逮捕に発展したのではないかと考えた――逮捕されたユダヤ人は、潜伏中のほかのユダヤ人の居所を白状するよう強要される。まず問うべきは、ファン・フーフェンとヴェイス夫妻の逮捕と、そのあとに起きたプリンセンフラハト二六三番地の摘発に関係があるかどうかだ。ファン・フーフェンの自宅と店はオットーの会社のすぐ近くにある。あの界隈では噂が広がるのも早い。アンネはその日の日記に書いている。〝この家にいつも野菜を届けてくれていたファン・フーフェンさんが、自宅にふたりのユダヤ人をかくまっていたかどで逮捕されました……（中略）……悲惨な運命に陥ることになるでしょう……（中略）……わたしたちとしては、食べる量を減らすしかありません……（中略）……きっとおなかがすくことでしょう。それでも、発見されてつかまるのよりはましです〟[*5]（『アンネの日記　増補新訂版』文春文庫）

ファン・フーフェンはアムステルダム市内の刑務所に六週間放りこまれたあと、ヴフト強制収容所へ送られた。国家弁務官アルトゥル・ザイス＝インクヴァルトの命を受けて一九四二年にオランダ南部に建設されたもので、親衛隊の手で直接運営された強制収容所というのは、ドイツを除く西ヨーロッパ諸国ではこのヴフトだけだった。[*6] 凄惨《せいさん》な場所だった。有刺鉄線の柵と監視塔に囲まれていて、絞首台があり、近くの森には処刑場が造られ、死体を処理するための移動式焼却炉が用意されていた。

オランダ国内ではこのころすでに、ユダヤ人を助けようとする勇敢な者たちも、発見されればたいていこういう場所で最期を迎えることを、国民全体が理解するようになっていた。

戦時中のアムステルダムは人生と運命が冷酷に交差する小さな世界だった。それを何よりもよく示しているのが、八百屋と《隠れ家》に関係した人々のあいだにクモの巣のごとく張りめぐらされた相互関係である。《隠れ家》の人々に関する情報を流した可能性のある容疑者が、ファン・フーフェンの身近に何人もいる。

マックス・メイレル

マックス・メイレルはヴェイス夫妻を匿ってほしいとファン・フーフェンに頼んだ人物である。筋金入りのナチス嫌いで、一九三八年十一月九日に起きた〝水晶の夜〟のときにはすでに、ドイツとの国境近くにある街、フェンロのすぐそばに兄が持っていた別荘を使って、逃げてきたユダヤ人を匿っていた。[*7]

戦争が始まったときから、メイレルは身分証明書と配給切符の偽造をおこない、ほどなく、ユダヤ人の隠れ家探しを手伝うようになった。一九四二年の時点では、地下新聞『ヴレイユ・ネーデルラント』と王室一家の写真を携えて（これ自体がレジスタンス活動になる）[*8]、フェンロへ頻繁に出かけていた。

一九四四年五月十七日、ファン・フーフェンの自宅と店が摘発にあう八日前に、メイレルはユトレヒトからロッテルダムへ向かう列車のなかで逮捕された。偽造の身分証明書を運んでいるところだった。

ファン・フーフェンは戦争をめぐる回想録（現在〈アンネ・フランク財団〉所蔵）のなかで、七月中旬にヴフト収容所でメイレルと顔を合わせたときのことを語っている。メイレルはファン・フーフェンに出会って呆然とし、自分の本名を呼ばないでほしいと懇願した。[*9] ユダヤ人であることを隠すために偽名を使っているという。二人はその後、九月末か十月初めに、ベルリンの近くにあったハインケルの軍用機工場でふたたび出会った。かつては大柄でハンサムだったメイレルがいまでは見る影もなく衰えていた。[*10] ユダヤ人であることを親衛隊に知られてしまった、とファン・フーフェンに言っただけだった。一九四五年三月十二日、メイレルはドイツ北部のノイエンガンメ強制収容所で死亡した。

メイレルが尋問に屈した可能性はないだろうか（たぶん、ヴフト収容所で）？　ファン・フーフェンがプリンセンフラハト二六三番地のことをメイレルに話していた可能性は大いにある。二人ともレジスタンス活動をしていた。メイレルがファン・フーフェンの配達リストを見たかもしれない。もしくは、配達先を決める作業にメイレルも加わっていたかもしれない。メイレルが《隠れ家》の住所を親衛隊に教えたのではないか？　コールドケース・チームの面々はこの仮説に期待したが、やがて、時間的に無理があることを知った。

ファン・フーフェンが逮捕されたのは五月二十五日、アムステルフェーンセッウェーグ刑務所に六週間入れられたのち、七月中旬にヴフト収容所へ送られた。ヴフト収容所でメイレルと出会ったとき、メイレルはまだアーリア人で通っていたから、親衛隊に住所を教える必要はなかったはずだ。しかし、八月十二日にメイレルの身に何かが起きたに違いない。というのも、収容所内の病院に彼が入院したという記録があるのだ[*11]。おそらく、カポに殴打されたのだろう。ユダヤ人であることを知られたせいだ。ただ、《隠れ家》の摘発はメイレルが入院する八日も前のことだ。つまり、殴打されてプリンセンフラハト二六三番地の住所を教えたということはありえない。

ヴェイス夫妻（リシャルトとルート）

ヴェイス夫妻は一九四四年五月二十五日に逮捕されたあと、ヴェステルボルク通過収容所へ送られた。隠れていて逮捕されたユダヤ人は犯罪者とみなされて、67号バラック（懲罰バラック）に収容され、収容所カードには懲罰扱いを意味するSの文字が入る[*12]。それは最低レベルを示すもので、その囚人は強制労働に従事しなくてはならず、遅かれ早かれ東部へ移送されることを意味している。収容者たちはSの文字がはずれれば移送されずにすむと期待して、そのためならどんなことでもしたものだ。

二〇一八年十月十日、ピーテルとモニクはオランダ北部にあるヴェステルボルク収容所を訪ねた。ここは現在、追悼のための博物館になっている。収容所文書室でキュレーターの主任をしているグウィード・アブィースが、ヴェイス夫妻に関する情報を捜す二人に手伝いを申しでてくれた。文書室に入り、しばらく出てこなかった。戻ってきたときは困惑の表情だった。ヴェイス夫妻の収容所カードを手にしていたが、記載内容がきわめて珍しいものだったのだ。カードのバラック番号が書き換えられているように見える。〝67〟（懲罰バラック）が〝87〟（病院バラック）に変更されている。さらに重視すべきは、なんらかの理由から（具体的なことは不明）六月十一日から六月二十九日のあいだに、リシャルトとルートの収容所カードからSの文字が消えたことだった。つまり、〝懲罰扱い〟ではなく、以後は〝一般囚人扱い〟になるという意味だ。おかげで、夫妻の境遇は劇的に変化した。[*13]

謎をさらに深めていたのは、リシャルトが八百屋の妻、ファン・フーフェン夫人に宛てて手紙を二回出し、清潔なシーツと衣類を送ってほしいと頼んでいることだった。最初の手紙に捺されたスタンプは〝67号バラック〟、二通目は〝85号バラック〟となっている。夫妻が85号バラックへ移されたということか？[*14]

そちらへ移るためには、ヴェイス夫妻は何か特別なことをする必要があったはずだ。いや、もしかしたら、影響力のある誰かが夫妻のために口添えをしてくれたのかもしれない。85号バラックは〝バルネフェルト・バラック〟と呼ばれていて、ヴェステルボルクで最上のバラックだった。ここに収容されるのは身分の高い特権階級で、国家にとって重要な人材とみなされる上流と中流のオランダ系ユダヤ人が中心だった。そういう重要な人材であるがゆえに、その人々が東部へ移送される心配はなかった。彼らはもともと、オランダ東部のバルネフェルトという町の近くの城に収容されたのだが、一九四三年九月二十九日に全員ヴェステルボルク収容所へ移された。それでも、特権の一部は保持していた。[*15]

もちろん、ヴェイス夫妻は85号バラックに移ったのではなく、二通目の手紙は誰かほかの者がリシャルト・ヴェイスに頼まれて投函しただけだと考えることもできる。しかし、ヴェイス夫妻が懲罰バラックから出られたのは事実だ。〝懲罰扱い〟の囚人が大金を差しだせば身分を変更できることを、コールドケース・チームは知っていた（ヴェステルボルクから生還したある人物は八万ギルダーを差しだしている。現在の貨幣価値にして五十四万五千ドル）。しかしながら、ヴェイス夫妻にそんな金があったとは思えない。だとすると、別の通貨で支払いをしたのかもしれない。情報という通貨で。

ヴェイス夫妻の収容所カードを見ると、移送年月日が手書きで記入され、〝一般扱い〟という情報も書き加えられている。〝懲罰〟扱いではなく、〝一般〟の囚人になったにもかかわらず、ヴェイス夫妻は一九四四年九月三日にアウシュヴィッツへ移送された。アンネ・フランクとその一家と同じ列車だった。夫も妻も東欧の収容所で死亡した。二人がずっと一緒にいられたのか、それとも別々にされたのかはわからないし、どんな最期を迎えたのかもわからない。[*16]

レオポルト・デ・ヨング

レオポルト・デ・ヨングがヴェステルボルクにいたことについては、好奇心をそそる長い物語がある。その物語はファン・フーフェンとヴェイス夫妻を逮捕した男、ピーテル・スハープから始まる。

ピーテル・スハープはSDに所属していたオランダ人警官で、レリーフラハト――《隠れ家》の先の角を曲がったところ――にあったファン・フーフェンの自宅と八百屋が摘発を受けたとき、指揮をとったのが彼だった。彼はまた、V－フラウのアンス・ファン・ダイクの担当者であり、エーリッヒ・ガイリンガー（オットー・フランクの二度目の妻となったフリッツィ・ガイリンガーの最初の夫）の密告と逮捕の陰にいた男でもあった。スハープの上司で、ユダヤ人局の巡査部長だったアーブラハム・カペルに言わせると、スハープはもっとも多くのユダヤ人を連行してきた男の一人だったそうだ。「わたしが知っているのは当然だ」カペルはつけくわえた。「報奨金を渡していたのがこのわたしだったのだから」[*17]

スハープに関していちばんよく知られているのは、彼が使っていた手法で、ユダヤ人にプレッシャーをかけて、V－マン、V－ウーマンの仕事をさせていた。摘発がすむと、逮捕したユダヤ人の一人に狙いを絞り、その男もしくは女と家族を収容所送りにすると脅す。もっとひどい脅しをかけることもある。次に、密告者として働けば助けてやる、と持ちかける。スハープに使われていたもっとも悪名高き密告者の一人がレオポルト・デ・ヨングだった。デ・ヨングを使うことで、スハープは二倍の利益を得た。彼をV－マンとして利用するだけでなく、彼の妻、フリーダ・プレイまで利用できたからだ[18]。

オランダがナチスに占領されたばかりのころ、デ・ヨング（ユダヤ人）とプレイ（非ユダヤ人）はヘームステーデの自宅で人々を匿っていた。二人それぞれに愛人がいることで有名だった。デ・ヨングは彼の自宅に隠れているユダヤ人の少女や若い女の何人かと関係を持っていたし（その家族の何人かを彼はのちに密告する）、プレイはヘルマン・モルという男とつき合っていた。戦後、彼女が刑務所に入っているあいだ、この男が自宅の警備をしていた。彼女がピーテル・スハープとも関係を持っていたことは、SDでは周知の事実だった[19]。プレイに言わせれば、恐怖心からスハープの相手をしていただけだという。スハープのほうは、彼女のことをわが〝フリードル〟と呼び、彼女と結婚するつもりだったと言っている。妻がいたというのに[20]。

プレイはのちに、レジスタンス組織に頼まれて人々に食料切符を届けていたと主張した。CABRに保管されている彼女のファイルを見ると、レジスタンス組織とつながりのある仲介者を通じて食料切符を受けとっていたことが確認できる。どうやら、それを闇市で売っていたようだ。

CABRに保管されているプレイのファイルを調べたさいに、コールドケース・チームのリサーチ担当者、クリスティネ・ホステは銀行の取引明細書を見つけた。四千百十・一ギルダー（現在の貨幣価値にして二万八千ドル）という大金が預金されている。日付は一九四四年八月五日――《隠れ家》の人々が逮捕された翌日だ。多額の預金、大きな疑惑を招く日付。どう説明すればいい？ピーテル・スハープが摘発に加わり、《隠れ家》から盗みだした金を愛人のプレイに渡して預金させたのではないか？　クリスティネの頭にそんなことが閃《ひらめ》いた。しかし、銀行の記録をさらに調べたところ、プレイがこうした支払いを定期的に受けていたことが判明した。[*21]闇市で食料切符を売って大儲けしていたようだ。

一九四四年の夏、レオポルト・デ・ヨングはパニックに襲われた。妻とスハープの関係から、彼自身もスハープとのつながりを世間から疑われ、ユダヤ人密告の件を知られたと思いこんだのだ。そこで、スハープはデ・ヨングに、ヴェステルボルクに入って監房のスパイとして、つまり、刑務所の情報屋として働くよう命じた。[*22]デ・ヨングは七月一日にヴェステルボルクに入った。[*23]移送リストには、デ・ヨングのユダヤ人としての身分は審査中と記されている。もちろん虚偽の記載だ。[*24]彼が入れられたのはバルネフェルト・バラックだった。収容所の記録を見ると、一度、フローニンヘンへ出かける許可を申請している。スハルケンというレジスタンス組織のリーダーを追うスハープを手伝うためだった。

チームのメンバーは明白な疑惑を無視することができなかった。刑務所で情報屋として働いていたレオポルト・デ・ヨングが、プリンセンフラハト二六三番地に隠れているユダヤ人たちのことをヴェイス夫妻から聞きだしたのではないだろうか?

ヴェイス夫妻が《隠れ家》のことを知っていたかどうかは別として、八百屋のヘンドリク・ファン・フーフェンが知っていたのは明らかだ。一九四四年四月、倉庫に泥棒が入ったあとで、「警察には通報しないほうがいいと思ってね」とヤン・ヒースに言ったのがファン・フーフェンなのだから。[*25]しかし、リシャルト・ヴェイスも身を隠す前は八百屋をしていた。ファン・フーフェンが配達に出かける前に品物を用意するのを手伝い、プリンセンフラハト二六三番地がリストに出ている住所のひとつだと知った可能性は充分にある。

ファン・フーフェンは、自分の八百屋は身を隠そうとする人々にとって〝途中の家《ドールハンスハウス》〟の役目を果たしていたと言っていた。もしかしたら、《隠れ家》に潜伏《オンデルダイケルス》していた者たちの噂をその人々が耳にする機会があったかもしれない。数多くのプレッシャーと恐怖にさらされていたあの時代は、誰もが自分では気づかないまま口をすべらせ、無意識のうちに情報を交換していたはずだ。

〝懲罰扱い〟からようやく脱したヴェイス夫妻が85号バラックか、どこかよその場所でレオポルト・デ・ヨングに出会ったとすれば、ふとした偶然で情報交換がおこなわれた可能性は大いにある。デ・ヨングのことをV－マンだと疑う理由など、夫妻には何もなかったのだから。二人と同じく、デ・ヨングもユダヤ人だ。おそらく、この人なら信用できると二人は思っただろう。アンス・ファン・ダイクが身を隠した人々を信用させたのと同じやり方で、V－マンであるデ・ヨングも夫妻の信頼をかちとっただろう。夫妻はたぶん、《隠れ家》にユダヤ人が潜んでいるのではないかという疑念を彼に語ったことだろう。潜伏生活を続けるオットーの創意工夫を称えるつもりで、自慢めいた口調になっていたかもしれない。デ・ヨングはもちろん、スハープに情報を伝えたはずだ。

一九四五年四月、デ・ヨングはスハープに会いにフローニンヘンへ出かけた。スイスへ逃亡するために、彼の助けを求めるつもりだった。ところが、スハープはヘールト・ファン・ブルッフンというSDの男と一緒に現れ、デ・ヨングを空き家に誘いこんでおいて、背中から弾丸を浴びせた。ブルッフンはのちにこう証言している。〝台所のそばにある階段の前に血だまりができ、そこにユダヤ人が倒れているのが見えた。生きている気配はまったくなかった[*26]〟ヴェステルボルク収容所に残されていたデ・ヨングのファイルには、〝四月九日に失踪〟と記録されている。

一九四四年九月五日、〝狂気の火曜日《ドツレ・ディンスダーグ》〟が訪れ、連合国軍がオランダの残りの地域をもうじき解放してくれるという熱狂的な噂が広がったため、ＳＤで働いていた者やナチスの協力者の大部分がアムステルダムから逃げだした。噂が嘘だったとわかって狂乱状態が収まると、スハープはフローニンヘンにとどまり、多くの仲間を集めて恐怖の支配体制を作りあげた。レジスタンス活動をしている労働者たちを逮捕して、裁判抜きで大量処刑を実施したり、残虐な拷問をおこなったりした。翌年の五月上旬、ついにオランダが解放されると、スハープは身元を隠すために〝デ・ヨング〟という名前を使って逃亡しようとした。

戦後に受けた取調べのさいに、ピーテル・スハープは、デ・ヨングがＶ－マンとして自分の下で働き、ヴェステルボルクでめざましい成果をあげ、ユダヤ人の隠れ家の住所をいくつか報告してきたことを認めている。スハープの供述によると、その住所のひとつが〝レリーフラハトにある八百屋〟のもので、そこにユダヤ人が二人匿われていたという。それがファン・フーフェンの住所だったわけだ。しかしながら、それはありえない。八百屋が摘発されたのは五月二十五日だし、デ・ヨングがヴェステルボルクに入ったのは七月一日になってからだ。スハープはたぶん、レリーフラハトの摘発と、プリンセンフラハト二六三番地の摘発を混同していたのだろう。

スハープは一九四九年六月二十九日、フローニンヘンで銃殺刑に処された。

迷宮入り事件の調査がもたらす興奮と落胆を、今回のリサーチほど鮮明に伝えているものはない。

例えば、フリーダ・プレイを捜しはじめたとき、コールドケース・チームは彼女がすでに亡くなったものと思いこんでいた。ところが、リサーチスタッフが公文書館で確認をとったところ、死亡届が出ていないことがわかった。公文書館の記録は一般的にかなり信頼が置けるし、こまめにアップデートされるので、その瞬間、プレイはまだ生きているかもしれないと思われた。一九一一年生まれだから、百八歳という高齢に達しているはずだ。結局のところ、じっさいに百四歳まで生きて、二〇一四年十二月十五日にドイツのデューレンで亡くなったことが判明した。

二〇一九年二月の初めに、ピーテルは三百五十キロほど車を走らせて、バート・アーロルゼンというドイツの町へ出かけた。ここには有名なものがふたつある。町の中心部に立つ華麗なアーロルゼン宮殿と国際追跡サービス（ＩＴＳ）で、後者は現在、名称が変更されてアーロルゼン文書館になっている。ナチスの迫害行為とホロコーストに関する資料、情報、リサーチ分野の中心施設である。所蔵文書の数は三千万点を超え、強制収容所の記録の現物から、強制労働の記録、移送リスト、死者数の記録、健康保険・社会保険関係の書類、労働許可証に至るまで、さまざまなものがある。ここにはまた、愛する身内の運命を知りたいと願う人々からの手紙と依頼書がすべて保管されている。アーロルゼン文書館はユネスコが推進する事業〈世界の記憶〉に登録されている。

文書館に到着したピーテルは、町の外にある工業地域のありふれた保管施設に文書類が収められていることを知って驚いた。館内に入るとき、必需品のヘルメットと保護用のオーバーシューズを渡された。文書館より工場に似合いの品々だ。ここにはどうやら、文書館にふさわしい建物を確保するだけの予算がないらしい。〈世界の記憶〉に世界が向ける関心はこの程度のものだ、とピーテルは思った。

所蔵文書の膨大さに圧倒されたピーテルだったが、ヴェステルボルク収容所に保管されていた文書と、ヴェステルボルクに到着する囚人と出発する囚人の移送リスト数点のデジタル・スキャンを見つけだすことができた。ピーテルは文書館を訪ねたこのときに、ルート・ヴェイスの終戦後の居所を問い合わせてきた者がいたことも知った。文書館員の協力を得て調べたところ、ルート・ヴェイス・ノイマンという女性が終戦まで生き延びて、上海でアメリカ行きの船に乗ったことがわかった。シカゴの近くのエリアで住民登録がされていた。もちろん、わくわくする発見だった。存命中の証人が見つかったという意味かもしれないのだから。残念なことに、よく調べてみたら、別人のルート・ヴェイスだった。結局、コールドケース・チームが捜していたルート・ヴェイスはアウシュヴィッツへ送られ、一九四五年二月に亡くなったと判明。死亡場所はフロッセンビュルク強制収容所だったと思われる。

八百屋のヘンドリク・ファン・フーフェンはいくつもの収容所を転々として、ついに自由の身となった。彼の息子ステフが父親から戦時中の体験を何か聞いているかもしれないと思ったモニクは、息子を捜しだして父親のことを尋ねてみようと決心した。アムステルダムに住んでいる息子の住所を突き止め、彼の自宅でインタビューをおこなった。息子によると、《隠れ家》の摘発について父親が話をしたことは一度もなく、戦争が心の傷になっていたが、外部からの強制で絶えず戦争と向き合わなくてはならなかったそうだ。戦後も警察に呼びだされ、いまなお消息不明の収容所の囚人たちに関する質問に答えるよう求められた。[*27] また、彼とヴェイス夫妻を逮捕したアムステルダムの警官の一人、ヨハンネス・ヘーラルト・コーニングの裁判で証言をおこなった。[*28] 一九五〇年代に入ると、映画化された『アンネの日記』に彼自身の役で出演している。[29] 息子の話では、収容所の体験に生涯苦しめられ、一九七二年にはある新聞記者にこう語ったそうだ。「収容所に入れられていたときは、自由の身になりたいということ以外考えられませんでした。やがて、自由の身になったあとで思いました——七十歳まで生きたい。その思いの根底にあったのは怒りだけでした！　わたしは現在、七十七歳、そして、いまも思うのです——あいつらにつかまってなるものか、と！」[30]

第34章

ユダヤ人評議会

一九四〇年五月にオランダがドイツの占領下に置かれてしばらくすると、ユダヤ人社会の人々は当然ながら反ユダヤ主義的政策を恐れ、自衛のための代表者団体が必要だと考えるようになった。そこで設立されたのがユダヤ人調整委員会《ヨーゼ・コーオルディナーティー・コミッシー》（ＪＣＣ）で、ユダヤ人社会全体を代表する重要な機関として機能することを目的としていた。人々に助言を与え、文化活動を企画し、ときには資金援助をすることもあった。ただし、ドイツ占領軍と直接に関わったり、交渉したりすることは拒否した。それは自分たちではなく、正当なるオランダ政府の役目である――委員会のメンバーはそう信じていた。

ナチスはユダヤ人を一般社会から孤立させようと目論《もくろ》んだが、そのためにはユダヤ人社会と直接のパイプを持つ必要があった。これまでの委員会にかわる組織の設立を命じた。それがユダヤ人評議会《ヨーゼ・ラード》である。有名な学者ダーフィット・コーヘンとダイヤモンド・カンパニーを経営するアーブラハム・アッシャーが共同議長。アムステルダムのチーフラビのローデヴェイク・サルッルイスと、有名な公証人のアルノルト・ファン・デン・ベルフが評議員。ユダヤ人のオランダ社会への参加を禁じる法令が増えるにつれて、評議会がユダヤ人の暮らしにより深く関わるようになり、働き口や住まいや食料を提供し、高齢者や病弱者には特別な支援をおこなうようになった。[*1]評議会のメンバー数は、最盛期には一万七千五百人に達していた。

一九四二年七月からは、評議会に対して、オランダからヴェステルボルク収容所へ、そこからさらに東部の強制収容所へ移送するユダヤ人の選別の準備を手伝うようにとの命令が下されるようになった。やがて、七月三十日には、事務局長のM・H・ボルに、評議員とその他の〝欠くべからざる〟人々に移送免除証《シュペレ》を発行する権限が与えられた。人々の身分証に捺されるスタンプには〝追って通知があるまで労働奉仕免除〟という文言が入っていた。[*2]

じつをいうと、これはユダヤ人を分断し、混乱をひきおこすことを目的として巧妙に練りあげられた作戦であった。こうしておけば、ユダヤ人は免除証を求めて狂奔することしか考えられなくなる。ある目撃者の証言によると、シュペレの発行日には人々がユダヤ人評議会の事務所のドアを破壊し、スタッフに襲いかかったという。[*3]じつのところ、シュペレは幻想だった。避けがたい事態を先送りするものに過ぎなかった。最終的には、ドイツ当局が〝追って通知があるまで労働奉仕免除〟の部分を削除し、人々を収容所へ送りだした。〝追って通知があった〟わけだ。

シュペレは個人に対して発行されるものだった。シュペレのひとつひとつに個人番号がつけられ、付与される免除のタイプに従って一万から十二万までの番号が割り当てられた（なるべく十二万に近い番号がつくのが理想だった）。その官僚的な煩雑《はんざつ》さにはただもう驚くしかない。ナチスはさまざまな序列を考えだし、〝異分子たる〟ユダヤ人に異なるレベルのシュペレを与えることにした。まず、キリスト教徒のユダヤ人——生まれはユダヤ人だが、一九四一年一月一日以前に洗礼を受けた者（これによって保護されたカトリックとプロテスタントのユダヤ人はわずか千五百七十五人）。それから、混血のユダヤ人。彼らは移送か不妊のどちらかを選択するよう求められた（これは効果がなかった。多くの医者が偽の手術証明書を出したり、手術を拒否したりした。推定八千から九千の混血のユダヤ人が終戦まで生き延びた）。[*4] また、〝交換要員ユダヤ人〟というのもいた。南米の国の市民権を金で買える裕福な人々で、ドイツ軍の戦争捕虜との交換要員とみなされていた。アンネ・フランクの同級生で大の仲良しだったハンネリ・ホースラルの一家は、アンネたちと同じくベルゲン＝ベルゼンに収容されていたが、中立国のスイスに住むおじを通じてパラグアイのパスポートを購入することができた。ハンネリと妹は交換要員になれなかったが、ドイツ北部のきびしい冬の季節に自分の衣類を持つことを許可され、ときには赤十字の食料の包みをもらえることもあった。たぶん、こうした〝特権〟のおかげで、ハンネリと妹は生き延びることができたのだろう。[*5]

　同じく交換要員になったのが、いわゆる〝パレスチナ系ユダヤ人〟、英国委任統治領のパレスチナに親戚がいるユダヤ人である。一九四三年の末には、千二百九十七人のユダヤ人がパレスチナの証明書を所持し、交換要員の候補となっていた。彼らは一九四四年一月にベルゲン＝ベルゼンへ送られた。[*6] その年の七月、二百二十一人がトルコ経由でパレスチナに到着している。残りの大部分は生きて収容所を出ることができなかった。

分類はこうして延々と続いていく。その基礎となるのが、残忍で最終的にはなんの意味もない差別である。ユダヤ人評議会のメンバーが所持したものも含めて、大半のシュペレがある程度まで人々の身を守ってくれたが、それも限られた期間のことに過ぎなかった。

とはいえ、誰もがほしがる有益なタイプの免除証もあり、〝カルマイヤー・ステータス〟と呼ばれていた。カルマイヤー・ステータスを付与された者は身分証から〝J〟の文字が永遠に削除され、もはやユダヤ人とはみなされなくなる。つまり、移送を永遠に免除されることになる。

ドイツ当局が定義するユダヤ人とは、祖父母のいずれかがユダヤ人であるか、もしくは、ユダヤの宗教団体に所属する者のことだった（三二一頁のリスト参照）。定義しにくい曖昧なケースはハーグの帝国占領行政府へまわされ、そこから行政法務委員会（原文ママ）へ、そして最後に、ナチスの管理下にある内政局へまわされることになっていた。そこで裁定を下すのがドイツ人弁護士、ハンス・ゲオルク・カルマイヤーだった。

カルマイヤーが担当するリストにのっているのは、〝自分はユダヤ人ではない、もしくは、ユダヤ人の血はわずかしか入っていない〟と主張する人々だった。ステータスの見直しを求める人々の嘆願は、人類学的な先祖伝来の文書に、もしくは、ユダヤの宗教団体に所属したことは一度もないことを示す証拠に基づいて出されていた。こうした文書や証拠を用意するためには、弁護士の手助け、家系図の作成、公証人の声明書、また、場合によっては文書の偽造が必要とされる。偽造が必要とされるのは、嘆願者の大部分がユダヤ人として生まれた者だからだ。何をするにも大金が必要だった。家系や血統の調査が進められるあいだ、請願者は移送対象から除外されることになっていた。

カルマイヤーの部局はドイツ当局の管理下にあったが、文書の来歴や有効性を判断するに当たってそううるさいことは言わなかったし、怪しげな出生証明書、洗礼台帳、離婚届、〝自分の子は婚外子なのでユダヤ人ではない〟と主張する手紙なども受け入れていた。カルマイヤーは〝賄賂を受けつけない〟〝ナチス派でも公然たる反ナチス派でもない〟と言われていたが、規則を曲げてでも請願者に寄り添った裁定を下すことがしばしばあったし、彼のもとで働くスタッフのなかにはユダヤ人にひそかに同情する者もいた。[*7] カルマイヤーは二千八百九十九人の命を救ったとされている。彼のところに送られてきたケースの四分の三に当たる。

カルマイヤーのもとに膨大な数のケースが送られたこと自体、馬鹿げた官僚主義というべきだ。秩序を重んじるナチスの精神がきわめて単純な問題を複雑にし、さも合法的であるかに見せかけている。何十万という人々をいつ、どんな方法で死なせるかという単純なことに過ぎないのに。

終戦後、多くの人々がユダヤ人評議会を対独協力組織として、いや、それどころか敵国べったりの組織として非難し、貧しい労働者階級のユダヤ人を犠牲にしてエリート層のユダヤ人を保護した、と主張した。移送対象となる人々も、移送を免除される人々も、評議会が選別していたのだ。しかしながら、評議会を支持する者たちは、少なくとも評議会のおかげでユダヤ人は多少なりとも自分たちの命を守ることができ、ドイツ当局と交渉する手段を得られたのだと主張した。

しかし、じつのところ、どういう作戦をとるかをめぐって、ユダヤ人社会にはつねに深い溝が存在していた。占領下に置かれたばかりのころは、ユダヤ人調整委員会（ＪＣＣ）とユダヤ人評議会は何カ月間か共存していたが、ふたつの組織のあいだには大きな摩擦があった。ＪＣＣはユダヤ人評議会をドイツの手先だと非難し、いっぽうの評議会は、ＪＣＣにはなんの権限もない、それどころか、ドイツ当局と交渉したくないばかりに権限を放棄してしまったと信じていた。ユダヤ人評議会のメンバーに言わせれば、占領軍と対話を始めることで自分たちも多少は影響力を持ち、ドイツの迫害政策を妨げたり、緩和させたり、実施を遅らせたりできるし、ユダヤ人としての尊厳をどうにか保持できるはずだというのだ。ドイツ側のルールに従わなかったり、反抗したりすれば、はるかに苛酷な運命が待っているという恐怖があった。一九四一年十月、ドイツ当局はＪＣＣを解散させた。

あとでふりかえったとき、オランダで生き延びたユダヤ人社会の人々の多くが、ユダヤ人評議会のことをナチスが手にした武器であったと結論した。評議会には影響力などほとんどなかったし、何ひとつ遅らせることはできなかった。しかし、もちろん、あとからそう判断するのは楽なことだ。祖国を占領した敵国の支配下で生き延びるための青写真など、オランダのどこにもなかった。最後には、共同議長だったダーフィット・コーヘンも〝ナチスの前代未聞の殺戮《さつりく》計画に対して誤った判断を下してしまった〟ことを認めている。[*8]

第35章 見直し

コールドケース・チームは日ごろから、数種類のシナリオの検証を同時進行でおこなっていた。だから、モニクがヴェステルボルクとの関係を突き止めようとしてAIで人々の氏名を調べるいっぽう、ピーテルと何人かの若い歴史学者は公文書館にこもって、自分たちのシナリオに関連した人々のファイルを捜していた。ヴィンスはオフィスに戻り、一九六三～六四年の捜査に関してファン・ヘルデン刑事が作成した四十ページの報告書に目を通していた。と、そのとき、何かが目に飛びこんできた。ファン・ヘルデンがオットーから聞いた話を書き記している――オランダの解放からしばらくたったとき、密告者の名前を告げる手紙がオットーのもとに届いた。差出人の署名はなかった。オットーは手紙を書き写し、オリジナルは〈アンネ・フランク財団〉の理事会メンバーに渡した。ファン・ヘルデンの報告書には、匿名の人物から届いたその手紙の文面も出ていた。

あなたが身を隠していたアムステルダムの建物の住所は、あのとき、A・ファン・デン・ベルフなる人物からエーテルペストラートにあったユダヤ人移住促進中央局へ通報済みでした。彼は当時、フォンデルパールク、O・ナッサウラーンに住んでいました。中央局にはファン・デン・ベルフが渡した住所リストがすべて置いてあります。[*1]

ヴィンスは以前ファン・ヘルデンの捜査報告書に目を通したときに手紙のことを知ったが、コールドケース・チームはこれをまだ調査の優先事項にはしていなかった。[*2] 手紙に出てくる〝A・ファン・デン・ベルフなる人物〟とはユダヤ人評議会のメンバーで、評議会は一九四三年九月に解散させられ、メンバーのほぼ全員が各地の強制収容所へ送られた。たとえファン・デン・ベルフが《隠れ家》に関する情報を握っていたとしても、通報するまで一年も待ったとは思えないし、収容所へ送られる前にどうにか通報したとしても、その情報をもとにしてSDが行動に出るのに十一カ月も待つわけがない。アメリカ合衆国ホロコースト記念博物館で国際追跡サービス（ITS、現在のアーロルゼン文書館）のデータを調べたところ、ファン・デン・ベルフもその近親者も、強制収容所の記録に載っていないことが判明した。彼らは移送対象にならず、収容所へも送られずにすんだのだ。ファン・デン・ベルフがアムステルダムの以前の家でそのまま暮らしていたのなら、匿名の手紙で言及されている住所リストをユダヤ人移住促進中央局に渡す機会もあったのではないか？

ヴィンスは匿名の手紙に書かれた情報と差出人の両方を追う必要があると判断した。ファン・ヘルデンが報告書に記載した手紙の文面はあれで全部だったのか？　オリジナルの手紙はどこにあるのか？　オリジナルが無理なら、せめて、オットーが書き写したと言っていたものは？　警察の捜査ファイルにはさんであるとは思えない。ファン・デン・ベルフに関しては、ヴィンスが彼の名前をAIプログラムに入力したところ、ユダヤ人評議会で秘書として雇われていた女性とのつながりが浮上した。ミリヤム・ボル、百一歳、イスラエル在住。

ボルは*Letters Never Sent*（投函されなかった手紙）と題した本を書き、その英訳が二〇一四年にヤド・ヴァシェムから出版された。彼女がユダヤ人評議会で働いた日々のこともそこに記されている。ボルの経歴を知ったヴィンスはチームの面々に、彼女にインタビューできれば、評議会がどのように機能していたかについてユニークな視点から話が聞けるかもしれないと言った。また、ファン・デン・ベルフのことをもっと詳しく知りたいと思った。ボルならおそらく、ファン・デン・ベルフの個人的な面を知っているはずだ。ユダヤ人評議会で積極的に活動していたのか？　その身に何があったのか、どこかの強制収容所へ送られたのかどうか、戦争のなかを生き延びたのかどうか、彼女なら知っているのではないか？

ボル——当時のミリヤム・リーフィ——は一九三八年からユダヤ人難民委員会で働いていた。オランダがナチスに占領されると、委員会はユダヤ人評議会に吸収され、彼女は新たなスタッフの一人になった。ドイツ語が読み書きできたのが理由のひとつだった。評議会のスタッフの多くと同じく、彼女もやがてヴェステルボルク収容所送りになり、最後はベルゲン゠ベルゼンへ送られた。ただ、アンネとマルゴーに比べれば幸運だった。一九四四年六月、一回だけ実施された捕虜と〝パレスチナ系ユダヤ人〟の交換のさいに五百五十人の囚人の一人に選ばれ、フランク家の姉妹が収容所に入れられる前にベルゲン゠ベルゼンを離れることができた。

ミリヤムは戦時中、一九三八年にパレスチナへ移住した婚約者のレオ・ボルに宛てて何通も手紙を書いた。一度も投函しなかったが、アムステルダムのある倉庫に手紙を隠すことができた。一九四七年にその手紙が発見されて彼女に返却された。手紙のなかで、ミリヤムは移送リストが作成された時期にユダヤ人評議会で経験した恐怖の日々を回想している。パニック、絶望、評議会のスタッフのあいだで起きた口論。人々の苦悩がミリヤムたちの任務の非情さを際立たせていた。シュペレ配付の責任を負った事務所の大混乱について、SDの高官アオス・デア・フュンテンの威圧的な視察について、ミリヤムは手紙に書いている。シュペレの配付を監督するのは暗澹《あんたん》たる作業だったという。「ドイツの連中はわたしたちに骨を投げてよこし、ユダヤ人どうしが争って拾おうとするのを見て大いに楽しんでいたのです」

家でようやく一人になりました。思いきり泣きました。だって、わたしたちにとって悪い方向へ進むのがわかっていたし、JC［ユダヤ人評議会］がまたしても殺戮に利用されていることに愕然としたからです。でも、〝もうやめて〟と言うかわりに……わたしは……悔し涙を流すだけで、何もできませんでした。*3

コールドケース・チームがイスラエルとのコネを駆使してミリヤムの電話番号を入手したので、テイスとヴィンスが彼女に電話をかけた。ミリヤムは英語があまりしゃべれないことを謝ったが、英語を使いこなす力はみごとだった。物静かな声でありながら、その年齢の人にしては驚くほど力にあふれていた。

ミリヤムの話によると、秘書としての仕事はごく限られていて、口述筆記をしたり、手紙を出したりする程度のことで、ナチスの強制収容所の話が会議で初めて出たときも無言ですわっていただけだった。テイスとヴィンスはミリヤムに、アルノルト・ファン・デン・ベルフという評議員のことを覚えていないかと尋ねた。覚えていると言われて、二人は期待に満ちた顔を見合わせた。ミリヤムはファン・デン・ベルフの下で仕事をしていたわけではないので、彼が評議会でどんなことをしていたのか、最初は思いだせなかった。ファン・デン・ベルフの職業は公証人だったとヴィンスに言われて、ようやくその事実を思いだした様子だった。共同議長のアッシャー、コーヘンと違って、彼が会議で盛んに発言したという記憶は彼女にはなかった。ファン・デン・ベルフのことを〝控えめ〟で〝でしゃばらない〟タイプだと評した。ユダヤ人評議会の会議の議事録のコピーがまだ残っているので、それを捜すあいだしばらく待ってもらえないか、とミリヤムが尋ねた。紙をガサゴソいわせる音が二人の耳に届いた。やがて彼女が電話口に戻ってきて、ファン・デン・ベルフが会議に何度か出ていたことが確認できたと言った。

ファン・デン・ベルフがヴェステルボルクに収容されていたことがあるのかどうか、ミリヤムは知らなかった。ベルゲン゠ベルゼン行きの列車に乗せられる前に、ヴェステルボルクで彼を見かけた記憶はないという。同じく、彼がドイツの強制収容所にいたかどうかもミリヤムは知らなかった。残念ながら、それ以上の話をつけくわえることはできなかった。終戦後、アムステルダムには戻らなかったからだ。

テイスとヴィンスがファン・デン・ベルフについてさらに知ろうとするなら、どこかよそを当たってみるしかなかった。

第36章 オランダの公証人

アルノルト・ファン・デン・ベルフは一八八六年生まれ。アムステルダムの南東百キロほどのところにあるオランダの町、オスが故郷である。アウグステ・カンと結婚し、三人の娘をもうけた。双子のエンマとエステル。三人目はアンネ゠マリー、偶然だが、アンネ・フランクと同い年だ。ファン・デン・ベルフの職業は公証人で、戦前のアムステルダムでは、ユダヤ人の公証人として仕事をしているわずか七人のうちの一人だった。市内に構えた公証人事務所は最大手のひとつで、大繁盛していた。大金持ちで、アムステルダムのユダヤ人社会で尊敬を集め、ダーフィット・コーヘンが代表を務める慈善団体、ユダヤ人難民委員会のメンバーでもあった。

オランダの公証人というのは、北米やヨーロッパ諸国の一部の公証人とは大幅に異なっている。オランダの公証人は秘密厳守の誓いを立てた公平中立な公務員で、当事者間の仲介者として公正証書作成（公証手続きと呼ばれる）の権限を与えられ、証書が正規の手続きを経て安全に保管されるまで責任を持つ。秘密厳守の誓いはきわめて厳格なので、裁判官といえども、担当した取引の詳細を語るよう公証人に強要することはできない。公証人は家庭関係の案件（結婚、離婚、遺言書など）や、会社設立や、不動産取引（抵当権設定、住宅売買など）の現場に立ち会って、それを認証する役目を負っている。公証人には、すべての当事者が売買もしくは取引を進んでおこなうよう、法的に有効なものにできるよう、力を貸す義務がある。公証人は世間から尊敬される職業で、ファン・デン・ベルフはその世界のトップに君臨していた。

匿名の手紙にはファン・デン・ベルフの住所が書いてあったから、差出人も知っていたわけだが、ファン・デン・ベルフが住んでいたのはオラニエ・ナッサウラーンの優美なヴィラで、この通りに面して、薔薇《ばら》園と〈ブルー・ティーハウス〉のある百二十エーカーの有名なフォンデル公園が広がっている。ファン・デン・ベルフは物静かだが自信に満ちた男だったようだ。彼の妻は自宅で客をもてなすのが好きで、夫のほうは十七世紀から十八世紀の名画に情熱を燃やしていた。彼ほどの収入があれば、そうした贅沢もできるわけだ。そう意外でもないことだが、チームはファン・デン・ベルフがアムステルダムの有名な〈ハウトスティッケル画廊〉の公証人として登録されていたことを発見した。値がつけられないほど貴重な絵画や美術品を扱う画廊だった。

オランダが占領下に置かれても、ユダヤ人に対するナチスの締めつけがさほどひどくならないあいだは、ファン・デン・ベルフの仕事もそれまでどおりに順調だった。ちょうど、オットー・フランクの会社が順調だったのと同じように。コールドケース・チームが見つけた記録によると、ファン・デン・ベルフは一九四〇年の時点ではまだ、公証人として数々の取引に立ち会っていたようだ。チームは数件の美術品売買をとくに念入りに調べることにした。売買対象となった品自体より、それを購入したのがヘルマン・ゲーリングのようなナチスの大物だったことがチームの注意を惹いたのだ。
ユダヤ人評議会の創立メンバーになってほしいとファン・デン・ベルフが誘われたのは、一九四一年二月のことだった。声をかけたのは、おそらくダーフィット・コーヘンだろう。ファン・デン・ベルフは評議会の五人委員会のメンバーにされた。評議会の内部構成に関わる問題を扱う委員会だった。評議会の公証人として協力するほかに、週に一度の移住担当部の会議にも顔を出していた。ここは移送リストにのせるユダヤ人の名前を集めるという避けがたい任務を課せられた部署だった。コールドケース・チームはNIOD・戦争・ホロコーストおよびジェノサイド研究センターで保存されていたユダヤ人評議会の議事録に目を通すことができ、その結果、アムステルダムSDの高官、ヴィリー・ラーゲスとフェルディナント・アオス・デア・フュンテンが評議会とつねに接触を保っていて、ときには評議会の会議に出ていたことが判明した。[*1]
占領開始から十カ月たった一九四一年二月二十一日、ナチスから、ユダヤ人公証人はすべて非ユダヤ人公証人に業務を譲るべしという法令が出された。しかし、後任の公証人が決まるまで何カ月もかかるのは珍しいことではなかった。[*2] ファン・デン・ベルフの場合、アーリア人の公証人が業務をひきつぐことになったという連絡が来たのは一九四三年一月、つまり、二年近くたってからだった。
ファン・デン・ベルフはすでに、彼自身と家族の安全がナチスによってひどく脅かされていることを悟りはじめていた。コールドケース・チームがNIODのファイルを調べたところ、最高レベルの十二万に近い番号のシュペレを所持する者（およそ千五百人）のリストに、彼と妻と三人の娘の名前が含まれていることがわかった。これさえあれば、最大限の保護が得られるはずだった。ユダヤ人評議会のえり抜きの人々と、ドイツ当局が保護すべしとみなしたその他のユダヤ人はすべてこのシュペレを所持していて、〝追って通知があるまで〟移送を免除されることになっていた。NIODのファイルによれば、ファン・デン・ベルフは一九四三年七月に彼自身と家族のためにシュペレの申請をおこなっている（はっきり言えば、大金を積んで買ったのだ）。垂涎《すいぜん》の的だったスタンプが身分証に捺されたおかげで、アムステルダムで公然と暮らせるようになった。要するに、〝はっきり見える場所に隠れて〟いたわけだ。終戦後にハンス・ティッチェという男が尋問を受けたとき、ファン・デン・ベルフのシュペレ取得に手を貸したと主張した。[*3]

ハンス・ティッチェはドイツの実業家で、錫《すず》の精製工場を経営するためオランダに移り住んだ人物である。公務員から大富豪になり、美術品を蒐集《しゅうしゅう》し、ドイツ国防軍に品物を納入し、ユダヤ人女性と結婚した。友人にはオランダで最大の権力をふるっていた者が何人かいた。例えば、ヴィリー・ラーゲス、フェルディナント・アオス・デア・フュンテン、実業家で画商のアロイス・ミードルなどがそうだ。戦後、対独協力に関してBNVから尋問を受けたとき、ティッチェは自分がドイツの高官たちと親密な接触を保ちつづけたのはユダヤ人を助けるためにほかならなかった、と主張した。自分がラーゲスと親しくつきあっていたおかげで百人以上のユダヤ人が移送を免れたのだと言い、ユダヤ人への尽力に対して金をもらったことは一度もないと主張した。

ヴィンスとコールドケース・チームの見方は違っていた。ティッチェは自分を『シンドラーのリスト』のような人物に見せようとしたが、けっしてそうではなかった。一部のユダヤ人を助けたのは事実だが、その大部分が有力な財界人の子供たちで、彼が当時予測していたようにドイツが戦争に負けた場合、有力者にすがれば保護してもらえると計算したうえでのことだった。そのいっぽう、彼の工場のひとつで働いていた者が十二人も投獄されても、釈放を求めて彼の影響力を駆使しようとは考えもしなかった。また、義理の弟とその家族を助けることができなかった（というより、その気がなかった）。義理の弟の一家は東部へ移送されてそちらで死亡した。[*4] ティッチェは基本的に、戦争で暴利をむさぼる商人で、敵味方の区別なく商売をする男だった。ドイツ当局がユダヤ人から強引に奪った美術品を売買し、最高レベルのシュペレをユダヤ人に売りつけていた。これもまあ詐欺のようなもので、シュペレを入手した人々も結局は移送された。しかし、ファン・デン・ベルフは必要に迫られて、このような男の力を借りることにしたのだった。

一九四三年八月三十一日、J・W・A・シェペルスという公証人が、ファン・デン・ベルフの後釜として正式に任命された。[*5] ピーテルは国立公文書館でシェペルスの名前がついたCABRのファイルを見つけだした。つまり、シェペルスは終戦後に対独協力者として取調べを受けたわけだ。そのファイルに興味深い情報が含まれていた。ファン・デン・ベルフの仕事をひきついでほどなく、シェペルスは事務所を運営するのが不可能なことを知った。原因は彼が〝ユダヤ人の策略〟と呼ぶものだった。ファン・デン・ベルフは仕事を離れる前に、陰険にも、公証人として作成してきたファイルをすべて事務所のスタッフの一人に預け、次にそのスタッフが〝都合よく〟病気になった。事務所の管理業務を任された別のスタッフには、ファイルを入手したりシェペルスに転送したりする法的権限がなかった。ファイルが手に入らないかぎり、シェペルスは公証人の仕事をすることができない。それなのに、事務所の経費だけは負担せねばならない。もちろん、ナチス支持派のシェペルスはファン・デン・ベルフに怒りをぶつけた。

レームンド・シュッツは著書 *Cold Mist: The Dutch Notaries and the Heritage of the War*（冷たい霧：オランダの公証人と戦争の遺産）で、シェペルスがどんな手段でファン・デン・ベルフを破滅させたかを描いている。リップマン＝ローゼンタール銀行（ＬＩＲＯ）の力を借りたのだ。この銀行はユダヤ人の資産を登録させ、略奪するために、占領者のドイツが乗っとったものである。一九四三年十月十五日付の手紙のなかで、シェペルスはファン・デン・ベルフがいまもオラニエ・ナッサウラーン六〇番地の家に住んでいるし、ユダヤ人の義務である黄色い星をつけていない、と文句を言っている。

コールドケース・チームでリサーチを担当しているアンナ・フリーディスはカルマイヤーの保管文書を調べて、ファン・デン・ベルフがなぜ自分の家に住みつづけていられたかを突き止めた。前の月の九月二日に、カルマイヤー・ステータスを手に入れたのだ。つまり、もはやユダヤ人とみなされることも、黄色い星をつける義務もなくなった。ファン・デン・ベルフにはシュペレが身を守ってくれるとは思えず、さらにレベルの高いものを求めたわけだ。ユダヤ人でなくなった以上、ユダヤ人評議会のメンバーではなくなり、他の評議員と一緒に移送される心配もなくなった。じつをいうと、わずか数週間の差で移送を免れたのだ。

ここまで来るのにずいぶん長くかかった。記録によると、ファン・デン・ベルフがカルマイヤー・ステータスを申請したのは一年半前、一九四二年の春だった。自分がユダヤ人とみなされていることに異議申し立てをおこなった。両親そろってユダヤ人ではなく、片方だけであることを証明できれば、ナチスの分類法に従って〝一部のみドイツ民族に所属〟することを認めてもらえるのだ。

ナチスにとってもっとも重要な問題は〝誰がユダヤ人か？　誰がユダヤ人でないのか？〟だった。ナチスの民族関係の法律によると、ユダヤ人であるか否かは、次に紹介する複雑な表をもとにして判定される。この表は地元の警官に配布され、ユダヤ人の疑いのある人物を尋問するさいに使うことになっていた。[*6]

カルマイヤーのオフィスでは、ファン・デン・ベルフの祖父母のなかにユダヤ人は一人しかいないので、ミシュリンク（混血）第二級に相当するとの裁定を下した。[*7] つまり、ファン・デン・ベルフはドイツ民族に属し、ドイツの市民権を持つことが認められるわけだ。娘たちも同じくミシュリンク第二級となり、現在の彼が非ユダヤ人とみなされることから、ユダヤ人の妻アウグステも結婚によって保護される身となった。この裁定により、ファン・デン・ベルフは住民登録カードからJの文字を消すことができた。さらに、非ユダヤ人となったことで、九月上旬にユダヤ人評議会をやめなくてはならなかった。結果から見ると、彼にとって幸運なタイミングだった。

ファン・デン・ベルフにカルマイヤー・ステータスが与えられたことが、どうにも信じられない。なにしろ、戦争の真っ最中だ。結果が出るまでに一年半近くかかっている。もっとも、申請書に関して検討がおこなわれるあいだ、ファン・デン・ベルフは移送を免れていたわけだ。まず、スイスのチューリッヒに住むJ・ヘンゲラー&E・ヘンゲラー博士宛に手紙で連絡が行き、次に、一九四二年三月七日に、この二人の博士からロンドンの系図学協会へ調査依頼書が送られた。[*8] 系図学協会が依頼されたのは教会の記録を見つけだすことで、ファン・デン・ベルフの両親もしくは祖父母のなかに一人もしくは複数のユダヤ人が含まれてはいないことを立証するのが目的だった。一九四二年八月六日に調査機関が依頼を受けたが、ようやく回答を送ったのは一九四三年一月十二日になってからだった。時間がかかったことを詫び、見つけだす必要のある記録が防空壕に保管されていたという弁明をした。[*9] 調査と結果が本物だったのか、それとも、すべてが巧妙な偽りだったのかはわからない。

ファン・デン・ベルフがカルマイヤー・ステータスを得たことを知って、シェペルスは怒り狂った。戦前のファン・デン・ベルフがいつも〝ユダ

分類	翻訳	血統	定義
ドイチュブルーティガー	純血ドイツ人	ドイツ	ドイツ民族と国家に所属 帝国の市民権を与えられる
ドイチュブルーティガー	純血ドイツ人	1/8 ユダヤ	ドイツ民族と国家に所属とみなされる 帝国の市民権は与えられる
ミシュリンク ツヴァイテン・グラーデス	混血（第2級）	1/4 ユダヤ	一部のみドイツ民族と国家に所属 帝国の市民権を与えられる
ミシュリンク エーアステン・グラーデス	混血（第1級）	3/8 もしくは 1/2 ユダヤ	一部のみドイツ民族と国家に所属 帝国の市民権は与えられる
ユーデ	ユダヤ人	3/4 ユダヤ	ユダヤ民族と社会に所属 帝国の市民権は与えられない
ユーデ	ユダヤ人	ユダヤ	ユダヤ民族と社会に所属 帝国の市民権は与えられない

ヤ人の公証人〟という派手な宣伝をしていた点を強調して、親衛隊とハーグにあるカルマイヤーのオフィスに苦情を申し立て、あらためて調査をおこなうよう要求した。[*10] ファン・デン・ベルフにとって不運なことに、シェペルスの作戦は成功した。コールドケース・チームはＣＡＢＲに保管されていたシェペルスのファイルを調べてみて、ハーグにいるナチスの高官たちへの影響力はファン・デン・ベルフより彼のほうが大きかったのだ、と結論するに至った。

コールドケース・チームはファン・デン・ベルフに宛てて送られた一九四四年一月四日の日付入りの手紙を見つけだした。逮捕される危険があることをカルマイヤーのオフィスで働く弁護士二人が彼に警告する手紙だった。[*11] ファン・デン・ベルフはただちにヴィラを出ると、アムステルダム＝ノールトのニウウェンダッメルデイク六一番地にある小さな家の住所を使って正式に住民登録をした。家の持ち主はアルベルテュス・サッレ、かつて彼の公証人事務所で事務員をしていた男だ。[*12] ピーテルはサッレの娘レヒナ・サッレを見つけだしてインタビューすることができたが、彼女が覚えていたのは、その時期にその家で暮らしていたのは家族以外に誰もいなかったということだけだった。つまり、その住所は隠蔽工作に使われたのだろう。[*13]

ピーテルはアムステルダム市立公文書館でしばらく調査を進め、館員のペーター・クルーセンから、ファン・デン・ベルフが住所を変更しようとすれば、アムステルダム市の登記所へ本人が出向かなくてはならなかったはずだという説明を受けた。どうやら、街の通りを歩く姿を見られるのを、当時の彼はまだ恐れていなかったようだ。[*14] しかし、ファン・デン・ベルフが〝非ユダヤ人〟と認定されたことに対し、シェペルスが当局に絶えず苦情を申し立てていたため、自分と家族にますます大きな危険が迫っていることは彼にもわかっていた。

カルマイヤーのオフィスでは、シェペルスの抗議に注意を向けざるをえなくなり、一九四四年一月二十二日、ファン・デン・ベルフが〝アーリア人〟のステータスを申請するさいに偽りの証拠を使用した可能性があるため、彼の銀行口座を凍結すべし、との決定を下した。[*15] 一人の男とその家族が命の危険にさらされているときに、お役所的な手続きによってじわじわと迫害が進んでいくというこのシュールな不条理さは、ナチスの好む殺害方法がなぶり殺しであることを示す残忍な例と言っていいだろう。

コールドケース・チームは奇妙な発見をした――ユダヤ人狩りを担当していた悪名高き人物で、ⅣB4課に所属し、ヘンネッケ・コラムが解体されるまでその活動に加わっていたエドゥアルト・ムースベルヘン[*16]の対独協力ファイルに、ファン・デン・ベルフの名前が出ていたのだ（ムースベルヘンはその後、アーブラハム・カペルの下で働くことになった。カペルは彼のことを、ユダヤ人ハンターのなかで最優秀の一人だと評していた）。CABRに保管されているムースベルヘンのファイルには、二人の証人の証言が出てくる。彼に使われていたV－マンとV－ウーマンの証言で、ムースベルヘンはユダヤ人が隠れていると思われる住所のリストをよく持ち歩いていたという。一九四四年の夏には、リストに出ている住所を次々と摘発していたようだ。[*17]

終戦後に取調べを受けたムースベルヘンは、アルノルト・ファン・デン・ベルフがカルマイヤー・ステータスを失ったことを知り、しばらくしてからオラニエ・ナッサウラーン六〇番地の彼の家へ行ってみたが留守だった、と供述している。数日後に再度訪ねたとき、ファン・デン・ベルフが逃げだしたことを知った。ムースベルヘンは対独協力の罪で受けた判決を軽くしてもらおうとして、身を隠すようファン・デン・ベルフに警告するつもりだったと主張しているが、CABRのファイルのほうにはそのようなことは出ていない。[*18]

ムースベルヘンが本当にファン・デン・ベルフに警告するつもりだったのか、それとも、報奨金目当てで彼を逮捕するつもりだったのか、コールドケース・チームは判断に迷った。ファン・デン・ベルフの家へ行った目的は彼を逮捕することにあった、などとムースベルヘンが終戦後に認めるわけはない。ムースベルヘンの証言が真実かどうかについて、ファン・デン・ベルフに問いあわせがあったという記録はどこにもない。

だが、やがて予期せぬことが起きた。幸運な偶然によって、テイスがある男に出会ったのだ。その男は祖父母が戦時中にファン・デン・ベルフの娘のアンネ゠マリーを安全に匿っていたと言い、信頼できる証拠書類まで持っていた。男が祖父母から聞いた話によると、アルノルト・ファン・デン・ベルフはレジスタンス組織の協力を得てその家に娘を預けたという。ナチスの有力者のコネにすがってカルマイヤー・ステータスを手に入れたにせよ、レジスタンス組織の助けを借りて子供を隠したにせよ、ファン・デン・ベルフが家族の命を救うために奔走したことだけは間違いない。

ファン・デン・ベルフのケースは特殊だ。子供たちを隠してほしいとレジスタンス組織に頼むことができるいっぽうで、ナチスのヒエラルキーの上位にいる有力者のコネでカルマイヤー・ステータスを手に入れ、やがてそのステータスが消滅すると、絶妙のタイミングで警告してくれる者が現れた。チームとしては、この点がどうも腑に落ちなかった。

第37章 活動を始めた専門家たち

延々と続いていたコールドケースの調査のすべてが一変した瞬間のことを、ヴィンスは鮮明に覚えている。匿名の手紙を、たぶん百回目ぐらいになると思うが、読みかえしていたときだった。そこにはこう書いてあった。〝あなたが身を隠していたアムステルダムの建物の住所は、あのとき、A・ファン・デン・ベルフなる人物からエーテルペストラートにあったユダヤ人移住促進中央局へ通報済みでした〟

ヴィンスは不意に気づいた──手紙の主は、オットー・フランクの〝名前〟が通報されたとは言っていない。言っているのは住所のことだけだ。誰が手紙を書いたにせよ、プリンセンフラハト二六三番地に誰が隠れていたのかは、まったく知らなかったのかもしれない。さらに手紙はこう続いている。〝ユダヤ人移住促進中央局にはファン・デン・ベルフが渡した住所リストがすべて置いてあります〟

ヴィンスは急に、違う角度から全体を眺めはじめた。ファン・デン・ベルフなる人物から、氏名ではなく住所のリストが渡されたのが事実だとすれば、あの密告という犯罪は（本当に密告があったとすれば）個人を狙ったものではなかったことになる。住所だけを通報したのなら、自分の知人を密告したという罪悪感だけは持たずにすむ。

ファン・ヘルデン刑事は四十ページの捜査報告書に匿名の手紙を書き写しているが、ヴィンスはそれが原文のままなのか、それとも要約なのかを知りたかった。手紙にはほかにも何か書いてあったのか？　手紙のオリジナルは〈アンネ・フランク財団〉の理事に渡したとオットー・フランクが言っているが、その理事とは誰なのか？　オットーが作った写しはどこにある？　ヴィンスは確信した――アーブラハム・カペルが大事な書類を自宅にしまっておいたように、ファン・ヘルデンも同じことをしたに違いない。コールドケース・チームがファン・ヘルデンの血縁者捜しにとりかかったところ、少し調査しただけで、息子のマールテンが見つかった。

ヴィンスが最初にメールを送ったとき、マールテン・ファン・ヘルデンは父親の話をすることに興味を示さなかった。父親の仕事のことはあまり知らないから、調査の役にはほとんど立てないと思う、と言った。ところが、「お父さんが遺された書類を何かお持ちではありませんか」とヴィンスが尋ねたところ、マールテンは持っていると答えた。父親の死後八年ほどたったとき、一九六三～六四年の捜査に関係したファイルが大量に見つかったという。

マールテン・ファン・ヘルデンは見つかったファイルの一部をスキャンして、コールドケース・チームにメールで送ってくれた。ヴィンスがそれに目を通していくと、タイプで打った小さなメモが見つかった。インクで書いた文字も添えてあった。内容も、紙のサイズも、匿名の手紙に関するファン・ヘルデンの説明と一致していた。オリジナルではありえない、とヴィンスは思った。手書きのコメントが添えてあるのだから。オットー自身が作ったという写しではないだろうか？

ヴィンスはクリスマス休暇が終わるとすぐに、マールテン・ファン・ヘルデンを訪ねる約束をした。ファン・ヘルデン家の居間に入った瞬間、彼の目はコーヒーテーブルに積みあげられた分厚い紙の束にひきよせられた。一種の衝撃に見舞われた。握手の手を差しだしている年配者のほうを向いた。四十五年連れ添った彼の妻が進みでて、エルスだと自己紹介をした。マールテンが父親の話を始めた。

父親のアーレント・ファン・ヘルデンは十八歳のとき軍隊に入り、憲兵隊で軍曹にまで昇進した。一九四〇年のドイツ軍のオランダ侵攻後、逮捕されてハーグの刑務所に入れられた。釈放されたあと、ドイツ当局は警官の仕事に戻る許可を彼に与えた。ドイツ側も考えが甘かったようだ。アーレントはほどなくレジスタンス活動に加わったのだから。

警官という立場を使って、身を隠している人々を助けるために食料を届けた。戦時中は肉不足だったので、豚や牛を屠畜するときは、肉が盗まれるのを防ぐために警官の立ち会いが必要とされた。毎回、くず肉があとに残るので、アーレントはそれをかき集め、身を隠したユダヤ人がいる家々へ届けていた。

マールテンは父親が語る戦時中の話を記録するようになった。そのひとつに、逮捕された男をアーメルスフォールト強制収容所へ送るよう命じられたときの話がある。男は一時間だけ自由にしてほしいと懇願した。ユダヤ人狩りが迫っていることをほかの者に警告したいというのだ。それがすんだら戻ってくると誓った。マールテンの父親は頼みを聞き入れ、男は約束を守って、移送されるために戻ってきた。また、父親がナチスの将校と対決したという話もある。一九四四年九月、アーレントはエルストの町で、親衛隊の将校が関わっていた闇市事件の捜査に加わった。その将校を尋問するために逮捕した。車で走っていたとき、将校がアーレントに拳銃をよこすよう命じた。アーレントが命令に従うと、親衛隊将校は車を道路脇で止めさせた。拳銃を構えてアーレントを撃とうとしたが、そのとき、近づいてくる足音が聞こえた。将校が拳銃を下ろした瞬間、アーレントは脱兎のごとく駆けだし、溝のなかと牧草地を疾走して逃げた。

戦後もアーレントは警官の仕事を続け、ついにはアムステルダム警察の警部にまで昇進した。一九六三年、マールテンが二十歳のときに、父親が《隠れ家》の摘発をめぐる捜査担当者に任じられた。捜査が思いどおりに進まなかったり、行き詰まったりすると、仕事を家に持ち帰ったものだった。父親がサイモン・ヴィーゼンタールに会いにウィーンまで出かけたことや、ついでにバーゼルまで足を延ばしてオットー・フランクにインタビューしたことを、マールテンは覚えていた。

マールテンと二人でテーブルに積み重なった紙の束に注意を向けたとき、ヴィンスは興奮を押し隠そうとした。一九六三～六四年の捜査報告書のほぼすべてのページが、オリジナルとコピーの形でここに何十枚もそろっている。犯罪捜査部が使っていたファイルホルダーのカバーまで含まれている。ヴィンスの両手が震えだした。

紙の束のいちばん下に、捜していたものがあった。約十四センチ×二十三センチの便箋で、やや黄ばんでいて、文章はタイプで打ってあり、その下にインクの手書き文字が添えてあった。オットーがタイプしたもののようだ。コピー機でコピーしたものではなく、書き写したものでもない。インクの手書き文字もコピーではなさそうだ。犯罪捜査部に提出されたファン・ヘルデンの報告書を調べても、匿名の手紙の写しが見つからなかったのは当然だ――長年のあいだ、彼が家で保管していた書類のなかにあったのだから。

便箋の上部にドイツ語で〝アップシュリフト〟とメモしてある。〝写し〟という意味だ。オットーがタイプした写しという説の裏づけになる。オットーの母国語はドイツ語だから、〝写し〟と書くのにドイツ語を使うのは自然なことだったと思われる。それ以外のタイプされた部分はオランダ語だ。手書き文字も入っていて、マールテンは父親の筆跡だと言った。法医学検査のためにアップシュリフトメモ（ヴィンスはこう呼ぶようになっていた）をコールドケース・チームに貸しだすことを、マールテンは承知した。ヴィンスは便箋にタイプライターで文字を打ったのがオットー・フランクで、手書き文字はファン・ヘルデンのものであることを確認したかったのだ。

ヴィンスはFBIの研究所にいるかつての同僚の一人に連絡をとろうと決めた。そして、最大限の情報をひきだす助けになりそうな検査をすべて二人でおこなうことにした。残念ながら、検査の多くが破壊的な悪影響を伴うものだったため、ヴィンスは便箋を変質させる恐れのある検査を実施するのを躊躇した。指紋検査なら見込みがありそうだったが、粉末やシアノアクリレート（強力接着剤）を使うと極度の褪色《たいしょく》をひきおこす危険があるので、それも却下した。ヴィンスはそこで、法医学のエキスパートであるカリナ・ファン・レーヴェン刑事に相談した。二人で協議した結果、便箋の検査には二段階のアプローチ、すなわち、科学的検査と言語学的分析が必要だという結論になった。
マールテンは歴史的文書となるかもしれないものを郵送するのが不安だったため、妹と一緒にアムステルダムまで車を走らせ、ヴィンスとブレンダンに直接便箋を手渡した。便箋に入っている手書き文字は父親のものに間違いないかと尋ねられて、二人ともそうだと答えた。
科学的な意見を聞くために、ヴィンスはオランダの筆跡鑑定のエキスパートで、現在はオランダ法医学研究所をリタイアしているヴィル・ファヘルに連絡をとった。ファヘルはヴィンスに、見本にするため、マールテンから父親の手書き文字のコピーをもらってほしいと頼んだ。マールテンのところには、父親が書いた手紙がまだ数通残っていた。その手書き文字とアップシュリフトメモを比較したファヘルは、両方の手書き文字は同一人物のものであると結論を出した。[*1]（偶然だが、一九八〇年代半ばにアンネ・フランクの日記の筆跡鑑定がおこなわれたときには、オランダ法医学研究所のファヘルの部署が担当した。検査結果はＮＩＯＤ編による『アンネの日記・研究版』で報告され、日記はアンネ・フランクが書いたものではないというすべての説への反証となった）[*2]
アップシュリフトメモがいつ書かれたかを判定するのが最優先事項だった。放射性炭素年代測定法を使えば、紙の古さはたぶん判定できるだろうが（そこに書かれた文字については判定不可能としても）、そのためには便箋の一部を切りとる必要がある。ヴィンスは便箋の左側にパンチ穴がふたつあいているのに気づいた。ひとつは手書き文字の一部を切断している。そこでマールテン・ファン・ヘルデンに電話したところ、マールテンは文書をすべてバインダーで保管しようと思って穴をあけたのだと説明した。ヴィンスはマールテンが使った穴あけパンチ器に、くり抜いた紙ゴミを受けるパーツがついていないだろうかと考えた。紙ゴミを捨てたことは？　ない？　やがて、膨らんだ封筒がオフィスの郵便室から届けられた。あけてみると、くり抜かれた紙ゴミが千個ほどこぼれ出た。

ヴィンスとブレンダンはそのすべてをレティナ・ディスプレイで調べた。数時間後、色をもとにして、該当しそうなものを十五個選びだすことができたが、インクの手書き文字がついた紙ゴミは一個もなかったし、便箋のパンチ穴と一致すると断言できるものもなかった。

そのいっぽうで、ヴィンスとブレンダンは活字面《タイプフェイス》の特徴を調べれば、誰が打ったのか、いつごろ打ったかがわかるのではないかと期待をかけた。タイプフェイスの国際的エキスパート、ベルンハルト・ハースに連絡をとった。タイプフェイスの鑑定分野でもっとも信頼のおける専門書『ハース・アトラス』を著したのが彼の父親である。タイプライターの専門用語で〝ドキュメント・タイプフェイス〟といえば、アームの先端がインクリボンを叩くことで紙に残される活字を意味している（コンピュータとインクジェットプリンタのこの時代、タイプフェイスの鑑定は失われた芸術になってしまった。ハースを見つけることができて、コールドケース・チームは幸運だった）。ヴィンスとブレンダンは自分たちの調査についてざっと説明し、アップシュリフトメモはオットー・フランクが打ったものかもしれないという推測を彼に伝えた。ハースはオットーが使ったタイプライターか、もしくは、オットーがそのタイプライターで打ったと確認できる複数の文書が必要だと言った。チームのほうは、オットーのタイプライターは入手できる見込みがないと答えた。おそらく、スイスのバーゼルにある〈アンネ・フランク基金〉の管理下に置かれているだろう。この団体にはこれまでずっと協力を拒まれてきた。オットーの文通相手の一人に頼るのが手っとり早い解決法かもしれない。

一九五〇年代後半にアメリカのティーンエイジャーだったカーラ・ウィルソン＝グラナトは『アンネの日記』を読んで大感激し、オットー・フランクに手紙を書いた。原作が映画化されたときには、アンネ役のオーディションに応募したほどだった。監督ジョージ・スティーヴンスの『アンネの日記』はミリー・パーキンスが主役のアンネを演じ、一九六〇年度アカデミー賞作品賞にノミネートされた。カーラとオットーの文通と友情は二十年以上も続いた。二〇〇一年、彼女は *Dear Cara: Letters from Otto Frank*（ディア・カーラ：オットー・フランクから届いた手紙）のなかで手紙を公表した。

ヴィンスは以前、オットーとの文通や個人的な会話についてカーラ・ウィルソン＝グラナトと話したことがあり、彼女がオットーの手紙を大切にとっていることを知っていた。そこでカーラに電話をかけ、オットーがタイプしたと思われる文書をコールドケース・チームが入手したことを説明した。「手紙を何通か送ってもらえないでしょうか？　両方を比べてみたいので」カーラは「ええ、喜んで」と答えた。

手紙をアムステルダムのオフィスに翌日配達で送ってもらうため、ヴィンスが問い合わせをすると、運送業者に荷物の値段を尋ねられた。「値がつけられないほどの貴重品です」と答えたところ、「すみません。うちではそういう品はおひきうけできません」と言われた。そこで、コールドケース・チームは文書の専門家に相談して見積価格を出してもらい、荷物の発送に漕ぎつけた。その夜、ヴィンスが徹夜で荷物の追跡を続けたところ、翌朝、アムステルダムのスキポール空港に到着したことがわかった。ところが、午前八時十五分にメール連絡が入り、発送は明日まで延期と言ってきたので落胆した。もっとも、オンラインの追跡では、依然として、この日の午前十時半に配達予定となっていた。なんだか混乱してしまい、カーラに電話をして手紙の紛失もしくは損傷を伝えなくてはならないのかと想像した。しかし、午前九時に配送トラックがオフィスの前に止まり、ドライバーが入ってきて受領サインを求めた。ヴィンスは思った。中身が何か、このドライバーが知ったらどうするだろう！

ヴィンスとブレンダンは次に、列車で六時間かけてヴィンネンデンまで出かけた。ドイツ南西部の小さな町で、そこにベルンハルト・ハースが住んでいる。二人はカーラから届いた手紙を数通持参した。ハースはリタイア後、自宅の上の階を仕事部屋に改装し、アンティークなタイプライターの数々を部屋に飾っていた。仕事に使うツールが大きなガラス製の検査台に散乱している。立体顕微鏡、文字や行の間隔を調べるときのテンプレート、拡大鏡。

鑑定には数時間かかった。アップシュリフトメモのタイプフェイスを調べるために、ハースは証拠品保護用のクリアファイルから慎重にメモをとりだした。立体顕微鏡にそれをセットし、ごく微細な点までも明らかにしてくれる特殊ライトをつけた。観察結果をいくつかメモして、ドイツ語でつぶやきながらタイプフェイスを慎重に調べた。特別なテンプレートを使って、文字サイズ、文字間隔、行間隔の測定にとりかかった。次に、彼がすわっていた椅子を回転させて、彼の父親が編纂《へんさん》したタイプフェイスの専門書を棚からとると、あのメモはタイプ打ちされたオリジナルで、コピーではないことをヴィンスとブレンダンに告げた。メモを打つのに使われたタイプライターは次の活字に傷があった。h（頭部）、n（右足）、a（下のハネ）、A（右側）。ハースはこう鑑定した――活字を製造したのはドイツのベルリンにあった〈ランスマイヤー&ロドリアン〉で、製造時期は一九三〇年から一九五一年のあいだである。

ハースの説明によると、次なるステップはメモの活字をカーラ・ウィルソン＝グラナトから送られてきた手紙と比較することだった。彼がドイツ語でつぶやくあいだ、ブレンダンとヴィンスははらはらしながら待った。ハースはようやく椅子を押してデスクから離れ、メモと手紙が同じタイプライターで打たれたものであることを、法医学的に見て最高レベルで断言できると言いきった。[*3] 次に、ヴィンスとブレンダンにとって予想外のことをつけくわえた。カーラが送ってきた手紙の一部の活字に見られる劣化の状態から見て、メモが作成されたのは、手紙のなかでもっとも古いものについている一九五九という年号より何年か前だと判定できる、というのだ（つまり、メモの活字のほうが鮮明ということだ。タイプライターを使用するうちに、活字はどんどん不鮮明になっていく）。匿名の手紙のオリジナルをオットーが〈アンネ・フランク財団〉の理事会メンバーに渡したのは一九五七年五月だが、その前に写しを作っておいたというファン・ヘルデンに対するオットーの供述がこれで裏づけられたわけだ。

アムステルダムに戻る列車に乗ったヴィンスとブレンダンは満足感に包まれていた。いまこうして運んでいるメモは、《隠れ家》の密告に関する物的証拠というだけでなく、オットー・フランクの手から生まれた証拠品なのだ。

次のタスクは、メモにタイプ打ちされた文面の下にファン・ヘルデン刑事が書きこんだコメントの内容を調べることだった。〝父はたぶんこう書いたのだと思う〟というファン・ヘルデンの子供たちの意見と、オランダの研究者たちの統一見解を合わせると、次のようになる。

オリジナルを所有する人物
もしくは
オリジナルは倉庫23に［手書き文字不鮮明。しかし、後者はどうもこのように読める］
公証人v・d・ハッセルト、カイゼルスフラハト七〇二番地（二三〇〇四七）
（二三四六〇二）
郵送、バーゼルから、財団経由か否か
個人的な詳細
ありうる
すでにかなり年月がたつ
16/12-63 にもらう――
ヘルドリンク氏

①ユダヤ人評議会のメンバーだった

ほかに、看護&介護協会

②デパルトメント・レインバーンスフラハト（?????&?????）

以上がファン・ヘルデン刑事の走り書きである。最初の部分は明らかに、手紙のオリジナルがカイゼルスフラハト七〇二番地のファン・ハッセルトという公証人のところにある、と言っている。それに続いて六桁の数字がふたつ。一九六三年のアムステルダムの電話帳を調べたところ、公証人J・V・ハッセルトの電話番号であることが判明した。

次の部分は判然としないが、バーゼルという言葉が出てくる。オットーが一九六三年に住んでいたところだ。次の〝16/12-63にもらう〟については、ファン・ヘルデン刑事がメモのコピーを一九六三年十二月十六日に受けとったという意味にとっていいだろう。刑事がオットーに事情聴取をおこなった約二週間後だ。

〝ヘルドリンク〟はヘルマン・ヘルドリンクのことに違いない。〈アンネ・フランク財団〉を設立した理事会メンバーだ。コメントの最後に出てくる〝ユダヤ人評議会のメンバーだった　ほかに、看護&介護協会〟の部分は、ファン・デン・ベルフと、オランダ解放後に彼が加わった組織を指しているようだ。〝デパルトメント・レインバーンスフラハト〟は、戦時中にユダヤ人評議会の中央情報局があった場所。〝?????〟が使われているのは、&で区切られたふたつの単語があとに続いているが、解読不可能であることを示すためだ。

コールドケース・チームのメンバーはいまや、自分たちが入手したのはオットーがオリジナルの手紙をタイプして作った写しであることを確信していたが、答えの出ない疑問がまだいくつか残っていた。ファン・ハッセルトという公証人は何者なのか？　手紙のオリジナルが彼の手に渡ったのはなぜなのか？　そして、ハッセルトの名前をこれまで誰も聞いたことがなかったのはなぜなのか？

第38章　友達のあいだのメモ

ヤーコプ・ファン・ハッセルトが調査における重要な存在になってきた。アルノルト・ファン・デン・ベルフときわめて親しかったことが判明した。戦前のアムステルダムにはユダヤ人の公証人が七人しかおらず、そのうち二人がファン・ハッセルトとファン・デン・ベルフで、多くのビジネス取引に一緒に関わってきた。[*1]戦争が始まると、二人の人生は別々の方向へ進みはじめた。ファン・ハッセルトはユダヤ人評議会のメンバーになるよう頼まれたが、辞退した。ファン・デン・ベルフは頼みに応じた。ファン・ハッセルトと家族は身を隠した。彼と妻はやがてベルギーに脱出したが、娘二人はオランダに残った。[*]戦後、ファン・ハッセルトとファン・デン・ベルフの人生はふたたび交差した。アムステルダムに戻ったファン・ハッセルトがユダヤ人救済活動に深く関わるようになり、ファン・デン・ベルフをユダヤ社会福祉事業《ヨーズ・マートスカッペレイク・ウエルク》という組織の理事に推薦した。

ファン・ハッセルトはオットー・フランクともずいぶん親しかった。〈アンネ・フランク財団〉の設立に公証人として関わっている。プリンセンフラハト二六三番地の建物の解体を阻止するために財団が誕生したのは一九五七年五月のことだった。オットー、ヨハンネス・クレイマン、その他何人かと共に、ファン・ハッセルトも設立時の理事会メンバーになっている。また、オットーと二度目の妻フリッツィが一九五三年十一月に結婚するに当たっては、彼が婚姻前夫婦財産合意の書類を作成している。[*2] アンネの日記の信憑性が疑問視されたときにオットーの味方になったのもファン・ハッセルトで、一九五四年には〝日記を検証した結果、本物と認定された〟という声明を公正証書にしている。[*3]

オットーとファン・ハッセルトはほかに共通の体験もしていた。ファン・ハッセルトもホロコーストで娘を二人（六歳と九歳）亡くしたのだ。そこに至る残酷な経緯を聞くと胸が痛む。防空用の暗幕使用令に違反した一人の女性が罰金を払いたくないばかりに、身を隠していた初老のユダヤ人女性のことを通報した。それがたまたま、ファン・ハッセルトの二人の娘の祖母だった。祖母を連行するときに、逮捕チームが二人の孫娘からの手紙を見つけた。差出人のところに、二人が隠れていた家の住所が書いてあった。[*4]

オットーとファン・ハッセルトは家族を亡くした悲劇によって、そうした喪失を体験した者にしかわからない絆で結ばれていた。匿名の手紙についても二人で内容を検討したに違いないが、手紙をどうすべきか迷っていたように見える。オットーは明らかに重要な手紙だと感じて写しを作り、安全に保管してもらうためにオリジナルを友人に預けたのだろう。[*5]

コールドケース・チームが〈供述プロジェクト〉のなかで見つけた多くの文書に、ファン・ハッセルトの名前が出ていた。例えば、一九五八年三月にクレイマンがオットー・フランクに宛てて書いた手紙にも、彼の名前が出てくる。そのなかでクレイマンは匿名の手紙に触れて、こう書いている。

ファン・ハッセルト公証人からわたしに送られてきた匿名の手紙を読みました。ファン・ハッセルト氏は近くに住んでいたファン・デン・ベルフ公証人と知り合いでしたが、その公証人はずっと以前に亡くなっていて、ファン・ハッセルト氏はその公証人に関して、当時は〝いい人〟だったということしか知らないと言っています。デ・ヨング博士から司法省へ報告がいくと思いますが、ファン・ハッセルト氏も、博士も、そのような匿名の手紙にはあまり重きを置かないほうがいいという意見です。即座にひとつの疑問が出てきます。その人物はなぜいまごろになって、そんな告発をしたのか？　デ・ヨング博士のほうで何かわかったら、わたしに報告してくれるそうです。[*6]

クレイマンの手紙からふたつのことがわかる。その一、匿名の手紙のオリジナルがファン・ハッセルト公証人に渡されていたこと（ファン・ヘルデン刑事がアップシュリフトメモにつけた手書きのコメントも、それをほのめかしている）。その二、ファン・デン・ベルフとファン・ハッセルトは知り合いで、二人とも公証人だった。また、オリジナルの手紙が届いた時期について、クレイマンが思い違いをしていた（もしくは、惑わされていた？）こともわかる。なぜなら、〝その人物はなぜいまごろになって、そんな告発をしたのか？〟と書いているからだ。オットーのところに手紙が届いたのはオランダ解放のしばらくあとで、十三年ほど前だったことを、クレイマンは知らなかったようだ。クレイマンはオットーがもっとも信頼する友達の一人だった。終戦直後の何年間か、密告したのは誰だったのかと、ミープ、ベップ、クーフレル、クレイマンがしばしば議論していたことを示す証拠があるが、コールドケース・チームが検証したすべての供述からすると、四人のあいだでファン・デン・ベルフの名前が出たことは一度もなかったようだ。

クレイマンがオットーに出した手紙から、ファン・ハッセルト公証人がファン・デン・ベルフの死を彼に告げていたことがわかるが、ファン・ハッセルトがファン・デン・ベルフについて〝当時は〝いい人〟だったということしか知らない〟と言っているのには、かなりの用心深さが感じられる。ＲＩＯＤ（のちにＮＩＯＤへ名称変更）の館長だったオランダ人歴史学者、ルー・デ・ヨング博士にクレイマンが連絡をとり、手紙をどうすればいいかと相談したところ、博士は最初、司法省に報告するよう勧めたが、そのあとで、博士とファン・ハッセルトは手紙を信じすぎないほうがいいという結論に達した。手紙がＲＩＯＤの公文書館に渡された証拠も、その存在が司法省に報告された証拠もいっさいない。

ファン・ヘルデン刑事に言ったこととは違い、オットーはファン・デン・ベルフに関して少し調べていたようだ。一九四五年十二月、服役中だったオランダ人警官へイジヌス・フリンハウスに面会に行ったとき、ファン・デン・ベルフのことと、匿名の手紙のことをわざわざ尋ねている。フリンハウスは「ファン・デン・ベルフの高潔さを疑う理由はどこにもない」と答えたとされている。[*7]ファン・デン・ベルフの人格に関するフリンハウスの言葉を、オットーがそのまま受け入れたとは思えない。しかし、アウシュヴィッツから生還して匿名の手紙を受けとった二、三カ月後に、彼が手紙の内容を真剣にとっていたことは明らかだ。

もっとも興味深いのは、オットーが刑務所へ面会に出かけたとき、一緒に行ったのがクーフレルやクレイマンではなく、（予定表からわかるように）〝Ａｂ〟という人物だったことだ。〝Ａｂ〟、すなわちアーブラハム・コーフェルンはオットーの親しい友人で、やがて、アンネの日記を編集するオットーを手伝い、一九四七年には、妻が亡くなったあとで、オットー、ミープ、ヤン・ヒースを広いアパートメントに招待している。コーフェルンは明らかに匿名の手紙のことを知っていたが、クレイマンとクーフレルはそんな手紙があることも知らなかった。オットーはなぜ、匿名の手紙のことを二人に秘密にし、一九六三年になってようやく、彼が作った写しをファン・ヘルデン刑事に渡したのか――これがコールドケース・チームの調査の中心を占める謎であった。

＊隠れて暮らすあいだに家族が離れ離れになるのはよくあることだった。隠れ家を提供している人々からすれば、家族全員よりも一人か二人だけを匿うほうが負担は軽かった。

第39章
タイピスト

　コールドケース・チームはここで、匿名の手紙の差出人は誰かという点に注意を向けた。もっとも有力な容疑者はJ・W・A・シェペルスだ。ナチス寄りの公証人で、ファン・デン・ベルフの事務所をひきついだ人物である。ファン・デン・ベルフに恨みを抱き、復讐の念に燃えていた。戦争が終わってもシェペルスの怒りが治まったとは思えない。ならば、さらに一歩進んで、同じユダヤ人を密告したと言ってファン・デン・ベルフを誹謗《ひぼう》中傷したとしても不思議はない。

　しかし、シェペルスには手紙をオットーに届ける機会がなかったはずだ。一九四五年六月二日、対独協力の罪で刑務所に放りこまれたのだから。オットーがアウシュヴィッツから生還する前日のことだった。服役中の囚人が手紙を出すことは許されていたが、刑務所のレターヘッド付きの便箋を使い、手書きにしなくてはならなかった。オリジナルの手紙が刑務所の便箋に書かれていたなら、オットーがファン・ヘルデン刑事にそう言ったか、もしくは、クレイマンがオットー宛の手紙のなかでそれに触れたはずだ——もちろん、オットー・フランクが何者であるかをシェペルスが知っていたら、と仮定したうえでの話だが、どうもその可能性はなさそうだ。それに、戦時中にシェペルスがファン・デン・ベルフに関して書いた何通かの手紙からコールドケース・チームが知ったように、シェペルスというのは、辛辣な非難の手紙に自分の名前をサインして然《しか》るべき政府機関に平気で送りつけることのできる人間だった。

匿名の手紙の差出人は当然ファン・デン・ベルフと面識があったはずだし、なんらかの内部事情に通じていたに違いない。匿名のその人物はおそらく、SDに勤務していたのだろう。手紙には、ほかにも多くの住所がエーテルペストラートのSD本部に通報されていた、と書いてあるのだから。そのような情報はSDに勤務する者しか知りえないものだ。

コールドケース・チームは、アムステルダム自由大学で法言語学を教えているフルーワ・ファン・デル・ハウエンの協力を仰ぐことにした。この分野で二十年の実績を持つ女性だ。匿名の手紙の主による単語選択と文章構造を調べたあとで、彼女は次のような所見を述べた。[*1]

①文章は上級レベルのオランダ語で書かれている。
②正確な単語選択と文章構造から見て、手紙を書いたのはドイツ人ではなくオランダ人と思われる。
③成人と見てほぼ間違いない。
④おそらく、なんらかの政府機関に勤務する人物。

この分析と、これまでに吸収してきた他の知識をもとに、コールドケース・チームは手紙の差出人を次のような人物だと断定した。

①オランダ人。

②エーテルペストラートにあるアムステルダムSDのユダヤ人移住促進中央局に勤務する人物、もしくは、なんらかの関係者。

③機密扱いの資料に近づける高官たちの同僚として、もしくは、部下として仕事をしていた人物。手紙に書かれているようなリストを閲覧できる立場に、もしくは、その存在を知りうる立場にあったのは、ナチスのために働いて信頼されていた人物、SDの人間、SDの仕事をしていたオランダ人警官、V－パーソンだけだったと考えていいだろう。

④痛ましい情報を告白して心を軽くしたいと熱望した人物。

⑤ファン・デン・ベルフを、もしくは、彼のことを知っていた人物。なぜなら、手紙には彼の自宅の住所が書かれている。

プロファイリングに合致しそうな人物を求めて、コールドケース・チームが中央局の内部にいるオランダ人を調べたところ、コルネリア・ヴィルヘルミナ・テレジア（テアア）・ホーヘンスタインという名前が浮上した。以前、アムステルダムSDの電話帳を調べたときにも出てきた名前で、ヴィリー・ラーゲスとユリウス・デットマンの秘書を務めていた女性である。

ホーヘンスタインは一九一八年ドイツ生まれ、九歳のとき、オランダ系カトリック教徒だった家族に連れられてオランダにやってきた。ドイツ語もオランダ語も堪能だったので、二十四歳ごろから中央局でタイピストとして働くようになった。最初のうちは、ユダヤ人を迫害するためのナチスの法令をドイツ語に訳したり、ユダヤ人狩りの時期にユダヤ人の住民登録をおこなったり、SD本部でおこなわれる政治犯の尋問の報告書をタイプしたりしていた。[*2]

表面的に見れば、SDの仕事をしていたのなら、ナチスによる占領の支持派だったのかと思われそうだが、コールドケース・チームの調査の結果、レジスタンス活動をしていたアムステルダムの警官二人――アーレント・ヤーピン、ピート・エリーアス――と親しかったことが判明した。二人はのちに、彼女が協力的で、一九四三年に逮捕されて強制労働に送られそうになった学生二十人の釈放をかちとるのに尽力してくれた、という証言をすることになる。心理的に見れば、二重スパイのようなことをしていたわけで、やがてこれに耐えられなくなった。逮捕された人々がSD本部で苛酷な虐待を受けることに慄然《りつぜん》として、一九四四年の初めに退職した。[*3] ところが、レジスタンス組織は彼女を貴重な協力者とみなしていたため、強引に仕事に復帰させた。その年の六月、ホーヘンスタインは昇進して、周囲から恐れられていたSD長官ヴィリー・ラーゲスの個人秘書になった。そして、SDの電話帳からもわかるように、デットマンの秘書を兼任することになった。つまり、ファン・デン・ベルフが作ってSDに渡したという、手紙で言及されている住所リストのことを知りうる立場にいたわけだ。
しかしながら、一九四四年の終わりごろには、SDが彼女とレジスタンス組織のつながりを怪しむようになっていた。ラーゲスが彼女のタイプライターを使って、〝テア、きみは裏切り者だ〟と打った。[*4]一九四五年一月、スパイ容疑で逮捕されたが、確たる証拠がなかったため、三日後に釈放された。正体を知られたホーヘンスタインは、彼女の活動を証明する手紙をレジスタンス組織のメンバーからもらい、ただちに身を隠した。
彼女は恋人のヘンク・クレインと一緒に、すでにナチスから解放されていた南の地区へ逃亡しようとして、三月十一日に逮捕され、ティルブルフ市の近くにある捕虜収容所へ送られた。彼女の尋問を担当した第十五スコットランド師団の情報将校は、どうやら、アムステルダムSD勤務という彼女の過去を知っていたようだ（彼女の活動を証明するレジスタンス組織の手紙は役に立たなかったと思われる）。五月五日にオランダが解放されたあと、ホーヘンスタインはユトレヒトの近くのフォルト・ルィゲンフック捕虜収容所へ移され、千人以上の女性（大部分がNSB党員の妻）と一緒に収容された。打ちのめされた彼女はほかの収容者と距離を置き、食事を拒否し、自殺を図った。その後、ユトレヒトの精神科病院へ送られた。八月末にはアムステルダムにあるファレーリウス精神科クリニックに転院して、ヒステリー性の精神疾患と診断され、十一月末に、十五回にわたるショック療法の一回目を受けている。[*5]
一九四六年五月二十一日にようやく退院できたが、戦争が彼女の人生を破壊してしまった。彼女のことをドイツ相手の娼婦《モッフエンフール》とみなす家族には受け入れてもらえず、一九四七年にスウェーデンへ移り、最後はベネズエラへ移住した。オランダの新聞に〝エーテルペストラートのSDでテアは多くの命を救った〟と題した全面記事が出て、彼女がついにレジスタンスの忘れられたヒロインとして称えられたのは、一九六〇年になってからだった[*6]。

ホーヘンスタインが匿名の手紙の差出人だとは考えにくいが、ありえなくはない。もし彼女が三月十一日に逮捕される前に手紙を書いて、プリンセンフラハト二六三番地宛に送ったのなら（オットーの名前は知らなかったのだから）、クレイマンかクーフレルが開封していたはずだ。ところが、二人とも匿名の手紙のことはまったく知らなかった。彼女がのちに捕虜収容所のひとつで手紙を書いたのなら、おそらく収容所特製の便箋を使わされただろうから、オットーがそのことを話したはずだ。八月末には、彼女自身がもう、そうした手紙を書ける状態ではなかったものと思われる。オットーはファン・ヘルデン刑事に、オランダ解放のしばらくあとに手紙が届いたと言ったが、残念ながら、日付は省略している。コールドケース・チームは結局、手紙を書いたのがテアではなかったとしても、SDの活動に関して内部情報を持っていた者が書いたに違いないという結論を出した。ところが、手紙の差出人に関する諸説をさらに調査すべく準備していた矢先に、チームはあるものに注意を奪われ、それがより大きな意味を持つことになった。チームの注意を奪ったのは、手紙の〝内容〟を信じるに足る根拠であった。

第40章
孫娘

いっぽう、テイスのほうは、戦時中にアンネ＝マリー・ファン・デン・ベルフを安全に匿っていた夫妻の孫に当たる男性を追っていた。テイスが電話で話をしたときの男性は友好的で、ファン・デン・ベルフの孫娘を紹介しようと言ってくれた。いまも親しく連絡をとり合っているという（彼女のプライバシーを守るために、わたしたちは男性の身元を明かしていないし、彼女に関しては、エステル・キジオと呼んでほしいという本人の希望に従うことにした。これは彼女自身が考えた偽名である）。

二〇一八年二月十三日、男性がエステルに宛てて、テイスを紹介したいという手紙を出した。コールドケース・チームの調査に協力する気はないかと尋ね、戦争が終わりに近づいたころ、彼女の祖父母に当たるアルノルトとその妻が三人の子供を連れてミネルヴァラーン七二番地の三に越したことを、念のために書き添えた。そこはフランク一家が身を隠す前に住んでいたメルヴェデプレインから三キロほどの距離だった。三月六日、エステルから返事が来た。やや警戒気味ではあったが、テイスに会うことを承知してくれた。

　テイスは三月十五日にエステルの住む町へ車で出かけたときのことを、わたしに話してくれた。アムステルダムを出て北海沿岸まで行ったところにある町だった。いよいよ調査の正念場に来たという思いで、テイスはひどく緊張していたそうだ。出かける前に、一九六三年の警察の捜査報告書と、アルノルト・ファン・デン・ベルフを密告者として告発している手紙を読みかえした。エステルの逡巡《しゅんじゅん》が想像できた。見知らぬ人間がいきなり訪ねてきて、彼女の祖父の話を聞かせてほしいというのだ。祖父がユダヤ人評議会のメンバーだったことは彼女もたぶん知っているだろうし、戦後、評議会のメンバーはさんざん罵倒されたものだった。

　テイスは車を止め、玄関の呼鈴を押した。五十代の女性が玄関をあけてテイスを迎えた。とてもにこやかな女性だった。話をしながらリビングを通り抜け、庭に面したキッチンまで行った。紅茶を出してくれた。ビスケットを添えて。ジンジャー・ビスケット。

　あとでわかったのだが、エステルが受けた数回のインタビューのなかで、これが最初だった。率直に話をしてくれた。祖父はエステルが生まれる前に亡くなっているので、会ったことはないが、彼女は家族に伝わる昔の話をたくさん知っていた。[*1]

　彼女の記憶では、母親から初めて戦争の話を聞かされたのは、たしか九歳か十歳ごろだった。母親のアンネ＝マリーは彼女に、ナチスの侵攻後に一家が移送されずにすんだのは自分の父親がユダヤ人評議会で高い地位にあったおかげだと話した。[*2] しかしながら、一九四三年のどこかの時点で状況が変化した。突然、一家の身が危なくなった（おそらく、九月下旬にユダヤ人評議会が解散させられたせいだろう)。一家は恐ろしい不安に襲われ、つねに荷造りをしておき、何もかも置き去りにして逃げられるように準備をしていた。母親がエステルに語ったところによると、エステルの祖父がレジスタンス組織に助けを求め、三人の娘を匿ってほしいと頼んだのは、このころだったそうだ。

　レジスタンス組織はつねに、家族全員が一緒に身を隠すより、別々になったほうが安全だと助言してきた。エステルは母親のアンネ＝マリーがこんな話をしたのを覚えている――家族のそばにいたいかと訊かれて、わたしは「いいえ」と答えたわ。母親との関係がよくなかったの。母は冷たい人で、社交界でのしあがることしか考えていなかった。でも、わたしは、父のことは深く愛していた。美術と文学への愛から生まれた絆で、わたしたちは結ばれていたの。わたしにとって、父の死は人生最大の悲劇だった。あとの家族のことはたいして気にならなかったわ[*3]。

　レジスタンス組織は双子の姉たちをスハルヴァウデの北にある農場に預けた。デ・ブラウンという一家の農場だった。アンネ＝マリーはアムステルダム市内に身を隠したが、その後は苛酷な日々だった。一家にこき使われ、食事の量はごくわずかだった。あるとき、空腹に耐えかねて食べものを盗み、それがすさまじい喧嘩に発展した。エステルはアンネ＝マリーが性的虐待を受けたことも察していた。ただし、本人の口からじかに聞いたわけではない。

　様子を見に来たレジスタンスのメンバーにアンネ＝マリーが窮状を訴えたところ、オランダ南部の新しい場所へ移れることになった。列車でそちらへ向かうときには、レジスタンスのメンバーが途中まで送ってくれた。旅の最終区間を前にして、駅のホームでぽつんと待っていると、一人のオランダ人が彼女に目を留めた。羽根飾りがついたドイツふうの帽子をかぶった男だったことを、アンネ＝マリーは覚えていた。彼女の黒髪と黒い目のせいで、ユダヤ人だと思われたに違いない。その男は駅にユダヤ人の少女がいることを警察に通報した。

警察は彼女を逮捕し、スヘーフェニンヘンの留置場へ連行して、ほかのユダヤ人たちと一緒の監房に放りこんだ。何回か尋問を受けたが、つかまったときに言うようにとレジスタンスの人々から叩きこまれていた話をくりかえした。何年もたってから、アンネ＝マリーは娘のエステルにこう語っている――苛酷な尋問を続ける男のオフィスに幸せそうな家族写真が飾ってあって、それを見つめていたおかげで冷静さを保つことができたのよ。

アンネ＝マリーはついに、アロイス・ミードルという名前を尋問者に告げた。厄介なことになったらこの名前を出すようにと父親から言われていたのだ。ミードルはファン・デン・ベルフのビジネス仲間のドイツ人で、古い名画の購入に携わっていた。二週間が過ぎたとき、監房に残っているのはアンネ＝マリーだけになっていた。ほかの者は全員、移送されてしまった。

アンネ＝マリーはなんの説明もなしに釈放され、列車の旅を続けてスプリンデルという小さな町に着き、ラウフロクという教授の出迎えを受けた。教授がアンネ＝マリーをバスティヤンセン家に連れていくと、一家は彼女を匿うことを承知してくれた。カトリックの一家で、アンネ＝マリーは温かく迎えられた。しかし、身を隠した子供たちに安定した暮らしは望めない。ドイツ兵の一団がこの家に投宿するという連絡が来たため、アンネ＝マリーは突然、ふたたびよそへ移されることになった。レジスタンス組織の世話で、今度はブレダ市に住むサデー家に預けられ、そこで六週間暮らしたあとで、ドイツ兵が去ったあとのバスティヤンセン家に戻ることになった。オランダ解放までこの一家のもとで暮らした。

　戦争が終わったあとも、エステルの母親はバスティヤンセン家を離れたくなかったそうだ。この家の子供たちときょうだい同然になっていて、カトリックに改宗したいとまで思いはじめていた。バスティヤンセン家の人々が彼女を説得して、ようやくアムステルダムの家族のもとへ帰らせることができたが、彼女は戦後もずっとこの一家と連絡をとりつづけた。

　これがエステルから聞いた彼女の母親の話で、コールドケース・チームが彼女の祖父のファイルから見つけだした情報とも一致する。[*4] ファン・デン・ベルフはオランダ当局に対しておこなった宣誓証言のなかで、娘が隠れ家の住所へ向かう途中、ロッテルダムで逮捕されて九日間勾留され、身分証にJの文字がなかったおかげで釈放された、と言っている。しかしながら、厄介なことになったらアロイス・ミードルという名前を使うよう、娘に言い聞かせておいたことには触れなかった。[*5] 戦争が終わったいま、ナチスの高名な人物に強力なコネがあったことを知られたら心証が悪くなることを、ファン・デン・ベルフはたぶん理解していたのだろう。

　ミードルについてほかに何か知らないか、とコールドケース・チームがエステルに尋ねたところ、彼女はミードルが美術品蒐集《しゅうしゅう》家で、ユダヤ人の妻がいたことを思いだした。エステルの祖父は十七世紀と十八世紀の有名画家の絵画をコレクションしていて、ミードルと一緒にオークションによく出かけていた。また、ドイツ侵攻のころにハウトスティッケルのアート・コレクションを購入したのがミードルだったことも、エステルは思いだした。ミードルはその後、コレクションをヒトラーの側近だったヘルマン・ゲーリングに売却した。エステルは戦時中の写真を集めたインターネットのサイトで、〈ハウトスティッケル画廊〉から出てくるゲーリングの写真を見たことをよく覚えていた。しかしながら、ゲーリングのコレクション購入に立ち会った公証人が祖父だったことには、気づいてもいない様子だった。

エステルは祖母やおばたちを頻繁に訪問したものだった。祖母の家の玄関をあけると、国立美術館に入るような気がしたことを覚えている。ヤン・ステーン派やその他の絵画が壁一面にかかっていた。一九六八年に祖母が亡くなったあと、アムステルダムの祖母の自宅をエステルが調べることになった。多数の文書が見つかったが、祖父がコレクションしていた高価な絵画は消えてしまったようだ（エステルはいまもその行方を追いつづけている）。エステルがテイスに語ったところによると、祖父の家には書類がぎっしり詰まったスーツケースが四十年間置いてあったそうだ。しかし、アーブラハム・カペルの家と同じように、ガス漏れが原因で火災が起き、すべて失われてしまった。

エステルはやがて、アムステルダム゠ノールトにあるコールドケース・チームのオフィスに招かれ、ヴィンスとブレンダンからインタビューを受けた[*6]。二人は最後に、匿名の手紙を彼女に見せた。彼女の祖父がフランク一家を密告した犯人であると告発している手紙だ。エステルは見るからにショックを受けた。「誰がなんのためにこんな手紙を書くのでしょう?」と尋ねた。

彼女の話だと、戦後になってから、ユダヤ人評議会に大きな怒りが向けられたそうだ。祖母が戦争の話をすることはめったになく、家族のあいだで祖父を非難する言葉が出たことは一度もなかった。しかし、祖父が亡くなったあとも、ユダヤ人評議会を罵倒する匿名電話が彼女のところに何度もかかってきたそうだ。

「誰がなんのためにこんな告発をするのでしょう？」エステルはふたたび疑問を口にした。祖父はドイツへの協力を無理強いされたに違いないが、オットー・フランクを密告する祖父の姿は想像できない、と言った。手紙に丹念に目を通した彼女は、そこに書いてあるのは住所リストのことだけで、具体的な人名は出ていないことに気づいた。「ええ、それは理解できます。祖父が本当にプリンセンフラハト二六三番地のことを密告したのなら、たぶん氏名なしのリストから住所だけを伝えたのでしょう。誰が住んでいたかは知らなかったのだと思います。本当に祖父が密告者だったとしても」最後にエステルは言った。「わたしには理由がひとつしかなかったことがわかります。祖父はそうするしかなかったのです。家族の命を守るために」

第41章 ハウトスティッケル事件

　エステルが言っていた彼女の祖父とハウトスティッケル事件（第二次大戦中に起きたもっとも有名な美術品コレクション〝取得〟事件）のつながりは、コールドケース・チームが発見した事柄と一致していた。また、彼女の説明によって、フランク一家が密告された件にファン・デン・ベルフが関わっていたのではないかという疑惑がさらに強くなった。[*1]

　ジャック・ハウトスティッケルはオランダでもっとも裕福な画商の一人で、一九二〇年代から一九三〇年代にかけて、十七世紀と十八世紀のヨーロッパの巨匠の絵画を扱っていた。ユダヤ人だったため、一九四〇年の夏、千点を超える美術品が含まれた有名なコレクションと不動産を激安価格でアロイス・ミードルに強制的に売却させられた。[*2] ミードルはドイツ生まれで、オランダに帰化し、銀行家として、美術品コレクターとして活動するため、オランダで暮らしている人物だった。多くの者は知らなかったが、アプヴェーア（ドイツ国防軍情報部）の仕事もしていて、そのため、オランダに来ているナチスのSD将校たちに強力なコネを持っていた。例えば、ユダヤ人移民促進中央局のフェルディナント・アオス・デア・フュンテンや、アムステルダムSDを率いるヴィリー・ラーゲスなどに。現にラーゲスの妻はミードルがハウトスティッケルの美術品と一緒に手に入れた優美な不動産のひとつ、ネイェンロデ城に住んでいた。ミードルとユダヤ人妻はしばしば豪華なパーティを開き、ドイツのSDの名士たちや、市政に携わるドイツ人の高官たちを招待した。ミードルはドイツとも強いコネがあった。アドルフ・ヒトラーの専属カメラマン、ハインリッヒ・ホフマンの親しい友人だった。[3] ヒトラーと一緒にベルヒテスガーデンに何日か滞在したこともあったと言われている。[4]

ハウトスティッケルの美術品と不動産の売買は、一九四〇年にドイツ軍のオランダ侵攻直後におこなわれたもので、ドイツ帝国のナンバーツーだったヘルマン・ゲーリング元帥のための闇取引だった。ヒトラーとゲーリングは自分たちの手を汚さないようにするために代理人を使ってあちこちのコレクションの存在を突き止め、稀少な美術品への欲望を満たすべく取引交渉を進めていた。ゲーリングもしくは美術関係の代理人が、有名なハウトスティッケルのコレクションを取得希望リストに入れていたのは明らかだ。ハウトスティッケルはミードルへの強制的な売却に同意する前に、ひとつだけ条件を出した。年老いたユダヤ人の母親を保護してほしいとミードルに頼んだのだ。

一九四〇年五月十三日、ドイツ軍がアムステルダムに侵攻しつつあったとき、アメリカへ脱出するチャンスを逃してしまったハウトスティッケル一家は、ビザがないままイギリスへ逃げようとして、ボードフラーフェン号という汽船に乗りこんだ。急に逃亡を決めたのは、ひとつには、有名なオペラ歌手であるハウトスティッケルの妻に警備兵が目を留めたせいでもあった。しかし、ハウトスティッケルが生きてイギリスの地を踏むことはなかった。一泊の船旅のあいだに、不可解にも開いたハッチから船の荷物室に転落し、首の骨を折って死亡した。[*5]

ハウトスティッケルの死後もなお、彼の〝アートハウス〟は占領下で繁盛を続けた。無尽蔵の金を持った多くのドイツ人がこの国に押し寄せてきたからだ。ヘルマン・ゲーリングは一九四〇年五月末に初めて画廊を訪れたあとも、専用列車や専用機で何度かやってきて、アムステルダムのホテル・アストリアを貸し切りにして滞在した。ゲーリングの有名な写真がある。購入希望の絵を点検するためにやってきたゲーリングがヘーレンフラハトの〈ハウトスティッケル画廊〉から出てきたところを写したもの（ファン・デン・ベルフの孫娘が見た写真はこれだったのだ）。ゲーリングは一九四六年八月三十日、自殺する六週間と少し前に受けた尋問のなかで、ハウトスティッケルの公証人に会ったと言っている。最初の訪問のときか、それとも以後だったかには触れていないし、公証人の名前も出していないが、ファン・デン・ベルフであることは明らかだ。[*6] ゲーリングはミードルの弱みを握っていた。敬虔《けいけん》なカトリック教徒であるミードルがユダヤ人妻との離婚を拒んでいたのだ。ミードルは高価な絵画や贈物でゲーリングの機嫌をとりつづけた。

闇取引を通じて、アロイス・ミードルは不動産とハウトスティッケルという社名を手に入れ、いっぽう、ゲーリングは絵画の大半を手に入れた。レンブラント（ヒトラーへの贈物にした）、フランス・ハルス、ロイスダール。アルノルト・ファン・デン・ベルフはハウトスティッケルの公証人として取引に立ち会い、美術品コレクションの売買証書を作成した。もっとも、コールドケース・チームがあとで知ったように、法的には、こうした取引に公証人は必要ない。二百万ギルダー

（現在の貨幣価値にして一千万ドル）の支払いは千ギルダー紙幣でなされ、ファン・デン・ベルフは紙幣を手で数えなくてはならなかった（元の契約書によると、取引は銀行小切手でおこなわれるはずだったが、大急ぎで売買を成立させたため、小切手に関する話は一言も出なかったようだ）。

ゲーリングの絵の購入――強要された売買という点で明らかに違法行為――が完了すると、〈ハウトスティッケル画廊〉の全員に賞与が出た。ファン・デン・ベルフは二百万ギルダーの十パーセントを受けとった。鑑定と修復を担当したJ・ディク・シニアと、画廊責任者のA・A・テンブルークはそれぞれ、十八万ギルダーを受けとった。庭師のような下っ端スタッフまでが賞与をもらった。みんな、この売買をひそかに〝黄金のシャワー〟と呼んでいた。[*7]

コールドケース・チームはファン・デン・ベルフ自身も熱心な美術品コレクターで、ゲーリングに直接、美術品を売却し、そのひとつがヒトラーの個人コレクションに加わったのだという結論を出した。[*8]売却益は莫大だったが、ファン・デン・ベルフにとって金銭以上に価値があったのは、〈ハウトスティッケル画廊〉の公証人を務め、ミードルとつきあいがあったおかげで、親衛隊およびナチス当局と多くのコネができ、それによって身の安全が保障されたことだった。

おそらくミードルに頼まれたのだろうが、[*9]一九四三年九月、ファン・デン・ベルフはオラニエ・ナッサウラーンのヴィラの玄関ドアをハウトスティッケルの母親、エミリエ・ハウトスティッケルのために開き、母親は終戦までそこで暮らした。ユダヤ人評議会が発行した彼女の身分証をコールドケース・チームが調べたところ、ミードルがハウトスティッケルの母親の身分証を〝クリーンにした〟ことが確認された。身元識別番号やシュペレの番号はなく、必須とされるJの文字もない。[*10]

すごいことだ。ミードルは相当な実力者だったに違いない。ファン・デン・ベルフは、自分がミードルの頼みを聞いたのだから、ナチス当局に顔の利くミードルが自分と家族を保護してくれるはずだと思いこんでいた。

ファン・デン・ベルフは聡明な人物だった。家族を救うために複数の手段を講じていた。シュペレを申請して数枚取得し、さらには、カルマイヤー・ステータスまで手に入れた――ただし、これはやがて、オランダ人公証人J・W・A・シェペルスの異議申し立てにあう。また、レジスタンス組織に頼んで子供たちを隠してもらった。生き延びられるかどうかは誰とコネがあるかで決まることを、はっきり認識していたのだろう。ミードルとの関係を通じて、フェルディナント・アオス・デア・フュンテンとヴィリー・ラーゲスから（間接的な）庇護を受けていた。ただ、ナチスの世界の最高ランクの者たちにコネがあっても、ファン・デン・ベルフはナチスを信用するほど世間知らずではなかった。〈ハウトスティッケル画廊〉の公証人としての役目は一九四四年二月二十八日に終了している。それ以後、彼は避難場所を見つける計画を練っていたに違いない。コールドケース・チームは、ファン・デン・ベルフと妻が移送されたことはなく、どこの強制収容所の名簿にも出ておらず、戦争のなかを生き延びたことを知っている。確実に生き延びるために、ファン・デン・ベルフはどんな手段をとったのだろう？

一九四四年にはすでに、ドイツの敗戦が濃厚になっていた。ヘルマン・ゲーリングの権力は衰えはじめていた。ゲーリングの指揮下にあった空軍がドイツ諸都市への連合国軍の爆撃を阻止できなかったことに、ヒトラーは激怒した。ミードルは形勢不利と見てとった。もはやゲーリングの庇護が当てにできなくなったので、家族をスペインへ逃がそうと決めた。スペインの軍事独裁者、フランシスコ・フランコはドイツに好意的だ。戦後、米軍の代表者から尋問を受けたミードルは、手荷物に絵画を三点忍ばせて一九四四年七月五日にスペインに入国したと述べている。コールドケース・チームが見つけた報告書によると、一九四四年八月二十一日にフランスでドイツ軍に逮捕され、短期間勾留されている。おそらく、所有する絵画を国境を越えてスペインに何度もひそかに運びこんでいたのだろう。会社と二軒の邸宅は友人のハンス・ティッチェに残していった。ファン・デン・ベルフと家族が最高ランクのシュペレを取得できるよう力になってくれた、あのティッチェである。ミードルの邸宅の管理人、使用人、近所の者がオランダのレジスタンス組織に報告したように、ミードルが姿を消す前の何カ月かのあいだ、ドイツ軍のトラックが何台も彼の邸宅の前に止まり、ドイツへ輸送するために高価な品々を積みこんでいた[*11]。

　ミードルの力が大幅に衰えたせいで、ファン・デン・ベルフの身にさらに危険が迫ってきた。チームのほうで確認はとれなかったものの、ミードルがハウトスティッケルから〝購入した〟二軒の屋敷のどちらかにファン・デン・ベルフと妻が逃げこんだ可能性があった。その購入時にも、彼が公証人として立ち会っている。コールドケース・チームはアムステルダム郊外にあるオーステルメールの屋敷に夫妻が泊まった形跡はないかと調べてみた。戦争の終わりごろ、多くの人がそこに隠れていたことが判明したが、ファン・デン・ベルフ夫妻に関する記録はまったくなかったので、その線は捨てることにした。ただ、ファン・デン・ベルフ夫妻の隠れ家候補として、ネイエンロデ城の可能性はまだ残っていた。

この城でかつて暮らした者のなかに、ミードルの友人のドイツ人女性がいる。名前はヘンリエッテ・フォン・シーラッハ。夫はヒトラー・ユーゲントの悪名高き指導者であり、ウィーン大管区指導者であったバルドゥール・フォン・シーラッハ。ヒトラーの親しい友人だった。ヘンリエッテはこの城のことをとても奇妙な場所だったと言っている。

その夜、わたしはミードルの助言を受け入れ、濠《ほり》に囲まれた彼の城に移りました。この城には、ドイツでの迫害を恐れてありとあらゆる人が逃げこんでいました。ゲーリングから逃れてここに来た、ユダヤ人の妻を持つメッサーシュミット工場の技師たち、ドイツ軍慰問団に入ってオランダをまわる途中で逃げだした俳優たち、ジャーナリスト、身分を詐称する人々、偽造パスポートを持ち、偽名を名乗る男女。[*12]

ファン・デン・ベルフがこの城にいたら、ドイツから逃げてきた人々との共同生活に安心感を見いだすことはとうていできなかっただろう。ミードルがスペインへ逃亡してその庇護が当てにできなくなったため、ファン・デン・ベルフは何か追加の保険を見つける必要に迫られたのかもしれない。SDが価値あるものとみなし、彼と家族に保護を与えてくれそうな何かを。ⅣB4課の者たちがユダヤ人を逮捕した場合、圧力を加え、身を隠している他のユダヤ人の住所を白状させるのが通常のやり方だった。ファン・デン・ベルフはおそらく、ユダヤ人たちが隠れていると思われる建物の住所リストを価値ある商品とみなしたのだろう。

第42章 爆弾

コールドケース・チームは住所リストの出所を突き止めるために調査を開始し、ヴェステルボルク収容所にあった連絡委員会の活動を調べることにした。囚人がシュペレ取得の資格を備えていることを証明するために特別な用紙を必要とするときは、連絡委員会に出頭しなくてはならなかった。委員会の運営に当たっていたのはユダヤ人評議会から任命された二人の男性で、ヴェステルボルクとアムステルダムを定期的に行き来して、必要な書類をそろえ、収容者のために申請をおこなっていた。その一人がエドゥアルト・スピア。ファン・デン・ベルフの仕事仲間で、親しい友人でもあった。戦前はヴェスティーンデ二四番地の事務所を彼と共同で使っていた。スピア、ファン・デン・ベルフ、ファン・ハッセルトはよく一緒に仕事をすることがあった。戦前の新聞を調べたコールドケース・チームは、三人の名前が出ている仕事関係の広告をいくつも見つけた。[*1]

エドゥアルト・スピアはまた、ユダヤ人評議会の中央情報室の責任者でもあった。ここはエキスポジツゥール（ユダヤ人評議会と中央局をつなぐ連絡室。室長はフェルディナント・アオス・デア・フュンテン）と緊密に連携していた。言い換えれば、スピアはナチスの最高ランクに位置する高官の一人に話を聞いてもらうことができ、情報を得て人に恩恵を施せる立場にあったわけだ。友人のアルノルト・ファン・デン・ベルフを助けるために、隠れているユダヤ人たちの住所リストを彼に渡し、万が一逮捕されたら自由を得るための交渉道具として使うようにと言ったのだろうか？

しかし、コールドケース・チームが調べてみてわかったように、一九四三年四月、ヴェステルボルク収容所の所長だったアルベルト・コンラート・ゲンメーカーは連絡委員会の運営を囚人たちにさせようと決めた。[*] スピアにはバルネフェルト・グループという部署への異動を命じた。同じバルネフェルトという名前のオランダの町があり、その郊外の城に置かれている部署だった。スピアの着任後わずか数カ月で、バルネフェルト・グループ全体がヴェステルボルク収容所に移ることになった。スピアが収容所で配属されたのはバラック85、そこでレオポルト・デ・ヨングに出会った可能性も充分にある。しかし、すでに解散させられていたユダヤ人評議会に連絡をとることはできなかったし、スピア自身、生き延びるのに必死で、ファン・デン・ベルフに助けの手を差し伸べる余裕はたぶんなかっただろう。

ヴェステルボルクの腐敗はひどいものだった。ゲンメーカーに連絡委員会の運営をひきつぐよう命じられた四人の囚人が、正式な供述書のなかでこう述べている――一九四四年五月、所長室に呼ばれて、ダイヤモンドを差しだせば〝懲罰〟[*2] ステータスから抜けだせる可能性があるという話を、囚人たちに持ちかけるよう命じられました。連絡委員会が戦後の犯罪捜査の対象とされたときには、次のような報告もあった――ゲンメーカーが連絡委員会のメンバーに対し、アムステルダムその他の場所に隠れているユダヤ人を見つけて現金と高価な宝石で自由を買いとる可能性があることを伝えるよう命じたという。[*3] ここでコールドケース・チームがなすべきは、隠れているユダヤ人たちにゲンメーカーの取引話を持ちかけるために、連絡委員会がどうやって隠れ場所を見つけたかを突き止めることだった。

ピーテルはもう一度、国立公文書館に保管されている、ユダヤ人評議会の共同議長だったダーフィット・コーヘンとアーブラハム・アッシャーのCABRファイルに目を通すことにした。この二人は一九四七年十一月六日に、アムステルダム特別法廷の命令により、対独協力の容疑で逮捕されている。一カ月勾留されたあと、裁判が始まるまで保釈になった。[**] 二人がいかにしてナチス高官たちの機嫌をとり結んだかに関して、目撃者の証言が数多く残っている。アッシャーはアッシャー・ダイヤモンド・カンパニーのオーナーだった。ヘルマン・ゲーリングの側近だったA・J・ヘルツベルクが何回も工場を訪ねているし、ゲーリングも少なくとも一回は出向いている。百万ライヒスマルク分のダイヤモンドを購入するのが目的だった。ドイツ帝国のためではなく、彼の個人的使用のためだったと思われる。アッシャーが売るのを拒んでも彼の協力をとりつける方法は他にもあることが、遠まわしな言い方ではあったが、ゲーリングから明確に伝えられた。[*4]

目撃者の証言によると、コーヘンとアッシャーは（とくにアッシャーが）ヴィリー・ラーゲスを頻繁に訪ねていたという。アッシャーはしばしば、ラーゲスと秘書に贈るため、ダイヤモンドの指輪やジュエリーを持参した。刑務所で尋問を受けたラーゲスの供述によると、アッシャーは自分の家族の安全が最優先事項で、協力するから安全を保証してもらいたいと言ったそうだ。ラーゲスはそこで、よその国への移住が認められるだろうと答えた。もちろん、実現には至らなかったが、そのときのアッシャーはラーゲスの言葉を信じた。ヴェステルボルク収容所の所長だったゲンメーカーも供述をおこない、アッシャーが息子の一人と婚約していたワインローテルという若い女性をアウシュヴィッツ送りにするよう、彼に頼んだと言っている。その女性を嫁として迎えるのがいやだったのだ。ゲンメーカーは頼みを断ったと言っているが、別の証人たちによると、女性はじっさいに移送されたそうだ。彼女は戦争のなかを生き延び、帰国後にすべてを明らかにした。[*5]

ピーテルが爆弾を発見したのはこれらのファイルを調べていたときで、その爆弾はエルンスト・フィリップ・ヘンという男性の宣誓供述書に含まれていた。ヘンは三十七歳のドイツ人で、一九四二年九月から一九四三年七月まで、アムステルダムの在オランダ・ドイツ空軍司令部で通訳として働いていた。ある日、憲兵隊の軍曹がヴィリー・スタルクという名の裁判所補佐人に話をしているのを小耳にはさんだ。軍曹は身を隠しているユダヤ人の住所を五百以上集めたリストがユダヤ人評議会にあると言っていた。憲兵隊がユダヤ人評議会にリストを請求したところ、五百から千ぐらいの住所が送られてきた。ここで軍曹の嫌みなコメントが加わった――ユダヤ人評議会の連中は、たぶん、〝密告する〟住所が多ければ多いほど、自分たちへの扱いが寛大になると思ったのだろう。[*6]

ヘンはあるユダヤ人女性に、ユダヤ人評議会は身を隠した者たちの住所をどうやって手に入れたのかと尋ねた。女性は手紙を利用するのがひとつの方法だと答えた。ヴェステルボルク収容所から届く手紙と、東部の収容所からときおり届く手紙はすべて、ユダヤ人評議会を経由する。収容所の人々はユダヤ人評議会を信用し、隠れている家族や友達宛の手紙に隠れ家の住所を記していた。

　戦後、ドイツ占領軍の通訳をしていたという理由で、ヘンは裁判にかけられたが、この供述が彼にとって助けとなったかどうかはわからない。ヘンの供述で興味深いのは、住所に触れているだけで、氏名については何も言っていないことだ。彼が会話を小耳にはさんだのは、ほかの部署へ異動させられた一九四三年七月より前だったに違いない。コールドケース・チームはそこで、この情報がアルノルト・ファン・デン・ベルフに関係するかどうか、そして、彼が住所リストをSDに渡した可能性があるかどうかを突き止めることにした。

　チームが発見したように、評議会が解体させられたあとも、メンバーの一部は活動を続けていた——だから、多くの者が依然として住所を入手できる立場にあったわけだ。例えば、ルドルフ・ポラックはユダヤ人評議会のメンバーで、ヴェステルボルクとユダヤ劇場の囚人に食料切符を配る係をしていた。また、ユダヤ人の隠れ家の住所を記したカード目録の保管も担当していた。[*7] 一九四四年三月、SDに逮捕され、尋問を受けてたちまち屈した。カード目録を差しだして、SDのために働くV-マンになった。ついにはオランダのレジスタンス組織に狙われる身となり、一九四四年十一月か十二月に暗殺された。

　コールドケース・チームは、ファン・デン・ベルフが住所リストをかなり以前に入手し、使う必要が来るときまで保険としてとっておいた可能性が高いと考えた。一九四四年の夏になるまで、子供たちを無事に隠れさせ、それと同時に、さまざまな免除を申請することで家族の安全を守ってきた。カルマイヤー・ステータスを無効にされたあとは、友達のアロイス・ミードルに助けを求め、たぶん、ミードルが所有していた城に身を隠したのだろう。しかし、ミードルがスペインへ逃げたあとで、身を守る手段がほかに何か必要だと考えたのかもしれない。どんな手段をとったにせよ、効果があったと思われる。彼も家族も戦争のなかを生き延びたのだから。彼と妻が一九四三年当時の娘たちと同じく、レジスタンス組織の協力を得て身を隠したとも考えられるが、コールドケース・チームが調べたかぎりでは、彼が身を隠した話をしたという記録も、隠れ場所を具体的に述べたという記録も見つからなかった。ただ、戦後にユダヤ人評議会のメンバーが取調べを受けたときは、機会を見つけて身を隠している。ナチスに強いコネがあったミードルとの友情についても彼が言葉を濁していることに、チームは気がついた。[*8] 普通なら、身を隠して生き延びた者は、自分を匿ってくれた勇敢な人々を褒め称えるものだ。そういえば、ファン・デン・ベルフの孫娘も、ピーテルに質問されたときに、祖父母は潜伏生活の話をしたことが一度もなかったと言っていた。[*9]

終戦後、生き残ったユダヤ人社会の人々はユダヤ人名誉法廷を開設し、ナチスに協力したと思われるユダヤ人たちに釈明を求めることにした。法的責任よりむしろ、倫理的責任を追及するための法廷だった。ユダヤ人評議会の評議員として、ファン・デン・ベルフとその他四人の被告がアムステルダムの法廷に召喚された。五人とも出廷を拒んだ。[*10] 一九四八年五月、この五人を被告とする欠席裁判の場で、ダビデの星の配布、移送リストの不正な作成、移送者選別の手伝いなど、数多くのユダヤ人弾圧政策に協力したという評決が出た。[*11] ファン・デン・ベルフに対する弁護はおざなりなものだったが、「彼に関してとくに不都合な事実は出ませんでした」と、メンバーの一人が言っている。そして、ファン・デン・ベルフが、ユダヤ人調整委員会《ヨーゼ・コーオルディナーティ・コミッシー》という、収容所から生還したユダヤ人を援助する組織の委員をやめるのを拒んだところ、数名が委員会を去った。最終的に、ファン・デン・ベルフはユダヤ系の公職につく権利と、ユダヤ人社会で名誉職につく権利を五年間剝奪されることになった。[*12] しかし、彼が同胞たるユダヤ人を密告したという非難が公に出たことは一度もなかった。

オットーが『ヘット・パロール』紙のオランダ人記者フリソ・エンツに「われわれを密告したのはユダヤ人たちだ」と語ったのは、ちょうどこの時期だった。[*13] オットーは「ユダヤ人たち」という複数形を使っている。ファン・デン・ベルフとユダヤ人評議会を指したものと思われる。ファン・デン・ベルフを密告者として告発した匿名の手紙のことが、オットーの頭にあったに違いない。彼も裁判の行方を追っていたはずだが、ファン・デン・ベルフを擁護する意見も、糾弾する意見も、けっして口にしようとしなかった。判決が出てしばらくたったころ、ファン・デン・ベルフは喉頭癌という診断を受けた。[*14] 治療のためにロンドンへ旅立ち、一九五〇年十月二十八日に亡くなった。[*15]

ファン・デン・ベルフの遺体が埋葬のためにオランダに戻ってきた。ユダヤ人社会から追放という評決はまだそのままだったが、気にする者はいなかった。ユダヤ人墓地に埋葬されることになった。遺体を運ぶ飛行機が霧で遅れたため、葬儀は午後七時という異例の時刻にマウデルベルクでとりおこなわれた。霊柩車のあとに車の長い葬列が続いた。墓地に非常灯が設置され、車のヘッドライトが小道を照らした。弔辞を述べた者たちはファン・デン・ベルフのことを、良き夫、良き父親、ユダヤ人社会のために尽力した男であったと称えたが、一人だけ、謝罪の言葉を述べた者がいた。

「故人と親しくしていた自分が当人になりかわり、同胞への敬意と感謝に欠けていたことをお詫びいたします」と言ったのだ。ファン・デン・ベルフの友人だった公証人、エドゥアルト・スピアはアメリカで暮らしていたため、次のような言葉を送ってきた――彼の〝外面的なよそよそしさ〟の奥まで見通すことのできた者は、彼がたぐいまれな仕事仲間であり、友人であることに気づいていたでしょう。[*16]

オットーが密告者の正体を表沙汰にする気になれなかったのは、ひとつには、ファン・デン・ベルフの死のせいだったのかもしれない。亡くなった者を追及して何になる？　オットーはつねに、あの男の子供たちを傷つけたくないと言っていた。また、ファン・デン・ベルフがユダヤ嫌いの連中から便利なスケープゴートにされかねないと判断したのかもしれない。ユダヤ人一家を密告したのが、ナチスとその言いなりになっているドイツ国民ではなく、オランダ国内のナチス支持者と不本意ながらナチスに従っているオランダ国民でもなく、ユダヤ難民に背を向けた西側政府でもなく、ユダヤ人とユダヤ人評議会だったことが判明したら――いまなおヨーロッパにはびこる多くの反ユダヤ主義者から、ファン・デン・ベルフがいいように利用される結果になったのではないだろうか？

＊その四人とは、ハンス・エックマン、フリッツ・グリュンベルグ、ワルテル・ヘイネマン、ハンス・ハナウェルである。
＊＊一九五一年、公衆の利益を理由に、コーヘンの訴訟は中止となった（アッシャーは一九五〇年に死亡）。

第43章

厳重に守られた秘密

ヴィンスによると、コールドケース・チームは二〇一九年の盛夏までに、密告者候補のうち、有望なものをわずか四つに絞っていた。あとはすべて却下した。ありえないとチームが判断したものもあれば、情報不足でそれ以上調べるのは不可能とみなしたものも二、三あった。

アンス・ファン・ダイク説はいまだにかなり有望だった。やり手のV－フラウで、推定二百人を密告し、《隠れ家》の近くのヨルダーン地区を根城にしていたことが知られている。ヴェステルマルクト二番地にあったドイツ国防軍の建物で彼女が秘書たちから《隠れ家》のことを聞いたのだというヘーラルト・クレメルの主張については、チームは疑問視していたが、彼女はいまなお重要な容疑者だった。

ところが、ファン・ダイクに関する膨大なCABRファイルをコールドケース・チームが調べた結果、彼女と仲間のV－ピープル（ブランカ・シモンス、彼女の夫のヴィム・ハウトハウス、ミース・デ・レフト）は、一九四四年八月はアムステルダムにいなかったことがわかった。レジスタンスの大規模ネットワークに潜入するため、ユトレヒト近くのザイストという町へ出向いていた。[*1]（〝ザイスト〟をAIのデータベースに打ちこみ、〝ファン・ダイク〟〝一九四四年八月の居場所〟という条件を加えたところ、七百五件がヒットし、そこには手書きメモや彼女がその町にいたことを証言するビデオファイルも含まれていた）八月十八日、ザイストにいたファン・ダイクと仲間は狙いをつけていたレジスタンスのメンバー五人と、潜伏中だったユダヤ人六人をSDにひき渡している。

考慮すべき点はまだある。コールドケース・チームが知ったように、オットーは密告者の正体を隠そうと努めていた。ファン・ダイクのためにそこまでするというのは、どう考えてもありえない。ファン・ダイクは戦後、世間の軽蔑を買っていただけでなく、オットーの二番目の妻フリッツィとその家族全員が逮捕された件についても間接的な責任があったのだから。そんな女の名前を出すのをオットーがなぜためらったりするだろう？

ベップの妹ネリーに関する説も、最初は有望かと思われた。ネリーはナチス支持者として知られていて、フランスにあるドイツ空軍基地で一年間働いたこともあった。父親と姉はフランク一家の支援の輪に加わり、《隠れ家》の秘密に関わっていた。匿名で電話してきた女性はネリーだったとか、父親に虐待された怒りから《隠れ家》の人々を密告したのだとか、さまざまな説があるが、それらは推測に過ぎなかった。しかしながら、ベップの息子ヨープ・ファン・ヴェイクとイェルン・デ・ブラインが共著で *Anne Frank: The Untold Story* を出版し、ネリー＝密告者説を強力に展開したあと、コールドケース・チームは考えこんだ。ヨープの話によると、本の執筆のために戦争のことをネリーに尋ねたところ、ネリーが気を失ったという。ヨープの質問に答えるのを避けるため、都合よく気を失ったのだろうか？

ヨープは本の最後に、〝ネリーを密告者呼ばわりするのはやり過ぎだ。決定的証拠がないのだから〟と書いている。母親のベップについては、次のように饒舌《じょうぜつ》に語っている。

　戦争が終わってから、母は過去に生きることが多くなり、《隠れ家》で暮らしていた大切なユダヤの人々を失った悲しみと、占領者に尽くす妹への愛情のあいだでひき裂かれている自分について、くよくよ考えこむことも多くなっていた。その占領者が母の大切な人々を冷酷にも移送し、命を奪ったのだ。[*2]

ヨープはコールドケース・チームのインタビューを受けたとき、「戦時中は家族のあいだでも忠誠心が分断されるという残酷な説を、母親とおばのケースが証明していたように思います」と明言している。しかし、ネリーがフランク一家を密告したかどうかについては明言を避けたままだった。じつをいうと、ネリー＝密告者という可能性を排除する情報源がほかにも二人いた。ミープとオットーだ。ミープは一九九四年にミシガン大学で講演したとき、ある若い学生の前で〝うっかり口をすべらせ〟て、密告者は一九六〇年以前に亡くなったと言った。だが、ネリーは二〇〇一年まで生きていた。また、オットーは一九四〇年代の終わりに、オランダ人ジャーナリストにこう語っている――自分たちを密告したのはユダヤ人だが、犯人の追及はやめておきたい。密告した男性の家族と子供たちに悲しい思いをさせたくないから、と。この言葉からわかるのは、密告者が子供のいる男性だったということだ。ネリーはユダヤ人ではないし、子供もいなかった。たとえオットーの言葉の一部が詮索好きな者たちを遠ざけるための嘘だったとしても、あとの部分は明らかに真実で、ネリーに当てはまらないものばかりだ。

第三の説は八百屋に関係したもので、これもかなり説得力がある。八百屋のファン・フーフェンはユダヤ人を匿っていた罪で五月二十五日に逮捕された。強要されて《隠れ家》の情報を提供したとは考えられないだろうか？　ないとは言い切れないが、もしそうなら、オランダの警官たちが《隠れ家》摘発まで三カ月近くも待つとは思えない。しかも、ファン・フーフェンは逮捕後、労働キャンプへ送られている。あの日、八人を警察にひきわたしたのが彼であれば、十中八九釈放されていたはずだ。

八百屋に匿われていたヴェイス夫妻（リシャルトとルート）はどうかというと、ファン・フーフェンが《隠れ家》へ食料を運んでいたことを夫妻が知っていた可能性は大いにある。しかしながら、ファン・フーフェンの場合と同じく、夫妻が逮捕されたときにその情報を差しだしたのなら、SDが行動に出るのにそこまで長く待つはずはない。とはいえ、夫妻がヴェステルボルクに到着したときは懲罰扱いだったのに、しばらくすると一般扱いに変わったという事実を前にして、コールドケース・チームはいまも模索を続けていた。ヴェイス夫妻が何か価値あるものを差しだしたのだろうか？　例えば、隠れているユダヤ人のリストとか？　しかし、ここでもやはり、タイミングが合わない。ヴェステルボルクでヴェイス夫妻の待遇がよくなったのは一九四四年六月だ。八月四日の《隠れ家》の摘発よりかなり前のことだ。渡された情報が正確かどうかを確認する前に密告者に褒美を与えるなどというのは、ナチスのやり方ではない。

ほかの説がすべて排除された時点で、有望な説はひとつに絞られた。ファン・デン・ベルフ説。密告者の名前を記した物的証拠に補強されているのはこれしかない。支援者、研究者、本の著者が出した説は、誰それが密告者かもしれないと仮定したうえで、不審な行動か過去の行状のいずれかをもとに組み立てられたものだ。それに対して、コールドケース・チームが見つけた証拠は、手紙のオリジナルではないものの、オットー・フランク自身が作成した写しだ。それだけでは、手紙の告発が事実だという証明にはならないが、オットーが真剣に受けとったことからすれば、かなり信憑性があると思われる。

コールドケース・チームとしてはもちろん、手紙が匿名で来ていることから、差出人はファン・デン・ベルフへの報復を企んだ人物だったという可能性も考えなくてはならなかった。しかし、手紙はなぜオットーのところに？　ＳＤに住所リストを渡したのがファン・デン・ベルフではなかったとすると、ユダヤ人が身を隠せそうな場所がアムステルダムにはほかにいくつもあるのに、手紙の差出人はなぜ《隠れ家》に目をつけたのだろう？

〝あなたが身を隠していたアムステルダムの建物の住所は、あのとき、ユダヤ人移住促進中央局へ通報済みでした〟という手紙の文面からすると、密告者は《隠れ家》の住人たちの名前を知らなかったものと思われる。知っていたのは何人かが隠れていることだけだったのだろう。匿名の人物が適当に選んだ住所へ手紙を出したら、そこがたまたま、ユダヤ人が密告された場所であり、オットー・フランクの住所でもあったという可能性はきわめて低い。

コールドケース・チームは、差出人が誰にせよ、リストに出ている他の住所へも同じような手紙を送った可能性はないだろうかと考えてみた。もしそうだったとしても、そのような手紙はまったく見つかっていない——おそらく、密告されたユダヤ人の大半が収容所から生きて帰れなかっただろうから。しかも、ほとんどの者が自宅や会社以外のところに隠れていた。オットーは例外だった。自分の会社の建物に隠れていた——そして、戦争のなかを生き延びた。

手紙が届いたのが十年遅ければ——例えば、一九五〇年代半ばであれば——誰かがオットーの名声を利用してファン・デン・ベルフを貶《おとし》めようと企んだだけだ、という推論も成り立つだろう。しかし、オットーが手紙を受けとった一九四五年には、日記はまだ出版されておらず、オットー・フランクはオランダに帰還した五千五百人のユダヤ人の一人に過ぎなかった。労働キャンプから戻ってくるオランダ人、隠れ家から出てくる何十万もの人々、祖国に戻って人生を建て直そうと苦闘するユダヤ人たちがあふれていたこの時期に、オットーは無名の存在だった。

言い換えれば、手紙の告発が偽りだったとすると、手紙の主は以下に述べるような人物でなくてはならなかったはずだ。

①アルノルト・ファン・デン・ベルフに深い恨みを持っていたが、オランダ解放から数日以内に対独協力者と密告者を強引に追いかけて拘束した戦後の官憲当局に通報することは望まな

かった人物。

②オットーが潜伏生活の途中で密告され——そして、収容所から生還したことを知っていた人物。

③オットーが戦時中に住んでいた場所に戻ったことを知っていた人物。

④身を隠したユダヤ人たちのリストがユダヤ人評議会のメンバーからＳＤに渡されたことを知っていた人物。

このすべての条件に当てはまる人物が見つかる確率はきわめて低い。匿名の手紙の差出人はすでに亡くなっているとも考えられるが、その男性もしくは女性が家族に話し、その家族が人に伝えた可能性はつねに存在する。ファン・デン・ベルフ説を公表すれば、そうした人から連絡があるかもしれないとヴィンスは信じている。

〈逮捕追跡プロジェクト〉を通じて一九四三〜一九四四年にオランダで逮捕されたユダヤ人のケースをすべて分析した結果、コールドケース・チームは《隠れ家》の摘発がほかと比べてやや異なっていることを発見した。とくに気になるのは、ドイツ人曹長が摘発チームを指揮していた点だった。これは異例のことで、ジルバーバウアーに電話を入れたのがユダヤ人局のオランダ人内勤巡査部長、アーブラハム・カペルではなかったことを示している。カペルがドイツ人曹長に電話をかけ、オランダ人警官を同行させるよう頼むなどということはありえない。その電話はもっと上から来たはずだ。現にジルバーバウアーも、エーテルペストラートでユリウス・デットマン親衛隊中尉が電話を受け、そのあとでジルバーバウアーに摘発の指揮を命じたと主張していた。ほかにもまだある。一般のオランダ市民がユダヤ人を密告しようと決めた場合は、JA（ユダヤ人移住促進中央局）に電話をするはずだ。カペルの番号が電話帳にのっている。デットマンは地位が高すぎて、誰からかわからない電話に出たりはしない。彼の番号は電話帳に出ていないし、V－パーソンを使ってはいなかったし、オランダ語はしゃべれない。彼が電話をとったとすれば、ドイツ側の組織内から、すなわち、別の部署か知り合いからの電話だったと見てほぼ間違いない。コールドケース・チームが調べた容疑者のうち、ドイツ当局の高官にコネがあり、ティッチェのような重要人物に連絡をとることができ、ドイツの情報機関に名前を知られていた者となると、ファン・デン・ベルフしかいない。
ヴィンスがファン・デン・ベルフ説を確信したのは、ほかのどの容疑者とも違って、法執行機関が捜査の原則とするすべての条件を満たしていたからだ。

知識：隠れているユダヤ人の住所リストをユダヤ人評議会が持っていたのはほぼ間違いない。ユダヤ人評議会で重要な地位にあったファン・デン・ベルフは、そのリストを入手できたはずだ。また、ヴェステルボルク収容所の連絡委員会が集めた住所のリストも入手できたかもしれない。[*3]プリンセンフラハト二六三番地という住所は、一九四三年か一九四四年にはおそらくリストに出ていただろう。拷問に屈したレジスタンスの活動家か密告者から提供され、高額で売り買いされていたかもしれない。

動機：ファン・デン・ベルフの動機は彼自身と家族を逮捕と移送から守ろうとしたことにあった。だから、占領者たるナチスにとりいろうとし、そのうち何人かは彼の〝友達〟となり、ビジネス取引の相手となった。匿名の手紙に書かれているのが住所リストであり、氏名リストではなかったことからすると、ファン・デン・ベルフが自分の家族を守るためにリストを使ったと考えるのがさらに自然なことに思えてくる。住所だけのほうが個人的色合いも薄くなる。

機会：誰もが密告の動機を持っていた時代に、ファン・デン・ベルフは大部分のユダヤ人には望めないものを持っていた。街を歩きまわり、ＳＤに出入りする自由である。ナチスの高官たちと頻繁に連絡をとっていた。手元にある情報をいつでも提供できる立場にあった。

ヴィンスの話によると、明らかにファン・デン・ベルフ説が最有力だと思いつつ、重要な点のすべてに関して何度も何度もあら捜しをしたそうだ。密告者の第一候補として、再三再四ファン・デン・ベルフの名前が出てくる。はっきり言って、何年かにわたってオットーがとった行動と、彼とミープの発言に説明をつけられるのは、ファン・デン・ベルフ説しかない。しかし、正式な結論を出す前に、ヴィンスはもうひとつ検査をしたいと望んだ。すべての証拠をまとめて最終弁論の形にし、裁判の終わりに検察側が陳述をおこなうような感じで、ピーテルにぶつけてみるつもりだった。

ヴィンスとピーテルはほかの人々が帰ったあと、オフィスで二人だけになることがけっこうあった。「わたしは自分のデスクの前にすわり、ピーテルはブレンダンの椅子にすわっていた。ＳＤのⅣＢ４課に所属していたオランダ人警官たちの写真が彼のうしろの壁にかかっていた」ヴィンスは思いだしながら言った。「わたしはまず、メリッサ・ミュラーの〝未解決の謎ではなくなり、厳重に守られてきた秘密に変わってしまった〟という言葉をピーテルに思いださせた」ヴィンスは次に、オットーの行動をファン・デン・ベルフ説と関連させながら列挙していった。

オットーが収容所の恐怖のなかで生き延びたという事実から、生きることへの強靭な彼の意志が伝わってくる。妻と娘にかならず再会してみせるという決意が彼を支えていたに違いない。しかし、アムステルダムに帰ってきたものの、妻と娘の運命がわからないことが彼の心に暗い影を落としていた。そのころ出会った人々から見ると、オットーは地獄の業火に焼かれた男という感じで、悪夢にうなされているような顔でアムステルダムの街を歩きまわり、子供たちの消息を追い求めていた。家族のなかで生き残ったのが自分一人だとわかったときは、暗黒の世界へ追いやられてしまったに違いない。ヴィンスはオットーが悲嘆に暮れ、ついには《隠れ家》の摘発に関わった者たちを見つけることを自分の使命にしたのだ、という仮説を立てた。ただし、復讐のためではない。説明責任と正義を求めたのだ。彼がそれを口にした証拠が残っている。一九四五年十一月に彼の母親に送った手紙のなかに。そして、一九六四年十二月十三日に放映されたCBSのドキュメンタリー番組『誰がアンネ・フランクを殺したか』のなかに。

しかし――ヴィンスはピーテルに問いかけた――正義を求める彼の思いが、ファン・デン・ベルフを密告者として告発している匿名の手紙に影響を受けた可能性もあるのではないか？　あの手紙から無数の疑問が生まれたに違いない。同じユダヤ人であるファン・デン・ベルフがなぜ《隠れ家》の住所をSDに渡したのか？　《隠れ家》の住所をどうやって手に入れたのか？　住所を教えた見返りに何を受けとったのか？　官憲当局にこの件を通報すべきかどうか、オットーは自分に問いかけたに違いない。当然ながら、自分の手で調べることにした。早くも一九四五年十一月には、クーフレルとクレイマンを誘って三人で国家保安局へ出かけ、ⅣB4課で仕事をしていたオランダ人警官たちの写真に目を通している。そのあと、オットー、クーフレル、クレイマンの三人はアムステルフェーンセッウェーグ刑務所を訪ね、摘発のときの警官として見覚えのあった二人の男を問い詰めている。オットーはさらに、友人のアーブラハム・コーフェルンと一緒にもう一度刑務所を訪ねてフリンハウス刑事にあれこれ質問し、わざわざファン・デン・ベルフのことを尋ねている。また、一九四五年から一九四八年にかけて、対独協力者の捜査に当たっていたオランダの官憲当局へ数えきれないほど出向いている。もっとも、そのうち何回かは、トニー・アーレルスとヨプ・ヤンセンに関する問い合わせのためだったと思われる。

匿名の手紙のことをクーフレルとクレイマンに伏せておくことにしたのは、オットーにとって辛い決断だったに違いない。この二人も密告の犠牲者で、労働キャンプ送りになったのだから。オットーはおそらく、手紙の話をすれば、対独協力者の捜査に当たっている官憲当局へ二人がすぐさま通報すると思ったのだろう。だが、彼のほうはまだ、そこまでの心の準備ができていなかった。

オットーがほかのどの支援者よりも親しくしていたのはミープだった。手紙の内容をミープに打ち明けるのは彼にとって筋の通ったことだっただろう。打ち明けたのはおそらく、一九四七～四八年の捜査終了後で、一九五八年にシュナーベルの著書が出版されるよりかなり前だったと思われる。一九四七年にミープが捜査員の前でおこなった供述を読んでみると、その時点でもまだファン・

マーレンが密告者だと彼女が信じていたことがはっきりわかるが、のちにシュナーベルのインタビューに応じたときには、はるかに慎重な態度に変わっている。ミープとオットーはそのときすでに、ファン・デン・ベルフのことを知っていたのだ。

オットーは一九四五年の終わりから一九四九年までのあいだ、ファン・デン・ベルフに関する調査を進めていた。ファン・デン・ベルフがユダヤ人評議会のメンバーだったせいで、その時期にユダヤ人名誉法廷の標的にされていたことは、オットーも知っていたはずだ。そこで疑問が生じる。オットーはなぜ匿名の手紙の内容を法廷で公表しなかったのか？　そこはユダヤ人がユダヤ人を裁く場であり、対独協力の捜査とはまったく別物だったというのに。オットーはたぶん、法廷の審理の様子を追いながら、ほかの誰かが似たような匿名の手紙を持って名乗りでるのを待っていたのだろう。密告者がファン・デン・ベルフの住所リストに言及しているのだから。ところが、そういう展開にならなかったため、どう進めばいいのかわからなくなったのかもしれない。

ユダヤ人名誉法廷で評決が出たが、ファン・デン・ベルフに対する処罰はごく軽かったため、オットーはその後、手紙の存在を公にした場合の影響についてふたたび考えたのかもしれない。ファン・デン・ベルフが癌を患っていて、ロンドンで治療を受けるためにもうじきアムステルダムを離れるつもりでいることを知った場合、オットーはこの件をさらに追及しようとしただろうか？

ファン・デン・ベルフの死後何年かのあいだ、アンネの日記、芝居、映画の大成功でオットーは大忙しだった。多忙な日々を送り、ほかのさまざまなことに集中していたおかげで、《隠れ家》の密告者に関する釈然としない思いを心の隅に追いやっておくのは、たぶん簡単なことだっただろう。

世間が知っている《隠れ家》の物語は、アンネが書いた最後の分、つまり一九四四年八月一日で終わっているから、密告者に関して世間が興味を持つことはなかった。ところが、一九五〇年代に入って状況が変わった。ドイツにおける日記の版元からオットーのところに、エルンスト・シュナーベルと共著で、摘発の前と最中と以後という《隠れ家》の完全な物語を書かないかという誘いがあったのだ。

そうした本を出せば、アンネの日記は偽物だという噂を打ち消すのに役立つかもしれない。オットーと支援者たちは、共著をひきうければ、アンネ・フランクが本物で、日記も本物で、アンネの日記に書かれている人々も本物であることを世間に証明できる、と期待した。しかし、シュナーベルがその共著に、摘発に関する情報と、誰が密告したのかを探る手がかりまで加えたため、知らぬまにパンドラの箱をあけることになってしまった。オットーはミープに、SDの曹長ジルバーバウアーの名前を伏せておくよう頼んだ。その理由は？　納得できる説明はひとつしかない。誰が密告電話をかけてきたかをジルバーバウアーが知っていて、ファン・デン・ベルフを名指しするかもしれない、とオットーが危惧したからだ——彼はこの時点ではもう、ファン・デン・ベルフの名前が表に出ることを望んでいなかった。

オットーはシュナーベルの著書が出版される前か直後に、何年間も秘密にしてきた匿名の手紙に関して、大胆ではあるがきわめて危険な方法をとろうと決めた。摘発をめぐってメディアと読者の両方がオットーもしくは他の者に疑問を抱くことになりかねない情報が、シュナーベルの著書に含まれていることを、オットーは承知していた。手紙を破棄するのはやめることにした。かわりに、手紙を託せる相手を見つけた。そちらに預けておけば、手紙のことを問い詰められたときに、もう持っていないと正直に答えることができる。普通ならクレイマンを選ぶと思いたいところだが、オットーが手紙を預けた相手は友人である公証人のヤーコプ・ファン・ハッセルトで、彼はたまたま、ファン・デン・ベルフの友人で仕事仲間でもあった。

複数の視点から問題を眺めたヴィンスとコールドケース・チームは、次のように推測するに至った——ファン・デン・ベルフを密告者とする動かしがたい証拠がなかったために、オットーは彼の名前も手紙のことも公表しないことにしたのだろう。しかし、日記が本物であることを証明するためにシュナーベルの共著者として本を出した結果、SDの曹長の居場所が判明すればファン・デン・ベルフの名前まで浮上する可能性あり、という状況になってしまった。オットーはそこで、サイモン・ヴィーゼンタールのように執拗なナチ・ハンターですらジルバーバウアーを容易に見つけだすことができないよう、手を打っておいた。

アンネの日記は偽物だと主張する人々の誤りを証明すべく、有名な民事訴訟の数々に関わってきたオットーだが、ヴィーゼンタールが同じことをしようとしたときは、協力を拒むことにした。最初のうち、コールドケース・チームはこの矛盾に困惑したが、あとになって納得がいった。オットーはSDの曹長の本名を公表しなくても日記を守ることはできるが、ヴィーゼンタールに本名を知られれば、粘り強いナチ・ハンターとしてすでに評判が高い彼のことだから、けっしてこちらの思いどおりにはならないだろうと悟ったのだ。そして、六年の歳月を要したものの、ヴィーゼンタールはついにジルバーバウアーを見つけだし、その時点で世界じゅうの報道関係者がオットーと支援者たちのもとに殺到した。オットーはそこで初めて、逮捕に来た曹長の名前を知っていたことを認めたが、ヴィーゼンタールから問い合わせが来たことは一度もなかったと言った。また、ずいぶん昔のことなのでSDの曹長は何も覚えていないだろうと、遠まわしに言った。*4

一九六三年の終わりごろ、国家警察犯罪捜査部が《隠れ家》摘発に関する捜査を始めたことを知って、オットーは匿名の手紙の件をファン・ヘルデン刑事に話そうと決心し、自分で作った写しを手渡した。ファン・ヘルデンは一九六三年十二月の初めに、二日間にわたってオットーに事情聴取をおこなったが、驚いたことに、調書のなかでは手紙の件にまったく触れていない。ただ、一九六四年の秋、捜査完了の時点でファン・ヘルデンが作成した四十ページの略式報告書には、オットーから匿名の手紙の件を知らされたことが数パラグラフにわたって書かれている。アップシュリフトメモに関するファン・ヘルデンの手書きのコメントによると、彼がそれを受けとったのは一九六三年十二月十六日、オットーの事情聴取から二週間ほどあとのことだ。ファン・ヘルデンはどうやら、ファン・デン・ベルフとは面識がないというオットーの言葉を信じたようだ。なぜなら、捜査は終了し、オットーが手渡したアップシュリフトメモが正式な事件ファイルに収められることはなかったからだ。

捜査実施期間中にオットーがやりとりした手紙をコールドケース・チームがあらためて調べたところ、小さいながらも重大と思われる手がかりが見つかった。十二月一日に予定されていたファン・ヘルデンによる事情聴取の前日、オットーはミープに手紙を書き、ヴィレム・ファン・マーレン犯人説に疑いを持っていることを伝えている。彼が密告者であることを裏づける〝証拠書類〟がないからだという。[*5] 妙な意見だが、おそらく、匿名の手紙のことを遠まわしに告げていたのだろう――〝証拠書類〟――つまり、ファン・デン・ベルフの名前がはっきり書かれた手紙のことだ。

世界じゅうの報道陣の好奇心に耐え抜いたあとで、オットーは残った支援者たち――ミープ、ベップ、クーフレル――に、今後、《隠れ家》に関する取材には自分一人が応じることにすると告げた。当時すでにカナダへ移住していたクーフレルはその指示に背き、エダ・シャピロという作家が出版を予定していた *Victor Kugler: The Man Who Hid Anne Frank*（ヴィクトル・クーフレル：アンネ・フランクを隠した男）という本の共著者になることを承知した。オットーに内緒にしていたため、それを知ったオットーは激怒した。出版社はオットーの協力が得られないことを知ると、出版契約を白紙に戻した。[*6]

オットーの死後は、ミープが《隠れ家》のレガシーの代弁者となり、庇護者となった。秘密を守ることには長《た》けていたミープだが、秘密を持っているという事実を隠すのはあまり得意ではなかった。何度も新聞の取材を受け、スピーチをおこない、個人的な会話をするなかで、密告者に関する手がかりをつい口にしてしまうことがあった。そして、すべての手がかりがアルノルト・ファン・デン・ベルフを指していた。密告者はオットーと面識があった人物だ。オットーはファン・デン・ベルフのことを知っていた。密告者はユダヤ人だった。密告者は一九六〇年以前に死んでいる。ファン・デン・ベルフが亡くなったのは一九五〇年だ。オットーの望みは、自分たちの一家を密告した男の妻子に辛い思いをさせることではなかった。ファン・デン・ベルフには子供が三人いて、三人とも戦争のなかを生き延び、オットー・フランクより長生きをした。

ヴィンスは二〇一八年に〈アンネ・フランク基金〉のジョン・ゴールドスミス理事長から受けた質問のことを思いだした。「ジルバーバウアーの正体を知っているかどうかについて、オットーはヴィーゼンタールに嘘をつきました。なぜだと思われます？」そのときのヴィンスは、ゴールドスミスが何を言っているのかよく理解できなかったが、いまようやくわかった。オットーはファン・デン・ベルフの関与を表沙汰にしたくなかったのだ。それどころか、わざわざ手間をかけてそれを隠そうとした。

オットー・フランクも、アルノルト・ファン・デン・ベルフも選択をおこなった。生き延びるという点からすると、オットーは間違った選択をした――もっとも、当時はもちろん、隠れ場所さえ見つかれば家族とその他四人の命を守りきれると思っていた。生き延びるという点からすると、ファン・デン・ベルフは正しい選択をした。プリンセンフラハト二六三番地を含む複数の住所をSDに渡すことによって自分の家族を守った。しかし、彼もたぶん、その代価を支払わされたのだろう。喉頭癌で亡くなった。妙に彼にふさわしい気がする。話す能力を失ってしまったのだから。

調査の終わりを告げる〝閃きの〟瞬間はなかった、とヴィンスは慎重に言っている。ファン・デン・ベルフが密告者として浮かんできたのは自然なことだった。証拠と動機がゆっくり集まり、ジグソーパズルのピースが一個、不意にぴたりとはまったのだ。チームは自分たちが出した結論に絶大な自信を持っていたものの、答えが見つかった喜びはどこにもなかった。ヴィンスがのちに言ったように、〝大きな悲しみの重み〟に圧倒され、その後もそれにつきまとわれた。チームが解散して本来の仕事や家族や祖国に戻っていくあいだも、みんなで共有した経験に一人一人が向き合っていた。二〇二一年に調査が完了するころには、自分たちが力強く大切な何かを経験したことを肌で感じていた。事件に関係した人々のことを、現実の知り合いみたいな感じで語るようになった。ヴィンスは夢にフランク家の人々が出てくることや、自分だったらあの状況でどう行動していたかをつぶやいてしまうことを白状した。

それに劣らず複雑だったのが、調査結果を世間に公表するに当たってのチームの感情だった。自分たちの出した結論がどれほど強力かを――そして、どれほどの動揺をひき起こすかを――全員が承知していた。世間の反応を受け止める覚悟をした。尊敬されていたオランダ系ユダヤ人がSDに住所リストを渡した可能性が高いという事実、オットー・フランク自身とそう違わない立場の人物がオットーを密告したという事実……衝撃的だ。しかし、調査が始まったばかりのころ、ラビ・セバフがテイスに言ったように、〝真実以上に重要なものはありません〟。人が心からの忠誠を捧げるべき相手は真実だけだ。

アルノルト・ファン・デン・ベルフは時代のせいで悪夢のジレンマに陥った人物だった。そんな時代に生きたことは彼の責任ではない。重圧に負けてしまって、自分の行動がひきおこす結果をきちんと理解できなかったのかもしれない。ほかの多くの者と違って、悪意から、もしくは、金目当てで情報を渡したのではない。オットー・フランクと同じく、ファン・デン・ベルフが願ったのもシンプルなことだった。家族を救うこと。ファン・デン・ベルフは成功し、オットーは失敗したというのが、悲惨な歴史の真実なのだ。

一九四四年の夏には、移送の終点で人々を待ち受けているのは絶滅であることが、すでによく知られていた。わが子がそんな目にあうことを人は想像できるだろうか？　逮捕と移送の恐怖につねにさらされて生きていたら、正常な倫理観をどうやって保てるだろう？　そんな人はごく稀《まれ》で、ほとんどは無理だ。そうした恐怖のただなかに置かれないかぎり、そして、現実にそうならないかぎり、自分がどう行動するかはけっしてわからない。

アルノルト・ファン・デン・ベルフの選択は死をもたらした。しかし、プリンセンフラハト二六三番地の人々の死に対して、彼に究極の責任はない。その責任は、社会を恐怖に陥れ、破壊し、隣人どうしを敵対させたナチスの占領軍が永遠に負うべきものだ。この連中には、アンネ・フランク、エーディト・フランク、マルゴー・フランク、ヘルマン・ファン・ペルス、アウグステ・ファン・ペルス、ペーター・ファン・ペルス、フリッツ・プフェファーの死に対する責任がある。そして、潜伏生活をしていたかどうかには関係なく、その他何百万という人々の死に対しても。

そして、これはけっして理解できることではなく、許されることでもない。

おわりに

幻影の街

オットー・フランクは一九八〇年八月十九日、九十一歳で亡くなった。アウシュヴィッツから生還したあと、〈オペクタ商会〉の再建に努めたが、戦後はペクチンもスパイスも入手困難だった。一九四〇年代後半に入ると、オットーの時間はすべて娘の日記に向けられるようになった。一九五二年に彼がスイスへ越したあとは、ヨハンネス・クレイマンが会社の経営をひきついだ。

オットーと妻のフリッツィは、日記の読者から二人のもとに届いた手紙にはかならず返事を出そうと努めたが、国際的な注目度が高まるにつれて、手紙の数は何千通にも膨れあがった。オットーはしばしばアムステルダムへ出かけて、一九五七年に設立された〈アンネ・フランク財団〉の初代理事長としての務めを果たし、プリンセンフラハト二六三番地の修復作業の指揮にも当たった。一九六〇年に〈アンネ・フランクの家〉が開館した。

一九六三年一月二十四日、オットーとフリッツィは〈アンネ・フランク基金〉を設立した。二人がずっと住んでいたバーゼルに本部を置く財団法人である。アンネの日記の著作権も、本、芝居、映画、ラジオ放送、テレビ放映からの収益も、すべて〈アンネ・フランク基金〉が管理している。オットーの身内には財産が遺贈され、生きているかぎり、収益の一部（上限あり）も渡されることになっている。残りは〈アンネ・フランク基金〉のものになる。ただし、日記がぜったい人手に渡らないようにするため——五十年後に〈アンネ・フランク基金〉がどうなっているか、誰にわかるだろう?——オットーは遺言によって、アンネの自筆原稿をオランダ国立戦時資料研究所〈NIOD〉に遺贈した。オランダ政府が日記を売却することはぜったいにないし、安全に保管してもらえると判断したからだった。*1

オットーとフリッツィの家はバーゼル郊外にあったが、夏の何カ月間かはルツェルン湖畔のベッケンリートで過ごすことが多かった。フリッツィは「オットーと暮らした日々はわたしの生涯でもっとも幸せなときで……オットーは家族になるのが何を意味するかを本能的に理解している人でした」と言っている。*2 オットーはフリッツィの娘エヴァのことも、エヴァの夫と三人の子供のことも可愛がっていた。フリッツィと二人で年に三カ月ほどロンドンへ出かけ、エヴァの一家と過ごしていた。

旅行をすることも多かった。日記関連のイベントで、アメリカへ、ドイツへ。それから、多くの授賞式に出席。五月十二日、オットーはロンドンで九十歳の誕生日を迎え、そのあと六月十二日にアムステルダムへ向かった。プリンセンフラハトの西教会で開かれるアンネの五十歳の誕生会に出るためで、誕生会が終わると、アンネ・フランクの家の見学を個人的に望まれる女王陛下のために案内役を務めた。

しかし、年齢には勝てず、最後の一年間は肺癌との戦いだった。もっとも、本人は「病気ではない。疲れているだけだ」と言い張っていた。オットーが亡くなる直前にやってきた最後の見舞客はヨーセフ・スプロンズだった。オットーがアウシュヴィッツで出会って友達になり、共に生還した仲間である。スプロンズの妻が見舞いの様子をこう語っている。

わたしたちが着いたとき、オットーはベッドのなかでしたが、気配に気づいて起きあがり、両腕を差しだしました。わたしの夫の目を見つめ、二人で抱き合いました。夫の肩にもたれて、「大事な友達ヨーセフ」とつぶやきました。かなり弱っている様子でした。数分後、病院のスタッフがオットーを迎えに来ました。わたしたちもついていき、夫はオットーの病室に入れてもらいました。二人はアウシュヴィッツの話を始めました。[*3]

オットーはその夜、息をひきとった。

支援者のうち、つねにオットーのいちばん身近にいたのはミープだった。アウシュヴィッツから戻ったあと七年のあいだ、オットーはミープとその夫の家で暮らしている。アムステルダムは生涯の友情が刻みこまれた街だと、オットーはいつも言っていた。彼が意味していたのはミープ・ヒースのことだった。ミープはしばしば、過去を共有した人々のほぼすべてより長生きするのはどんな気持ちかと質問されたそうだ。そんなときは、「不思議な気がします」と答えたものだった。「どうしてわたしが?」と尋ねたものだった。ユダヤ人を匿っていた罪でクーフレルとクレイマンが逮捕されたのに、同じことをしていたのが明らかなわたしが収容所送りにならなかったのはなぜなの?

オットーがバーゼルへ越したあと、ミープとヤンは毎年彼を訪ねていた。ミープの著書『思い出のアンネ・フランク』がドキュメンタリー映画になり、一九九六年度のアカデミー賞長編ドキュメンタリー賞にノミネートされたとき、ミープは監督のヨン・ブレアと一緒にハリウッドまで行った。オットーの死後はミープがアンネの日記の実質的な代弁者になっていて、次のようなスピーチをおこなった。

アンネの物語がわたしたちに訴えかけているのは、偏見と差別は芽のうちに摘みとらなくてはならないということです。わたしたちが〝ユダヤ人、アラブ人、アジア人、メキシコ人、黒人、白人〟という言い方をするときに、偏見が芽生えます。ひとつのグループに属する者が全員同じ考え方をし、同じ行動をとるような印象になるからです。[*4]

ミープは二〇一〇年に百歳で亡くなった。

一九四七年の『アンネの日記』の出版後、ヨハンネス・クレイマンはジャーナリストと見学客を対象に、定期的に《隠れ家》のガイドツアーをおこなうようになった。オットーがスイスへ越したあとも、クレイマンが彼の代理人を務め、ほぼ個人秘書のような役目をこなしていて、とくに重要だったのがアンネの日記の版元相手の交渉だった。アンネ・フランクの家の修復にも深く関わり、一九五七年には〈アンネ・フランク財団〉の理事になっている。ただ、博物館の開館をその目で見ることはできなかった。一九五九年一月二十八日、会社で発作に見舞われて亡くなった。六十三歳だった。

ヴィクトル・クーフレルの妻はずっと以前から病弱で、一九五二年に亡くなった。三年後、クーフレルは再婚し、妻の一族が住んでいるトロントへ移住した。一九八一年、八十一歳のときにトロントで亡くなった。クーフレルもオットーも亡くなったあと、クーフレルを中心にした *Victor Kugler: The Man Who Hid Anne Frank* という残念な題名の本（支援者が彼一人でなかったことは明らかなのに）が二〇〇八年に出版された。

ベップ・フォスキュイルは一九四六年に結婚して、子供が四人できた。オットーとの連絡がとだえたことはなく、彼がまだアムステルダムに住んでいたころは毎週会いに行っていたし、スイスへ越してからは年に三回ずつ訪ねていた。戦時中の出来事や支援者として果たした役割についてはつねに口をつぐみ、インタビューに応じることはめったになかった。ジョージ・スティーヴンスが監督した映画『アンネの日記』のオランダでのプレミアのとき、ユリアナ女王に会ったが、とても気詰まりだったとオットーへの手紙に書いている。ベップ自身が〝理想化されたアンネの象徴〟と呼んでいたものを守りたい気持ちはあったが、戦時中に目にした光景の悲惨さがつねによみがえってくるのだった。「この大きな痛みがわたしの心を去ることはけっしてないでしょう」と、ベップは言っている。[*5]

ベップを知る者はみな、〝かつては陽気な若い女の子だった〟のに、《隠れ家》の人々の死を受け入れることができず、心のバランスを保つのにいつも苦闘していた、と述べている。[*6] 一九八三年、大動脈《だいどうみゃく》瘤《りゅう》破裂によりアムステルダムで亡くなった。六十三歳だった。

一九七二年、オットーの推薦によって、四人の支援者はヤド・ヴァシェムから〝諸国民のなかの正義の人〞の称号を授与された。ヨハンネス・クレイマンも含まれていて、彼の場合は死後の授与だった。

オットー・フランクは、犠牲者にはなるまい、なんとしても生き延びよう、と心に決めていた。犠牲者になるのはナチスを勝利させることだ。しかし、じつをいうと、アンネの日記を原作とする芝居や映画は一度も見たことがなかった。再婚相手の連れ子のエヴァはこう言っている。「かつてアンネとマルゴーの口から聞いた言葉を女優たちがしゃべり、彼が二度と会うことのできない娘たちに扮することを考えただけで、オットーは耐えられなかったのです」[*7]

オットーは一般論というものを軽蔑していた。ドイツで生まれ育ったことを誇りにしていたので、集団的責任という概念を受け入れることはできなかった。ドイツの小学生たちから届く手紙には、戦時中にどんなことが起きたかを学んでほしいとの思いから、わざわざ時間を割いて返事を出した。オットー・フランクの伝記に書かれているように、一九五二年には、ドイツ人の八十八パーセントが〝大量虐殺に対して個人的な責任は感じない〞と言ったそうだ。[*8] ドイツでいったい何が起きてヒトラーとナチスに殺しのライセンスが与えられる結果になったかを考察するのは、ようやく次の世代になってからだった。

オットーは、自分の娘が何百万もの殺された人々（ユダヤ人も非ユダヤ人も含めて）のシンボルになっていることを知った。娘の日記と《隠れ家》は、彼の心のなかで過去からの警鐘になると同時に、希望の光にもなっていた。[*9] 悲劇を二度とくりかえさずにすむよう、人々の記憶に刻みつけてほしかった。ファシズムというのはゆっくり積みあげられていき、ある日突然、鉄の壁となって高くそびえ、迂回できなくなってしまうことを、人々に知ってもらいたかった。何が失われるのか、いかに迅速にそういう事態になりうるのかを、人々に知ってもらいたかった。

一九四五年六月、アムステルダムの通りを歩くオットー・フランクの姿を、わたしたちは思い浮かべることができる。妻、娘たち、自宅、会社——持っていたものがすべて消えてしまったのに、どうしてこの街はいまも存在しているのか？　オットーは母親に、自分は奇妙な夢のなかを歩いていて、いまも正常ではない、と訴えている。

現在のアムステルダムは追悼の街だ。戦争の記念碑が八十も存在するこの街では、追悼が街の構成要素の一部になっていて、とても身近な存在だ。さあ、幻影の街のツアーに出かけよう。まず、アンネ・フランクの家から。あなたの心に強く刻みつけられている本棚は、想像どおりに重くてどっしりしている。《隠れ家》への階段は急だ。内部は思ったよりはるかに狭い。閉所恐怖症に陥りそうなこの場所に立つと、占領時代の恐怖を想像せずにはいられない。

次は悪名高きユダヤ劇場へ。いまも保存されているのは正面部分だけだ。もとの内装はすべてとり払われ、ここから移送された六千七百人を超えるユダヤ人家族の名前を刻んだブロンズ製のリストが、ひとつの壁面を覆っている。毎日、何百人もの囚人がこの小さなスペースに押しこめられ、ヴェステルボルクへ、そこからさらに絶滅収容所のひとつへ送られるのを待っていた。人々は路面電車で、トラックで、あるいは徒歩で駅へ連れていかれた。一般市民の目に触れることのないよう、駅への移動はいつも夜間だった。

劇場の二階には、双方向対話型のベルゲン゠ベルゼンの地図がかかっている。わたしがそこにいたとき、老齢の男性が進みでて、リストを指さすのが目に入った。まわりの友人たちに向かって、自分は二十九番だと言っていた。「氏名不詳のユダヤ人《ウンベカンテル・ユーデ》。ハンブルク生まれ？　アルフレート？」非ユダヤ人のところに匿われていた子供が五十人見つかったが、その子たちがユダヤ人なのかどうか、ナチスは判断に迷った。一九四四年九月十三日、子供たちはヴェステルボルクからベルゲン＝ベルゼンへ送られた。その二カ月後、テレージエンシュタットへ移送された。生き残った子供は四十九人。わたしのそばに立つ男性もその一人だった。「どんな様子だった？」友人たちが尋ねた。「わたしは四歳だった。何も覚えていない」男性は答えた。

　劇場の前の通りを渡ると保育所がある。ワルテル・ススキントという、劇場でドイツ当局との連絡を担当していたドイツ系ユダヤ人が、フェルディナント・アオス・デア・フュンテンと近づきになり、つかまった子供たちが保育所に通えるように交渉した。ススキントは次に、子供たちの隠れ場所を見つけるため、レジスタンス組織に連絡をとった。路面電車が保育所の前で止まって、向かいの劇場に詰めている警備兵の視界が遮られる瞬間に、保育所のスタッフが幼い子供を通りに連れだす。スタッフはそのあと、路面電車の陰に隠れて子供たちと歩き去る。バックパックや洗濯物の籠に子供たちを入れてこっそり運びだすスタッフもいた。二軒先にある学校の校庭が保育所まで続いているので、子供たちがフェンス伝いに運びだされたこともあった。学校の教師も、生徒も、何が起きているか気づいていたが、口外する者はいなかった。少なくとも六百人の子供の命が助かった。ヴァルター・ススキントはやがて収容所へ移送され、一九四五年二月二十九日に中央ヨーロッパで亡くなった。現在、この学校は国立ホロコースト博物館になっている。*10

通りの先の角を曲がると、美しいアルティス動物園がある。占領時代には、ユダヤ人、レジスタンス活動家、強制労働拒否者など、何十人もの人々が夜のあいだここに隠れたものだった。野生動物の檻の屋根裏に作られた干し草置場、トキがいる鳥類飼育場、ホッキョクグマの宿舎などが隠れ場所になった。[*11] 園長はそれを極秘にしていた。ユダヤ人狩り《ラツィア》が始まると、サルの飼育係がサル山を囲む濠《ほり》に板をかけて人々を渡らせ、それから板をはずして、人々を安全に匿ったものだった。ドイフィエ・ファン・デル・ブリンクという女性は二年ものあいだ動物園を住処《すみか》にし、夜はオオカミ舎で寝ていた。昼間はサル山のそばのベンチにすわって来園者と雑談をし、そのなかにはドイツ人も含まれていた。彼女がユダヤ人であることは誰も知らなかった。何年かのあいだに推定二百から三百人が動物園に身を隠すことができた。あなたはこう思わずにはいられないだろう——多くの人間が知らん顔をしていた時代に、動物たちが避難所を提供してくれたのだ、と。

動物園と通りをはさんだ向かい側にはレジスタンス博物館があり、地下運動で使われた品がぎっしり展示されている。新聞や、パンフレットや、偽造身分証と食料切符などを印刷するための印刷機。NSBの宣伝活動に使われた反ユダヤ主義のグロテスクなポスター。奇襲攻撃に備えるための武器。

レジスタンス博物館の壁には、NSBのパレードを描いた壁画がある。そのなかの一人一人がオランダ・ナチ党に入った動機を説明している。

〝わたしを惹きつけたのは、活力と、歌と、帰属意識だった〟

〝わたしはひとつの選択肢しか目に入らなかった。国家社会主義か、それとも、共産主義がもたらす混乱か〟

〝店の売上げだけでは食べていけなかった。ＮＳＢは中流階級の暮らしが向上すると約束してくれた〟

〝ドイツが権力を握ったおかげで、ＮＳＢ党員に出世の機会が与えられた〟

〝わが国にはひどい貧困と分断がはびこっている。ＮＳＢはそうした見せかけだけの民主主義に反対の立場をとっている〟

〝強力なリーダーシップを土台にしてこそ、われわれは国家を築くことができる。選択肢が多すぎては何も決められないし、その先にはつねに私利私欲が潜んでいる〟


ファシズムとは、民衆のだまされやすさを、信じたいという渇望を、信じられるものは何もないという恐怖を利用する政治体制である。

ヴィルヘルミナ・カタリーナ・スクールに立ち寄ってもらいたい。ユダヤ人の子供たちを排斥しなかった唯一の学校だ。百七十五人の在校生のうち七十一人がユダヤ人だった。ドイツ側はユダヤ人と非ユダヤ人を同じ教室で学ばせることに反対だったが、ユダヤ人の児童を追いだせば、学校を閉鎖するしかなくなる。そこで、学校当局は仕切り壁を作って教室をふたつに分けることにした。前半分は非ユダヤ人の児童用、うしろ半分はユダヤ人の児童用。このため、ユダヤ人の児童は〝うしろ側の子〟と呼ばれるようになった。やがて、仕切り壁がようやくはずされるときが来た。うっとうしい壁が消えたのを見て、前半分の子たちは大喜びだったが、うしろ側へ行ってみると、そちらにはユダヤ人の友達が一人も残っていなかった。みんな、移送されてしまったのだ。建物の銘板にそのことが刻まれている。[*12]

昔のユダヤ人居住区まで歩けば、有名な港湾労働者の像が見えてくる。一九四一年二月二十五日、ユダヤ人の若者が大量に逮捕されたことに抗議して、波状ストライキが始まった。まず、市の清掃業と公共事業に従事する者から始まって、鉄道と路面電車関係の労働者に広がり、最後は港湾労働者までが参加した。商店が休業した。市民がデモ隊に加わって、運行を続けている路面電車の窓を叩き割った。レジスタンス新聞が〝わたしは弟の番人でしょうか〟（創世記四章九節）と問いかけた。答えは〝イエス〟だった。ストは二日にわたって続いたが、ついに、銃を構えたドイツ軍が抗議運動を強硬に抑えこんだ。

ロッティのベンチにすわることもできる。そのベンチはアポロアーン地区という市内の高級住宅地に置かれている。アウシュヴィッツから戻ったロッティと友達のベッピーが夜を明かしたのが、まさにその場所だった。ドイツ軍は収容所から撤退するときに女性たちをひきずりだして、六百キロ以上離れたベーンドルフ強制収容所まで死の行進をさせた。連合国側がようやくベーンドルフを解放すると、ロッティやベッピーのように生き残っていたわずかな者はドイツの戦争捕虜との交換に使われた。八月二十六日、二人はついにアムステルダムに到着したが、ホロコースト生存者が頼っていける避難所はほとんどなかった。馬用の毛布をもらっただけで、あとは自力でなんとかするしかなかった。「ねえ」ロッティはベッピーに言った。「豪勢にやりましょうよ」[*13]高級住宅地アポロアーンの公園に置かれたベンチで二人は眠った。

　オランダ政府は生還したユダヤ人に優遇措置を与えるのを拒んだ。〝ナチスはユダヤ人をあとの国民とは別扱いにした。われわれがいままたユダヤ人を別扱いにしたら、誰もがナチスの政策を連想するに決まっている〟という理屈をつけて。[*14] オランダ政府は連合国側が定めた政策に従っていたに過ぎなかった。国を追われた他の人々とは別の形でユダヤ人を処遇するのは非ユダヤ人に対して不公平だし、〝宗教上の差別とみなされる〟恐れもある、と連合国側が主張したのだ。[*15] 二〇一七年九月、九十六歳になったロッティは彼女が耐え忍んできた恐怖をついに認められ、名誉なことに、あのベンチがロッティのベンチと呼ばれるようになった。

　ヘルトラウダ・〝トルース〟・ヴェイスミュレル＝メイエルのブロンズの胸像は一九六五年に除幕式がおこなわれたが、現在はアムステルダム南部のバッハプレインに移されている。ヴェイスミュレル＝メイエルはオランダのレジスタンス活動家だった。一九三八年、英国政府が十七歳以下のユダヤ人の子供の入国を認め、一時的滞在を許可することにした。アムステルダムのオランダ児童委員会は、冷静沈着で怖いもの知らずという評判だったヴェイスミュレル＝メイエルに、ウィーンへ行ってアドルフ・アイヒマンに会ってほしいと頼んだ。ユダヤ人を強制的に〝移住させる〟任務を担当していたのがアイヒマンだった。アイヒマンは彼女に会って、信じられないと思ったらしく、「純粋のアーリア人でありながら、なんという変わり者だ《ゾー・ライン＝アーリッシュ・ウント・ダン・ゾー・フェアリュッ》！」と言っている。[*16] 子供を六百人集めて六日後にイギリス行きの船に乗せることができたら、ユダヤ人の子供一万人の命を助けてやろうと約束した。ヴェイスミュレル＝メイエルはみごとにやってのけた。十二月十日、六百人の子供が列車でウィーンを出発した。戦争が始まるまで、彼女はキンダートランスポート（子供の輸送）の活動を続けた。週に何回か、ドイツやナチスの占領下にある地域へ出かけて子供たちを集めてまわった。一九三九年九月一日の開戦までに、ヴェイスミュレル゠メイエルの組織はユダヤ人の子供一万人の命を救っている。ドイツ当局は彼女のことを〝あの変わり者のヴェイスミュレル《ディー・フエアリユックテ・フラウ・ヴェイスミュレル》〟と呼んだ。ユダヤ人を助けるために無償で働いていたからだ。

ドイツ人アーティスト、グンター・デムニグはナチスの犠牲者を追悼するため、一九九五年以来、〝躓《つまず》きの石〟を制作してきた。できあがった石は、ナチスに殺されたユダヤ人、ロマ、シンティ、その他の人々の最後の住所として正式にわかっている家の前に置かれ、その数はアムステルダム市内だけで数百個にのぼる。石には真鍮《しんちゅう》板がはめこんである。それに躓く者は過去に躓いているのだ。過去は現在という生地の一部をなしている。それを覚えておいてもらいたい。

あとがきにかえて

調査を進めるあいだ、わたしは何度も、調査の中心となる問いに明確な答えが出せると思うかと尋ねられた。確約はもちろんできなかったものの、《隠れ家》が摘発を受けるに至った理由についてもっとも可能性の高いものを見つけだすべく、全力で調査に当たる覚悟だと答えた。調査にはほぼ五年の歳月を要し、われわれはそのあいだに全世界をまわって、失われた報告書や、見当違いの場所に保管されていた報告書や、一度も事情聴取されていなかった証人を見つけようとした。最後は、調査スタッフ、リサーチスタッフ、ボランティアのみなさんが作りあげた有能でひたむきなチームのおかげで、ようやくゴールにたどり着くことができた。つまり、プリンセンフラハト二六三番地で何が起きたかを突き止めるに至ったのだ。迷宮入り事件の捜査でよくあるように、誰も目を留めようとしなかった証拠品が見つかり、それが八十年近く前の謎を解く鍵になった。

その発見はじつに衝撃的なものだが、われわれの調査がもたらした収穫はそれだけにとどまらない。五年間の調査を通じて、あの時代についての理解を、そして、SDやV－パーソンや対独協力者についての洞察を深めるのに役立つ膨大な量の情報と出会うことができた。また、千枚近い報奨金領収証を見つけて分析し、ユダヤ人やナチスにとって好ましからざるその他の者を検挙するためにSDが考案した報奨金制度に、新たな光を当てることができた。そして、リサーチを進めるさいに大きな網を投げたおかげで、ほかにも多数あった密告事件で何が起きたのかを断定することが、もしくは、少なくともそこに光を当てることができた。われわれの出した結論が、ナチスの犠牲となった人々の子孫にとって、心の区切りをつける助けになることを願っている。

わたしの世代、つまり、いわゆるベビーブーム世代は、第二次世界大戦で戦った軍人たちの息子や娘である。あの時代に直接つながりを持つ最後の世代だ。父やおじたちから戦争の話をあれこれ聞かされたことを覚えている――本で読んだ話ではなく、一人称で語る真実の話だ。法執行機関にいるベビーブーム世代の大半はすでに停年になったか、もしくは停年に近づいている。一人称で語れる者が生きているうちに、記録が入手できるうちに、証人の身内が名乗りでられるうちに、話を語り継がなくてはならない。

本書が刊行され、われわれの発見が世間に知られるようになれば、それに関連した情報を持つ人々からわれわれのもとに連絡が入り、一九四四年八月四日に何が起きたかという謎のなかで失われたままのピースを差しだしてくれるものと、わたしは信じている。過去の調査とわれわれの解釈が絶対的なものではないことはよくわかっている。それゆえ、歴史上重要なこの時期について誰もが考察できるよう、われわれは今回の調査のデータベースをオランダに寄贈した。

《隠れ家》に潜んでいた犠牲者たちと、密告された他のユダヤ人たちが忘れ去られていないことを世界に知ってもらうに当たり、ささやかな役割を果たすことができたのは、わたしにとって名誉なことであり、光栄なことであった。

――ヴィンス・パンコーク

コールドケース・チーム

テイス・バイエンス　プロジェクト・ディレクター（企業ＣＥＯ）
リュク・ヘリツ　プロジェクト・ファイナンス（企業ＣＦＯ）
ピーテル・ファン・トゥイスク　リサーチ担当チーフ（企業ＣＯＯ）
ヴィンス・パンコーク　調査責任者（元ＦＢＩ特別捜査官）
モニク・クーマンス　犯罪学者、歴史学者、作家
ブレンダン・ルーク　戦争犯罪捜査担当者
ヨアヒム・バイエンス　翻訳担当
フェールレ・デ・ブール　リサーチ担当
シルセ・デ・ブラウン　歴史学者（パブリック・ヒストリー）
アンベル・デッケル　歴史学者（軍事史）
ロリー・デッケル　翻訳担当
マッティース・デ・ギー・レ・クレールク　リサーチ担当
ニンケ・フィリウス　法科学者
アンナ・フリーディス　歴史学者（パブリック・ヒストリー）
マリウス・ヘルフ　データ・サイエンティスト
アンナ・ヘルフリッヒ　歴史学者
ジャン・ヘルヴィグ　プロジェクト・マネージャー
スーリヤー・ヘルヴィグ　ジェンダー・リサーチ担当

ロッベルト・ファン・ヒンテゥム　データ・サイエンティスト
クリスティネ・ホステ　歴史学者（パブリック・ヒストリー）
ニーナ・カイセル　ドキュメンタリスト
リンダ・レーステマーケル　考古学者、ジャーナリスト
ブラム・ファン・デル・メール　行動心理学者
リリアン・オスカム　犯罪学者
ウェルムッド・プルィーム　犯罪学者
マリン・ラッパルド　ヘリテージ・リサーチ担当
イシス・デ・ラウテル　ドキュメンタリスト
セリアネ・スラーグモーレン　歴史学者
パトリシア・スプロンク　ジェンダー・リサーチ担当
リンソフィー・ヘリンファ　外部リサーチャー
マグテルド・ファン・フォスクィーレン　歴史学者（社会史）

コンサルタント

ヘーラルト・アールデルス　歴史学者、作家
フランス・アルケマーデ　Alkemade Forensic Reasoning（ＡＦＲ）でベイジアン解析を専門に担当
ヒューベルト・ベルクハウト　文書館員
ヘルトヤン・ブルーク　〈アンネ・フランク財団〉の歴史学者

ロジャー・デピュー　行動科学の専門家／プロファイラー（ＦＢＩ行動科学課をリタイア）
ヴィル・ファヘル　筆跡鑑定家
コーリーン・グラゥデマンス　ハーグ市立公文書館の歴史学者&研究員
ベルンハルト・ハース　文書鑑定家
エーリック・ヘイセラール　アムステルダム市立公文書館の文書館員
ペーター・クルーセン　アムステルダム市立公文書館の文書館員
カリナ・ファン・レーヴェン　アムステルダム警察・迷宮入り事件課のチーフ
グース・メールスーク　歴史学者
クウェンティン・プラント　データ・サイエンティスト
シールク・プランティンガー　文書館員
レオ・シマイス　刑事としてアドバイス
エーリック・スロット　歴史学者、作家、ジャーナリスト
ハンス・スミット　刑事としてアドバイス
エーリック・ソーメルス　ＮＩＯＤの歴史学者
ヘーロルト・ファン・デル・ストローム　歴史学者
シーツ・ファン・デル・ゼー　ジャーナリスト、作家

謝辞

着想から結論へ。何が《隠れ家》の摘発につながったのかを突き止める調査には、五年を超える年月を要し、二百人の方々にご協力いただいた。作中ではチームのリーダーたちやその他の中心メンバーに焦点を当てているが、他にも多くの方が調査に参加してくださった。その方々がいなければ、この調査を完了させるのはとうてい無理だっただろう。まず、日々の調査を進めてくれたリサーチ・チームのレギュラーメンバー、クリスティネ・ホステ、シルセ・デ・ブラウン、アンナ・フリーディスに感謝を捧げたい。この三人をフリーランスとボランティアとインターンのチームが支えてくれた。ヨアヒム・バイエンス、フェールレ・デ・ブール、ヨーセ・ボーン、アンベル・デッケル、ロリー・デッケル、マッティース・デ・ギー・レ・クレールク、ニンケ・フィリウス、アンナ・ヘルフリッヒ、スーリヤー・ヘルヴィグ、グルデン・イルマス、ニーナ・カイセル、エリーネ・ケンプス、リンダ・レーステマーケル、パトリック・ミンクス、リリアン・オスカム、ウェルムッド・プルィーム、マリン・ラッパルド、アニタ・ロスモーレン、イシス・デ・ラウテル、ドルナ・サダティー、セリアネ・スラーグモーレン、バベッテ・スミッツ・ファン・ワルスベルゲン、パトリシア・スプロンク、ローガン・テイラー゠ブラック、マッティー・ティンメル、マゥーディー・チヨー、リンソフィー・ヘリンファ、マルリンデ・フェネーマー、マグテルド・ファン・

フォスクィーレン、マーリ・ベット・ワルネル。

また、今回の調査を支援し、それぞれの専門分野で頻繁に協力してくださった多数の専門家に深く感謝している。われわれはこの専門家たちを〝主題の専門家《サブジェクト・マター・エキスパート》〟、もしくはSMEと呼んでいる。ロジャー・デピュー（リタイアしたFBI捜査官で、行動科学専門）、ブラム・ファン・デル・メール（行動心理学者、犯罪者プロファイリング専門）、フランス・アルケマーデ（法統計学者）、ベルンハルト・ハース（文書鑑定家）、ヴィル・ファヘル（元オランダ法医学研究所の筆跡鑑定専門家）、カリナ・ファン・レーヴェン（アムステルダム警察・迷宮入り事件課）、メナヘム・セバフ（オランダ軍のチーフラビ）、レオ・シマイス（オランダ国家警察・迷宮入り事件課）、ハンス・スミット（オランダ国家警察）。ご協力いただいた文書館員の方々にも感謝を捧げたい。ペーター・クルーセンとエーリック・ヘイセラール（文書館員、SAA）、ヒューベルト・ベルクハウト（文書館員、NIOD）、シールク・プランティンガー（元文書館員、NA）。また、われわれはデジタル・ストレージとAI分野においては素人なので、デジタル・コンサルタントのクウェンティン・プラントに感謝を捧げたい。最後に、大きな力になってくださった作家と歴史学者のみなさんにお礼を申しあげたい。ヘーラルト・アールデルス（歴史学者）、ダーフィット・バルノウ（歴史学者）、ヘルトヤン・ブルーク（歴史学者、〈アンネ・フランク財団〉）、コーリーン・グラウデマンス（研究員、HGA）、アド・ファン・リンプト（ジャーナリスト&作家）、グース・メールスーク（歴史学者）、エーリック・ソーメルス（歴史学者）、ヘーロルト・ファン・デル・ストローム（歴史学者）、シーツ・ファン・デル・ゼー（ジャーナリスト&作家）。（われわれはこの方々の著書を読み、引用し、高く評価し、ときに助言を求めたり、インタビューさせてもらったりしたが、ここに挙げた作家と研究者がわれわれの調査結果を支持していると思いこむのは、どうかお控えいただきたい。それどころか、この方々はわれわれの最終的な結論を現時点ではまだ知らされていないかもしれない）

次に、そう頻繁ではないものの、さまざまな形で個人的に協力してくださった方がずいぶんおられる。証人、われわれが話をした作家、膨大な量の公的および私的記録に目を通そうとするわれわれを助けてくれた文書館員、家族分野が専門の研究者と歴史学者、そして、重要な機関を代表する人々。

アルファベット順に、次の方々に感謝を捧げたい。グウィード・アブィース（ヴェステルボルク通過収容所）、イェルマール・アーレルス（トニー・アーレルスの親戚）、エーディト・アルベルスヘイーム゠シュートコウ（ホロコースト生存者）、スヴェトラーナ・アモーソワ（ユダヤ博物館と寛容センター、モスクワ）フロリアン・アズレイ（アーロルゼン文書館）、フレーク・バールス（スパールネスタット・フォト）、フランシス・ファン・デン・ベルク（ヒストーリス・セントラム・オーフェルエイセル）、アルベルト・べゥーセ（フローニンヘン市立公文書館）、ルネー・ビンネルト（サイモン・ヴィーゼンタール・センター）、ブロッメルス夫妻（ヘリットとシーン、近隣関係のリサーチ担当）、ミリヤム・ボル（ホロコースト生存者、元ユダヤ人評議会の秘書）、ペトラ・ボームハールト（歴史学者）、エーリック・ブレメル（イェチェ・ブレメルの親戚）、モニク・ブリンクス（歴史学者）、イェルン・デ・ブラインとヨープ・ファン・ヴェイク（共著者）、ペーター・バウス（ユダヤ歴史博物館）、コルネーリス・カッポン（アムステルダム大学）、グレッグ・セレルセ（第二次世界大戦研究者）、マルセル・サン＝マール（カナダ国立図書館・文書館）、サラ＝ジョエル・クラークとロン・コールマン（アメリカ合衆国ホロコースト記念博物館）、アレグザンダー・コーマー（カナダ国立図書館・文書館）、ライアン・クーパー（オットー・フランクの文通相手）、ヨーピー・ダーフィッゼ（第二次世界大戦当時、アムステルダムの住人）、ペーター・ドウヴス（コル・ソウクの親戚）、ヤン・エーリック・デュベルマン（コル・ソウクの友達）、レベッカ・アーデルリング（アメリカ合衆国ホロコースト記念博物館）、セーノー・ゲーラーツ（法医学データ分析学教授、アムステルダム大学）、ヨープ・ハウトスミット（オランダのホロコースト生存者）、コース・グルーン（ジャーナリスト&作家）、ルイス・デ・フロート（オランダのホロコースト生存者）、カンツャ・ハッペ（歴史学者）、ロン・ファン・ハッセルト（作家）、フベルティンエ・ヘイェルマンス（ヒューベルト・セッレスの親戚）、レネ・ファン・ヘイニンヘン（歴史学者、NIOD・戦争・ホロコーストおよびジェノサイド研究センター）、マールテン・ファン・ヘルデン（アーレント・ファン・ヘルデン刑事の息子）と妻のエルス、ステファン・ファン・フーフェン（八百屋のヘンドリク・ファン・フーフェンの息子）、ヤン・ホプマン（ジャーナリスト&作家）、フルーワ・ファン・デル・ハウエン（言語学の専門家、アムステルダム自由大学）、アン・フィトジング（歴史学者）、アーブラハム・カペル（アーブラハム・カペルの孫息子）、J・ファン・デル・カール（公証人）、クリスティネ・カーウシュ（歴史学者）、ナンシー・カワレク（教授、シカゴ大学）、エトヴィン・クレイン（研究者、NIOD・戦争・ホロコーストおよびジェノサイド研究センター)、トゥーン・クーツイール&エルベルト・ルースト(共著者)、バス・コルトホルト(歴史学者)、ハンス・クロル(歴史学者、ノールト=ホランツ公文書館)、ゲルローフ・ラングレィー(歴史研究者)、キャロル・アン・リー(作家)、リチャード・レスター(作家)、シャケリーンエ・ファン・マールセン(アンネ・フランクの友人、作家)、ミリヤム・マーテル=ファン・ヒュルスト(ホロコースト生存者)、エヴァ・モラール(歴史学者)、クラウディア・モラヴェッツ(作曲家オスカル・モラヴェッツの娘)、メリッサ・ミュラー(作家)、シルヴィア・ネイラー(カレッジ・パークの国立公文書館)、ヨン・ニーマン(ヒース夫妻――ミープとヤン――の友人)、ジャン・ニウウェンホイス(系図調査中央局、ハーグ)、アルベルト・オーストフック(歴史学者、NA)、アルノルト・ペネルス(引退した理学療法士)、ヨースト・レトメイエル(歴史学者)、ヤン・レインデルス(歴史学者)、サリー・ローゼン(調査員)、レヒナ・サッレ(証人)、エヴァ・シュロス(ホロコースト生存者、オットー・フランクの再婚相手の娘)、カイラ・シュスター(アメリカ合衆国ホロコースト記念博物館)、レームンド・シュッツ(歴史学者)、デレク・セッレス(ヒューベルト・セッレスの孫息子)、エダ・シャピロ&リック・カルドン(共著者)、エーリック・スロット(歴史学者)、ディネケ・スタム(元リサーチ担当、〈アンネ・フランク財団〉)、ヨル・ファン・スースト(歴史学者・家族歴)、ミシェル・テーボーム(オランダ国家警察/ユダヤ人警察ネットワーク)、パウル・テーレン(歴史学者・家族歴)、ステファン・ティアス(歴史学者)、ヤーコプ・ナータン・フェッレマン(精神科医)、リアン・フェルフーフェン(歴史学者)、ヘリット・ファン・デル・フォルスト(歴史学者)、ヒューホ・フォスキュイル(ベップ・

フォスキュイルの親戚）、ヤン・ヴァッテルマン（歴史学者）、レネ・ヴェッセルス（プリンセンフラハト二六三番地のかつての所有者の親戚）、ヨープ・ファン・ヴェイク（ベップ・フォスキュイルの息子）、カーラ・ウィルソン＝グラナト（オットー・フランクの文通相手）、ロルフ・ヴォルフスヴィンケル（歴史学者＆教授、ニューヨーク大学）、エリオット・レン（アメリカ合衆国ホロコースト記念博物館）、ケース・ヤン・ファン・デル・ゼイデン（公証人）、ギオラ・ツヴァイリング（アーロルゼン文書館）、その他多くの方々に。

　また、調査に必要なデジタル・インフラと人工知能の開発にご協力くださったすべての方に感謝したい。いちばんお世話になったのは〈オムニア〉の方々で、オリー・ダッペル社長にはプロジェクトのスタート時から全力でご支援いただき、データ・サイエンティストのロッベルト・ファン・ヒンテゥムとマリウス・ヘルフには、のちのＡＩプログラムの土台となるデータストアを用意してもらった。このプログラムにはマイクロソフト社のアジュール・ソフトウェアが使われていて、ブライアン・マーブルとジョーダン・パッソンのカスタマイズのおかげで、われわれも便利に使えるようになった。このソフトウェアを〈プレイン・コンセプツ〉のチームがさらにカスタマイズしてくれた。イングリッド・バベル、マヌエル・ロドリーゴ・カベッロ・マラゴン、マルタ・デ・カルロス・ロペス、アレハンドロ・ヒダルゴ、カルロス・ランデラス・マルティネス、オルガ・マルティ・ロドリゲス、フランシスコ・ペラエス・アレール、フルーレッテ・ポイエズ、サラ・サン・ルイス・ロドリゲス、ダニエラ・ソリス。そして最後に、〈ブランデッド・エンターテインメント・ネットワーク〉のみなさん――ハンナ・ブッタース、エリン・ラールンデル、アビゲイル・ミザック、ロリエル・ワイスー――に感謝したい。ソフトウェアを動かすのに必要なハードウェアの多くを、この方々が提供してくださった。また、プロジェクトのための情報通信技術を全面的にサポートしてくださったパウル・オラニエとアントン・ラーフェスにも感謝している。

われわれの調査においては、公文書館がきわめて重要な役割を担っていた。作中の至るところに公文書館の名前が登場し、言及されているが、それでもやはり、何館かをあらためてご紹介したい。まず、〈アンネ・フランク財団〉の方々にずいぶん助けていただいた。とくに、テレージエン・ダ・シルファ、マーチェ・モスタルト、アンネマリー・ベッケルに。また、アムステルダムのユダヤ歴史博物館に（とくにエミレー・スクレィバー館長に）お世話になった。アムステルダム市立公文書館では、ブエルト・デ・フリース館長とプログラム管理担当のベンオー・ファン・ティールバーグから多大な支援をいただいた。

最後に感謝を捧げたいのは、われわれのリサーチスタッフがほとんどの時間を過ごしたと見て間違いないふたつの公文書館である。ひとつはアムステルダムにあるＮＩＯＤ・戦争・ホロコーストおよびジェノサイド研究センター、もうひとつはハーグの国立公文書館。ＮＩＯＤについては、われわれのプロジェクトにすぐさま賛同してくれたフランク・ファン・フレー館長に、ハーグについては、イレーネ・ヘリッツ前館長とサービス管理担当のヘンアー・フリートストラーのお名前を挙げておきたい。また、こちらから請求したファイルを忍耐強く捜しだして渡してくださった両方の公文書館の多数のスタッフのみなさんにも感謝している。

最終的にプロジェクトの鍵となるのは調査だが、人生における大部分のことと同じく、潤沢な資金が必要だった。金のかかるプロジェクトになることは最初からよくわかっていたので、必要な資金を調達するのにかなり時間がかかった。この件を公表した瞬間から、われわれがきわめて微妙な問題を扱っていることが明らかになった。スポンサー候補の多くがプロジェクトの結果を危惧して、この件に関わるリスクを避けようとした。われわれが百パーセント客観的に調査をおこなうと断言した結果、スポンサーになることに関心を示してくれた組織もいくつかあったが、最終的にはこちらから支援を辞退した。われわれの求める自立性と客観性に抵触する恐れがあると思ったからだ。世間一般に広く支援を求めたところ、個人からの少額な寄付がたくさん集まったことに、われわれは深く感謝している。資金調達に苦労していた時期に、ヤープ・ローゼン・ヤコブソンとオシッリ・エフェン－ゾハルが救いの手を差し伸べてくれた。

アムステルダム市からも多額の助成金をもらうことができた。これはひとえに市会議員のシモーネ・クケンヘイムとツリア・メリアーニのおかげである。第二次世界大戦中にアムステルダム市の人口の十パーセントが失われたが、そうした悲惨な過去を忘れてはならないことと、市が永遠の傷を負ったことを、二人は充分に理解している。われわれはまた、アムステルダム市の行政に関わるゲル・バーロン，テイス・ルーロフス、タマス・エルケレンスにも深い恩義を感じている。そして、当然ながら、版元から本書の印税のアドバンスをもらっている。

次にもちろん、本書の刊行を可能にしてくれた人々がいる。まず、著者のローズマリー・サリヴァン。カナダ～オランダ間の遠距離に加えて、コロナ禍で日常生活が厳しく制限されていたにもかかわらず、プロジェクトの本質を鋭敏に把握して、このすばらしい本を書きあげてくれた。莫大な数の関係者が複数の国々に散らばり、膨大な時間を要し、整理しなくてはならない情報が山のようにあったことを考えると、われわれはただもう、彼女の仕事に称賛と感嘆と尊敬を寄せるのみだ。ハーパーコリンズの担当編集者、サラ・ネルソンに深い感謝を捧げたい。彼女は熱意と自信にあふれたその仕事ぶりで、今回の出版をわれわれ全員にとって忘れがたい旅にしてくれた。また、ハーパー・ディビジョンのジョナサン・バーナム社長にも深く感謝している。サラと共に最初からプロジェクトの成功を信じてくれたし、われわれはつねにバーナム社長のアドバイスと支援に頼ってきた。また、オランダの版元にも感謝したい。アムボ・アントスの社長タンヤ・ヘンドリクスと、執筆中に貴重なアドバイスをくれた発行人のラウレンス・ウッビンクに。われわれの感謝は、アムステルダムのリテラリ・エージェンシーのマリアンエ・ションバッハとギアーナー・グフォスデンにまで及んでいる。

これだけの規模の国際的プロジェクトになると、リーガル・カウンセラーが必要だ。最初はヘンゲフェルド・アドフォーカーテンのヨブ・ヘンゲフェルドとフィリップ・ファン・ウェイネンに法的アドバイスをもらっていた。やがて、国際的ローファーム〈バード&バード〉に支えてもらうようになった。イェルーン・ファン・デル・レエー、ヨッヘム・アポン、オーラフ・トロヤンにとくに感謝したい。三人とも、われわれのためにすばらしい仕事をしてくれた。また、それとは別個に、アムステルダム大学のマルティン・センフトレーベンからすばらしい助言をもらったことにもお礼を申しあげたい。

長く苦しい旅のあいだ、われわれを導いてくれた何人かの外部のアドバイザーにも、大いに感謝している。エドワード・アッシャー、ボリス・ヂトリヒ、ハリー・ドルマン、ネレッケ・ヘール、ドリース・ファン・インゲン、ヴィレム・ファン・デル・クナープ、マルグリート・ナニング、ケイト・パンコーク、バート・ウィガーズ、その他多くの方に。次に、われらがアドバイザリー・ボードの尊敬すべきメンバーがいる。微妙な問題に直面するたびに、この方々が案内役となって問題を乗り越えるのを助けてくれた。ロジェール・ファン・ボクステル、ヨブ・コーヘン（委員長）、ミヒル・ヴェステルマンに感謝を捧げたい。彼らのアドバイスはとても貴重だったが、われわれが出した結論に関して、彼らにはなんの責任もない。

最後にひとこと。疲れをものともせずにビジネスとロジスティクスの分野を担当してくれる方々がいなかったら、これほどの大規模なプロジェクトは成り立たない。とくに、プロジェクト・マネージャーのジャン・ヘルヴィグと、エグゼクティブ・アシスタントのヴィーケ・ファン・デル・クレイの二人がプロジェクトの遂行に尽力してくれた。また、プロダクション・マネージャーのマルヅ・ヤーコブスと財務管理のアリ・バニャヒア、優秀な二人のインターン、ジェイソン・アッカマンとダニエル・オスターワールド、われわれのオフィスを見つけてくれたスタン・スフラームにも、心から感謝している。

二〇二〇年十二月四日、アムステルダムにて

テイス・バイエンス
ピーテル・ファン・トウィスク
リュク・ヘリツ

このプロジェクトに関わることができて光栄でした。テイス・バイエンス、ピーテル・ファン・トウィスク、ヴィンス・パンコークに感謝します。テイスはインスピレーションを、ピーテルは精密さを、ヴィンスは知識と精神的支援を与えてくれました。三人のおかげで、わたしの初のアムステルダム滞在はとても実り多きものとなり、コロナ禍が全世界に広がったあとは、わたしからのズームの連絡や何千件ものメールに三人とも忍耐強く応えてくれました。ブレンダン・ルークには、そのプロフェッショナルな姿勢でわたし自身の視点を研ぎ澄ましてくれたことに、モニク・クーマンスには、わたしをリサーチ・セッションに招いてくれたときの温かさと専門技術にお礼を申しあげます。プロジェクト・マネージャーのジャン・ヘルヴィグはロジスティクスの分野で問題が持ちあがるたびに、彼の時間を惜しみなく注ぎこんで、すべて解決してくれました。また、一緒に調査を進めた若きリサーチスタッフ――シルセ・デ・ブラウン、クリスティネ・ホステ、アンナ・フリーディス、リンダ・レーステマーケル、ヴィーケ・ファン・デル・クレイ――にも感謝します。この人たちのおかげで、わたしは公文書館（ＮＩＯＤ・戦争・ホロコーストおよびジェノサイド研究センター、アムステルダム市立公文書館など）や、博物館（国立ホロコースト博物館、レジスタンス博物館など）を気軽に訪ねることができました。とくに、ヴェステルボルク通過収容所記念センターとハーグへ車で出かけたときは助かりました。オランダ文学財団の方々には、わたしが執筆を進められるよう、アムステルダムの中心部に快適なアパートメントを用意してくださったことにお礼を申しあげます。

初期の原稿に目を通して励ましの言葉をくれた妹のコリーン・サリヴァン、長い執筆期間を通じて計り知れないほど貴重な支えとアドバイスをくれたカレン・マルホーレン、わたしがじっくり考えたことに耳を傾けてくださったプラム・ジョンソン、パソコンのトラブルのときにいつも駆けつけてくれたメアリ・ジャーメインに感謝します。

カナダの担当編集者、アイリス・タフォルメにもお礼を申しあげます。初めて一緒に仕事をしたのは一九八七年で、執筆に苦労するわたしを、いつも彼女が励ましてくれました。今回もやはり、聡明な彼女にしっかり支えてもらって、一緒に楽しく仕事をすることができました。わたしをどう励ませば実力以上の力をひきだせるかを昔から知っている人なのです。彼女は生涯の恩人です。

サラ・ネルソンと一緒に仕事ができたのは光栄でした。偉大なる編集者で、どんなときでもすぐに駆けつけてくれます。厳しくも的確な編集上のコメントをくれる人で、激励の言葉をかけて最高レベルの仕事を要求する完璧主義者です。その忍耐力は尽きることがありません。作家たる者はみな、こういう編集者に担当してもらう幸運に恵まれるべきです。また、ハーパー・ディビジョンのジョナサン・バーナム社長に特別の感謝を捧げます。今回のプロジェクトの作家として最初にわたしを推薦してくださったのが社長で、深い感動に満ちた旅にわたしを送りだしてくれました。多忙ななかで原稿に目を通し、とても参考になる提案をくださいました。そして最後に、わがエージェントのジャッキー・カイザーに感謝したいと思います。アイリスと同じく、いつもわたしに寄り添って、わたしが支えとアドバイスを必要とするときに与えてくれました。聡明で、仕事に情熱を燃やし、作家と執筆に深い気遣いを示せる人です。彼女のようなエージェントに出会えて、わたしは幸せです。

本書をわが姉妹のパトリシア、シャロン、コリーンに、弟のテリーに、わが夫であり生涯の仲間であるジュアン・オプティスに捧げます。愛と感謝をこめて。

二〇二一年四月、トロントにて

ローズマリー・サリヴァン

Noord-Hollands Archief
北ホラント州公文書館、ハールレム、オランダ

Österreichisches Staatsarchiv
オーストリア国立公文書館、ウィーン、オーストリア

Pickford Center for Motion Picture Study
ピックフォード映画研究センター、ロサンゼルス、USA

Russian State Military Archive
ロシア国立軍事文書館、モスクワ、ロシア

Simon Wiesenthal Center
サイモン・ヴィーゼンタール・センター、ロサンゼルス、USA

Stadsarchief Amsterdam
アムステルダム市立公文書館、アムステルダム、オランダ

Streekarchief Gooi en Vechtstreek
ホーイ地区・フェヘトストレーク地区公文書館、ヒルフェルスム、オランダ

United States Holocaust Memorial Museum
アメリカ合衆国ホロコースト記念博物館、ワシントンD.C.、USA

USC Shoah Foundation——The Institute for Visual History and Education
USCショアー財団——視覚歴史教育研究所、ロサンゼルス、USA

Verzetsmuseum
レジスタンス博物館、アムステルダム、オランダ

The Wiener Holocaust Library
ウィーナー・ホロコースト・ライブラリー、ロンドン、UK

Wiener Stadt-und Landesarchiv
ウィーン市立・州立公文書館、ウィーン、オーストリア

Yad Vashem Archives
ヤド・ヴァシェム公文書保存所、エルサレム、イスラエル

公文書館と機関

Anne frank Stichting
〈アンネ・フランク財団〉、アムステルダム、オランダ

Arolsen Archives
アーロルゼン文書館（かつての国際追跡サービス）、バート・アーロルゼン、ドイツ

Bundesarchiv Berlin
ドイツ連邦文書館、ベルリン、ドイツ

Deutsches Literaturarchiv Marbach
マルバッハ・ドイツ文学資料館、マルバッハ、ドイツ

Gedenkstätte und Museum Sachsenhausen
ザクセンハウゼン追悼博物館、オラニエンブルク、ドイツ

Groninger Archieven
フローニンヘン市立公文書館、フローニンヘン、オランダ

Haags Gemeentearchief
ハーグ市立公文書館、ハーグ、オランダ

Herinneringscentrum Kamp Westerbork
ヴェステルボルク通過収容所記念センター、ホーフハーレン、オランダ

Historisch Centrum Overijssel
オーフェルエイセル州歴史センター、ズウォレ、オランダ

Jewish Cultural Quarter
ユダヤ文化地区、アムステルダム、オランダ

Library and Archives Canada
カナダ国立図書館・文書館、オタワ、カナダ

Nationaal Archief
国立公文書館、ハーグ、オランダ

The National Archives
国立公文書館、カレッジ・パーク、メリーランド州、USA

Nationaal Monument Oranjehotel
史跡オラニエホテル、スヘーフェニンヘン、オランダ

Nederlands Dagboekarchief
国立日記公文書館、アムステルダム、オランダ

NIOD Institute for War, Holocaust and Genocide Studies
NIOD・戦争・ホロコーストおよびジェノサイド研究センター、アムステルダム、オランダ

Wirtschaftsprüfstelle（WSP） 経済監視局

ドイツ当局がユダヤ人の資産をすべて記録するさいに、作業を担当した局。1940年10月以降、ユダヤ人が経営する企業は、金融・経済総合委員会の一部であるWSPに届出をおこなうことを義務づけられた。1941年3月から、ユダヤ人が経営する企業はアーリア人に事業を譲渡し、最後には整理解散させられることになった。オムニアという信託会社が企業整理を担当した。

Zentralstelle für Jüdische Auswanderung ユダヤ人移住促進中央局

親衛隊保安部（SD）長官ラインハルト・ハイドリヒの命令により設立された組織。社会からユダヤ人を一掃するのが目的で、その手段として、最初は移住が、のちになると、強制収容所と絶滅収容所への強制的な移送が使われた。中央局のアムステルダム支所はアダマ・ファン・スケルテマプレインにあり、SD本部と向かいあっていた。どちらの建物も、1944年11月26日、英国空軍のホーカー・タイフーン24機の爆撃を受けた。

Utrechts Kindercomité　ユトレヒト児童委員会

ユトレヒト出身者から成るオランダのレジスタンス組織。数百人のユダヤ人の子供を隠れ家へ送りこむ活動をしていた。

Verzuiling　立柱化

人生観、宗教、社会経済に基づいて社会をいくつかのグループ（柱）に分けること。どのグループも他のグループと自然に距離を置いていた。例えば、プロテスタントはプロテスタントの店、プロテスタントのスポーツクラブ、プロテスタントの学校へ行き、プロテスタントのラジオを聴き、プロテスタントの新聞を読み、プロテスタントの政党に投票した。別々の柱のメンバーが交流することはめったにないためで、異なるグループ（柱）のメンバー間の結束はほとんど見られなかった。

Vertrouwens-Mann, Vertrouwens-Frau　V－マン、V－ウーマン

SDのために情報屋として働く民間人に使われた呼び名。身を隠したユダヤ人、撃墜された飛行兵、レジスタンス活動家などの情報集めをするのに、彼らが利用された。イデオロギーのため、金儲けのため、脅されたためなど、彼らの動機はさまざまだった。

Vught concentration camp　フフト強制収容所

オランダ南部の都市デンボスの近くにあった強制収容所。1942年に完成し、親衛隊の管理下に置かれた。アーメルスフォールトとヴェステルボルクの密集を緩和するためと、周囲の企業へ労働力を供給する労働キャンプの役割を果たすために生まれた収容所。1944年10月、連合国軍によって解放された。戦時中30,000人前後の囚人が収容され、そのうちほぼ800人が死亡した。

Waffen-SS　武装親衛隊

親衛隊内部の武装組織で、ハインリヒ・ヒムラーの指揮下にあった。1934年、親衛隊特務部隊という名称で誕生したが、1940年に改称されて武装親衛隊となった。エリート部隊とみなされ、隊員はナチスのイデオロギーに対する狂信的な情熱で有名だった。

Wannsee Conference　ヴァンゼー会議

1942年1月20日、ベルリンに近いヴァンゼー湖のほとりにある別荘で、ラインハルト・ハイドリヒ、アドルフ・アイヒマンなど、ナチスの高官15人が出席して開かれた会議。会議の中心議題はヨーロッパ在住のユダヤ人を対象とする大規模な殺戮だった。

Weerbaarheidsafdeling（WA）　活力回復部門

オランダ・ナチ党（NSB）の制服着用の民兵組織。

Wehrmacht

ドイツ国防軍。

Westerbork camp　ヴェステルボルク収容所

オランダ北東部にある難民収容所。1939年にオランダ政府が建設した。戦争が始まると通過収容所に変えられ、ここから102,000人のユダヤ人と200人のロマ族が東部の強制収容所・絶滅収容所へ列車で移送された。収容所が解放されたあとは、戦争犯罪と対独協力の容疑をかけられた者たちを収監するのに使われた。

Sicherheitspolizei（SiPo）

ドイツの保安警察。

Signalementenblad　要注意人物パンフレット

レジスタンス組織のオルデディーンストが1943年10月から発行していた小冊子。70人以上の密告者および対独協力者の氏名、人相書き、写真が出ていた。敵対者を見分けられるよう、レジスタンス活動家のために印刷されたもの。

Sobibor concentration camp　ソビボル強制収容所

ポーランド東部にあった絶滅収容所。1942年4月から1943年11月まで機能。少なくとも170,000万人（大半がユダヤ人）がソビボルに移送された。ここに送られた者はほとんど生きて帰ることができなかった。推定34,000人のオランダ系ユダヤ人がここで殺された。

Sperre　シュペレ

暫定的な移送免除証。ユダヤ人評議会が移住促進中央局の承認を得たのちに発行。シュペレ取得の資格には、軍需産業に不可欠な人材であるとか、ユダヤ人評議会の仕事をしているといった数多くの事柄があった。多くの場合、現金で購入するか、審査費用を支払うかする必要があった。支払われた金は結局、ドイツ側の戦費に充てられた。

Staatsbedrijf der Posterijen, Telegrafie en Telefonie (PTT)

郵便、電信、電話、無線電信を扱うオランダの国営企業。1998年に民営化し、現在はKPNになっている。

Stadsarchief Amsterdam

アムステルダム市立公文書館（ACA）。

Statements Project　〈供述プロジェクト〉

コールドケース・チームが考案した調査法。印刷物、録音テープ、録画ビデオなど、証人たちが長年にわたっておこなってきた密告関係の供述をすべて集める。それらを時間軸に沿って並べ、矛盾点や補強証拠を見つけだす。

Stichting Toezicht Politieke Delinquenten（STPD）　政治犯監視財団

1945年9月、多数の政治犯の存在によって生じかねない社会崩壊を懸念し、設立された組織。その目的は彼らの社会復帰を助けることにあった。対独協力の嫌疑をかけられた者は、STPDの監視下に置かれれば起訴を免除してもらえた。

Theresienstadt concentration camp　テレージエンシュタット強制収容所

プラハの北約70キロの地点にある強制収容所＆ゲットー。親衛隊によって1941年に設立。ここには3通りの役割があった。絶滅収容所へ向かう途中の中継地点。老齢の特権的ユダヤ人が余生を送る場所。ホロコーストの残忍さをごまかすための偽装工作。

United States Holocaust Memorial Museum（USHMM）
アメリカ合衆国ホロコースト記念博物館

ワシントンD.C.にある博物館。

Radio Oranje　ラジオ・オラニエ

毎晩8時15分から15分間、BBCヨーロッパ・サービスが流していたラジオ番組。ロンドンのオランダ亡命政府が企画したもの。1940年7月28日に第1回が放送された。オランダ人の多くはナチスに禁じられていたラジオを手に入れ、この番組にひそかに耳を傾けたものだった。

Ravensbrück concentration camp　ラーフェンスブリュック強制収容所

ベルリンの80キロほど北にあった強制収容所で、収容者の大部分が女性だった。1939年の開設から解放までに、およそ3万人がここで亡くなった。

Razzia（複数形 Razzias）　ラジア

ナチスによる大規模な人間狩りで、特定のグループの人間が標的にされた（ユダヤ人、レジスタンス活動家、強制的労働義務を回避した者たち）。第三帝国全土でおこなわれた。

Raferat Ⅳ B4（section）　Ⅳ B4課

SD内部のセクションで、ユダヤ人関係の事柄を担当していた。アドルフ・アイヒマンの指揮下に入ってからは、ユダヤ人の絶滅収容所への移送を担当するようになった。通称"ユダヤ人狩り部隊"と呼ばれた。

Reichskommissar für die besetzten niederländischen Gebiete

オランダの国家弁務官、アルトゥル・ザイス＝インクヴァルトのこと。

Resident Project　〈居住者プロジェクト〉

コールドケース・チームが考案した調査法。《隠れ家》を囲んでいた住宅をすべて調べて、誰が住んでいたかを探りだし、家族の過去、政治傾向、犯罪歴、その他について、できるかぎりの情報を集めた。

Rijksinstituut voor Oorlogsdocumentatie（RIOD）　オランダ国立戦時資料研究所

現在はNIOD・戦争・ホロコーストおよびジェノサイド研究センターに名称変更。

Sachsenhausen concentration camp　ザクセンハウゼン強制収容所

ベルリンの北40キロの地点にあった強制収容所。比較的大規模な収容所で、1936年の開設から解放までのあいだに20万人が収容され、そのうち約5万人が死亡した。ザクセンハウゼンの環境は苛酷で、囚人が毎日のように銃殺もしくは絞首刑に処されていた。

Schutzstaffel（SS）　親衛隊

元は警備隊として1925年に創設され、アドルフ・ヒトラーの身辺警護に当たっていた。やがて、ハインリヒ・ヒムラーに率いられるエリート部隊に成長し、"武装親衛隊"と呼ばれる武装組織を擁していた。ナチス国家において最高の権力を握っていた組織で、ホロコーストの虐殺に対する責任は重い。

Sicherheitsdienst（SD）　親衛隊保安部

ドイツの情報機関。ゲシュタポを支え、内務省と連携して活動していた。親衛隊の下部組織で、ラインハルト・ハイドリヒが長官として組織を率いていた。第三帝国の敵の監視と処刑がSDの任務で、ユダヤ人も敵とみなされていた。

Opekta / Nederlandsche Opekta Maatschappij 〈オペクタ商会〉オランダ支社

ドイツのケルンにあったオペクタ有限会社の支社。1933年創業。オットー・フランクが20年間社長を務めた。戦争のあいだ、〈ヒース商会〉と改名。ジャム作りに使われるペクチンを販売する会社だった。

Oranjehotel　オラニエホテル

戦時中、スヘーフェニンヘンにあった刑務所の俗称。レジスタンス活動、ドイツ人への暴言、窃盗や戦争に乗じたボロ儲けといった経済犯罪などのさまざまな罪で、25,000人以上が投獄された。ユダヤ人、エホバの証人、ロマ、シンティも投獄されている。

Ordedienst（OD）　オルデディーンスト

LOが登場するまで、オランダで最大だったレジスタンス組織のひとつ。ドイツ軍撤退のあとに生じるであろう権力の空白を埋めることを目的に、1940年に誕生した。戦時中、ODはサボタージュを主導したり、連合国側に情報を流したりしていた。

Het Parool　『ヘット・パロール』（意味は「合言葉」もしくは「モットー」）

オランダでもっとも有名なレジスタンス新聞のひとつ。最初は短い会報だったが、1941年2月に本格的な新聞になった。戦時中、この新聞に携っていた者のうち約90人が逮捕され、殺された。『ヘット・パロール』はアムステルダム地域の社会民主主義の新聞として、いまも発行を続けている。

Pectacon　〈ペクタコン商会〉

オットー・フランクの会社。1938年設立で、ソーセージ用スパイスやハーブなどを売っていた。ヘルマン・ファン・ペルスはここの社員だった。

Persoonsbewijs（PB）　身分証明書

1941年4月から15歳以上のオランダ国民全員が携行を義務づけられた身分証。ドイツ当局の命令により導入され、ユダヤ人とレジスタンス活動家を迫害するうえで大いに役立った。ユダヤ人の身分証には大きな黒いJの字が印刷された。シュペレを所有する者の身分証には“シュペレ”というスタンプが捺された。

Politieke Opsporingsdienst（POD）　オランダ国家警察政治犯罪捜査局

対独協力と戦争犯罪の疑いがある者の追跡と逮捕を任務とする警察の部署。PODが発足したのは1945年2月で、終戦直後の時代に権力を掌握していた軍当局の管理下に置かれた。

Politieke Recherche Afdeling（PRA）　アムステルダム警察政治犯罪捜査部

軍政から民政へ移行し、政治の秩序が回復したあと、PODの名称が変更され、1946年3月からこう呼ばれるようになった。法務省の管轄。

Pulsen　ピュルスする

アムステルダム在住のユダヤ人が連行されたあとで住まいの家財道具を運びだす作業を、人々はこう呼んだ。この呼び名は〈アーブラハム・ピュルス運送〉から来ていて、連行後数日以内にこの運送会社がやってきて、家のなかを空っぽにしていった。アーブラハム・ピュルスはオランダのNSB党員だった。

Mauthausen concentration camp　マウトハウゼン強制収容所

オーストリアのリンツの近くにあった強制収容所。造られたのは1938年。ここで10万人近くが亡くなった。オランダでは戦争中からすでに、この収容所のことがよく知られていた。1941年2月に逮捕されたユダヤ人の大半がここに送られ、2カ月もしないうちに亡くなったからだ。“マウトハウゼン”という名称は“死”の同意語になった。

Mischling　ミシュリンク

ナチス・ドイツで使われた法律用語で、生粋のユダヤ人ではない者を意味する。両親や祖父母にユダヤ人が何人いるかに応じて、いくつかのカテゴリーに分類された。

Mittelbau（Mittelbau-Dora）concentration camp
ミッテルバウ（ミッテルバウ＝ドーラ）強制収容所

ドイツ中央部にあった強制収容所＆労働キャンプ。1943年8月に開設され、何十もの小規模な収容所で構成されていた。もともとは労働キャンプで、囚人がV1飛行爆弾とV2ロケットの製造に当たっていた。また、この収容所で2万人が亡くなった。

Nationaal-Socialistische Beweging（NSB）　国家社会主義運動

“国家社会主義運動”という名称のオランダの政党。党首はアントン・ミュッセルトで、1931年から1945年まで存在した。戦前の党員数は3万人ほどだったが、ドイツの占領下に置かれると党員が増えはじめ、最盛期の1943年には10万人に達した。最初は反ユダヤ主義ではなく、ユダヤ人の党員もいたが、1938年に状況が変化した。1941年末には、NSB以外の政党はすべて解散させられた。

Nationalsozialistische Deutsche Arbeiterpartei（NSDAP）
国家社会主義ドイツ労働者党

ドイツの国家社会主義運動を牽引した政党の正式名称。1920年に誕生。アドルフ・ヒトラーが党首だった。

Nationalsozialistisches Kraftfahrkorps（NSKK）
国家社会主義自動車部隊

党機関のひとつで、自動車を使って各地の前線へ物資の運搬をおこなった。戦時中は占領地域から来た者が隊員の多くを占めていた。

Nederlandse Beheersinstituut（NBI）　オランダ管理経営協会

1945年8月に設立された協会で、のちに、裏切り者の資産、敵国の資産、戦時中に姿を消した者の資産を追跡し、管理し、おそらく現金化していたことにより告発された。

Neuengamme concentration camp　ノイエンガンメ強制収容所

ドイツのハンブルクの近くにあった強制収容所。1938年の設立で、親衛隊が運営に当たった。およそ43,000人がここで殺されたと推定される。

Nürnberger Gesetze　ニュルンベルク法

1935年にドイツで定められた反ユダヤ主義的法律の数々。法律の目的はユダヤ人の権利の剥奪を合法化することにあった。オランダがナチスの占領下にあったあいだ、オランダ国民もこの法律に定められた条項に従わなくてはならなかった。

Joodse Coördinatie Commissie（JCC） ユダヤ人調整委員会

ドイツによる占領の直後に作られたユダヤ人の組織で、ユダヤ人社会を支援するのが目的だった。人々に助言を与え、文化活動を企画し、ときには資金援助をすることもあった。ドイツ当局と直接に関わることや、交渉をおこなうことは拒否した。それはオランダ政府にしかできないことだと信じていたからだ。ユダヤ人評議会ができたあと、JCCはドイツ当局によって解散させられた。

Joodse Ereraad ユダヤ人名誉委員会

対独協力をしたと思われるユダヤ人の責任を追及した組織。1946年の初めに設立されて1950年まで続いた。委員会に法的権限はなかったが、評決を公表して、対独協力者をユダヤ人社会から排斥するよう人々に呼びかけることはできた。

Joodse Raad / Judenraete（JR） ユダヤ人評議会

1941年ドイツ当局の命令を受けて、ユダヤ人社会を運営・管理するために作られたユダヤ人の組織。アムステルダムで生まれたが、まもなく、オランダ国内の他の地域でも影響力を持つようになった。

Jardaan ヨルダーン

アムステルダム中心部の古い地区で、オットーの会社／《隠れ家》もここにあった。職人や零細企業の多い典型的な労働者地区で、住宅事情は悪く、失業者も多かった。しかし、独特のカルチャーで知られていた。

Kopgeld コップヘルト

ユダヤ人を逮捕したハンターと警察官に支払われた報奨金の名称。開戦当時は7.5ギルダーだったのが、徐々に値上がりし、終戦を迎えるころには40ギルダーにまで上がっていた。

Landelijke Knokploegen（KP, LKP）

Landelijke Organisatie voor Hulp aan Onderduikers（隠れて暮らす人々を援助する国家組織）から生まれた武装レジスタンス組織。身を隠した人々は身分証や配給切符などを緊急に必要とするため、KPが窃盗や暴力によって手に入れていた。

Landelijke Organisatie voor Hulp aan Onderduikers（LO）
隠れて暮らす人々を援助する国家組織

オランダのレジスタンス組織。1942年から終戦まで、身を隠す必要に迫られた人々を助ける活動を続けた。

Lippmann-Rosenthal bank / LIRO bank リップマン＝ローゼンタール銀行

元はユダヤ系の銀行だったが、ドイツ当局の管理下に置かれてナチス御用達の銀行となり、ユダヤ人所有の不動産の登録をおこない、やがてユダヤ人の財産を奪うようになった。奪われた資産の用途のなかでとりわけ目立つのが、ホロコーストの費用である。

Mapping Project 〈マッピング・プロジェクト〉

コールドケース・チームが考案した調査法。これによって、アムステルダム市内に住んでいたNSB党員、SDの密告者、V－ピープルの登録住所がすべて明らかにされた。〈オムニア〉はそのデータを使って双方向性のデジタルマップを作成した。

Einsatzstab Reichsleiter Rosenberg（ER）

アルフレート・ローゼンベルクにちなんで名づけられたナチスの略奪組織で、ドイツの占領下に置かれた国々から美術品と文化財を組織的に盗みだしてドイツに運んでいた。

Euterpestraat　エーテルペストラート

アムステルダムのSD本部を意味する俗称。エーテルペストラート99番地に本部があり、アダマ・ファン・スケルテマプレインのユダヤ人移住促進中央局の建物と向かいあっていた。この建物にはⅣB4課（ユダヤ人狩り部隊）も入っていた。

Expositur　連絡室

ユダヤ人評議会の部署。ドイツ当局との連絡役を務めていた。

Februaristaking　2月のストライキ

1941年2月25、26日に実施された労働者のストライキ。アムステルダムから始まって全国に広がった。占領下のヨーロッパにおけるユダヤ人迫害に対して大々的な抗議を公におこなうには、ストライキが唯一の手段だった。その引金になったのは、アムステルダムで初めて実施されたユダヤ人狩りで、数百人のユダヤ人が逮捕された。

Geheime Staatspolizei　ゲシュタポ

ナチス・ドイツの秘密国家警察。国家保安本部に組みこまれた。

Grüne Polizei　緑衣の警察

ドイツ秩序警察。ドイツ国内と占領国で日々の警察業務に当たっていた。制服が緑色だったため、グリューネ・ポリツァイと呼ばれるようになった。SDの将校がグリューネ・ポリツァイと呼ばれることもよくあったが、これは誤りである。

Hollandsche Schouwburg　ユダヤ劇場

アムステルダムのプランターシェ・パルクラーンにあった劇場。ドイツによるオランダの占領時代にドイツ当局がユダヤ人居住区を作り、劇場もそこに含まれていた。1942年、ユダヤ人がここに集められるようになり、ヴェステルボルク収容所やヴフト収容所を経由して絶滅収容所へ送られた。現在、劇場は追悼の場になっている。

De IJzeren Garde　〈鉄の警備〉

国家社会主義オランダ労働者党（NSNAP）という、やや大きめの政党から分派した少人数のファシストの集まり。その活動はきわめて反ユダヤ主義的で、ナチス寄りだった。

Het Joodsche Weekblad

週刊新聞で、発行元は第二次世界大戦中に組織されたユダヤ人評議会。ユダヤ人が発行を許されていたのは週刊新聞だけだった。1941年4月から1943年9月まで毎週金曜日に発行され、ドイツ当局が押しつけるユダヤ人迫害政策を賛美するのに使われた。ユダヤ人にしか配布されなかったため、迫害政策が非ユダヤ人に知られることはなかった。つまり、ユダヤ人をオランダ社会からさらに孤立させるための手段だったのだ。

Bergen-Belsen camp　ベルゲン＝ベルゼン収容所

ドイツ北部のツェレ市の近くにあった大規模な戦争捕虜収容所・強制収容所。第二次世界大戦中、7万人以上がここで死亡している。1945年の初めごろ、アンネとマルゴーもここで亡くなった。

Besluit Buitengewone Rechtspleging　特別正義法

ロンドンのオランダ亡命政府が1943年の終わりに制定した特別法。対独協力者の、もしくは戦争犯罪人と思われる者たちの犯罪の証拠集めと起訴について規定されている。

Bureau Joodse Zaken　ユダヤ人局

もともとはアムステルダム警察の一部局。占領下のオランダに対してドイツ当局が押しつけた命令にユダヤ人が違反した場合、それをとりしまるのがこの局の任務であった。1943年、オランダは"ユダヤ人のいない国"になったという宣言が出たあと、この局の警官たちはSDのⅣ B4課へ出向になり、隠れているユダヤ人を見つけだすのが主な仕事となった。

Bureau Nationale Veiligheid（BNV）　国家保安局

戦後のオランダで暫定的に造られた情報保安機関（1945年設立）。のちに国内治安局（BVD）と名称を変更し、現在は総合情報保安局（AIVD）という名で知られている。

Centraal Archief van de Bijzondere Rechtspleging（CABR）
特別正義中央文書館

特殊な公文書館で、ロンドンのオランダ亡命政府が1943年に制定した特別正義法のもとで審理されたすべての事件の資料がそろっていた。現在はその大半がハーグの国立公文書館で保管されている。

Colonne Henneicke　ヘンネッケ・コラム

オランダ人のナチス協力者50人以上から成るグループで、リーダーはドイツ人（生粋ではない）のヴィム・ヘンネッケ。報奨金目当てにユダヤ人狩りをしていた。このグループが収容所へ送ったユダヤ人の数は推定8000人を超える。

Comité voor Joodsche Vluchtelingen（CJV）　ユダヤ難民委員会

ドイツから逃げてくるユダヤ人の数が増えるいっぽうだったので、それを受け入れるために作られた援助組織。1933年から1941年まで活動。緊急援助、教育、移住、出国ビザ、在留許可証などの問題で仲介をおこなった。

Dachau concentration camp　ダッハウ強制収容所

ナチス・ドイツの最初の強制収容所。1933年、ミュンヘンの近くに建設された。5万人近くがダッハウで死亡した。

Dolle Dinsdag　狂気の火曜日

1944年9月5日。連合国軍の大々的な進軍のあとで、オランダももうじき解放されるという噂が広まった。オランダ人はおおっぴらに祝いはじめ、ドイツ軍と協力者はなだれを打って逃げだした。最終的には、連合国側の進軍はオランダの南側だけにとどまり、ドイツ軍はそれからさらに8カ月も持ちこたえた。

用語解説

Abteilung Hausraterfassung　家財登録局

ユダヤ人の家財道具押収を担当した部局で、押収後の家財道具はドイツへ送られた。この部局はユダヤ人移住促進中央局の下に置かれ、全国指導者ローゼンベルク特捜隊（アインザッツシュターブ・ライヒスライター・ローゼンベルク／ER）および、リップマン＝ローゼンタール銀行と緊密に連携していた。ヘンネッケ・コラムはこの部局のために活動していた。

Abwehr

ドイツ国防軍情報部。

Amersfoort camp　アーメルスフォールト収容所

オランダのアーメルスフォールト市の南にあったドイツの警察強制＆通過収容所。1941年8月～1945年4月まで稼働。この期間中に37,000人が収容され、そのうち約2万人が東部の複数の収容所へ移送された。約670人がこの収容所で死亡した。

Anne Frank Fonds（AFF）〈アンネ・フランク基金〉

1963年、オットー・フランクによってスイスのバーゼルで設立された財団法人。フランク家の代理人を務め、『アンネの日記』の著作権を管理している。

Anne Frank Stichting（AFS）〈アンネ・フランク財団〉

アムステルダムに本拠を置く財団法人で、オットー・フランクによって1957年に設立された。もとの目的はアンネ・フランクの家と《隠れ家》を解体から救うことだったが、いまでは建物の管理を担当し、アンネの物語と理念を推進する役目も負っている。また、世界じゅうでアンネ・フランク展をおこない、情報を発信し、反ユダヤ主義と人種差別との戦いにもとりくんでいる。

Arbeitseinsatz　労働義務

第二次世界大戦中、兵役にとられたドイツの男たちにかわる労働力として、占領下の地域の労働者に課せられた強制労働のこと。オランダでは、この労働義務が1942年1月から必須となった。召集に応じるのを拒む男たちは身を隠すしかなかった。

Arrest Tracking Project　〈逮捕追跡プロジェクト〉

コールドケース・チームが考案した調査法で、1943～1944年に逮捕されたユダヤ人のケースをすべて調べて、誰と誰が組んで逮捕に当たったのか、どんな方法を使ったのか、どうやって情報を得たのかなど、ユダヤ人ハンターの手口を分析するのが目的だった。

Auschwitz（Auschwitz-Birkenau）concentration camp
アウシュヴィッツ（アウシュヴィッツ-ビルケナウ）強制収容所

第三帝国で最大の強制・絶滅収容所。およそ40の収容所から成り立っていて、ビルケナウが最大規模であった。1942年、ポーランド南部のオシフィエンチム市郊外に造られた。戦争中に100万人以上の人々（主にユダヤ人）がここで命を奪われた。

2. 同上 294。

3. 同上 292。

4. これは学生の質問に対するミープの返答。スコラスティックが学生の数々の質問に対するミープの返答を同社のウェブサイトに出している。"インタビュー記録:ミープ・ヒース," スコラスティック、http://teacher.scholastic.com /frank/tscripts/miep.htm. 参照。

5. イェルン・デ・ブライン、ヨープ・ファン・ヴェイク共著、*Anne Frank: The Untold Story: The Hidden Truth About Elli Vossen, the Youngest Helper of the Secret Annex*(Laag-Soeren, Netherlands: Bep Voskuijl Productions, 2018)、169。Wikipedia, s.v. "Bep Voskuijl," https://en.wikipedia.org/wiki/Bep_Voskuijl も参照。

6. メリッサ・ミュラー、*Anne Frank: The Biography*、キンバー夫妻(リタとロバート)訳(New York: Picador USA, 2013)、395。

7. エヴァ・シュロス、カレン・バートレット共著、*After Auschwitz: A Story of Heartbreak and Survival by the Stepsister of Anne Frank*(London: Hodder & Stoughton, 2013)、270。

8. リー、*The Hidden Life of Otto Frank*、227。

9. 同上 274。

10. 『ヘルベン・ポスト』、*Lotty's Bench: The Persecution of the Jews of Amsterdam Remembered*、トム・レイトン訳(Volendam, Netherlands: LM Publishers, 2018)、150。ボブ・ムーア、*Victims and Survivors: The Nazi Persecution of the Jews in the Netherlands 1940-1945*(London: Arnold,1997)、185-86 も参照。

11. ポスト、*Lotty's Bench*、113-14。

12. 同上 67。

13. 同上 202。

14. 同上 195。

15. デイヴィッド・ネイソー、*The Last Million: Europe's Displaced Persons from World War to Cold War*(New York: Penguin, 2020)。

16. Wikipedia, s.v. "Geertruida Wijsmuller- Meijer," https://en.wikipedia.org/wiki/Geertruida_Wijsmuller- Meijer.

ゼーからコールドケース・チームへの報告によると、1947～1949年のどこかで起きたことらしい。

14. Nieuw Israëlietisch Weekblad［新イスラエル・ウィークリー］に判決掲載、1948年5月21日。

15. ヴィンス・パンコークとブレンダン・ルーク、エステル・キジオにインタビュー、2019年2月26日。

16. Nieuw Israëlietisch Weekblad［新イスラエル・ウィークリー］、1950年11月3日。アルノルト・ファン・デン・ベルフの告別式の報告。

第43章　厳重に守られた秘密

1. コース・グルーン、*Een prooi wordt jager: De Zaak van de joodse verraadster Ans van Dijk*（Meppel, Netherlands: Just Publishers, 2016）、142。アンス・ファン・ダイク、CABR、NI-HaNa、シーツ・ファン・デル・ゼー、*Vogelvrij: De jacht op de joodse onderduiker*（Amsterdam: De Bezige Bij, 2010）、361も参照。

2. イェルン・デ・ブライン、ヨープ・ファン・ヴェイク共著、*Anne Frank: The Untold Story: The Hidden Truth About Elli Vossen, the Youngest Helper of the Secret Annex,*（Laag-Soeren, Netherlands: Bep Voskuijl Productions, 2018）、241。

3. 連絡委員会（ヴェステルボルクに置かれていたユダヤ人評議会の出先機関）は移送免除の判定とリストの保管を担当していた。1944年の春、ヴェステルボルク収容所長のアルベルト・ゲンメーカーが連絡委員会のメンバーに対し、アムステルダムその他の場所に隠れているユダヤ人を見つけて現金と高価な宝石で自由を買いとる可能性があることを伝えるよう命じた。次の項目も参照――J・スクーンマーケル巡査、アッセン、オランダ、口頭（警察の報告書）、No. 414, 6-7, 戦争犯罪調査局58、1948年6月4日。報告書117ページ。

4. 1963年11月20日、オットーは『ヘット・フレィエ・フォルク』紙に連絡をとり、この供述を提供した。1963年11月22日付『ヘット・フレィエ・フォルク』、"De Oostenrijkse politieagent die Anne Frank arresteerde, bekent en legt uit: ik heb zojuist orders uitgevoerd"［アンネ・フランクを逮捕したオーストリア人曹長が告白と弁明：わたしは命令を実行しただけだ］。

5. オットー・フランクがミープ・ヒースに送った手紙、1963年12月1日、AFS。

6. エダ・シャピロ、リック・カルドン共著、*Victor Kugler: The Man Who Hid Anne Frank*（Jerusalem: Gefen Publishing House, 2004）、エダ・シャピロのいまは亡き夫、アーヴィング・ナフトリンと共著者リック・カルドンの努力により、ようやく出版された。

おわりに　幻影の街

1. キャロル・アン・リー、*The Hidden Life of Otto Frank*（New York: Harper Perennial, 2003）、314。

第42章　爆弾

1. 例えばアルゲメーン・ハンデルスブラット、1940年9月20日を参照。ファン・デン・ベルフ、スピア、ファン・ハッセルトが一緒に仕事をしていたことを明確に示す広告がいくつもある。https://www.delpher.nl/nl/kranten/results?coll=ddd&query=Bergh&cql%5B0%5D=%28date+_gte_+%2220-09-1940%22%29&cql%5B1%5D=%28date+_lte_+%2221-09-1940%22%29&redirect=true.
2. "ヴェステルボルクにおける連絡委員会の仕事"、証言の録取、シナリオライター組合、no. 50943、11。NIOD、Doc. 1、file no. 248-0294、no. 20、56も参照。
3. J・スクーンマーケル巡査、アッセン、オランダ、口頭（警察の報告書）、No. 414, 6-7、戦争犯罪調査局58、1948年6月4日。報告書は117ページ。
4. マリヌス・ファン・ビューレン刑事、警察の報告書、1948年3月16日、NIOD、Doc. 1、248-0040。
5. アルベルト・コンラート・ゲンメーカー、宣誓証言、フォルダー2（31）、1947年9月15日；ヴィリー・ラーゲス、宣誓証言、フォルダー2aと2b、CABR、目録ナンバー107491、t/m（to and including）VIII Box 1; both NI-HaNa。
6. エルンスト・フィリップ・ヘン、宣誓証言、1947年9月15日、目録ナンバー107491、t/m（to and including）VIII、CABR、NI-HaNa。
7. シーツ・ファン・デル・ゼー、*Vogelvrij: De jacht op de joodse onderduiker*（Amsterdam: De Bezige Bij, 2010）、361; NIOD Doc. 1、R・ポラック、Signaleentenblad lists、384-90。
8. PODがアルノルト・ファン・デン・ベルフにおこなった事情聴取、1945年7月12日、NI-HaNa、CABR-シェペルス。
9. ヴィンス・パンコークとブレンダン・ルーク、エステル・キジオにインタビュー、2019年2月26日。
10. ユダヤ人評議会の共同議長だった2人のうち、出廷したのはダーフィット・コーヘンのみ。イド・デ・ハーン、"*Jurys d'honneur:* The Stakes and Limits of Purges Among Jews in France After Liberation," in *Jewish Honor Courts: Revenge, Retribution, and Reconciliation in Europe and Israel after the Holocaust*、ラウラ・ヨクシュ、ハブリエル・N・フィンデル編（Detroit: Wayne State University Press, 2015）、124を参照。
11. 同上　122。
12. フィリップ・スタール、*Settling the Account*、スコット・ロリンズ訳（Bloomington, IN: iUniverse, 2015）、213。
13. オットー・フランクと『ヘット・パロール』紙の市内記事デスク、フリソ・エンツの会話。1960年代の初めにエンツと話をしたシーツ・ファン・デル・

目録ナンバー 22356、J・W・A・シェペルス、CABR 、NI-HaNa 。

6. ヴィンス・パンコークとブレンダン・ルーク、エステル・キジオにインタビュー、2019 年 2 月 23 日。

第 41 章　ハウトスティッケル事件

1. ケネス・D・アルフォード、*Hermann Goering and the Nazi Art Collection: The Looting of Europe's Art Treasures and Their Dispersal After World War II*（Jefferson, NC: McFarland, 2012）。
2. NARA 、合衆国戦略情報局、美術品略奪に関する捜査、統合捜査報告書 no.2、1945 年 9 月 15 日、ゲーリング・コレクション、NARA マイクロフィルム publicationM1782。
3. "調書 : ミードル事件（アロイス・ミードル）、35 ページ ," Fold3、https://www.fold3.com/document/270014387/.
4. アロイス・ミードル、NIOD 、Doc. 2、file no. 248-1699。
5. アンネ・フランク、*The Diary of a Young Girl: The Definitive Edition* 、1943 年 10 月 29 日、オットー・フランク & ミリヤム・プレスラー編（New York: Doubleday, 1995）、139。1943 年 10 月 29 日。1952 年、ハウトスティッケルの妻デジレが 7 年の係争をへて、オランダ政府からコレクションの一部をとりもどした。50 年以上たって、さらに 200 点の絵画がハウトスティッケルの相続人たちに返却された。Restitutie Commissie（返却委員会）報告書、2005 年。
6. L2731、1946 年 8 月 30 日におこなわれたヘルマン・ゲーリングの尋問について、ヘーラルト・アールデルス公文書室。ヘーラルト・アールデルスは作家であり、NIOD の元リサーチ担当者で、アムステルダムの自宅に彼個人の公文書室を持っていた。
7. エド・フォン・サヘル、*N.V. Kunsthandel J. Goudstikker. 'Overzicht van de gebeurtenissen in de periode van 31 December 1939 tot April 1952*［画商 J・ハウトスティッケル : 1939 年 12 月 31 日から 1952 年 4 月までの出来事の概要］、返却委員会報告書、2005 年、5。
8. ヴィンス・パンコークとブレンダン・ルーク、エステル・キジオにインタビュー、2019 年 2 月 23 日 ; 来歴調査プロジェクト報告書、2000 年、52。
9. エミリエ・ハウトスティッケル、ユダヤ人評議会発行の身分証、アーロルゼン公文書館、バート・アーロルゼン、ドイツ。
10. アムステルダム市立公文書館 PC 、住民票、オラニエ・ナッサウラーン 60。
11. J・C・ベルリプス、オランダのレジスタンス組織へのメモ、1945 年 4 月 4 日、アロイス・ミードル、NIOD 、Doc. 2、file no. 20200610。
12. ヘンリエッテ・フォン・シーラッハ、*Der Preis der Herrlichkeit* 、CCT のリサーチ担当チーフ、ピーテル・ファン・トウィスク訳（Munich: Herbig, 2003）。

ス・チーム訳、1958年3月31日、AFS。

7. オットーとフリンハウスのこの対立場面が描かれているのは、キャロル・アン・リーの *The Hidden Life of Otto Frank*（New York: Harper Perennial, 2003）、219。また、ダーフィット・バルノウとヘーロルト・ファン・デル・ストロームの調査をまとめた“Who Betrayed Anne Frank?”にも記されている。いずれも自分の主張に自信を持ち、ジルバーバウアー Doc. 1 file にこのやりとりが記録されていると述べたが、CCTが徹底的に捜したものの、情報の出所を突き止めることはできなかった。しかしながら、3人とも記録のことは間違いないと断言している。おそらく、ファイルが失われたか、とり除かれたか、もしくは、誤った場所にファイルされたのだろう。

第39章　タイピスト

1. CCT、フルーワ・ファン・デル・ハウエンにインタビュー、2019年9月26日。
2. ハンネルース・ペンの記事、“Moffenmeid' tante Thea was niet alleen fout,”の写真参照、『ヘット・パロール』2016年7月8日、https://www.parool.nl/nieuws/moffenmeid-tante-thea-was-niet-alleen-fout~baf4ccfc/.
3. ヨス・スメーツ、トミー・ファン・エス、フース・メールスフーク編、*In de frontlinie: Tien politiemannen en de duitse bezetting*［前線にて：10人の警官とドイツによる占領］（Amsterdam: Boom, 2014）、155。
4. ヤン・ホプマンを参照、*Zwijgen over de Euterpestraat: Op het hoofdkwartier van de Sicherheitsdienst in Amsterdam gingen in 1944 verraad en verzet hand in hand*［1944年、アムステルダムの保安機関の本部では、裏切りとレジスタンス活動が協力しあっていた］（Zoetermeer, Netherlands: Free Musketeers, 2012）、50。
5. ヤン・ホプマン、*De wedergeboorte van een moffenmeid: Een verzwegen familiegeschiedenis*（Meppel, Netherlands: Just Publishers, 2016）。
6. “ホーヘンスタイン、コルネリア・ヴィルヘルミナ・テレジア（1918-1956),” DVN、http://resources.huygens.knaw.nl/vrouwenlexicon/lemmata/data/Hoogensteijn.

第40章　孫娘

1. テイス・バイエンス、エステル・キジオにインタビュー、2018年2月15日；ヴィンス・パンコークとブレンダン・ルーク、エステル・キジオにインタビュー、2019年2月23日。
2. テイス・バイエンス、エステル・キジオにインタビュー、アムステルダム、2018年2月15日。
3. テイス・バイエンス、エステル・キジオにインタビュー、2018年2月15日。
4. J・W・A・シェペルス、nos. 86395 and 22356、CABR、NI-HaNa。
5. アルノルト・ファン・デン・ベルフにインタビュー、POD、1945年7月12日、

1943年10月15日、CBG file、NI-HaNa; LIRO、カルマイヤーのオフィス宛の手紙、ハーグ、1943年11月29日。

11. 目録ナンバー22356、J・W・A・シェペルス、CABR、NI-HaNa. 弁護士の名前はヤーコプ・ファン・プロースダイとA・N・コッテイング。
12. 不動産登記記録、ノールト゠ホランズ公文書館、ハールレム。
13. CCT、レヒナ・ソフィア・サッレにインタビュー、2019年10月14日。
14. アムステルダム市立公文書館、個人カード（PC)、アルノルト・ファン・デン・ベルフ。
15. カルマイヤー、A・ファン・デン・ベルフに関する手紙、1944年1月22日、CBG、NI-HaNa。
16. NI-HaNa、CABR 554、エドゥアルト・ムースベルヘン。
17. 同上。PRA捜査ファイル no.60678.
18. 同上。

第37章　活動を始めた専門家たち

1. W・ファヘル、CCTのために作成した筆跡比較に関する報告書、2019年8月2日。
2. アンネ・フランク、*The Diary of Anne Frank: The Revised Critical Edition,* ダーフィット・バルノウとヘーロルト・ファン・デル・ストローム編、アルノルト・J・ポメランス、B・M・モーヤールト゠ダブルデイ、スーザン・マソッティ共訳（New York: Doubleday, 2003)。
3. B・ハース、CCTのために作成したタイプフェイス鑑定報告書、2019年8月21日。

第38章　友達のあいだのメモ

1. アルゲメーン・ハンデルスブラット、1940年9月20日（ゼネラル・トレード・マガジン――売買取引と立ち会った公証人を記載)。
2. CCT、ヤーコプ・ファン・ハッセルトの甥のロン・ファン・ハッセルトにインタビュー、2019年8月12日。
3. 同上。
4. "ヤーコプ・ファン・ハッセルト"、ユダヤ人追悼碑、https://www.joodsmonument.nl/en/page/201758/karla-hinderika-van-hasselt、https://www.joodsmonument.nl/en/page/201760/els-van-hasselt.
5. アーレント・J・ファン・ヘルデン（国家警察犯罪捜査部、アムステルダム)、略式報告書、1964年11月3日、18-19; NIOD、Doc. 1 ファン・マーレン。
6. ヨハンネス・クレイマン、オットー・フランクに宛てた手紙、コールドケー

6. ボブ・ムーア、*Victims and Survivors*、131-32。

7. 同上　119-23。

8. イド・デ・ハーン、"*Jurys d'honneur*: The Stakes and Limits of Purges Among Jews in France After Liberation," in *Jewish Honor Courts: Revenge, Retribution, and Reconciliation in Europe and Israel after the Holocaust*、ラウラ・ヨクシュ、ハブリエル・N・フィンデル編（Detroit: Wayne State University Press, 2015)、124。

第35章　見直し

1. ヨアヒム・バイエンスとロリー・デッケル共訳。

2. キャロル・アン・リー、*The Hidden Life of Otto Frank*（New York: Harper Perennial, 2003)、219; そして、ダーフィット・バルノウとヘーロルト・ファン・デル・ストローム、"Who Betrayed Anne Frank?," NIOD、https://www.niod.nl/sites/niod.nl/files/WhobetrayedAnneFrank.pdf. を参照。これらの作家は手紙の件に触れたものの、却下している。

3. ミリヤム・ボル、*Ik zal je beschrijven hoe een dag er hier uitziet*［ここでの一日がどのようなものか、お話ししましょう］、シャネッテ・K・リンゴルド訳、(Amsterdam: Contact, 2003)、41。

第36章　オランダの公証人

1. ユダヤ人評議会議事録、Joodsche Raad voor Amsterdam NIOD、file 182-1.3。

2. レームンド・シュッツ、ヴィンス・パンコークへの手紙、2020年10月1日。

3. ハンス・ティッチェ、file no. 248-1699、NIOD Doc. I。CCTはティッチェが力になったと主張する人々の名前が出ている文書を見つけだした。そのリストには、ファン・デン・ベルフが5人と、ユダヤ人評議会のメンバーのA・スーップが出ていた。

4. ハンス・ティッチェ、File no. 248-1699、NIOD Doc. 2。

5. レームンド・シュッツ、*Kille mist: Het nederlands notariaat en de erfenis van de oorlog*（Amsterdam: Boom, 2016)、163。

6. "Nuremberg Race Law Teaching Chart for Explaining Blood Purity Laws," を参照。合衆国ホロコースト記念博物館、https://collections.ushmm.org/search/catalog/irn11299.

7. A・ファン・デン・ベルフ、カルマイヤーの保管文書、系図調査中央局（以下CBG）NI-HaNa。

8. 同上。

9. 同上。

10. J・W・A・シェペルス、リップマン＝ローゼンタール銀行（以下LIRO)、

21. ファイル91980、F・プレイ、CABR、NI-HaNa。終戦後、プレイは食料切符の違法売買で起訴された。ときには1カ月で4,000ギルダーという大儲けをすることもあった。

22. シーツ・ファン・デル・ゼー、*Vogelvrij: De jacht op de joodse onderduiker*（Amsterdam: De Bezige Bij, 2010）。

23. リシャルト・ヴェイスのユダヤ人評議会発行のカード（1944年5月26日、ヴェステルボルク収容所入所）；レオポルト・デ・ヨング、逮捕記録（6月）と入所記録（7月、ヴェステルボルク収容所入所）；両方ともヴェステルボルク通過収容所記念センター公文書室。

24. ヴェステルボルク収容所への移送リスト、オランダ赤十字公文書室。

25. アンネ・フランク、*The Diary of a Young Girl: The Definitive Edition*、1944年4月11日、オットー・フランク＆ミリヤム・プレスラー編（New York: Doubleday, 1995）、257。

26. 警察の捜査報告書/P・スハープに対する調書、POD フローニンヘン、no. 67、SI- M-33/45、1945年8月14日、NIOD Doc. 2、ヨアヒム・バイエンスとロリー・デッケル訳。

27. ヘンドリク・ファン・フーフェン、回想録、AFS; CCTがステフ・ファン・フーフェンをインタビュー、2019年2月27日、7月10日。

28. ヨハンネス・ヘーラルト・コーニングの供述、1948年7月6日、CABR、NI-HaNa。

29. 映画『アンネの日記』、監督ジョージ・スティーヴンス。

30. 寄稿ドール・ヴィレム、“De groenteman van de familie Frank leeft nog,”（アンネ・フランクの八百屋はいまも生きている）、コールドケース・チーム訳、『ヘット・パロール』、1972年2月26日。

第34章　ユダヤ人評議会

1. ボブ・ムーア、*Victims and Survivors: The Nazi Persecution of the Jews in the Netherlands 1940-1945*（London: Arnold, 1997）、75。

2. 同上　95-96。

3. 同上　96。ムーアはユダヤ人評議会の移住＆難民課の責任者だったゲルトルッド・ファン・ティーン＝コーンの回想録の一部を引用。

4. 同上　132。フィリップ・メカーニクスが彼の著書、*In dépôt: Dagboek uit Westerbork*（Laren, Netherlands: Uitgeverij Verbum, 2008）にこのことを書いている。213。

5. ヴィリー・リンドウェール、*The Last Seven Months of Anne Frank: The Stories of Six Women Who Knew Anne Frank*, アリスン・メールスカールト訳。（New York: Pan Macmillan, 2004）、24。

3. ヘンドリク・ファン・フーフェン、回想録、AFS。モニク・クーマンスとクリスティネ・ホステがステフ・ファン・フーフェンをインタビュー、2019年2月27日、7月10日。
4. ヨハンネス・ヘーラルト・コーニング、CABR、NI-HaNa。ファイルを見ると、早朝の摘発の様子が詳細に述べてあり、摘発に赴いたⅣ B4課のオランダ人警官たちの名前も出ている。
5. アンネ・フランク、*The Diary of Anne Frank: The Revised Critical Edition*、1944年5月25日、ダーフィット・バルノウとヘーロルト・ファン・デル・ストローム編、アルノルト・J・ポメランス、B・M・モーヤールト゠ダブルデイ、スーザン・マソッティ共訳（New York: Doubleday, 2003)、681。
6. この収容所のドイツ名はKonzentrationslager Herzogenbusch。ヘンドリク・ファン・フーフェン、回想録、AFS。モニク・クーマンスとクリスティネ・ホステが2019年2月27日と7月10日に、ステフ・ファン・フーフェンにおこなったインタビューを参照。
7. ヘリット・ファン・デル・フォルストによるリサーチ、Buun、2014年、133。彼の兄は正反対のタイプだった。第一次世界大戦中はドイツのために二重スパイをやり、スパイ活動の使命を帯びてアメリカへ送られた。
8. “マックス・メイレル”、Joods Monument、https://www.joodsmonument.nl/nl/page/402501/max-meiler.
9. ヘンドリク・ファン・フーフェン、回想録、AFS。
10. 同上。
11. 記録ナンバー／オランダの赤十字に電話をかけて教えてもらった。
12. モニク・クーマンスとピーテル・ファン・トウィスク、ヴェステルボルク通過収容所記念センターのキュレーター、グウィード・アブィースにインタビュー、2018年10月10日。
13. 同上。
14. ヘンドリク・ファン・フーフェン、回想録、AFS。
15. ボブ・ムーア、*Victims and Survivors: The Nazi Persecution of the Jews in the Netherlands 1940-1945*（London: Arnold,1997)、133。
16. ヴェイス夫妻（リシャルトとルート)、入所記録、ヴェステルボルク通過収容所記念センター。
17. アド・ファン・リンプト、*Hitler's Bounty Hunters: The Betrayal of the Jews*, S・J・ラインバッハ訳（New York: Berg, 2005)、129。
18. F・プレイとP・スハープ、CABR、NI-HaNa。
19. ヘリット・モセルの証言、POD、フローニンヘン、P・スハープ、CABR、NI-HaNa。
20. F・プレイとP・スハープ、CABR、NI-HaNa。

も参照。

第32章　実質的な証拠ゼロ　Part II

1. アーレント・J・ファン・ヘルデン（国家警察犯罪捜査部、アムステルダム）、ヴィレム・フローテンドルストを事情聴取、1964年1月7日；アーレント・J・ファン・ヘルデン、ヘイジヌス・フリンハウスを事情聴取、1963年12月23日、NIOD、Doc. 1 ファン・マーレン。
2. アーレント・J・ファン・ヘルデン（国家警察犯罪捜査部、アムステルダム）、略式報告書、1964年12月3日、NIOD、Doc 1 ファン・マーレン。
3. アーレント・J・ファン・ヘルデン（国家警察犯罪捜査部、アムステルダム）、ヴィレム・ファン・マーレンを事情聴取、1964年10月6日、NIOD、Doc. 1 ファン・マーレン。
4. アーレント・J・ファン・ヘルデン（国家警察犯罪捜査部、アムステルダム）、検察官に最終報告書提出。1964年11月6日。
5. キャロル・アン・リー、*The Hidden Life of Otto Frank*（New York: Harper Perennial, 2003）、123。
6. ウンベルト・バッキは著書*Anne Frank: Book Identifies Betrayer as Helper's Sister and Gestapo Informer Nelly Voskuijl*のなかで、密告電話をかけた女性に関する噂を永遠のものにしたが（『インターナショナル・ビジネス・タイムズ』誌、2015年4月9日）、具体的な証拠は示さなかった。また、アムステルダムの〈アンネ・フランク財団〉の教育プロジェクト主任ヤン・エーリック・ドゥベルマンに、2019年7月8日に彼がおこなったインタビューも参照。
7. サイモン・ヴィーゼンタール、*The Murderers Among Us: The Simon Wiesenthal Memoirs*、ヨーゼフ・ウェヒスベルク編（New York: Bantam Books, 1968）、182。
8. メーブル巡査部長、L・ハルトフに事情聴取、1948年3月20日、PRA。
9. メーブル巡査部長、J・クレイマンに事情聴取、1948年1月12日、PRA。
10. ヴィンス・パンコーク、メリッサ・ミュラーにインタビュー、ミュンヘン、2019年2月14日。

第33章　八百屋

1. エルンスト・シュナーベル、*The Footsteps of Anne Frank*、ウィンストン夫妻（クララとリチャード）訳（Harpenden, UK: Southbank Publishing, 2014）、95-96。
2. E・シュナーベルが語るこのエピソードは1957年にヘンドリク・ファン・フーフェンを訪ねたときのもの。2019年2月27日には、モニク・クーマンスとクリスティネ・ホステが息子のステフ・ファン・フーフェンにインタビューしている。

見される]、『フォルクスクラント』紙、1963年11月21日。

12. キャロル・アン・リー、*The Hidden Life of Otto Frank*（New York: Harper Perennial, 2003）、278。

13. ミープ・ヒース、アリスン・レスリー・ゴールド共著、*Anne Frank Remembered: The Story of the Woman Who Helped to Hide the Frank Family*（New York: Simon & Schuster, 2009）、196。

14. エダ・シャピロ、リック・カルドン共著、*Victor Kugler: The Man Who Hid Anne Frank*（Jerusalem: Gefen Publishing House, 2008）、54。

15. スケーレル刑事（国家警察犯罪捜査部、アムステルダム）、ミープ・ヒースを事情聴取、1963年5月3日、NIOD、Doc. 1 ファン・マーレン。

16. 『デ・フローネ・アムステルダンメル』誌、1986年に以前の記事の完全版を転載。シューレス・フッフ、"Listen, We Are Not Interested in Politics" を参照。『デ・フローネ・アムステルダンメル』誌、1986年5月14日。

17. ヴィーゼンタール、*The Murderers Among Us*、180。

18. カール・ヨーゼフ・ジルバーバウアー、署名入り供述書、1963年11月25日、ヨアヒム・バイエンス訳、オーストリア連邦内務省、オーストリア国立公文書館、VieNI-HaNa。

19. イェルン・デ・ブライン、ヨープ・ファン・ヴェイク共著、*Anne Frank: The Untold Story: The Hidden Truth About Elli Vossen, the Youngest Helper of the Secret Annex*（Laag-Soeren, Netherlands: Bep Voskuijl Productions, 2018）、191。

20. フッフ、"Listen, We Are Not Interested in Politics"。

第31章　ミープが知っていたこと

1. ミープ・ヒース、Wallenberg Lecture、ミシガン大学、1994年10月11日。

2. ドレイク・ベーア、"秘密を守る本当の理由はきわめて厄介——心理学者の考察より"、『ザ・カット』誌、2016年6月1日、https://www.thecut.com/2016/06/real-reason-keeping-secrets-is-hard.html.

3. キャロル・アン・リー、*The Hidden Life of Otto Frank*（New York: Harper Perennial, 2003）、322-23に引用。

4. ヴィンス・パンコーク、ヨン・ニーマン神父にインタビュー、2019年2月19日。

5. イェルン・デ・ブライン、ヨープ・ファン・ヴェイク共著、*Anne Frank: The Untold Story: The Hidden Truth About Elli Vossen, the Youngest Helper of the Secret Annex*（Laag-Soeren, Netherlands: Bep Voskuijl Productions, 2018）、169。

6. ヒース夫妻（ミープとヤン）、ヒッケ・イッペスが『NRCハンデルスブラット』紙に寄稿した"表側の家からの声"に引用される、1981年3月14日。また、デ・ブラインとファン・ヴェイク共著*Anne Frank: The Untold Story*、169

6. アーレント・J・ファン・ヘルデン（国家警察犯罪捜査部、アムステルダム）、オットー・フランクを事情聴取、1963年12月2日、3日、NIOD、Doc. 1 ファン・マーレン。
7. ヤン・レインデルス、*Report: Telefoonnet Amsterdam 1940-1945*、2019年3月25日。コールドケース・チームへの報告書、非公開。
8. ヘルトヤン・ブルーク、"《隠れ家》の住人の密告＆逮捕に関する調査報告書"、2016年12月、〈アンネ・フランク財団〉、https://www.annefrank.org/en/downloads/filer_public/4a/c6/4ac6677d- f8ae-4c79-b024-91ffe694e216/an_investigative_report_on_the_betrayal_and_arrest.pdf, 8. ブルークはこの供述が誤解されてきたと結論を出した。ジルバーバウアーの供述が正確であるという前提条件に基づいているからだ。

第30章　フランク一家を逮捕した男、ウィーンで発見される

1. サイモン・ヴィーゼンタール、*The Murderers Among Us: The Simon Wiesenthal Memoirs*、ヨーゼフ・ウェヒスベルク編（New York: Bantam Books, 1968）、171-72。
2. 同上　174。
3. 同上　177。
4. ハリー・パーペ（NIODの当時の研究所長）、ミープ・ヒースにインタビュー、1985年2月18日、27日、NIOD。
5. ヴィーゼンタール、*The Murderers Among Us*、175。ヴィーゼンタールはクーフレルが綴りを間違えたのだと思って、Silvernagl を Silbernagel という、オーストリアによくある名字に変えた。
6. 同上、178。CBS制作のドキュメンタリー番組 "Who Killed Anne Frank?" のなかで、RIOD（現在のNIOD）の所長ラウ・デ・ロングは、ジルバーバウアーの名前が出ている電話帳をヴィーゼンタールに渡したのは自分だと主張した。
7. トニー・パターソン、"Nazi Who Arrested Anne Frank Became a Spy for West Germany,"、『インディペンデント』紙、2011年4月11日。
8. "Der Mann, der Anne Frank verhaftete"［アンネ・フランクを逮捕した男］、『フォルクスティム』紙、1963年11月11日。
9. サイモン・ヴィーゼンタール、オーストリア連邦内務省のドクター・ヴィージンガーに送った手紙、1963年11月15日、AFS。
10. "Nieuw onderzoek naar het verraad van familie Frank"［フランク一家が密告された件に関する新たな調査］、『ヘット・フレィエ・フォルク』紙、1962年11月27日。また、次の記事も参照。"Frank wist wie hem weghaald"［フランクは誰に密告されたかを知っていた］（コールドケース・チーム訳）『テレグラフ』紙、1963年11月22日。
11. "SS'er die gezin Frank arresteerde, gevonden"［フランク一家を逮捕した男、発

22. ネリー・フォスキュイル、AC（個人カード）、フローニンヘン公文書館。ベン・ヴェフマンの非公開の調査によって、ネリーがフローテ・ローゼンストラート14番地、ステーンティルストラート47番地、ゲデッムプッテ・スィダーディーップ25a番地だけでなく、ノールデルスタチオンスストラート20番地にも2カ月間住んでいたことがわかった。このヴェフマンの調査とデルファーの検索から、ネリーの仕事とフット家に関するディニーの記憶が正確であることがわかる。ネリーは1945年10月26日から1947年5月23日まで、フローテ・ローゼンストラート14番地で店をやっていた寡婦、A・ヘンドリクスのところで住込み店員をしていたが、やがて、ノールデルスタチオンスストラート20番地へ移った。そこは、フット家の息子が妻と幼い赤ん坊と暮らす家だった。2カ月後の1947年7月28日、ネリーはゲデッムプッテ・スィダーディーップ25a番地へ越した。そちらの家には、フット家の家長ホーゼン・テオ・フットの経営するカフェが併設されていたので、ネリーは住込みのメイドとして住民登録をした。この情報と、"フット一家"はネリーの友達だったというヨープ・ファン・ヴェイクの曖昧なコメントを合わせて考えると、1945年10月26日から1953年4月8日までのあいだ、彼女が刑務所にいた事実はないことが裏づけられる。アムステルダムに戻っていたのだから。

23. ブラインとヴェイク、*Anne Frank: The Untold Story*、233。

24. CCT、ヨープ・ファン・ヴェイクにインタビュー、2018年12月7日。

25. この問いに答えを出すため、CCTは文書の検索のほかに広範囲にわたるインタビューをおこなった。メリッサ・ミュラーと話をし、ヨープ・ファン・ヴェイクに2回、イェルン・デ・ブラインに1回、それぞれにインタビューをおこなった。ベルテュス・フルスマンには、AFSのリサーチ担当者、ディネケ・スタムがインタビューをおこなった。ディニー・フォスキュイルには、彼女の健康状態が思わしくなかったため、インタビューはできなかったが、彼女が2015年に『フォルクスクラント』紙のインタビューに応じたときの記録を、CCTのメンバーが精査した。また、アマチュア系図研究者で、自分の一族を広範囲に調べてきたヒューホ・フォスキュイルにもインタビューをした。

第29章　記憶を探る

1. エフェリン・ヴォルフ、ヴィクトル・クーフレルにオーディオ・インタビュー、1972年、AFS。

2. エルンスト・シュナーベル、*The Footsteps of Anne Frank* 執筆のためのオリジナル・メモ、1957年、マルバッハ・ドイツ文学資料館。

3. "A Tragedy Revealed,"『ライフ』誌、1958年8月18日、78-90。

4. エルンスト・シュナーベル、*The Footsteps of Anne Frank*、ウィンストン夫妻（クララとリチャード）訳（Harpenden, UK: Southbank Publishing, 2014)、129。

5. 同上。

キュイルにインタビュー、2011年11月14日、AFS。

6. ネリー・フォスキュイル、ドイツのビザ申請書、交付ナンバー19612、1942年12月18日、アムステルダム市立公文書館。ヘルトヤン・ブルーク、"《隠れ家》の住人の密告&逮捕に関する調査報告書"も参照。〈アンネ・フランク財団〉、2016年12月、https://www.annefrank.org/en/downloads/filer_public/4a/c6/4ac6677d-f8ae-4c79-b024-91ffe694e216/an_investigative_report _on_the_betrayal_and_arrest.pdf, 19.

7. テレージエン・ダ・シルファ、ディニー・フォスキュイルにインタビュー、2011年11月14日、AFS。

8. イェルン・デ・ブラインとヨープ・ファン・ヴェイク、ベルテュス・フルスマンをインタビュー、2014年2月20日、アムステルダム。*Anne Frank: The Untold Story*、102を参照。

9. CCT、ヨープ・ファン・ヴェイクをインタビュー、2018年12月7日。

10. アンネ・フランク、*The Diary of Anne Frank: The Revised Critical Edition*, 1944年5月6日、ダーフィット・バルノウとヘーロルト・ファン・デル・ストローム編、アルノルト・J・ポメランス、B・M・モーヤールト＝ダブルデイ、スーザン・マソッティ共訳（New York: Doubleday, 2003)、655。

11. アンネ・フランク、1944年5月11日の日記、同書668。

12. アンネ・フランク、1944年5月19日の日記、同書674。

13. イェルン・デ・ブラインとヨープ・ファン・ヴェイク共著 *Bep Voskuijl, het zwijgen voorbij: En biografie van de jongste helpster van het Achterhuis* (Amsterdam: Prometheus Bert Bakker, 2018)、192。Rhijja Jansen、"Dat Nelly fout was, daar werd nooit over gesproken," Volkskrant、2018年4月26日。

14. ブラインとヴェイク共著 *Anne Frank: The Untold Story*、102; イェルン・デ・ブラインとヨープ・ファン・ヴェイク、ベルテュス・フルスマンをインタビュー、2014年2月20日、アムステルダム。

15. ディネケ・スタム、ベルテュス・フルスマンにインタビュー、AFS、テープ1、時刻：25:30、AFS。

16. 同上、テープ2、時刻：19:15。

17. 同上、テープ2、時刻：10:51。

18. ヴィンス・パンコーク、メリッサ・ミュラーにインタビュー、ミュンヘン、2019年2月17日。

19. CCT、ゲルロフ・ランゲッレィースにインタビュー、2019年3月28日。

20. ヨープ・ファン・ヴェイク、ヒューホ・フォスキュイルにインタビューし、メールも交換。

21. 目録13, 15, 17, 22。強制収容所の文書保管室、1943-1950、フローニンヘン公文書館。

10. CCT、ルイス・デ・フロートをインタビュー、ワシントンDC、2018年5月30日。

11. シーツ・ファン・デル・ゼー、*Vogelvrij: De jacht op de joodse onderduiker*（Amsterdam: De Bezige Bij, 2010）、361。

12. ミース・デ・レフトの供述、1945年11月11日、シルセ・デ・ブラウン訳、アンス・ファン・ダイク、CABR、NI-HaNa。

第27章　実質的な証拠ゼロ　Part I

1. ヨハンネス・クレイマン、PODに送った手紙、1945年2月、file no. 23892、CABR、NI-HaNa。この日付はおそらく誤り。捜査を要求する手紙を、クレイマンが1945年2月にPOD宛に書くことはできなかったはずだ。
2. オットー・フランク、アリス・フランク＝ステルンに送った手紙、1945年11月11日、reg. code Otto Frank Archive-72、AFS。
3. ヨハンネス・クレイマン、アムステルダム警察政治犯罪捜査部（以下PRA）に送った手紙、1947年7月16日、NI-HaNa、CABR、W・ファン・マーレン。
4. 同上。
5. 同上。
6. ヴィレム・ファン・マーレンの事情聴取、PRAの捜査報告書、1948年2月2日、ヴィレム・ファン・マーレン、CABR、NI-HaNa。
7. 同上。
8. PRA、捜査報告書、1948年、資料ナンバー61196、ヴィレム・ファン・マーレン、CABR、NI-HaNa。
9. 資料ナンバー6634、1949年8月13日の協議、ヨアヒム・バイエンスとロリー・デッケル共訳、州裁判所、アムステルダム、ヴィレム・ファン・マーレン、CABR、NI-HaNa。

第28章　仲間のユダヤ人のところへ行きなさいよ！

1. エルンスト・シュナーベル、*The Footsteps of Anne Frank*、ウィンストン夫妻（クララとリチャード）訳（Harpenden, UK: Southbank Publishing, 2014）、103。
2. ヴィンス・パンコーク、ヨープ・ファン・ヴェイクをインタビュー、コールドケース・チームのオフィス、ヘーレンフラハト、2018年12月7日。
3. 警察の捜査ファイル、1941年11月1日、アムステルダム市立公文書館。
4. イェルン・デ・ブライン、ヨープ・ファン・ヴェイク共著、*Anne Frank: The Untold Story: The Hidden Truth About Elli Vossen, the Youngest Helper of the Secret Annex*（Laag-Soeren, Netherlands: Bep Voskuijl Productions, 2018）、99。
5. テレージエン・ダ・シルファ（〈アンネ・フランク財団〉）、ディニー・フォス

Frank Betrayed: The Mystery Unravelled After 75 Years というタイトルで出版された。

3. ミープ・ヒース、アリスン・レスリー・ゴールド共著、*Anne Frank Remembered: The Story of the Woman Who Helped to Hide the Frank Family*（New York: Simon & Schuster, 2009）、121。
4. イェルン・デ・ブライン、ヨープ・ファン・ヴェイク共著、*Anne Frank: The Untold Story: The Hidden Truth About Elli Vossen, the Youngest Helper of the Secret Annex*（Laag-Soeren, Netherlands: Bep Voskuijl Productions, 2018）、52-53。

第25章　ユダヤ人ハンターたち

1. アド・ファン・リンプト、*Hitler's Bounty Hunters: The Betrayal of the Jews,* S・J・ラインバッハ訳（New York: Berg, 2005）、46-57。
2. エヴァ・シュロス、カレン・バートレット共著、*After Auschwitz: A Story of Heartbreak and Survival by the Stepsister of Anne Frank*（London: Hodder & Stoughton, 2013）、94-96。
3. エドゥアルト・ムースベルヘン、248-0575A、NIOD、Doc. 1。CABR ファイルのコピーは NI-HaNa に。
4. エドゥアルト・ムースベルヘン、248-1163A、NIOD、Doc. 1。CABR ファイルのコピーは NI-HaNa に。

第26章　V－フラウ

1. アンス・ファン・ダイク、CABR、NI-HaNa。
2. ボブ・ムーア、*Victims and Survivors: The Nazi Persecution of the Jews in the Netherlands 1940-1945*（London: Arnold,1997）、209。
3. アンス・ファン・ダイク、CABR、NI-HaNa。
4. コース・グルーン、*Een prooi wordt jager: De Zaak van de joodse verraadster Ans van Dijk*（Meppel, Netherlands: Just Publishers, 2016）、90。
5. サミュエル・クラウス・フーネケ、"The Duplicity of Tolerance: Lesbian Experiences in Nazi Berlin," *Journal of Contemporary History* 54(1): 30-59。
6. ミース・デ・レフトの供述、1945年11月11日、シルセ・デ・ブラウン訳、アンス・ファン・ダイク、CABR、NI-HaNa。
7. グルーン、*Een prooi wordt jager*、123。
8. ヴィリー・リンドウェール、*The Last Seven Months of Anne Frank: The Stories of Six Women Who Knew Anne Frank,* アリスン・メールスカールト訳（New York: Pan Macmillan, 2004）、169-70。
9. アンドリース・ポスノのケース、ファン・ダイクを信用して家族と支援者に関する情報を打ち明けた。アンス・ファン・ダイク、CABR、NI-HaNa。

14.『デ・ヴァールヘイト』紙（真実という意味）、1945年12月。File 22、NIOD。
15. オットー・フランク、トニー・アーレルスに関する手紙、no. 19450830, 1945年7月20日。トニー・アーレルス、CABR、file 18、NIOD。
16. シュナーベル、*The Footsteps of Anne Frank*、77。
17. ヘルトヤン・ブルーク、"《隠れ家》の住人の密告＆逮捕に関する調査報告書"、〈アンネ・フランク財団〉、2016年12月、https://www.annefrank.org/en/downloads/filer_public/4a/c6/4ac6677d-f8ae-4c79-b024-91ffe694e216/an_investigative_report_on_the_betrayal_and_arrest.pdf, 17.
18. リー、*The Hidden Life of Otto Frank*、315-16。
19. ダーフィット・バルノウとヘーロルト・ファン・デル・ストローム、"誰がアンネ・フランクを密告したのか？"、NIOD、https://www.niod.nl/sites/niod.nl.

第22章　近所の人々

1. 次のサイトの地図を参照。https://www.google.com/maps/d/viewer?mid=1BfecsUvhYhQqXVDX6NgQpohdMV4&ll=52.37625107530956%2C4.860590119128467&z=12（SDに使われていた情報屋とV－パーソン）。追跡用データベースはアムステルダムの〈オムニア〉のコンピュータ・サイエンティストたちがCCTのために作ってくれた。
2. イェルン・デ・ブライン、ヨープ・ファン・ヴェイク共著、*Anne Frank: The Untold Story: The Hidden Truth About Elli Vossen, the Youngest Helper of the Secret Annex*（Laag-Soeren, Netherlands: Bep Voskuijl Productions, 2018）、98。

第23章　ナニー

1. ヌーシュカ・ファン・デル・メイデン、"Amerikaans Coldcaseteam onderzoekt verraad Anne Frank,"『ヘット・パロール』紙、2017年9月30日、https://www.parool.nl/nieuws/amerikaans-coldcaseteam-onderzoekt-verraad-anne-frank~b543dae7/.
2. 政治犯監視財団（以下STPD）、ヤコブス・ファン・カンペン、file no. 21103.85111、CABR、NI-HaNa。
3. アムステルダム警察事件報告書、1944年3月8日、アムステルダム市立公文書館。

第24章　もうひとつの説

1. ヘーラルト・クレメル、ブック・プロモーションでのスピーチ、ヴェステルボルク教会、アムステルダム、2018年5月25日、CCTのメンバーも出席。
2. 2020年、*De achtertuin van het achterhuis*［《隠れ家》の裏庭］の英語版が*Anne*

た手紙、1945年8月21日、no. 23834、Nl-HaNa。

5. ヴィンス・パンコーク、エーリック・ブレメルにインタビュー、2017年4月23日、アムステルダム。
6. ヨブ・ヤンセン、CABR、NI-HaNa、ヨアヒム・バイエンスとロリー・デッケル共訳。
7. ファン・レーネン、ヨーゼフス・マリヌス・ヤンセンに関する捜査、1948年6月2日。
8. ヨブ・ヤンセン、CABR、NI-HaNa。
9. カントン裁判官、アムステルダム、特別法廷、ヨーゼフス・マリヌス・ヤンセンに対する審理。1949年3月21日。

第21章　脅迫者

1. エルンスト・シュナーベル、*The Footsteps of Anne Frank*、ウィンストン夫妻（クララとリチャード）訳（Harpenden, UK: Southbank Publishing, 2014）、77。
2. 同上　78。
3. アムステルダム市立公文書館、プリンセンフラハト253番地のRC（住民票）。住所はA（トニー）・アーレルスの母親のもの。
4. キャロル・アン・リー、*The Hidden Life of Otto Frank*（New York: Harper Perennial, 2003）、125。
5. シーツ・ファン・デル・ゼー、*Vogelvrij: De jacht op de joodse onderduiker*（Amsterdam: De Bezige Bij, 2010）、21。
6. オットー・フランク、BNVに送った手紙、1945年8月21日、トニー・アーレルス、CABR、NI-HaNa。
7. トニー・アーレルス、CABR、NI-HaNa。
8. アムステルダム市立公文書館、A（トニー）・アーレルスのAC（個人カード）、救世軍の児童養護施設で登録――施設内でのアーレルスの評価_適応できない_両親離婚、フェレーネヒング・ノーラというネグレクトされた子供のための施設へ移される。
9. NI-HaNa、CABR、アントン（トニー）・アーレルス;『デ・テレフラーフ』紙に出た公共物損壊の記事04-03-1939。
10. ヨーゼフ・ファン・ポッペル、CABR、NI-HaNa。
11. 『デ・テレフラーフ』紙の記事、アーレルスの写真つき、1941年2月18日、アントン（トニー）・アーレルス、CABR、NI-HaNa。
12. トニー・アーレルス、CABR、NI-HaNa。
13. トニー・アーレルス、社会福祉課のファイルメモ、アムステルダム市立公文書館。

7. アーサー・アンガー、オットー・フランクにインタビュー、ニューヨーク、1977年、AFS。
8. シュロス、*After Auschwitz*、225。
9. オットー・フランク、メイエル・レフィンに宛てた手紙、1952年7月8日、リー、*The Hidden Life of Otto Frank*に引用、238。
10. リー、*The Hidden Life of Otto Frank*、251。
11. ロータル・シュミット、オットー・フランクに宛てた手紙、1959年6月、ダーフィット・デ・ヨング制作のドキュメンタリー映画*Otto Frank. Vander van Anne*［オットー・フランク、アンネの父］（2010）のなかで引用。イェルン・デ・ブライン、ヨープ・ファン・ヴェイク共著、*Anne Frank: The Untold Story: The Hidden Truth About Elli Vossen, the Youngest Helper of the Secret Annex*（Laag-Soeren, Netherlands: Bep Voskuijl Productions, 2018）205にも引用されている。
12. ヨン・ニーマン神父へのインタビュー、2001年4月、リー著*The Hidden Life of Otto Frank*、272-74に引用。
13. リー、*The Hidden Life of Otto Frank*、272。

第18章　ドキュメンツ・メン

1. ジェシー・クラッツ、"押収されていた第二次世界大戦関係の記録の返還"、歴史の断片、2016年8月24日、合衆国国立公文書館、https://prologue.blogs.archives.gov/2016/08/24/the-return-of-captured-records-from-world-war-ii/.

第20章　最初の密告

1. ヘイスベルト・ヴィレム・ファン・レーネン、アムステルダム警察、ヨーゼフス・マリヌス・ヤンセンに関する捜査、1948年6月2日、オランダ国立公文書館、ハーグ（以下Nl-HaNa）file no. 8082。
2. オットー・フランク、国家保安局（Bureau Nationale Veilingheid; BNV）にヨプ・ヤンセンを告発する手紙を送る、1945年8月21日。アーレルスが金を要求したという説もあるが、オットーはBNVに次のように断言している。「アーレルスはNSBとSDをつなぐ連絡係だと自己紹介をして、手紙を渡してくれました。金の要求はなかったです。しかし、わたしはもちろん、向こうが金目当てだと察して、いくらか渡しておきました」オットーは命の恩人だと彼が信じていた男を助けるために、BNVに手紙を書いた。もちろん、誰が金をせびり、誰が金を渡したかという問題をうやむやにしておくのは簡単なことだった。
3. ヨプ・ヤンセンに関する捜査報告書、1948年6月2日、特別正義中央文書館（以下CABR）、NI-HaNaで保管。
4. オットー・フランク、オランダ国家警察政治犯罪捜査局（以下POD）に送っ

14. リンドウェール、*The Last Seven Months of Anne Frank* 、32。

15. リー、*The Hidden Life of Otto Frank* 、196。

16. リンドウェール、*The Last Seven Months of Anne Frank* 、27。

17. 同上　28-29。

18. シュナーベル、*The Footsteps of Anne Frank* 、182。レナーテ・LAの言葉。

第15章　対独協力者

1. ボブ・ムーア、*Victims and Survivors: The Nazi Persecution of the Jews in the Netherlands 1940-1945*（London: Arnold,1997）、230。

2. 同上　229。

3. キャロル・アン・リー、*The Hidden Life of Otto Frank*（New York: Harper Perennial, 2003）、173、212。

4. バルト・ファン・エス、*Cut Out Girl: A Story of War and Family, Lost and Found*（London: Fig Tree, 2019）、190。

5. ミープ・ヒース、アリスン・レスリー・ゴールド共著、*Anne Frank Remembered: The Story of the Woman Who Helped to Hide the Frank Family*（New York: Simon & Schuster, 2009）、228。

6. アド・ファン・リンプト、*Hitler's Bounty Hunters: The Betrayal of the Jews,* S・J・ラインバッハ訳（New York: Berg, 2005）、30。

7. 同上　78。

8. 同上　33。

9. 同上　63。

第16章　娘たちは帰ってこない

1. ミープ・ヒース、アリスン・レスリー・ゴールド共著、*Anne Frank Remembered: The Story of the Woman Who Helped to Hide the Frank Family*（New York: Simon & Schuster, 2009）、234。

2. 同上　242。

3. 同上　240。

4. キャロル・アン・リー、*The Hidden Life of Otto Frank*（New York: Harper Perennial, 2003）、86。

5. オットー・フランク、"アンネ・フランクは今年50歳になっていただろう"、『ライフ』誌、1979年3月。

6. エヴァ・シュロス、カレン・バートレット共著、*After Auschwitz: A Story of Heartbreak and Survival by the Stepsister of Anne Frank*（London: Hodder & Stoughton, 2013）、173。

8. 同上　151。

9. 同上　163。

10. アド・ファン・リンプト、"Van Riet schetst genuanceerd beeld van Joodse Ordedienst," Volkskrant, 2016年11月9日、https://www.volkskrant.nl/custuur-media/van-riet-schetst-genuanceerd-beeld-van-joodse-ordedienst~b382e88b/.

11. シュナーベル、*The Footsteps of Anne Frank*、155-56。

12. キャロル・アン・リー、*The Hidden Life of Otto Frank*（New York: Harper Perennial, 2003）、138。

第14章　帰還

1. キャロル・アン・リー、*The Hidden Life of Otto Frank*（New York: Harper Perennial, 2003）、157。

2. 同上　164。

3. エルンスト・シュナーベル、*The Footsteps of Anne Frank*, ウィンストン夫妻（クララとリチャード）訳（Harpenden, UK: Southbank Publishing, 2014）、163-64。

4. 同上　161。

5. ミープ・ヒース、アリスン・レスリー・ゴールド共著、*Anne Frank Remembered: The Story of the Woman Who Helped to Hide the Frank Family*（New York: Simon & Schuster, 2009）、231。

6. エダ・シャピロ、リック・カルドン共著、*Victor Kugler: The Man Who Hid Anne Frank*（Jerusalem: Gefen Publishing House, 2008）、77。

7. リー、*The Hidden Life of Otto Frank*、177、179。

8. ヴィリー・リンドウェール、*The Last Seven Months of Anne Frank: The Stories of Six Women Who knew Anne Frank*、アリスン・メールスカールト訳（New York: Pan Macmillan, 2004）、83-84。

9. リー、The Hidden Life of Otto Frank、195。

10. イェルン・デ・ブライン、ヨープ・ファン・ヴェイク共著、*Anne Frank: The Untold Story: The Hidden Truth About Elli Vossen, the Youngest Helper of the Secret Annex*（Laag-Soeren, Netherlands: Bep Voskuijl Productions, 2018）、130。目撃者はラッヒェル・ファン・アメロンヘン＝フランクフォールデル。これを裏づける証言はほかに出ていない。

11. オットー・フランク、母親に宛てた1945年12月12日付けの手紙、メリッサ・ミュラー、*Anne Frank: The Biography*、キンバー夫妻（リタとロバート）訳（New York: Picador USA, 2013）、354で紹介されている。

12. リンドウェール、*The Last Seven Months of Anne Frank*、33。

13. ミュラー、*Anne Frank: The Biography*、299。

ディオ・インタビューを受ける、1978年10月。カナダ国立図書館・文書館、オタワ、カナダ。

23. アーレント・J・ファン・ヘルデン（国家警察犯罪捜査部、アムステルダム）、ヤン・ヒースを事情聴取、1963年12月23日、NIOD、Doc. 1 ファン・マーレン。
24. ヒース、*Anne Frank Remembered*、194-95。
25. 同上　195。
26. 同上　196-97。
27. 同上　197。
28. シュナーベル、The Footsteps of Anne Frank、138。
29. アーレント・J・ファン・ヘルデン（国家警察犯罪捜査部、アムステルダム）、ヤン・ヒースを事情聴取、1963年12月23日、NIOD、Doc. 1 ファン・マーレン。
30. シュナーベル、*The Footsteps of Anne Frank*、138。
31. アーレント・J・ファン・ヘルデン（国家警察犯罪捜査部、アムステルダム）、オットー・フランクを事情聴取、1963年12月2日、3日、NIOD、Doc. 1 ファン・マーレン。
32. シュナーベル、*The Footsteps of Anne Frank*、143。

第13章　ヴェステルボルク通過収容所

1. ミープ・ヒース、アリスン・レスリー・ゴールド共著、*Anne Frank Remembered: The Story of the Woman Who Helped to Hide the Frank Family*（New York: Simon & Schuster, 2009）、198。
2. エルンスト・シュナーベル、*The Footsteps of Anne Frank*、ウィンストン夫妻（クララとリチャード）訳（Harpenden, UK: Southbank Publishing, 2014）、187。
3. イェルン・デ・ブライン、ディニー・フォスキュイルに電話インタビュー、2012年9月2日。
4. イェルン・デ・ブライン、ヨープ・ファン・ヴェイク共著、*Anne Frank: The Untold Story: The Hidden Truth About Eli Vossen, the Youngest Helper of the Secret Annex*（Laag-Soeren, Netherlands: Bep Voskuijl Productions, 2018）、113。
5. 同上　115-16。
6. ヤンニ・ブリレスレイペル、ヴィリー・リンドウェールの著書 *The Last Seven Months of AnneFrank: The Stories of Six Women Who knew Anne Frank* に引用されている。アリスン・メールスカールト訳（New York: Pan Macmillan, 2004）、52。
7. シュナーベル、*The Footsteps of Anne Frank*、145。

3. ドクター・ヨーゼフ・ヴィージンガー、カール・ジルバーバウアーを尋問、1963年8月21日、オーストリア公文書室、内務省。
4. シューレス・フッフ、"Erstes interview mit Häscher Anne Frank"（アンネ・フランクを逮捕した男への初インタビュー）『クリール』紙、1963年11月22日（『デ・フローネ・アムステルダンメル』誌に転載、1986年5月14日）。
5. カール・ジルバーバウアーへの尋問調書、オーストリア公文書室、内務省。1963年11月25日、1964年3月2日。
6. アーレント・J・ファン・ヘルデン（国家警察犯罪捜査部、アムステルダム）、オットー・フランクを事情聴取、1963年12月2日、3日、NIOD、Doc. 1 ファン・マーレン。
7. アーレント・J・ファン・ヘルデン（国家警察犯罪捜査部、アムステルダム）、ヴィレム・ファン・マーレンを事情聴取、1964年10月6日、NIOD、Doc. 1 ファン・マーレン。
8. 同資料。
9. シュナーベル、*The Footsteps of Anne Frank*、128。
10. A・J・ドラヒットへの宣誓証言、アンネ・フランク、NIOD資料目録 no.4、212c。
11. ヒース、*Anne Frank Remembered*、193。
12. シュナーベル、*The Footsteps of Anne Frank*、129。
13. エフェリン・ヴォルフ、ヴィクトル・クーフレルにオーディオ・インタビュー、1972年、〈アンネ・フランク財団〉（以下AFS）。
14. シュナーベル、*The Footsteps of Anne Frank*、129。
15. エルンスト・シュナーベル、*The Footsteps of Anne Frank* 執筆のためのオリジナル・メモ、1957年、マルバッハ・ドイツ文学資料館。
16. エダ・シャピロ、リック・カルドン共著、*Victor Kugler: The Man Who Hid Anne Frank*（Jerusalem: Gefen Publishing House, 2008）、53。
17. "I Hid Anne Frank from the Nazis," ヴィクトル・クーフレルへのインタビュー、Pittsburgh Press、1958年8月2日。
18. アーレント・J・ファン・ヘルデン（国家警察犯罪捜査部、アムステルダム）、オットー・フランクを事情聴取、1963年12月2日、3日、NIOD、Doc. 1 ファン・マーレン。
19. 同上。
20. シュナーベル、*The Footsteps of Anne Frank*、134。
21. ベップ・フォスキュイルへのインタビュー、"Wie pleegde het verrand van het achthterhuis"［誰が秘密の《隠れ家》を密告したのか］、Panorama、1963年12月13日。
22. エリーサベト（ベップ）・フォスキュイル、オスカル・モラヴィッツからオー

9. ヒース、*Anne Frank Remembered*、103, 117。

10. シュナーベル、*The Footsteps of Anne Frank*、102-03。

11. ハリー・ラスキー、"The Man Who Hid Anne Frank," CBC ドキュメンタリー番組、1980。ヒース、*Anne Frank Remembered*、111 も参照。

12. グロブマンとフィッシュマン、*Anne Frank in Historical Perspective*、39。

13. ヒース、*Anne Frank Remembered*、109。

14. イェルン・デ・ブライン、ヨープ・ファン・ヴェイク共著、*Anne Frank: The Untold Story: The Hidden Truth About Elli Vossen, the Youngest Helper of the Secret Annex*（Laag-Soeren, Netherlands: Bep Voskuijl Productions, 2018）、56-57。

15. 同上　76。

16. ヒース、*Anne Frank Remembered*、129。

第11章　恐怖の事件

1. エルンスト・シュナーベル、*The Footsteps of Anne Frank*、ウィンストン夫妻（クララとリチャード）訳（Harpenden, UK: Southbank Publishing, 2014）、146。
2. イェルン・デ・ブライン、ヨープ・ファン・ヴェイク共著、*Anne Frank: The Untold Story: The Hidden Truth About Elli Vossen, the Youngest Helper of the Secret Annex*（Laag-Soeren, Netherlands: Bep Voskuijl Productions, 2018）、63。
3. ミープ・ヒース、アリスン・レスリー・ゴールド共著、*Anne Frank Remembered: The Story of the Woman Who Helped to Hide the Frank Family*（New York: Simon & Schuster, 2009）、102。
4. メリッサ・ミュラー、*Anne Frank: The Biography*、キンバー夫妻（リタとロバート）訳（New York: Picador USA, 2013）、277。
5. 同上　278。
6. アンネ・フランク、*The Diary of a Young Girl: The Definitive Edition*、1944年4月11日、オットー・フランク&ミリヤム・プレスラー編（New York: Doubleday, 1995）、260。
7. キャロル・アン・リー、*The Hidden Life of Otto Frank*（New York: Harper Perennial, 2003）、121。

第12章　摘発の詳細

1. エルンスト・シュナーベル、*The Footsteps of Anne Frank*、ウィンストン夫妻（クララとリチャード）訳（Harpenden, UK: Southbank Publishing, 2014）、128。
2. ミープ・ヒース、アリスン・レスリー・ゴールド共著、*Anne Frank Remembered: The Story of the Woman Who Helped to Hide the Frank Family*（New York: Simon & Schuster, 2009）、193。

バート）訳（New York: Picador USA, 2013）、193。

3. イェルン・デ・ブライン、ヨープ・ファン・ヴェイク共著、*Anne Frank: The Untold Story: The Hidden Truth About Elli Vossen, the Youngest Helper of the Secret Annex*（Laag-Soeren, Netherlands: Bep Voskuijl Productions, 2018）、43。
4. 同上　38。
5. ミープ・ヒースのこの言葉は以下に引用された。ディーンケ・ホンディウスの“A New Perspective on Helpers of Jews During the Holocaust: The Case of Miep and Jan Gies,”、*Anne Frank in Historical Perspective: A Teaching Guide for Secondary Schools*、アレックス・グロブマンとジョエル・フィッシュマン編（Los Angeles: Martyrs Memorial and Museum of the Holocaust, 1995）、https://files.eric.ed.gov/fulltext/ED391710.pdf, 38.
6. ミープ・ヒース、アリスン・レスリー・ゴールド共著、*Anne Frank Remembered: The Story of the Woman Who Helped to Hide the Frank Family*（New York: Simon & Schuster, 2009）、88。
7. ミュラー、*Anne Frank: The Biography*、194。
8. ヒース、*Anne Frank Remembered*、94。
9. 同上　119。
10. 同上　133。
11. メリッサ・ミュラー、*Anne Frank: The Biography*、195。
12. ヒース、*Anne Frank Remembered*、117。
13. 同上　98。

第10章　頼まれたから承知したのです

1. ミープ・ヒース、アリスン・レスリー・ゴールド共著、*Anne Frank Remembered: The Story of the Woman Who Helped to Hide the Frank Family*（New York: Simon & Schuster, 2009）、126。
2. アレックス・グロブマンとジョエル・フィッシュマン編 *Anne Frank in Historical Perspective: A Teaching Guide for Secondary Schools*（Los Angeles: Martyrs Memorial and Museum of the Holocaust, 1995）、38。
3. 同上　40。
4. エルンスト・シュナーベル、*The Footsteps of Anne Frank*、ウィンストン夫妻（クララとリチャード）訳（Harpenden, UK: Southbank Publishing, 2014）、124。
5. グロブマンとフィッシュマン、*Anne Frank in Historical Perspective*、40-41。
6. 同上　41。
7. 同上　42。
8. シュナーベル、*The Footsteps of Anne Frank*、126。

日。『ヘルベン・ポスト』、*Lotty's Bench, The Persecution of the Jews of Amsterdam Remembered*、トム・レイトン訳（Volendam, Netherlands: LM Publishers, 2018）、44 参照。

5. 同上　44。
6. ボブ・ムーア、*Victims and Survivors*、70。
7. 同上　69-73。
8. アド・ファン・リンプト、*Hitler's Bounty Hunters: The Betrayal of the Jews*, S・J・ラインバッハ訳（New York: Berg, 2005）、10。
9. ボブ・ムーア、*Victims and Survivors*、71-73。
10. メリッサ・ミュラー、*Anne Frank: The Biography*、キンバー夫妻（リタとロバート）訳（New York: Picador USA, 2013）、144-46。
11. 同上　160。
12. ブレッキンリッジ・ロング、国務省の同僚に渡した内部メモ、1940 年 6 月 26 日、同書 147 に引用。
13. メリッサ・ミュラー、*Anne Frank: The Biography*、152-53。
14. 同上　163。

第8章　プリンセンフラハト二六三番地

1. 『ヘルベン・ポスト』、*Lotty's Bench: The Persecution of the Jews of Amsterdam Remembered*、トム・レイトン訳（Volendam, Netherlands: LM Publishers, 2018）、30。ボブ・ムーア、*Victims and Survivors: The Nazi Persecution of the Jews in the Netherlands 1940-1945*（London: Arnold, 1997）、105 も参照。
2. ヘーラルト・アールデルス、*Nazi Looting: The Plunder of Dutch Jewry During the Second World War*、アルノルト・ポメランスとエリカ・ポメランス共訳（Oxford, UK: Berg, 2004）、49、129。
3. ラインハルト・ルーリュップ、*Topography of Terror: Gestapo, SS, and Reichssicherheitshauptamt on the "Prinz-Albrecht-Terrain" : A Documentation*（Berlin: Verlag Willmuth Arenhovel 1989）、152-53。
4. エッティ・ヒッレスム、*An Interrupted Life: The Diaries, 1941-1943, and Letters from Westerbork*（New York: Picador USA, 1996）、150。

第9章　身を隠す

1. エルンスト・シュナーベル、*The Footsteps of Anne Frank*、ウィンストン夫妻（クララとリチャード）訳（Harpenden, UK: Southbank Publishing, 2014）、84-85。
2. メリッサ・ミュラー、*Anne Frank: The Biography*、キンバー夫妻（リタとロ

annefrank.org/en/anne-frank/go-in-depth/netherlands-greatest-number-jewish-victims-western-europe/.

7. ボブ・ムーア、*Victims and Survivors*、72-73。

8. 同上　257-58。

9. 同上　182-84。

第6章　ひとときの安全

1. メリッサ・ミュラー、*Anne Frank: The Biography*、キンバー夫妻（リタとロバート）訳（New York: Picador, 1999）、94。

2. エダ・シャピロ、リック・カルドン共著、*Victor Kugler: The Man Who Hid Anne Frank*（Jerusalem: Gefen Publishing House, 2008）、29。

3. ミープ・ヒース、アリスン・レスリー・ゴールド共著、*Anne Frank Remembered: The Story of the Woman Who Helped to Hide the Frank Family*（New York: Simon & Schuster, 2009）、30。

4. 同上　23。

5. キャロル・アン・リー、*The Hidden Life of Otto Frank*（New York: Harper Perennial, 2003）、52。

6. ハリー・パーペ（NIODの当時の研究所長）、ヒース夫妻（ヤンとミープ）にインタビュー、1985年2月18日と27日、12月12日と18日、NIOD。

7. ミープ・ヒース、*Anne Frank Remembered*、11。

8. キャロル・アン・リー、*The Hidden Life of Otto Frank*、52。

9. メリッサ・ミュラー、*Anne Frank: The Biography*、92。

10. ミリー・スタンフィールド、カール・フスマンからインタビューを受ける。『ニューズデイ』1995年3月16日の “The Woman Who Would Have Saved Anne Frank,” と題する記事に、彼女が語ったオットーの返事が出ている。

第7章　猛攻撃

1. ボブ・ムーア、*Victims and Survivors: The Nazi Persecution of the Jews in the Netherlands 1940-1945*（London: Arnold,1997）、63。

2. ミープ・ヒース、アリスン・レスリー・ゴールド共著、*Anne Frank Remembered: The Story of the Woman Who Helped to Hide the Frank Family*（New York: Simon & Schuster, 2009）、61。

3. 〈トルベッケプレイン〉、ヨーズアムステルダム、https://www.joodsamsterdam.nl/thorbeckeplein/.

4. アルトゥル・ザイス＝インクヴァルトがNSNAP（ナチ党のオランダ支部）に向けておこなった演説、コンセルトヘボウ、アムステルダム、1941年3月12

7. アンネ・フランク、*The Diary of a Young Girl*、1944年5月3日。
8. ウォルター・C・ランガー、*Psychological Analysis of Adolf Hitler's Life and Legend*（Washington, DC: Office of Strategic Services, 1943)、219（機密文書だったが、1999年に開示許可)。ヘンリー・A・マレー、*Analysis of the Personality of Adolph Hitler: With Predictions of His Future Behavior and Suggestions for Dealing with Him Now and After Germany's Surrender*（Cambridge, MA: Harvard Psychological Clinic, 1943）も参照。

   https://ia601305.us.archive.org/22/items/AnalysisThePersonalityofAdolphHitler/AnalysisofThePersonalityofAdolphHitler.pdf.

第3章　コールドケース・チーム

1. ピーテル・ファン・トウィスク、Systeemkaarten van verzetsbetrokkenen（OVCG）［レジスタンス活動に加わった人々の索引カード］、no. 2183、Groninger Archieven、https://www.groningerarchieven.nl/archieven?mivast=5&mizig=210&miadt=5&micode=2183&milang=nl&mizk_alle=van%20Twisk&miview=inv2.

第4章　利害関係者たち

1. コールドケース・チーム（以下CCT)、ヤン・ファン・コーテンのインタビュー、2016年3月4日。
2. 委員会の名称はNationaal Comite 4 en 5 mei。
3. ヘリット・ボレケスティン、ラジオ・オラニエで放送、1944年3月28日。

第5章　「あの男に何ができるか見てみよう！」

1. オットー・フランク、レニ・フランクへの手紙、1917年5月19日、キャロル・アン・リー、*The Hidden Life of Otto Frank*（New York: Harper Perennial, 2003)、18に引用。
2. アドルフ・ヒトラー、*Mein Kampf*、ラルフ・マンハイム訳（New York: Mariner Books, 1998)（初版1926年)。
3. R・ペーター・シュトラウス、オットー・フランクにインタビューした記事、Moment、1977年12月、リーの*The Hidden Life of Otto Frank*に引用、37-38。
4. エルンスト・シュナーベル、*The Footsteps of Anne Frank*、ウィンストン夫妻（クララとリチャード）訳（Harpenden, UK: Southbank Publishing, 2014)、24。
5. ボブ・ムーア、*Victims and Survivors: The Nazi Persecution of the Jews in the Netherlands 1940-1945*（London: Arnold,1997)、2。
6. ピム・グリッフィウーンとロン・ツェラー、"The Netherlands: the Greatest Number of Jewish Victims in Western Europe," Anne Frank House, https://www.

原注

序文　〈追悼の日〉と自由を奪われた日々の記憶

フェンケ・ハルセマ、2019年5月4日、アムステルダムのダム広場でおこなわれた〈追悼の日〉の式典でのスピーチ。コールドケース・チーム訳。

第1章　摘発と緑衣の警官

1. フランスのテレビ局のインタビュー、キャロル・アン・リー、*The Hidden Life of Otto Frank*（New York: Harper Perennial, 2003）、130。
2. メンオ・メツラール他著・編、*Anne Frank House: A Museum with a Story*（アムステルダム：〈アンネ・フランク財団〉、2001）、176。
3. エルンスト・シュナーベル、*The Footsteps of Anne Frank*、ウィンストン夫妻（クララとリチャード）訳（Harpenden, UK: Southbank Publishing, 2014）、133。テレージエンシュタットでは囚人4人につき1人が死亡した。
4. イェルン・デ・ブライン、ヨープ・ファン・ヴェイク共著、*Anne Frank: The Untold Story: The Hidden Truth About Elli Vossen, the Youngest Helper of the Secret Annex*、テス・ストープ訳（Laag-Soeren, Netherlands: Bep Voskuijl Productions, 2018）、112。
5. シュナーベル、*The Footsteps of Anne Frank*、139。
6. シューレス・フッフ、"Listen, We Are Not Interested in Politics: Interview with Karl Silberbauer," ヨアヒム・バイエンスとロリー・デッケル共訳、*De Groene Amsterdammer*、1986年5月14日（1963年11月22日、『クーリエ』に初掲載）。

第2章　アンネの日記

1. アンネ・フランク、*The Diary of a Young Girl: The Definitive Edition*、1943年10月29日、オットー・フランク＆ミリヤム・プレスラー編（New York: Doubleday, 1995）、139。
2. アンネ・フランク、*The Diary of a Young Girl: The Definitive Edition*、1944年4月11日、262。
3. エリ・ヴィーゼル、*Night*、マリオン・ヴィーゼル訳（New York: Farrar, Straus and Giroux, 2006）、ix。
4. イアン・トムソン、*Primo Levi*（New York: Vintage, 2003）、244。
5. アンネ・フランク、*The Diary of a Young Girl*、1944年7月15日、333。
6. シンシア・オジック、"Who Owns Anne Frank?," 『ニューヨーカー』1997年9月28日、https://www.newyorker.com/magazine/1997/10/06/who-owns-anne-frank.

Wilson, Cara Weiss (now Cara Wilson-Granat). *Dear Cara: Letters from Otto Frank: Anne Frank's Father Shares His Wisdom*. Sandwich, MA: North Star Publications, 2001.

Wolfe, Robert. *Captured German and Related Records: A National Archives Conference*. Athens: Ohio University Press, 1968.

Zee, Nanda van der. *Om erger te voorkomen*. Soesterberg, Netherlands: Uitgeverij Aspekt, 2011.

——. *The Roommate of Anne Frank*. Translated by Cees Endlich. Soesterberg, Netherlands: Uitgeverij Aspekt, 2003.

Zee, Sytze van der. *Vogelvrij: De jacht op de joodse onderduiker.* Amsterdam: De Bezige Bij, 2010.

Ziller, Robert (pseudonym of Richard Ziegler). *Wij maken geschiedenis*.

Amsterdam: Het Hollandsche Uitgevershuis, 1946.

Zwaan, J. *De zwarte kameraden: Een geïllustreerde geschiedenis van de NSB*.

Weesp, Netherlands: Van Holkema en Warendorf, 1984.

1950. Zwolle, Netherlands: Waanders, 2003.

Staal, Philip. *Settling the Account*. Translated by Scott Rollins. Bloomington, IN: iUniverse, 2015.

Stigter, Bianca. *De bezette stad: Plattegrond van Amsterdam, 1940–1945*.

Amsterdam: Athenaeum-Polak & Van Gennep, 2005. Strasberg, Susan. *Bittersweet*. New York: Signet, 1980.

Tongeren, Paul van. *Jacoba van Tongeren en de onbekende verzetshelden van Groep 2000 (1940–1945)*. Soesterberg, Netherlands: Uitgeverij Aspekt, 2015.

Trenker, Luis. *Het intieme dagboek van Eva Braun*. Den Haag: Confidentia, 1949.

Ullman, Leo S. *796 Days: Hiding as a Child in Occupied Amsterdam During WWII and Then Coming to America*. Margate, NJ: ComteQ Publishing, 2015.

Veen, Harm van der. *Westerbork, 1939–1945: Het verhaal van vluchtelingenkamp en durchgangslager Westerbork*. Hooghalen, Netherlands: Herinneringscentrum Kamp Westerbork, 2003.

Veld, N.K.C.A. in 't. *De joodse ereraad*. 's-Gravenhage, Netherlands: SDU Uitgeverij, 1989.

Venema, Adriaan. *Kunsthandel in Nederland, 1940–1945*. Amsterdam: De

Arbeiderspers, 1986.

Verhoeven, Rian. *Anne Frank was niet alleen: Het Merwedeplein, 1933–1945*.

Amsterdam: Prometheus, 2019.

Verkijk, Dick. *Radio Hilversum, 1940–1945: De omroep in oorlog*. Amsterdam: De Arbeiderspers, 1974.

Veth, D. Giltay, and A. J. van der Leeuw. *Rapport door het Rijksinstituut voor Oorlogsdocumentatie uitgebracht aan de minister van justitie inzake de*

activiteiten van drs. F. Weinreb, gedurende de jaren 1940–1945, in het licht van nadere gegevens bezien. 2 vols. 's-Gravenhage, Netherlands: Staatsuitgeverij, 1976.

Visser, Frank. *De zaak Antonius van der Waals*. Den Haag: Forum Boekerij, 1974.

Wasserstein, Bernard. *The Ambiguity of Virtue: Gertrude van Tijn and the Fate of the Dutch Jews*. Cambridge, MA: Harvard University Press, 2014.

———. *Gertrude van Tijn en het lot van de nederlandse Joden*. Amsterdam: Nieuw Amsterdam, 2013.

Wiesel, Elie. *Night*. Translated by Marion Wiesel. New York: Farrar, Straus

and Giroux, 2006.

Wiesenthal, Simon. *The Murderers Among Us: The Simon Wiesenthal Memoirs*.

Edited by Joseph Wechsberg. New York: Bantam Books, 1968.

Amsterdam: Spectrum/NIOD, 2019.

Piersma, Hinke. *Op eigen gezag: Politieverzet in oorlogstijd*. Amsterdam: E. Querido Uitgiverij, 2019.

Post, Gerben. *Lotty's Bench: The Persecution of the Jews of Amsterdam Remembered*. Translated by Tom Leighton. Volendam, Netherlands: LM Publishers, 2018.

Presser, J. *De Nacht der Girondijnen: Novelle*. Amsterdam: Meulenhoff, 2007.

——— . *Ondergang: De vervolging en verdelging van het nederlandse jodendom, 1940–1945*. Soesterberg, Netherlands: Aspekt, 2013.

Riet, Frank van. *De bewakers van Westerbork*. Amsterdam: Boom Uitgevers, 2016.

Romijn, Peter, et al. *The Persecution of the Jews in the Netherlands, 1940–1945: New Perspectives*. Amsterdam: Vossiuspers UvA, 2010.

Rubin, Susan Goldman. The Anne Frank Case: Simon Wiesenthal's Search for the Truth. New York: Holiday House, 2009.

Schaap, Inger. Sluipmoordenaars: De Silbertanne-moorden in Nederland, 1943– 1944. Hilversum, Netherlands: Just Publishers, 2010.

Scherrenburg, Olga, et al. *De moddermoord: Over hoe een ongeval een moord werd*. 's-Gravenhage, Netherlands: Boom Lemma, 2013.

Schirach, Henriette von. *Der Preis der Herrlichkeit*. Munich: Herbig, 2003. Schloss, Eva, with Karen Bartlett. *After Auschwitz: A Story of Heartbreak and*

Survival by the Stepsister of Anne Frank. London: Hodder & Stoughton, 2013.

——— . *Eva's Story*. Grand Rapids, MI: Eerdmans, 1988.

Schnabel, Ernst. *The Footsteps of Anne Frank*. Translated by Richard and Clara Winston. Harpenden, UK: Southbank Publishing, 2014.

Schütz, Raymund. *Kille mist: Het nederlands notariaat en de erfenis van de oorlog*.

Amsterdam: Boom, 2016.

Schwarzschild, Ellen. *Niet lezen als 't U blieft, nicht lesen bitte: Onuitwisbare herinneringen (1933–1943)*. Amsterdam: Privately published, 1999.

Shapiro, Eda, and Rick Kardonne. *Victor Kugler: The Man Who Hid Anne Frank*.

Jerusalem: Gefen Publishing House, 2008.

Shermer, Michael, and Alex Grobman. *Denying History: Who Says the Holocaust Never Happened and Why Do They Say It?* Berkeley: University of California Press, 2009.

Sijes, B. A. *Studies over jodenvervolging*. Assen, Netherlands: Van Gorcum, 1974.

Somers, Erik. *Voorzitter van de Joodse Raad: De herinneringen van David Cohen (1941–1943)*. Zutphen, Netherlands: Walburg Pers, 2010.

Somers, Erik, and René Kok. *Jewish Displaced Persons in Camp Bergen-Belsen, 1945–*

Lifton, Robert J. *Nazi-dokters: De psychologie van de rassenmoord in het Derde Rijk*. Utrecht: Bruna, 1987.

Lindwer, Willy. *The Last Seven Months of Anne Frank: The Stories of Six Women Who Knew Anne Frank*. Translated by Alison Meersschaert. New York: Pan Macmillan, 2004.

——. *Wolf en Ryfka: Kroniek van een joodse familie*. Amsterdam: Prometheus, 2019.

Lipstadt, Deborah E. *Denying the Holocaust: The Growing Assault on Truth and Memory*. New York: Penguin, 1994.

Luijters, Guus, Raymond Schütz, and Marten Jongman. *De deportaties uit Nederland, 1940–1945: Portretten uit de archieven*. Amsterdam: Nieuw Amsterdam, 2017.

Maarsen, Jacqueline van. *Inheriting Anne Frank*. Translated by Brian Doyle.

London: Arcadia Books, 2009.

——. *My Friend Anne Frank*. Translated by Debra F. Onkenhout. New York: Vantage, 1996.

Mardo, Esther (pseudonym of Herman Nicolaas van der Voort). *Vrouwenkamp*.

Rotterdam: De Vrije Pers, 1962.

Mechanicus, Philip. *In dépôt: Dagboek uit Westerbork*. Laren, Netherlands: Uitgeverij Verbum, 2008.

Meershoek, Guus. *Dienaren van het gezag: De amsterdamse politie tijdens de bezetting*. Amsterdam: Van Gennep, 1999.

Meeuwenoord, Marieke. *Het hele is hier een wereld op zichzelf: De geschiedenis van kamp Vught*. Amsterdam: De Bezige Bij, 2014.

Meihuizen, Joggli. *Richard Fiebig en de uitbuiting van de nederlandse industrie*.

Amsterdam: Boom, 2018.

Metselaar, Menno. *Anne Frank: Dreaming, Thinking, Writing*. Amsterdam: Anne Frank House, 2016.

Metselaar, Menno, Ruud van der Rol, Dineke Stam, and Ronald Leopold, eds. *Anne Frank House: A Museum with a Story*. Amsterdam: Anne Frank Stichting, 2001.

Meulenbroek, Lex, and Paul Poley. *Kroongetuige DNA: Onzichtbaar spoor in spraakmakende zaken*. Amsterdam: De Bezige Bij, 2014.

Middelburg, Bart. *Jeanne de Leugenaarster: Adriana Valkenburg: Hoerenmadam, verraadster, femme fatale*. Amsterdam: Nieuw Amsterdam, 2009.

Moore, Bob. *Victims and Survivors: The Nazi Persecution of the Jews in the Netherlands*, 1940–1945. New York: St. Martin's Press, 1997.

Müller, Melissa. *Anne Frank: The Biography, Updated and Expanded*. Translated by Rita and Robert Kimber. New York: Picador, 2013.

Oudheusden, Jan van, and Erik Schumacher. 1944: *Verstoorde verwachtingen*.

Huizing, Bert, and Koen Aartsma. *De Zwarte Politie, 1940/1945*. Weesp, Netherlands: De Haan, 1986.

Iperen, Roxane van. *'t Hooge Nest*. Amsterdam: Lebowski Publishers, 2018. Jansen, Ronald Wilfred. *Anne Frank: Silent Witnesses: Reminders of a Jewish

Girl's Life*. Zwaag, Netherlands: Pumbo, 2014.

Jong, Loe de. *Het Koninkrijk der Nederlanden in de Tweede Wereldoorlog*. 26 vols.

The Hague: SDU Uitgevers, 1969–91.

Jong, Louis de. *The Netherlands and Nazi Germany*. Cambridge, MA: Harvard University Press, 1990.

——. *Tussentijds: Historische studies*. Amsterdam: E. Querido Uitgiverij, 1977. Kempner, Robert M. W. *Twee uit Honderdduizend: Anne Frank en Edith Stein: Onthullingen over de nazimisdaden in Nederland voor heet gerechthof te München*. Bilthoven: Uitgeverij H. Nelissen, 1969.

Knoop, Hans. *De Joodsche Rood: Het drama van Abraham Asscher en David Cohen*. Amsterdam: Elsevier, 1983.

Koetsier, Teun, and Elbert Roest. *Schieten op de maan: Gezag en verzet in Laren NH in WO II*. Laren, Netherlands: Uitgeverij van Wijland, 2016.

Kremer, Gerard. *De achtertuin van het achterhuis*. Ede, Netherlands: De Lantaarn, 2018.

——. Anne Frank Betrayed: *The Mystery Unraveled After 75 Years*. Ede,

Netherlands: De Lantaarn, 2020.

Künzel, Geraldien von Frijtag Drabbe. *Het geval Calmeyer*. Amsterdam: Mets & Schilt, 2008.

Lans, Jos van der, and Herman Vuijsje. *Het Anne Frank Huis: Een biografie*.

Amsterdam: Boom, 2010.

Lee, Carol Ann. *The Hidden Life of Otto Frank*. New York: Harper Perennial, 2003.

Lester, Richard. *Flight of the Blue Heron*. Morgan Hill, CA: Bookstand, 2009. Levi, Primo. *Surviving Auschwitz*. Translated by Stuart Woolf. New York: Simon & Schuster, 1996.

Liempt, Ad van. *Gemmeker: Commandant van kamp Westerbork*. Amsterdam: Uitgiverij Balans, 2019.

——. *Hitler's Bounty Hunters: The Betrayal of the Jews*. Translated by S. J. Leinbach. New York: Berg, 2005.

——. *De jacht op het verzet: Het meedogenloze optreden van Sicherheitsdienst en nederlandse politie tijdens de Tweede Wereldoorlog*. Amsterdam: Uitgiverij Balans, 2013.

——. *Jodenjacht: De onthutsende rol van de nederlandse politie in de Tweede Wereldoorlog*. Amsterdam: Uitgiverij Balans, 2013.

Holocaust, 1995. https://files.eric.ed.gov/fulltext/ED391 710.pdf.

Groen, Koos. *Fout en niet goed: De vervolging van collaboratie en varraad na WO2*. Hilversum, Netherlands: Just Publishers, 2009.

—. *Landverraders, wat deden we met ze? Een dokumentaire over de bestraffing en berechting van NSBers en kollaborateurs en de zuivering van pers, radio, kunst, bedrijfsleven na de Tweede Wereldoorlog*. Baarn, Netherlands: In den Toren, 1974.

—. *Een Prooi wordt jager: De Zaak van de joodse verraadster Ans van Dijk*.

Meppel, Netherlands: Just Publishers, 2016.

Hagen, Louis E. *Ik vocht om Arnhem: Dagboek van een zweefvliegtuig-piloot*.

Nijmegen, Netherlands: De Koepel, 1947.

Happe, Katja. *Veel valse hoop: De jodenvervolging in 1940–1945 Nederland*.

Amsterdam: Uitgiverij Atlas Contact, 2018.

Hasselt, Ron van. *De oorlog van mijn vader: Een halve familiegeschiedenis*. Bedum, Netherlands: Profiel, 2012.

Hausner, Gideon. *Justice in Jerusalem*. New York: Harper & Row, 1966. Heijden, Chris van der. *Grijs verleden: Nederland en de Tweede Wereldoorlog*.

Amsterdam: Uitgiverij Contact, 2008.

—. *Joodse NSB'ers: De vergeten geschiedenis van Villa Bouchima in Doetichem*.

Utrecht: Begijnekade 18 Uitgivers, 2006.

Herzberg, Abel J. *Amor fati: Zeven opstellen over Bergen-Belsen*. Amsterdam: E. Querido Uitgiverij, 1987.

—. *Kroniek der jodenvervolging, 1940–1945*. Amsterdam: E. Querido

Uitgiverij, 1985.

Hillesum, Etty. *An Interrupted Life: The Diaries, 1941–1943, and Letters from Westerbork*. New York: Picador USA, 1996.

Hoffer, Eric. *The True Believer: Thoughts on the Nature of Mass Movements*. New York: Harper Perennial Modern Classics, 2002.

Hofman, Jaap. *De collaborateur*. Soesterberg, Netherlands: Aspekt, 2011. Hollander, Pieter den. *Roofkunst: De zaak Goudstikker*. Amsterdam: Meulenhoff, 2007.

Hopman, Jan. *Zwijgen over de Euterpestraat: Op het hoofdkwartier van de Sicherheitsdienst in Amsterdam gingen in 1944 verraad en verzet hand in hand*. Zoetermeer, Netherlands: Free Musketeers, 2012.

—. *De wedergeboorte van een moffenmeid: Een verzwegen familiegeschiedenis*.

Meppel, Netherlands: Just Publishers, 2016.

About Eli Vossen, the Youngest Helper of the Secret Annex. Translated by Tess Stoop. Laag-Soeren, Netherlands: Bep Voskuijl Productions, 2018.

Burrin, Philippe. *Het ontstaan van een volkerenmoord: Hitler en de Joden*.

Amsterdam: Van Gennep, 1991.

Callahan, Debbie J. *Lest We Forget: Lessons from Survivors of the Holocaust*.

Ocala, FL: Bruske Books, 2014.

Cohen, Jaap. *Anne Frank House* (museum catalogue). Amsterdam: Anne Frank Stichting, 2018.

Cohen, Mischa. *De Nazi-leerling: Se schuldige jeugd van Dick Woudenberg*.

Amsterdam: Uitgiverij Atlas Contact, 2017.

Croes, Marnix, and Peter Tammes. *"Gif laten wij niet Voortbestaan": Een onderzoek naar de overlevingskansen van joden in de Nederlandse gemeenten, 1940–1945*. Amsterdam: Aksant, 2004.

Diederichs, Monika. *Wie geschoren wordt moet stil zitten: Nederlandse meisjes en vrouwen die in de periode 1940–1945 omgang hadden met duitse militairen*.

Soesterberg, Netherlands: Uitgiverij Aspekt, 2015.

Engels, M. J. Adriani. *Nacht over Nederland: Journalistiek reportage van vijf bezettingsjaren: 1940–1945*. Utrecht: Ons Vrije Nederland, 1946.

Enzer, Hyman A., and Sandra Solotaroff-Enzer, eds. *Anne Frank: Reflections on Her Life and Legacy*. Champaign: University of Illinois Press, 2000.

Es, Bart van. *Cut Out Girl: A Story of War and Family, Lost and Found*. London: Fig Tree, 2019.

Faber, Sjoerd, and Gretha Donker. *Bijzonder gewoon: Het Centraal Archief Bijzondere Rechtspleging (1944–2010) en de "lichte gevallen."* Zwolle, Netherlands: Uitgeverij Waanders, 2010.

Föllmer, Moritz. *Culture in the Third Reich*. New York: Oxford University Press, 2020.

Frank, Anne. *The Diary of a Young Girl: The Definitive Edition*. Edited by Otto H. Frank and Mirjam Pressler. New York: Doubleday, 1995. Gieling, Wilco. *Seyss-Inquart*. Soesterberg, Netherlands: Aspekt, 2011.

Gies, Miep, with Alison Leslie Gold. *Anne Frank Remembered: The Story of the Woman Who Helped to Hide the Frank Family*. New York: Simon & Schuster, 2009.

Goldhagen, Daniel Jonah. *Hitlers gewillige beulen*. Antwerp: Standaard Uitgeverij, 1996.

Griffioen, Pim, and Ron Zeller. *Jodenvervolging in Nederland, Frankrijk en België, 1940–1945*. Amsterdam: Boom, 2015.

Grobman, Alex, and Joel Fishman, eds. *Anne Frank in Historical Perspective: A Teaching Guide for Secondary Schools*. Los Angeles: Martyrs Memorial and Museum of the

参考文献

Aalders, Gerard. *Nazi Looting: The Plunder of Dutch Jewry During the Second World War.* Translated by Arnold Pomerans with Erica Pomerans. Oxford: Berg, 2004.

Aalders, Gerard, and Coen Hilbrink. *De Affaire Sanders: Spionage en intriges in herrijzend Nederland.* The Hague: SDU Uitgivers, 1996.

Aerde, Rogier van. *Het grote gebod: Gedenkboek van het verzet in LO en LKP.* 2 vols. Kampen: Kok, 1989.

Alford, Kenneth D. *Hermann Goering and the Nazi Art Collection: The Looting of Europe's Art Treasures and Their Dispersal After World War II.* Jefferson, NC: McFarland, 2012.

Barnouw, David, and Gerrold van der Stroom. "Who Betrayed Anne Frank?" NIOD. https://www.niod.nl/sites/niod.nl/files/WhobetrayedAnneFrank.pdf.

Bauman, Zygmunt. *Modernity and the Holocaust.* Cambridge: Polity Press, 1991.

Becker, Tamara, An Huitzing, Annemie Wolff, and Rudi Boon. *Op de foto in oorlogstijd: Studio Wolff, 1943.* Eindhoven, Netherlands: Lecturis, 2017.

Boer, Joh Franc Maria den, S. Duparc, and Arthur de Bussy. *Kroniek van Amsterdam over de jaren 1940–1945.* Amsterdam: De Bussy, 1948.

Bolle, Mirjam. *Letters Never Sent: Amsterdam, Westerbork, Bergen-Belsen.*

Translated by Laura Vroomen. Jerusalem: Yad Vashem Publications, 2014.

Boomgaard, Petra van den. *Voor de Nazi's geen Jood: Hoe ruim 2500 Joden door ontduiking van rassenvoorschriften aan de deportaties zijn ontkomen.* Hilversum, Netherlands: Uitgiverij Verbum, 2019.

Boterman, Frits. *Duitse daders: De jodenvervolging en nazificatie van Nederland (1940–1945).* Amsterdam: Uitgiverij de Arbeiderspers, 2015.

Brinks, Monique. *Het Scholtenhuis, 1940–1945.* Vol. 1: *Daden.* Bedum, Netherlands: Profiel, 2009.

Broek, Gertjan. "An Investigative Report on the Betrayal and Arrest of the Inhabitants of the Secret Annex." Anne Frank House, December 2016. https://www.annefrank.org/en/downloads/filer_public/4a/c6/4ac6677d

-f8ae-4c79-b024-91ffe694e216/an_investigative_report_on_the_betrayal_and_arrest.pdf.

Brongers, E. H. *De slag om de Residentie 1940.* Baam, Netherlands: Hollandia, 1968.

Browning, Christopher. *Ordinary Men: Reserve Police Battalion 101 and the Final Solution in Poland.* New York: HarperCollins, 2017.

Bruïne, Gabi de, et al. *Een rwandees kaartenhuis: Een wirwar van wankelende verklaringen.* Den Haag: Boom Criminologie, 2017.

Bruyn, Jeroen de, and Joop van Wijk. *Anne Frank: The Untold Story: The Hid- den Truth*

著者紹介

ローズマリー・サリヴァン　（Rosemary Sullivan）

トロント大学の名誉教授。これまでに伝記や詩集など15冊を上梓し、2007年、“*Villa Air-Bel*（ヴェラ・エアベル）”でカナダ・ヤド・ヴァシェム賞受賞。『スターリンの娘』（白水社）は世界23カ国で翻訳・刊行され、2016年度プルタルコス賞を受賞、PEN / ジャクリーン・ボグラド・ウェルド賞（評伝部門）、全米批評家協会賞の最終候補にもノミネートされた。アメリカ、ヨーロッパ、インド、ラテンアメリカで講演を行っている。

訳者紹介

山本やよい（Yayoi Yamamoto）

英米文学翻訳家。同志社大学文学部英文科卒。主な訳書にリップシュタット『否定と肯定　ホロコーストの真実をめぐる闘い』、フィッツジェラルド『ブックショップ』（共にハーパーコリンズ）、クリスティー『書斎の死体』、パレツキー『クロス・ボーダー』（共に早川書房）がある。

アンネ・フランクの密告者《みっこくしゃ》

最新《さいしん》の調査《ちょうさ》技術《ぎじゅつ》が解明《かいめい》する78年目《ねんめ》の真実《しんじつ》

2022年2月16日発行 第1刷

著　者　ローズマリー・サリヴァン

訳　者　山本やよい

発行人　鈴木幸辰

発行所　株式会社ハーパーコリンズ・ジャパン
東京都千代田区大手町1-5-1
03-6269-2883（営業）
0570-008091（読者サービス係）

装丁・本文デザイン　TYPEFACE
（AD. 渡邊民人　D. ネリサ・フェルナンデス）

写真（P137）Bardocz Peter/Shutterstock.com

印刷・製本 中央精版印刷株式会社

定価はカバーに表示してあります。
造本には十分注意しておりますが、乱丁（ページ順序の間違い）・落丁（本文の一部抜け落ち）がありました場合は、お取り替えいたします。ご面倒ですが、購入された書店名を明記の上、小社読者サービス係宛ご送付ください。送料小社負担にてお取り替えいたします。ただし、古書店で購入されたものはお取り替えできません。

Printed in Japan ISBN978-4-596-31927-2